있는 그대로 참 소중한 당신을 위해서,

있 는 그 대 로

참 소중한 너라서

김지훈 에세이

진심의꽃한송이

3 · 고민하는 너에게

사람은 그래요. 차고 넘치는 물질 속에서도, 숱하게 많은 사람들 속에 둘러싸여서도 만족하질 못한 채 끝없이 더 많은 것을 갈망하고 욕망해요. 그렇게 외적인 것에 탐닉하여 채우고, 또 채우고…….

그러면서도 스스로가 불행하다는 것을 문득문득 깨닫곤 하지만, 그 공허한 마음을 외면한 채, 자신이 불행한 것은 아직도 외부적인 무엇인가가 부족해서라는 환상에 사로잡혀 또다시 자신을 둘러싼 세계를 채워가요. 그렇게 나라는 세계는 텅텅 비어가요. 사실 채워야 할 것은 겉이 아니라 나의 마음이었던 건데 살아가며 그 사실을 망각한 거예요. 우리가 태어난 이유와 살아갈 목적을 잠시 잊고 지냈던 거예요. 해서, 있는 그대로의 나라는 빛은 시들어지고 바래진 채 수많은 거짓과 가면의 구름들 속에 가려져 죽어가고 있었던 거예요. 살아가는 삶이 아니라, 죽어가는 삶을 살고 있었던 거예요.

하지만 그래도 괜찮아요. 그 아픔을 알았기에 진정한 행복에 더 간절해진 우리니까. 지금의 이 아픔들로 인해 이제는 진짜 행복해 질 우리니까.

이런 마음으로 글을 썼던 것 같아요. 살자고. 이제는 살아가자고. 세상으로부터 우리의 진심을 지켜내자고. 그렇지 못하면 돌아오는 것은 살아있는 죽음이라는 시들어진 허망일 뿐이라고. 그러니까 세상에 빼앗긴 우리의 진심을 다시 되찾아오자고. 그렇게 행복하자고.

저는 사람이 가장 아픈 순간은 진심을 잃어버린 순간이라고 생각 해요. 더 나은 나를 보여주기 위해 스스로를 화려하게 치장하는 가 면과 그로 인해 이어진 연극의 삶. 때문에 진짜 나를 아는 사람은 세 상 어디에도 없다는 고독과 나조차 나의 있는 그대로를 존중하고 아껴주지 못한다는 자존감의 부재로 공허라는 병에 걸려 끙끙 앓고 있는 우리…

그래서 '진심'이라는 두 글자가 이 책의 주제가 되었어요. 나의 진 솔함을 되찾는 것만이 나를 진정 행복하게 해줄 수 있고, 진심으로 상대방에게 다가간 마음만이 타인의 가슴에 스며들어 위로와 기쁨 의 꽃을 피울 수 있기에. 그래서 주제만 진심에 그친 책이 아닌, 혹 여나 아파하고 있는 당신을 생각하며, 당신의 마음에 위로와 기쁨 의 꽃이 피어날 수 있기를 간절히 바라며, 당신을 위한 제 모든 진심 과 정성을 쏟아 한 구절 한 구절에 그 마음을 느낄 수 있는 책을 쓰 기 위해 노력했어요.

저의 진심이 당신의 마음에 스며들어 따스한 온기를 풍길 수 있기를 두 손 모아 바라봐요.

제가 진심이었다면 당신을 위로하는 일에 성공할 테니 저의 진심을 판단하는 일은 당신에게 온전히 맡깁니다.

아픔을 딛고 일어서며 썼던 책 『용기를 잃지 말고 힘내요』에 저는 이렇게 썼어요. "흔히들 말하는 '시간이 약'이라는 말은 사실 절반을 틀렸다고 생각해요. 마음이 바뀌지 않는 한, 어떤 일에 상처받은 마음은 시간이 지나 아물어도 또 다른 일로 아파할 수밖에 없어요."라고.

변해야 할 것은 세상이 아니라, 우리의 마음일 뿐이에요. 상처받은 마음은 서서히 아물어가지만 그럼에도 우리가 행복할 수 없었던 것은, 또 다른 많은 일과 상황들로부터, 혹은 그때와 똑같은 일로부터 계속해서 상처를 받고 있기 때문이에요. 그러니까 시간과 함께 성장하는 우리가 되어요. 가지고 있었던 상처는 아물 것이고, 성장함으로 인해 더욱 튼튼해진 나는 세상으로부터 더 이상 상처받지 않을 수 있을 거예요. 그렇게 진정 행복할 수 있을 거예요.

우리의 진심을 되찾고 잊고 지냈던 존재의 이유를 기억해내어 살아가는 목적이 순간순간을 진심으로 살아가며 성장하는 일이 된다면 우리, 무조건 행복할 거예요.

지금의 아픔과 상처들 또한 우리를 성장으로 이끌어준 귀한 보물들이기에 지금의 당신, 아파도 무조건 괜찮다고 말하고 싶어요.

괜찮다고, 정말 괜찮다고.

그것들로 인해 성장할 나니까, 온전히 행복할 나니까.

우리, 무조건 괜찮은 거예요.

그럼 지금부터, 수많은 거짓으로 가려진 내 마음 안의 진심을, 성장이라는 삶의 유일한 목적을 다시 되찾는 일을 시작해볼까 해요. 부디 제가 쓴 글들이 당신을 위로하고, 또 위로에서 그치지 않고 그동안 저버렸던 수많은 진심을 이제는 지켜내고자 마음먹는 일에, 외적인 성공을 찾아 텅텅 비어버린 지금의 마음이 성장으로 인해 가득 채워지는 일에 조금의 보탬이 되어주기를 간절히 바라봅니다.

지금의 제 응원이, 영원히 이 우주에 남아 당신을 지켜주고 또 당신의 행복을 빌어주길 두 손 모아 기도하며.

지훈 올림

1 · 너에게 주는 위로

언젠가 알게 될 거야.

너무나 원망스러운 지금의 이 아픔이
언젠가의 나를 아름답고 행복하게 만들어 줄
너무나 귀중하고 소중한 삶의 선물이었다는 것을.

그러니까 아파도 괜찮은 거야.

지금의 이 아픔을 통해
세상에 빼앗겼던 너의 진심과
너만의 색을 되찾아 행복할 수 있다면

아픔의 의미는 딱 그만큼이었던 거니까.

너를 성장시켜주기 위해 찾아온
잃었던 너를 되찾아달라고 찾아온
지금의 이 아픔, 이라는 선물

그러니까 부디

기쁜 마음으로 받아줘.

아픔이 내게 가르쳐준 것들

아프기 전의 나는
그 누구보다 치열한 나였어요
결코 만족을 모르던.

1등이 아니면
억울하고 분해서 밤새 잠도 못 자던
그런 때가 있었어요.

미술을 하는 형이 작업을 하느라 시끄러울 때면
물건을 던지고 고함을 지르며
공부하는데 방해가 된다며 씩씩거렸고

협동으로 무언가 해야 하는 일엔
완벽주의적인 성향으로 인해
타인을 믿지 못해
혼자 모든 것을 떠맡고 하던

그렇게 타인의 재능에 대한 불신으로
나의 재능에 대한 과한 오만으로
타인이 삶으로부터 무언가 배울 기회마저
빼앗아 가는 그런 이기적이던 때가 있었어요.

모든 것이 완벽해야 했던 나는
타인의 부족함을 인간적이라 여기기보다는
그것을 그들의 결함이고 나태함이라 여겨
판단하고 비난을 일삼는 그런 때도 있었어요.

지금의 내가 하는 말들이
누군가에게 위로가 되고 힘이 될 만큼의 나,
그리고 그 내면으로부터 무언가
배울 점이 많다며 사람들이 찾아와주기까지의 나.

그런 내가 되기까지 난 죽을 만큼 힘든
이렇게 아플 거면 차라리 죽자 싶던
그런 아픔의 긴 시간을 오롯이 견뎌야 했던 걸요.

그때 난, 이게 내가 살아온 삶에 대해
내가 치러야 마땅한 벌이라 믿었어요.
그렇게 난 죽어도 싸다 싶을 만큼의
거대한 죄책감에 시달리던 그런 때가 있었어요.

그 아픔이 성장의 선물이었다는 것을 알기까지는
제법 오랜 시간이 걸렸던 것 같아요.

자괴와 후회, 죄책감으로 얼룩진 내 마음과
숨쉬기조차 힘들었던 내 몸, 그때, 그 아픔.

그 아픔을 딛고 일어서며
내 삶은, 그리고 나의 존재는
이전보다 많이 아름다워진 것 같아요.

나도, 타인도 부족하기에
우리는 인간적인 것이고 그 인간적이라는 것이
얼마나 아름다운 것이던지.

아프기 전 내가 했던 나를 위한 숱한 기도들
성공하게 해주세요. 1등 하게 해주세요.

그리고 그 이후 변한 나의 기도들
이기심 없이 타인을 사랑하고
그들의 행복을 위해 제 삶을 헌신하게 해주세요.

극과 극의 변화
그것을 가능하게 해준 것이 바로, 아픔이었어요.

아무리 지치고 힘들고 피곤한 날에도
어머니를 향한 사랑에 그 모습이 눈에 어려
밀린 설거지를 할 수 있게 되고

어머니, 아버지께서 힘들어하실 때는
안아드리며 고마워요, 사랑해요.
가슴 벅찬 진심을 담아 말할 수 있게 되고

강아지들을 사랑으로 쓰다듬는 시간이 많아지고
그들을 바라보는 눈에 전에 없던 사랑을 담게 되고
그들도 나의 가족이라는 생각에 맛있는 음식이 있으면
그릇에 따로 담아 챙겨주게 되었어요.

그렇게 사랑을 배웠어요.

어떤 일이 있으면 혼자서 해내기보다는
타인이 이것을 통해 무언가 배울 수 있도록
옆에서 지켜보고 조력해줄 줄도 아는
그런 차분한 인내심을 배웠어요.

타인의 불친절에 분노하여
더 큰 불친절로 반응하기보다는
오히려 연민 어린 맘에 더 큰 친절로 대하는
그로 인해 그의 가슴에 변화를 주는
그런 아름다운 삶의 지혜를 배웠어요.

저를 미워했던 사람들을 똑같이 미워하기보다
그들이 나를 미워하기에 더 사랑하고
더 따스하게 대해줌으로써
나를 향한 그들의 응어리진 마음들을
녹여낼 수 있는 반듯한 마음가짐을 배웠어요.

아프기 전 나의 너무나도 못난 모습마저
사람들에게 말하기에
부끄러워하지 않을 수 있는
있는 그대로의 나를 드러낼 용기를 배웠어요.

그런 모습조차 나이기에
고마워하고 사랑할 수 있는
그런 내적 품위를 배웠어요.

우리의 삶 속 어느 순간에도
아픔은 예기치 않게 찾아올 수 있어요.

그것이 육체적인 아픔이든, 마음의 아픔이든
혹은 그 둘이 함께 찾아온 아픔이든.

그러나 그 아픔, 무서워하지 말아요
그리고 그 아픔에 이 삶, 포기하지도 말아요
무너지지만 말아요.

그렇게 아픈 만큼
우리는 배우고 성장하게 되어 있고
원망스러웠던 아픔은 어느덧
우리의 삶에 결코 없어서는 안 되었던
너무나도 귀중한 선물이 되어 있을 거예요.

그렇게 조금 더
아름다워지는 거예요.

그렇게 조금 더
따스해지는 거예요.

나 참 철없고 못났었는데
지금은 이렇게
당신들을 위로하고 있잖아요.

이 모든 것이
아픔으로 인해 가능해진 일인 걸요.

그러니까

아파도,

정말

괜찮아요.

지금 힘든 여정을 걷고 있는 너에게

괜찮아.

네가 걸어가고 있는 지금의 이 길이
아무리 아프고 힘들어도 괜찮아
정말 괜찮아.

넌 잘 헤쳐 나갈 거고
그 속에서도 결국 의미를 찾게 될 테니까.

한 걸음을 내딛기가 힘들 뿐이야
그 한 발을 내딛는 용기를 배우기 위해
지금 조금 아픈 거야.

아픔은 몸과 마음이 우리에게
성장해달라고 떼쓰는 신호야.

지금은 그 신호등이 빨간불로 보일지라도
조만간 길이 열려 파란불이 될 거고
넌 이 시련을 건너갈 거야.

잘하고 있고 앞으로도 잘 해낼 거야
지금 잠시 멈추어 있는 게 큰일은 아니잖아?

먼 길을 걸어가는 과정 속에 있는 휴식일 뿐이야.

문장들이 모여 문단이 되고, 또 문단들이 모여
하나의 챕터가 되듯, 하나의 이야기를 완성하듯
너의 이야기에 조금 더 짙은 여운을 새기기 위해
더 아름다운 추억이 깃든 이야기로 완결 짓기 위해

잠시 쉼표를 찍은 것뿐이야.

그래서 괜찮은 거야, 정말 괜찮은 거야
그 쉼표의 여운을 잠시 즐겨봐
파란불이 되어 건너갈 이 아픔을 가슴에 새겨두는 거야.

언젠가 너에게 이렇게 말하는 순간이 찾아올 거야.

"그때의 그 아픔으로 인해 지금의 내가 있는 거야
그 시련을 겪지 않았다면 난 아직도
철부지 어린아이였을지도 몰라.
참 힘들었는데, 지금 생각하니 꼭 필요한 선물이었어.
참 고마워"라고.

그러니까 괜찮아, 정말 괜찮아.

어차피 이런 삶이라면 우리 웃자

많이 힘들지?
그 맘 나도 잘 알아
지금의 내가 힘드니까.

힘들지 않은 자의 '힘내'보다
너에게 필요한 건
함께 힘든 자의 공감이잖아.

이 삶의 무게가 너무 무거워
아등바등 이를 악물고 버티고 서도
두 다리가 떨리고 저려오고
폴싹 주저앉아 포기하고 싶은
그 마음의 멍에, 나도 충분히 이해해.

'충분히'를 넘어 뼈가 으스러질 것 같은
머리가 붕괴되고 심장이 파열될 것 같은
그 가슴의 미어짐으로 너를 이해해.

그래도 이것이 삶이라면
우리가 살아가야 하는 현실이라면
어차피 겪어야 하는 시련이라면

한숨 한 번 크게 내쉬고
어깨에 들어가 있는 긴장 풀고
그냥 한 번 웃어봐.

힘냈으면 좋겠어
부디
조금은 더- 네가
웃는 시간이 많아졌으면 좋겠어.

문득문득 너무 무겁고 아파. 이 삶.
그래서 걷다가 울기도 하고
그렇게 뜬금없이 펑펑 울기도 하고.

나라고 행복하기만 한 건 아니야
나도 가끔은 위로받고 싶고
누군가의 품에 꼭 안겨 울고 싶은 걸.

그러니까 우리 서로 안자
내 품과 너의 품속에서
우리가 되어 부둥켜안고 울자.

실컷 울다 서로의 못난 모습
손가락질 하며 펑펑 웃자.

그렇게 위로하고
웃음으로 털어내고 그 용기로
한 걸음을 다시 내딛는 거야.

조금은 더 가볍게
조금은 더 행복하게 말이야.

우리, 충분히 잘해왔잖아
그리고 앞으로도
분명 잘해나갈 거잖아.

지금껏 많이 아프고 힘들었지만
그럼에도 우리 웃는 날이 있었고
아직도 잘 견디고 있잖아.

그러니까 앞으로도 잘 해낼 거라고
스스로를 믿으며
한 번 웃자 우리.

어차피 이런 삶이라면
앞으로는
더 자주 웃자 우리.

^~^ 이렇게.

청초함

화려하지 않으면서 맑고

깨끗한 아름다움을 지니고 있다

너에게도

나에게도

필요한 것.

화려해지기 위해 꾸며낸 너의 모습
그 모습 뒤에 가려진 있는 그대로의 깨끗한 너.

멋지고 화려한 가면을 쓴 채 스포트라이트를 받지만
너의 마음은 자욱하게 드리워진 안개에 가려져
타인들에게서도, 너에게서도 잊혀져가고 있었던 거야.

끝내 외면해왔지만 문득문득 찾아오는 공허와 상실감
그 지독한 아픔으로 인해 한숨을 쉬고 머리를 움켜잡는 너.

청초함이 사라진 채 인공적으로 빛나고 있는 너의 모습
그 바래진 빛은 너의 마음 속 깊숙한 곳에서 뿜어 나오는
빛이 아니기에 진짜 너는 시들어가고 있었던 거야.

"난 분명 화려한데 문득문득 감당 안 되는 외로움이,
슬픔이 찾아와 도무지 잠을 이루지 못할 것만 같아
사람들은 나의 화려함을 감동 어린 눈빛으로 찬탄하지만
나의 삶은 무언가 결핍되어 있어 만족스럽지가 않아"

너의 있는 그대로의 아름다움을 잃어버렸기 때문이야
사람들이 사랑하는 너는 진짜 네가 아니기 때문이야
진짜 너는 지금 너의 내면 구석에 드리워진 안개를 헤집으며
자신을 잃을까 하는 상실의 두려움에 벌벌 떨고 있기 때문이야.

그러니까 이제는 생기와 활력을 잃은 거짓 화려함을 내려놓고
너의 마음 속 깊숙한 곳에서 우러나오는 진짜의 반짝임으로
그렇게 너의 있는 그대로라는 맑고 깨끗한 본연의 찬란한 빛으로
청초라는 이름의 진짜 아름다운 매력을 되찾아 반짝이며 빛나줘.

지금 걷고 있는 이 길

잘못된 길이든 바른 길이든
모든 길을 가본 사람만이
마음속에 넓은 지도를 갖게 되는 거야.

항상 바른 길만 잘 찾아다녔다면
이 세상에 지도가 생겼을까?

맞아.
지도를 만들기 위해서는
언제나 험난한 도전의 길을 걸어가야 해.

그러니 지금 걷고 있는 이 길에 대해
후회하지 마.

그 길로 인해 넌
더 넓고 포근한 지도를
마음속에 가지게 될 테니까.

세상을 이해할 지도 말이야.

문득은 겁이 나
지금 내가 걷고 있는 이 길이
올바른 길인지 아닌지 알 수가 없어 두려워.

하지만
내가 새겨온 발자취들을 바라보니
한 걸음을 내딛는 용기가 있었고
그 용기를 이어나갈 끈기가 있었어.

그 과정 속에서 난 많은 것을 배웠고
혼란스러운 시간들을 이겨내며 성장하고 있었던 거야.

나도 몰라
이 길의 끝이 어딘지
그리고 그 끝에 선 내가 부와 명예를 쥐었을지
도무지 모르겠어. 알 수가 없어.

하지만 분명한 것은
나, 이 길을 걸으며 많은 것을 배웠고 성장하고 있어.

그렇게 나만의 지도를 만들었고
그것은 이 세상의 무엇과도 바꿀 수 없는 보물이 되었어.

그렇게 내가 그려온 지도는 나의 인생이기도 했고
내 삶에 유일하게 가치 있는, 오직 나만이 가질 수 있는
이 세상에 단 하나뿐인, 가장 값비싼 보물지도였던 거야.

그래서 괜찮은 거야. 조금 흔들려도 정말 괜찮은 거야.

거짓말쟁이의 삶

거짓말쟁이의 삶은 언제나 외로워.
조금 더 존경받기 위한 '거짓'
조금 더 사랑받기 위한 '거짓'

그렇게 많은 사람들에게 인기를 얻기 위해
넌 거짓인 채로 너 자신을 꾸며가지만
진짜 너를 아는 사람은 세상 어디에도 없어.

사람들이 좋아하는 너는
네가 아니라
너의 가면이니까.

그렇게 지내다보면
언젠가는 외로움이 울컥 터져
가면 사이로 범람하기 시작해.

그때 비쳐진 너의 진짜 모습을 보고
사람들은 인상을 찌푸리고 실망한 채
뒤돌아서 떠나가는 거야.

그렇게 외로워지는 거야.

진짜 존경을 받고 싶고 사랑을 받고 싶다면
'있는 그대로의 너인 채' 살아가.

실수하는 너인 채로
완벽하지 않은 너인 채로

슬프면 마음껏 울고
기쁘면 마음껏 웃는

때로는 사소한 일에
토라지기도 하는 너인 채로 살아가는 거야.

아이러니하게도
그런 사람이 존경도 받고
사랑도 받거든.

그러니까 가면을 써서 인기를 얻을 수 있다는
그 무지막지한 오해를 벗어던져.

지금부터 솔직해지는 거야.

그 솔직함만이
이 지독한 외로움과 공허의 늪에서
널 건져줄 유일한 동아줄이 되어줄 테니까.

있는 그대로 대했을 때
그 모습 그대로 받아들여지는 것.

난 그것이
진짜 인연의 정의라고 생각해.

그렇지 못한 관계를 어떻게든 이어가보려고
억지를 부리고 애쓰는 동안 '진짜 너'는 얼마나 힘들었을까.

너에게조차 받아들여지지 못한 네 마음 속
깊숙한 곳의 너는 얼마나 외롭고 아파왔을까.

그러니까 조급해지지 마
그저 너의 삶에 진솔한 마음으로
최선을 다해 진심으로 살아가줘.

언젠가 서로의 진심, 그 아름다운 향기에 이끌린
진짜 인연이 나타나 너에게 스며들 테니까.

억지로 만든 인연은
결국 무너지게 되어있으니까.

진짜 인연이었다면
너의 사소한 실수와 서툰 모습에도
결코 무너지지 않는 단단함이 있어야하는 거니까.

그러니까 넌
너의 있는 그대로를 아껴줄 필요가 있을 뿐이야.

가끔 두려울 때 말이야

꿈을 향해 한 걸음을 내딛고 있는
지금의 네가 두려워하는 그것
나도 잘 알아.

타임머신을 타고 미래를 향해
시간 여행을 할 수만 있다면
지금의 도전, 그 끝이 어딘지
날아가서 확인이라도 하고 싶은 거지?

불확실한 미래에 대한 공포의 엄습
그 어떤 것도 확신할 수 없는 앞으로의 너
그 막연함에 흔들리는 믿음
그렇게 꿈을 향한 길 위에서 지쳐가는 너.

꿈을 향한 도전을 접고
안전한 길로 되돌아가야 하는 것은 아닐까
두려움과 방황의 눈물 속에서 고민하며
갈 길을 잃은 채 허우적허우적 헤엄치는 너.

잘하고 있는 걸까, 잘 해낼 수 있는 걸까
이런저런 걱정과 고민들이 끊어지지 않는
선로처럼 끝없이 이어지는 현재라는 시간.

하지만 그거 알아?
넌 충분히 잘하고 있다는 거
정말, 잘하고 있어.

그리고 잘 해낼 수 있다는 거
분명, 잘 해낼 수 있어. 정말.
그러니까 너만큼은 너의 꿈을 배신하지 마.

믿자, 우리. 너의 꿈을, 나의 꿈을
그리고 그 꿈에 대한 우리의 열정과 사랑을.

우리의 노력이, 신이 감동할 만큼의
그래서 하늘에서 눈물이 쏟아질 만큼의
최선이었다면 우주는 그 감동의 선물로
성장이라는 가장 값진 성공을 선물해줄 테니까.

그러니까 최선을 다해보는 거야
그런 노력이라면 미련도, 후회도 없는 거야
그 자체가 성공이라 여겨질 만큼의 열정을
쏟아부었다면 정말 미련도, 후회도 없는 거야.

넌 그만큼 성장했을 것이고
성장이라는 성공만큼 우리의 삶에
위대한 성공 또한 없는 거니까.

그러니까 한 번만 위로해주면 안 돼?
넌 잘하고 있다고
그리고 잘 해낼 거라고.

그렇게 너만큼은, 너를 믿어주면 안 돼?

.

이렇게 힘든데
너라도 위로하고 믿어줘야 할
너 자신이잖아.

그러니까 부탁할게.

.

그리고 너무 두려워하지 않았으면 좋겠어.

넌 이미, 세상에서 가장 위대한 성공을
값진 선물을 우주로부터 보장 받았으니까.

성장이라는 가장 위대한 성공과
성장이라는 가장 값비싼 선물을 말이야

두려워.

발자취가 드문 이 길을 걸어가기가 너무나 두려워
도무지 다음 한 걸음을 내딛지 못할 것만 같아.

안전하게 잘 닦여있는 아스팔트길이 바로 옆에 보이는데
왜 난 갈대숲을 헤집으며, 가시밭길을 지나며
먼 길을 돌아가야 하는지. 상처투성이가 되어야 하는지.

정해진 길을 따라 정해진 목표에 도달할 수 있는
안전한 삶이 바로 옆에 펼쳐져있는데

왜 난 이토록 두려움에 떨어야 하는지. 정말 모르겠어.

그건 네가 정해진 길에 만족할 수 없는 사람이기 때문이야
그건 네가 안전한 미래와 보장된 삶보다
꿈을 먹고 사는, 몇 안 되는 '다른' 사람이기 때문이야.

그래서 스포트라이트를 받으며 더욱 찬란히 빛날 너잖아
그래서 남들이 하지 못한 모험을 잔뜩 하며
오직 너만의 추억이라는 값진 보물을 잔뜩 끌어안을 너잖아
그래서 그 '다름'의 매력으로 사랑받을 너잖아.

그러니까 의심하지 마. 너의 꿈과 너의 도전을 믿어.

그 꿈의 길 속에 실패라는 것은 결코 존재하지 않으니까.
오직 성장이라는 위대한 성공만이 존재할 뿐이니까.

후회에 감사하기

삶은 후회의 연속이라고들 해
그렇다면 삶은 성장의 연속이기도 한 거야.

어떤 시점에 와서 우린 과거편집증에 걸린 듯
무수히 많은 지난 세월을 후회하며
자괴감에 얼룩진 마음 움켜잡은 채 아파하지만

돌이켜 생각해보면
그때는 그 선택을 할 수밖에 없었던 거야
그 선택이 네가 할 수 있는 최선이었던 거야.

하지만 지금은 달라.

네 마음의 항아리는 더 크고 넓어져
더 좋은 내용물을 담을 수 있게 되었고
그로 인해 더 좋은 선택을 할 수 있게 된 거야.

그래서 후회하는 거야
더 성장했으므로.

그러니 후회에
너의 성장의 증거에 감사해줘.

후회의 폭풍이 네 마음속에서 휘몰아칠 때
그 맹렬한 상념의 바람이
너의 모든 것을 갈기갈기 찢어버린 것만 같을 때

지난날의 선택과 그 선택의 결과를 받아들일 수가 없어
관자놀이를 움켜잡은 채 답답함에 미어지는 가슴 붙들고
후회하느라, 펑펑 울며 아파하느라, 앞을 볼 수 없을 때

자괴로 멍든 너의 마음에 대고
후회로 얼룩져 너덜너덜해진 너의 마음에 대고
이렇게 말해주는 거야.

힘들었어. 그때 그 선택을 한 내가
너무 한심해서 부끄럽고 원망스러워.
하지만, 그런 실수를 딛고
이렇게 성장해줘서 고마워, 라고.

배움과 경험의 장인 우리의 삶, 인생에서
우리는 항상 후회하는 거야.

그만큼 성장했기에
그 성장을 표시하기 위해서.

그러니까 괜찮은 거야
성장하지 않았다면 후회도 없는 거니까
폭풍이 지나간 후에 더 강해지는 너인 거니까.

모든 시간을 지나 지금의 네가 되었잖아.

그 시간이 기억하기 싫을 만큼 원망스럽든
가슴이 미어질 만큼 아픈 일이었든
떠올리기만 해도 웃음꽃이 활짝 피는
너무나 기쁘고 행복 가득한 일이었든

모두 지금의 너라는 존재를 완성한 일들이기에
너무나 소중하고 아름다운, 네가 살아온 삶인 거잖아.

아팠던 일도, 원망했던 일도
지금 생각해보면 지금의 네가 되기 위해
없어서는 안 될, 꼭 일어나야 했던 일인 거잖아.

그러니까 지금의 너라는 존재를 만들어온
그 아름답고 소중한 기억들을, 너무나도 찬란한 그 시간들을
후회로 시들어지게도, 바래지게도 하지 말아줘
더 이상 너 스스로를 몰아세우며 아프게 하지도 말아줘.

지금도 너무나 아름답고 소중한 너니까
이 세상에 단 하나뿐인 너무나 고귀한 너니까
그런 너를 만들어온 너무나 소중한 기억들이니까.

그러니까 지금의 널 만들어온 소중한 기억들에 후회하기보다
하나도 뺄 수 없을 만큼 소중하고 아름다운 그 찬란한 일들을
네 가슴 속에 고스란히 담아 소중히 여기고 아껴주는 거야.

그렇게 후회라는 성장의 증거에, 네 존재의 기억에 감사해줘.

변화의 마법

살아가며 다짐해온 수많은 다짐과
스스로의 맹세들
지금까지 얼마나 많이 저버린 거야?

오늘의 목표를 내일로 미룬다면
내일도 그 목표를 내일로 미루고 있는 네가
짠, 하고 만들어지는 거야.

네가 변할 수 있는 순간은
오직 지금 이 순간밖에 없으니까.

모든 순간이 너를 만들고 변화시킬 기회인데
넌 그 순간들에 얼마나 최선을 다하고 있는 거야?

지금 미루면 넌 항상 미루는 네가 되겠지만
지금 네 다리를 움켜잡고 있는
그 타성을 물리치고 한 걸음을 내딛는다면
넌 항상 한 걸음을 내딛는 네가 될 거야.

그러니 조금은 경각심을 가져
그렇게 미루다보면
어느새 인생의 위태위태한 끝자락
그 위에 선 너의 모습이
지금과 별반 다를 게 없을지도 몰라.

변화의 마법은 간단해.

생각하고 바로 실천하는 거야
지금 무얼 하겠다고 마음먹은 뒤
나태나 자기합리화가 네 마음속으로
침투하기 전에 곧바로 행하는 거야.

변화에 대한 간절함으로
과거의 모든 해묵은 습관들과
그로 인한 타성을 물리치고
의지의 한 걸음을 내딛는 거야.

그렇게
성장하고 조금 더 행복해지는 거야.

그러니 타성에 젖어 머뭇거리던 오늘의 한 걸음이
평생의 머뭇거림이 되지 않게
바로 지금 이를 악물어 내딛어줘.

그 한 걸음이
너의 삶을 180도 변하게 해줄
마법의 한 걸음이 될 테니까.

그동안 미뤄왔던 일이 있다면 잠시 책을 덮고
그 어떤 변명에도, 합리화에도 속아 넘어가지 말고
지금 바로 한 걸음을 내딛고 시작해보길 바라.

그러지 못하면 평생 변화는 없는 거야. 부탁할게.

흠뻑, 타성에 젖은 나태함으로
지난 시간을 돌이켜 끝없이 후회하고
그럼에도 변하지 않는 스스로를 원망한 채
자책의 자책을 거듭하며 아파하고 있는 너.

괜찮아
그 후회와 원망, 아픔이 있기에
변하고 싶은 마음에 더 간절해진 너니까.

그러니까 괜찮아. 정말 괜찮아.

너를 움켜쥐고 있는 습관보다 더 크고 위대한 너의 의지로
과거의 나태와 타성을 이겨내고 변화의 한 걸음을 내딛는 거야.

과거는 기억 속에만 존재하고
미래는 상상 속에서만 존재하기에
변화의 순간은 오직 지금밖에 없음을 기억해줘.

너를 에워싸는 끊임없는 변명과 합리화의 구름들 앞에서
지금 미루면 짠, 하고 조금 뒤에도 미루게 될 것임을
그렇게 영원히 미루다 보면 이 삶의 끝자락에 선 너의 모습이
지금의 너의 모습과 크게 다르지 않을 것임을 명심해줘.

그러니 너의 지금을, 너의 앞으로를 위한 그 의지로
힘들었던 지금의 한 걸음이 너의 삶 전체를 바꿀 수 있도록
그렇게 네가 원하는 너의 모습을 성취해서 꼭 행복할 수 있도록

오직 지금, 이를 악문 채 타성을 이겨내고 한 걸음을 내딛는 거야.

이제는 너의 삶을 에워싼 타성의 먹구름들 하나, 둘 거두어내고
의지의 따스한 햇볕을 비추어 변화의 기쁨에 흠뻑 젖어보는 거야.

더 이상 한 걸음을 내딛지 못했다는 죄책감에
너 스스로를 아프게 하며 상처 입히지 말아줘.

그러기엔 너무나 소중한 너잖아.
그러기엔 너무나 사랑스러운 너잖아.

그러지 못했던 너를 다그치기보다
앞으로는 그럴 수 있도록 너를 이끌어가는 게 중요한 거잖아.

그러니까 지금 있는 그대로 너무나 소중하고 예쁜 너
죄책감이 아닌 사랑으로 끌어안고 한 걸음을 내딛는 거야.

도무지 발길이 떨어지지 않을 것 같아도
타성의 무게가 너무나 무거워 다시 눕고 싶은 순간에도

너무나 소중한 너의 삶, 그 변화를 향한 간절함으로
지지마. 꼭 이겨줘. 이를 악 무는 거야. 주먹을 불끈 쥐는 거야.

지금 내딛지 못하면 평생 내딛지 못할 너니까
그렇게 평생 빛나지 못한 채 시들어질 너니까.

그러기엔 너무나 소중한 너의 삶이니까
너무나 아까운 너의 삶이니까. 그런 너니까.

부디, 변화의 한 걸음으로 너의 삶- 더욱 찬란히 빛나기를.

뒷걸음치는 너에게

세상의 풍경을
눈에 다 넣기 위해서
뒤로 물러나 멀리 보는 게
너에게 필요했던 거야.

조금 더 멀리 뛰기 위한
'도약거리'가
너에게 필요했던 거야.

그래서 지금의 너
뒷걸음치고 있는 거야.

조금 더
넓게 보기 위해서

조금 더
멀리 뛰기 위해서

그러니 나는 네가
너무 우울해하지는 않았으면 좋겠어.

조금 이따 바라볼
더 넓고 아름다운 세상
눈물로 가릴 거야?

조금 이따 뛰어오를 텐데
그렇게 뒷걸음질 멈추고
멀리 도약할 텐데

거기에 우울의 무게를 더할 거야?

기쁜 마음으로
좋은 마음으로
설레는 마음으로

지금의 후퇴를 즐겨줘.

말 그대로 너의 뒷걸음은
일보후퇴 이보전진의 도약이 될 테니까.

때로 뒤처지는 것 같은 느낌이 들어
너무 힘들고 가슴이 먹먹할 때가 있어.

하지만 괜찮아.
눈앞에 닥친 현실에서 잠시 멀어져
네가 가야할 전체의 정경을 바라보기 위해
조금 뒤로 물러나는 것이 필요했던 거야.

그래서 뒤처지는 거야.

조금 더 정확한 곳에 도달하기 위해서
너의 목표를 한 번 더 가슴에 새기기 위해서
그렇게 조금 더 멀리 뛰기 위해서 말이야.

그러니까 정말 괜찮은 거야.
지금의 뒤처짐을 통해 너―
네가 걸어왔던 길과 걸어가야 할 길을
다시 한 번 가슴속에 되짚어 성장하는 거야.

앞만 보고 달리느라 여유가 없던 너를 위해
그렇게 아파왔던, 지쳐왔던 너의 마음을 위해
삶이 너에게 쉼과 재충전이라는 선물을 준 거야.

그 쉼과 여유 속에서 깊어지는 너의 마음과
소홀했던 자신을 돌아보는 따스함, 그렇게 넓어지는 너―
그걸 위해 삶은 너에게 뒤처짐이라는 선물을 건네준 거야.

그러니까 지금의 뒤처짐, 기쁜 마음으로 받아줘.

가장 현실적인 거?

바쁘게 굴러가는 잿빛 세상 속에서
꿈이라는 붉은 낭만을 가진 사람들.

세상은 그들을 비현실적이라 여기며
한심하다고 비웃기도 하고
현실감각이 부재하다며 무시하기도 하고
맞닥뜨린 현실이 두려워 꿈이라는
피난처로 도피한 도망자라고 말하기도 해.

꿈을 꾸는 것이 비현실적이라는 오해
하지만 사실은 가장 현실적이라는 진실.

이 세상의 모든 위대한 이들은
자신이 그려놓은 꿈의 길을 믿었으며
그 길을 포기하지 않고 끝까지 걸었던
비현실적인 몽상가였으며
세상으로부터 동떨어진 괴짜들이었어.

그들이 누군가에게 자신의 꿈을
빛나는 눈과 불타는 열정을 담아
들뜬 채 열을 내며 설명할 때면

그들과 마주한 사람들은 지루한 표정으로
고개를 절레절레 저으며 쯧, 하고 혀를 찼지만
그럼에도 그들은 실망하지 않았던 거야.

믿었던 거야. 자신의 꿈을
그리고 포기하지 않았던 거야.

그들의 꿈에서 흘러나온 수많은 건축물과 발명품들
시와 소설 그리고 음악, 수많은 이론들
그리고 이 세계에 없어서는 안 되었던 지도자들.

지금의 이 시대를 만들어간 건 그들의 꿈이었던 거야.

그러니까 꿈꾸는 것이 비현실적이라는
차갑고 건조한 오해를 벗어던지고
지금부터는 너의 꿈을 믿고 따라가.

그 꿈이 너에게
가장 위대한 현실을 선물해줄 테니까.

그리고 훗날 세상을 향해 말하는 거야.

내가 위대해질 수 있었던 것은 꿈을 꾸었기 때문이고
그 꿈을 단 한 번도 의심한 적이 없었기 때문이라고.

그리고 꿈은 나를 배신하지 않았고
마침내 지금의 위대한 현실을 선물해줬다고.

매일이면 찾아오는 아침과 막연함의 엄습
오늘 하루를 어떻게 보내야 하는 걸까
그렇게 내쉬는 막막함과 답답함의 한숨
그리고 널 일어서게 만드는 회색 의무감.

어쩌면 살아가는 게 아니라 죽어가고 있는 게 아닐까
그런 생각이 들어 버틸 수가 없는 공허에 축 처진 어깨와
열정을 잃은 건조한 눈빛. 그리고 식어버린 심장의 온도.

문득 들려오는 어느 곳의 어떤 사람, 그 꿈 이야기.
밝게 빛나는 눈동자와 생기발랄한 표정
물어보지 않아도 알 수 있는 그들의 행복함
끊임없이 박동하는 그들의 심장, 그 붉은 두근거림.

언제나 많은 사람들로부터 무시를 당했지만
결국은 위대한 업적을 이룩한 꿈의 사람들.

그리고 그들이 너무나 부러워 초라한 지금의 너.
무의미한 삶의 연속과 가치 없는 매일의 살아감에
활력을 잃었고 뜨거움은 식어버렸으며
삶을 향한 열정과 의욕은 고갈되어 버린 거야.

그러니까
너를 가장 설레게 했던, 즐겁게 했던, 살아있게 했던
너의 꿈- 그 지치지 않는 열정과 행복을 지켜줘
꿈이 비현실적이라 비웃는 세상으로부터 너의 꿈을 지켜줘.

꿈꾸는 것, 그것이 가장 현실적인 거니까.

아픔은 성장의 신호

때로 아픔에 사무친 건
성장의 도약을 위한 신호야.

깊은 슬픔과 차디찬 세상.
심연의 우울, 그 속의 허우적거림.

괜찮아
넌 이겨낼 것이고 성장할 테니까.

시련이 찾아오는 건
너에게 이런 말을 하는 거야.

"이 관문을 넘어 성장해라
그것을 위해 난 널 찾아왔어."

우리는 경험을 통해 성장하는
지구별의 여행자들인 거야.

그러니 지치고 힘겨울 각오를 해
이를 악무는 거야.

어떤 여행길이 순탄하기만 하겠어
아픔이 있기에 행복이 있는 거야.

그 양면이 없다면
우린 감정이 메마른 기계가 될 뿐이야.

그러니 무너지지 마
흔들리지 않는 너의 행복을 위해

네가 감당할 수 있는 딱 그만한 아픔이
널 찾아온 것일 뿐이야.

그리고 그것을 딛고 일어선 정상에서
모든 아름다움을 만끽하며 웃는 거야.

그러기 위해
잠시 힘든 여정을 지나고 있는 것뿐이야.

정말 괜찮고, 괜찮아.
어떤 일이든 우리는 그 경험을 통해 성장할 테고
아픔과 시련은 스스로를 돌보게 하는
그로 인해 우리가 더욱 성장할 수 있도록
삶이 우리에게 건네어준 선물 보따리니까.

그러니까 지금 조금 아파도 괜찮아
정말 괜찮은 거야.

네가 더 튼튼히 행복했으면 하는 마음으로
너를 찾아온 아픔과 시련이라는 선물
기쁜 마음으로 끌어안고 꼭 성장해서
정말 건강하고 튼튼히 행복하면 되는 거야.

너무나 어둡고 답답한 시련의 긴 강을 건너며
지금 나 제대로 된 길을 가고 있는 걸까, 하는 걱정에
너무나도 힘겨워 모든 것을 포기하고 싶은 너에게
그 끝을 도무지 알 수가 없어 포기하고 싶은 너에게

난 확신을 가지고 말해주고 싶어.

지금 네가 가고 있는 길은 무조건 제대로 된 길이라는
꼭 강의 끝에 도달해야만 제대로 된 것은 결코 아니라는.

너만이 가고 있는 삶의 어떤 길 위에서
넌 너만이 할 수 있는 경험을 하며
너만의 의미와 가치를 찾아 성장할 거야.

너는 지금의 강을 건너며 무조건 성장할 것이고
그 성장함으로 인해 너의 길은 무조건 바른 길인 거야.

때로 실패의 아픔을 맛보며 처참하게 쓰러질 때도
최선을 다했음에도 네가 세운 목표의 끝에 도달하지 못해
허망한 비탄에 빠지는 순간도 역시 있을 거야.

하지만 넌 그 경험 속에서 많은 것을 느꼈고
많은 것을 배웠고, 그만큼 성장하고 있었던 거야.

그게 시련과 아픔이 주는 모든 의미였던 거야.

그러니까 아파도 괜찮아. 정말 괜찮아.
그 아픔이 너에게 주는 의미를 완성해 부디, 행복해줘.

두려움이라는 환상

어릴 적 만화를 보는데 이런 장면이 있었어.

제자가 스승으로부터 정말 좁은, 양 옆이 모두 절벽인
보기만 해도 아찔한 길을 지나가야하는 과제를 받은 거야.

제자는 위험천만한 그 길을 걸어갈 엄두조차 내지 못하고
두려움에 사로잡혀 눈을 꼭 감은 채 벌벌 떨고만 있었어.

문득 그 만화를 생각하다
내가, 그리고 두려움에 떨고 있는 네가 생각난 거야.

그 만화에서 스승은 제자에게 이런 가르침을 줘.
지금 네가 걸어가는 이 길이 절벽에 둘러싸여있다는
그 절망적인 생각으로부터 벗어나 다채로운 꽃과
푸르른 나무들로 둘러싸인 들판이라 상상할 수 있다면
넌 두려움을 이겨내고 이 길을 사뿐히 건너갈 수 있을 거라는.

그 가르침을 듣고 제자는 상상하기 시작했어
그리고 그 상상을 그대로 믿기 시작했어.
그런 다음에는 믿음대로 행동하기 시작했고
엄두조차 나지 않던 그 길을 가볍게 건너게 된 거야.

만약 절벽에 둘러싸인 이 길과 똑같이 생긴 길이
들판에 있었다면 우린 그 길을 전혀 두려워하지 않았을 거야.

두려움이라는 것이 그런 거야
막상 해보면 아무것도 아닌데 앞선 상상으로
우리의 발을 붙잡아 시작조차 하기 힘들게 만드는 거.

이 길을 걷다 낭떠러지에 떨어지기라도 하면 어떡하지
사나운 짐승을 만나게 되면 어떡하지
이 길이 가시밭이라 온몸이 상처투성이가 되면 어떡하지

잘못된 친구들을 만나 버림받으면 어떡하지
괜히 도전했다가 부끄러움만 느끼게 되면 어떡하지
내가 사랑하는 만큼 저 사람이 나를 사랑해주지 않으면 어떡하지
꿈에 대한 믿음이 알고 보면 오만이어서
성공이 아닌 굶주림과 고된 시련만 얻게 되면, 그때는 어떡하지.

길을 걸어보기도 전에 두려움에 주저하여 포기한 채
조금 더 안전한 길은 없을까 찾아보던 우리였던 거야.

하지만 위험을 감수하지 않은 삶 속에는
가치 있는 배움도, 값진 경험이 주는 삶의 의미도
용기를 냈음이 가져다주는 너만의 성장도 없는 거야.

이 삶을 지옥과 천국으로 만드는 것은
오직 지금 이 순간의 너의 믿음과 생각뿐이었던 거야.

네가 걷고 있는 길이 가파른 절벽 사이의 좁은 길이 될지
새들이 지저귀고 꽃들이 바람과 키스를 하며 흔들리는
그리고 울창한 나무들이 그늘이 되어주는 낙원이 될지는
지금 네가 어떻게 마음을 먹느냐에 달린 거니까.

지금 이 순간에 살아있는 것만으로도
앞으로 이 삶을 살아가는 것만으로도 기적인 거잖아.

이렇게 숨을 쉬고 호흡하는 것만으로도
그저 태어나 존재한다는 것 자체만으로도
두 번 다시 일어나지 않을 너무나도 벅찬 기적인 거잖아.

그러니 두려울 게 뭐가 있어?

살아온 기적, 살아갈 기적에 감사하며
네 앞에 펼쳐진 모든 삶의 경험을 기쁜 마음으로
-비록 그것이 널 아프게 할지라도-
느끼고 배워가며 성장해나가면 그것이 행복인 것을.

존재한다는 기적이 이미 일어났는데
왜 그것에 만족하지 못하고 더 많은 것을 욕망하고 갈구하며
그렇게 너 스스로를 불완전한 존재로 여기며
스스로 불행을 선택하는 거야?

그러니 그 무엇도 두려워하지 마.

네가 걸어가고 있는 이 길이
너무나 감사하고 행복한 선물이라는 것을
너를 무조건 성장시키기 위해 삶이 건네어준
너무나도 진귀한 보물이라는 것을 믿고

삶이라는 이 풍성한 숲의 모든 숨결 하나하나를 느끼며
한 걸음 한 걸음 내딛어 걸어가며 성장해나가면 될 뿐이야.

문득문득 길을 걸어가다 나를 물고 늘어지는
부정적인 생각에 사로잡혀 모든 것을 포기하고 싶은 순간이 있어.

안개가 드리워진 음침한 늪 속을 걷는 것 같아
도무지 앞을 내다볼 수 없는 갑갑함에 절망하고.
걸으면 걸을수록 무거워지는 발길에 어깨는 축 늘어진 채
잘못된 길을 선택한 것 같다는 두려움이 엄습하여
뒤로 돌아가지도, 앞으로 한 발을 내딛지도 못한 채
활력을 잃은 시들어진 눈빛으로 하늘만을 바라보고 있는 너.

그 모든 두려운 삶의 길을 만든 것은
다름 아닌 너의 생각일 뿐이었던 거야.

사실은 그 모든 것이 너의 부정적인 생각이 창조한
망상의 지옥일 뿐이었기에, 그 소름끼치게 음침한 늪은
오직 네 환상의 세계 속에서만 존재할 뿐이었던 거야.

그러니 이제 생각을 바꿔보는 거야.

드리워진 안개를 걷어내고 맑고 깨끗한 바람으로.
음침한 늪을 지우고 너의 두 발을 시원하게 적시는
물 밑바닥의 돌이 보일 만큼의 투명하고 잔잔한 개울로.

결코 만족할 수 없었던 지금의 불행한 너에서
살아 숨 쉬는 기적만으로 만족하여 행복을 누리는 너로.

그렇게 너라는 찬란한 빛을 가리던 모든 부정의 구름을 거두고
이제는 네 마음안에 차고 넘치는 감사함으로 행복의 길을 걸어가는 거야.

한 걸음만 잘못 내딛으면 떨어질 절벽 사이를 걷는 것 같아
두 다리를 부들부들 떨며 도무지 발을 내딛지 못했던
지금까지의 나, 지금까지의 너. 하지만 이제부터는 다른 거야.

불행한 상상에 빠져 인상을 찌푸린 채
시들시들한 표정과 짜증 섞인 눈빛으로
타인들에게까지 부정적 영향을 주던 너에서

잇따른 행복한 상상으로 미소를 가득 머금은 채
생기 넘치는 활력을 되찾고 그로 인해 피어난 기쁨의 꽃으로
긍정적 에너지를 발산하는 네가 되는 거야.

생각의 변화로 인해 일어난 네 존재가 뿜는 분위기의 변화로
사람도, 우주도, 모든 것이 너에게 호의적으로 바뀌어
전에는 불가능했던 일들이 이제는 수월하게 가능해지는 거야.

부족하다는 생각의 안대를 쓰고 있던 너에게
삶은 네가 원하는 것을 주기 위해 더 큰 부족함을 주었고

풍족하다는 생각의 안대를 쓴 너에게도 마찬가지로
삶은 네가 원하는 것을 주기 위해 더 큰 풍족함을 건네준 거야.

너의 삶이 지옥이 될지 행복이 될지는
오직 너의 결정과 네가 그리는 생각과 믿음에 달린 거야.

그러니까 지금부터는 부디 행복해줘.
넌 이미 행복하니까. 넌 지금도 행복할 수 있으니까.
너의 행복을 방해하는 것은 오직 너 자신밖에 없는 거니까.

아파하고 있는 너에게 힘내라는 말은 못하겠어

나도 아픈 적이 있어서
진짜 아파하고 있는 너에게
힘내라는 말은 못하겠어.

그래도 힘든 것을
그래도 아픈 것을.

그러니까
괜찮다고 말할래.

아파도 괜찮아.

분명 그 속에서 넌
무언가를 배울 테고
그 아픔을 아름다운
선물로 여길 때가 올 거야.

그러니까
부디 좋은 마음으로
기쁜 마음으로 아파줘.

아픔의 절망 속에 있는 사람은
그 속에서 행복을 찾기 위해
발버둥치는 법이니까.

행복을 바라는 마음이
더 간절해지는 법이니까.

행복을 찾아 떠나달라고
너의 몸이, 너의 마음이
너에게 부탁하고 있는 것뿐이야.

그래서
잠시 아픈 거야.

그러니까 괜찮아.

넌 아프지 않은 사람보다
더 큰 행복을 찾게 될 것이고
아팠기 때문에
난 행복하다고 말하게 될 테니까.

그러니까 괜찮아
아파도 정말 괜찮은 거야.

더욱 크게 행복할 너를 믿고
지금부턴 부디

좋은 마음으로, 기쁜 마음으로 아파줘.

.

아픔의 의미는
정말로 그게 다였던 거니까.

정말 아파하고 있는 너에게
무슨 일이 있냐고 물어보는 것조차
주제넘는 것 같은 순간.

그렇다고 막연하게 힘냈으면 좋겠다 말하기엔
그 말이 아픈 순간에 처한 너에게
아무런 힘이 되지 않는 말인 걸 알기에

아파도 괜찮다고.
지금의 이 아픔으로 인해
너- 언젠가 성장할 거라고
그러니까 부디
기쁜 마음으로 마음껏 아파달라고

나- 그렇게 말하고 싶어.

마음껏 아파해
힘낼 필요도 없고
아프지 않을 필요도 없어.

그냥 아픈 만큼 아파하는 거야.
그렇게 너의 몸과 마음에서 아픔을 쏟아내고
오직 진실함만을 남긴 네가 되어

그렇게 진심 그 자체의 아름다움이 되어
진짜 행복하면 되는 거야.

정말로, 그게 다인 거야.

언젠가 많은 것을

언젠가 많은 것을 일러야 할 이는
많은 것을 가슴속에 말없이 쌓는다.

언젠가 번개에 불을 켜야 할 이는
오랫동안–
구름으로 살아야 한다.

Wer viel einst zu verkunden hat
언젠가 많은 것을

[Friedrich Nietzsche
프리드리히 니체]

묵묵하게 때가 오기를 기다리는 인내
참을 줄 알아야 빛이 될 수 있는 거야.

구름 사이를 걷는 것만 같은 지금의 답답한 시간들은
삶이 너의 간절함을 시험하기 위해
구름 너머의 빛이 될 자격이 있는지를 알아보기 위해
시련으로 변장한 채 찾아온 선물인 거야.

그러니까 명심해.

-많은 것을 이루기 위해
번개에 불을 켜기 위해-

조금 지치고 힘든 시간을 지나가야만 한다고
그래서 구름 속을 잠시 헤매고 있는 것뿐이라고.

앞으로의 너의 삶, 더욱 단단해지기 위한 인내를
그렇게 흔들리지 않는 행복과 진중함의 깊이를 배우기 위해
지금 이 시간들, 오롯이 지나가야만 하는 거야.

그러니까 괜찮아, 정말 괜찮아.
여태까지 잘해왔던 거야, 충분히 잘해왔던 거야.

더 아름답고 멋진 존재가 되기 위해
조금 늦는 거야, 조금 답답한 거뿐이야.

그러니까 지금의 너를 가리고 있는 구름에
너를 성장하게 해줄 삶의 선물에 감사해줘.

두려움으로부터 널 지켜줘

그 누구도 두려워할 필요 없어.

누군가를 두려워한다면,
그건 그 누군가에게 자기 자신을
지배할 힘을 내주었다는 것에서 비롯하는 거야.

[헤르만 헤세, 데미안]

두려움을 포착한 인간은
때로 본능적인 인간의 간사함과 비열함으로
두려움에 벌벌 떨고 있는 그 누군가를
자신의 아래에 두고 마음껏 이용하려고 하는 거야.

따라서 관계에 있어 두려움을 갖는 것만큼
나 자신의 가치를 떨어뜨리고 함몰하는
그로 인해 나를 누군가의 아래에 예속시키고
존중이 아닌 은밀한 이용과 지배 아래 놓이게 하는

그렇게 자기 자신을 스스로 낮은 자존감의 늪에 빠뜨려
너덜너덜한 상처투성이로 만드는 시도는 없는 거야.

끊임없이 누군가의 눈치를 살피고
누군가의 마음에 들기 위해 배려하는 너의 순수함이
처절하게 짓밟혀 너 스스로의 존재가 바닥을 치는 기분이 들 때

너의 배려는 너의 가슴 속 깊숙한 진심에서 우러나오는
진짜의 따스한 친절과 진짜의 그윽한 미소가 아닌

그저 너 자신의 있는 그대로의 색과 깊이를 잃은 채
타인에게 좋은 사람으로 비춰지기 위한 낮은 자존감의 시도였고

타인이 혹여나 너를 미워하진 않을까 전전긍긍하는 두려움
그 허망한 두려움으로부터 비롯된 가식의 발악이었던 거야.

처음에는 너의 친절에 감사를 표했던 상대가
그 계속되는 친절을 당연하게 여기게 되고
그 익숙함으로 인해 너를 함부로 하게 되는 것은
그 배려의 시도가 두려움의 눈치에서 비롯됐기 때문이야.

그러니까 이제는 너 스스로의 가치를 지켜줘.

타인의 눈을 통해 바라보는 네가 아닌
네가 바라보는 너의 잣대로써 세상을 살아가줘.

그 진짜의 단호함으로 아닌 것을 거절하고
소신 있음에서 풍겨지는 깊이와 다름의 성숙함으로
그 품위 있는 그윽함의 향으로
그렇게 진짜의 카리스마 있는 눈빛으로
이용과 지배로부터 벗어나 쌍방 존중의 관계를 맺어봐.

나를 규정하는 기준이 내가 아닌
타인의 눈이 되어버린 지금의 너.

그렇게 평생의 여정을 통해 형성된 너라는 존재의 가치는
천천히 소멸, 서서히 상실, 어느새 증발.

네 마음속에 있어야 할 네가 없음으로 인해 엄습하는
육중한 공허의 텅 비어버림.
손에 움켜잡은 모래알처럼 쏟아지는 진짜 너
그렇게 바래진 색, 잃어버린 존재, 남겨진 잿빛.

처음엔 너는 너였고 나는 나였는데
어느새 네가 바라보는 내가 되어버린 나.

타인이 나를 어떻게 생각할까 전전긍긍
두려움에 떨다 과도한 배려와 맞춤으로
스스로를 살해해 자신을 잃어버린 너와
자신의 존재를 소멸한 살인자를 지배하고 이용하는
타인이라는 새로운 너의 주인.

어느새 처음의 존중은 사라진 채
당연해진 너의 배려와 친절
그렇게 무참히 짓밟히기 시작한 너의 자존감.

어디서부터 잘못된 걸까
왜 사람들은 나를 무시하지 못해 안달난 걸까
어째서 나에게 무언가 요구할 때 정중하지 못한 걸까
왜 나의 친절과 배려는 너무나도 당연한 것이 되어버린 걸까.

그 모든 것은 네 마음속 두려움으로부터 비롯된 거야
그러니까 이제는 그 누구도 두려워하지 마.

넌 누군가를 두려워할 만큼 가치 없는 존재가 아니니까.
이 세상에서 단 하나뿐인 너무나도 아름답고 멋진 존재니까.

타인들이 너를 어떻게 생각할까 걱정하지 마.
어떻게 생각하든 괜찮으니까, 정말로 괜찮으니까
나를 믿고 너 스스로의 있는 그대로를 지켜줘.

그렇게 너를 지켜낸 단호함으로 세상을 살아가.

타인들이 너를 착하게 바라봐줬으면 하는 기대가 아닌
너의 마음속에서 너무 돕고 싶어서 우러난 친절을 베풀어줘.

타인들이 너를 나쁘게 볼까 하는 두려움이 아닌
너 스스로가 생각하는 잣대로 옳고 그름을 규정해줘.

네가 한 거절에 타인이 너를 미워할까 하는 우유부단함이 아닌
네가 생각하기에 No면 거절, Yes면 그 부탁을 들어주는 거야.

더 이상 네가 살아갈 세상을 타인이 지배하게 하지 마.

평생의 여정을 통해 네가 경험한 가치와 의미가 너에게 스며들어
너라는 빛의 명암과 너라는 색의 채도와 너라는 존재의 향기를
너 스스로가 너를 소중하게 여기는 자존감의 고도를 결정할 테니까.

두려워하기엔 있는 그대로가 너무나 고귀하고 멋진 너니까.

너의 색을 지켜줘

언제부터였을까
우리의 가슴이 삭막해지고
이토록 잿빛으로 물들게 된 것은.

맑은 청초를 잃고 공해로 물든
저 하늘의 공허한 회색에서
허망의 비가 주룩주룩 쏟아져

우리만의 색채라는 개성과
고유의 관점을 지워내고 앗아갈 때
우리가 스스로를 지켜내지 못한다면

우린 자신만의 빛과 색을 잃고
바래진 채 잿빛 세상을
공허하게 살아갈 수 있을 뿐이야.

세상이 주는 의미와
세상이 주는 삶의 방식
세상이 주는 가치들.

그 속에서
너라는 색깔은
잘 지켜지고 있는 거야?

다른 사람의 눈치를 보며
다른 사람의 마음에 들기 위해
어쩌면, 진짜 나의 본질을 저버린 채
세상이 원하는 내가 되어 연극을 하는 삶.

그렇게 진짜 나는
나에게조차도 사랑받지 못한 채
심연의 어둠 속을 서성이며
상처받고 아파하고 있었던 거야.

언제부턴가 너도 모르게 사라져왔던 너의 색
그렇게 상실되어 가고 있는 너라는 존재의 개성
그로 인해 알 수 없는 공허를 느끼며
기계처럼 하루를 살아가는 너와 나.

"너무 아파. 내가 왜 살아가는지 모르겠어.
가슴 한 구석이 텅 빈 것만 같아."

살아가는 이유와 의미를 잃은 채
무너지고 있었던 거야. 쓰러지고 있었던 거야.

부탁할게. 너의 색을 믿어줘. 지켜줘.
이 세상에 단 하나뿐인 너라는 존재의 색을
있는 그대로 아껴주고 사랑해줘.

틀린 게 아니라 조금 다른 것뿐이잖아
그렇기에 더욱 아름답게 빛나는 너잖아.

그런 사람들이 있어
자신의 색을 있는 그대로 아껴주고 사랑하는 사람들
부끄러워하기보다는 오히려 당당하게 여기는 사람들.

그런 사람들의 '다름'은
이질적이기보다는 매력적으로 비치는 거야.

그 매력으로 자신을 지키며
세상으로부터 존경과 사랑을 받는 거야.

그 사람들과 너의 차이는
너라는 존재를 있는 그대로 아껴주고 사랑하는 마음
바로 자존감이 있고 없고의 차이인 거야.

그러니까
너의 색을 있는 그대로 아껴주고 사랑해줘.

거절당하는 것을, 그리고 거절하는 것을 두려워하며
너 스스로를 속인 채 타인의 모습에 맞추어왔던
지금까지의 너는 얼마나 힘들고 아팠던 거야?

이제는 세상의 잿빛으로부터 너를 지켜내는 거야
너의 색을 있는 그대로 아껴주고 사랑해 주는 거야.

뚜렷한 너인 채로 세상을 마주하는 거야
틀림의 이상함이 아닌, 다름의 매력인 채로
그렇게 있는 그대로 사랑받고 사랑하는 거야.

잿빛으로만 그려진 무지개를 신이 그렸다면
우리는 무지개를 아름답다 여기며 감탄하지 않았을 거야.

빨주노초파남보 이 모든 색들이 어우러졌을 때
그때야 비로소 무지개는 아름다워지는 거야.

너 자신을 속인 채
타인의 모습에, 세상의 기준에 맞춰왔던
지금까지의 너— 얼마나 힘들었을까. 얼마나 아팠을까.

있는 그대로도 충분히 아름다운 거였는데
왜 여태 몰라주었을까.

괜찮아
그것을 알기 위해 꼭 아파야만 했던 거야
꼭 무너져야만 했던 거야.

공허함에 사무친 채 한숨짓는 시간이 있었기에
그런 아픔이 있었기에 변화를 찾아 발버둥치게 되었던 거야.

그러니까 괜찮아. 이제는 괜찮아
아파왔던 너에게 토닥토닥, 괜찮다고 말해주는 거야.

이제는 너의 있는 그대로를 부정하지 말아줘
더 이상 다른 사람들의 기준에 널 맞추지도 말아줘.

너인 채로 충분히 아름다우니까. 충분히 빛나고 있으니까
이제는 너의 색을 지켜주는 거야. 그렇게 사랑해 주는 거야.

한 번 더 부탁할게

네가 지금 어떤 시련을 통과하고 있든
그걸로 인해 넌 더 강해질 거야.

모든 아픔은 그걸 위해서 찾아온 거니까.

인간의 마음은 간사하고 나약해서
평화만 존재한다면
자신의 성장엔 소홀하게 되거든.

그렇게 타성에 젖은 너의 마음을
흔들어주고 일깨워주기 위해서
지금의 아픔이 널 찾아온 거야.

너는 아직 갈 길이 많다고
너는 더 큰 행복을 누릴 자격이 있다고
너는 더 좋은 사람을 만날 수 있다고 가르쳐주기 위해서.

이 아픔을 통해 너의 잣대는 성장할 테고
넌 조금 더 아름다운 것이 뭔지
진정한 행복이 뭔지 배우게 될 거야.

그러니 아파도 괜찮아. 정말 괜찮아
지금의 아픔이라는 선물을 통해 성장할 너니까.

그러니까 부디 기쁜 마음으로 아파줘.

미성숙으로 인한 찌푸림에서 성장으로 인한 그윽함으로
얕은 사고의 좁은 잣대에서 깊어짐의 넓은 시각으로
그렇게 조금 더 아름다운 세상을 눈에 담아내기 위해
아파야만 했고 시련을 오롯이 감당해야만 했던 거야.

그걸 위해 찾아온 아픔으로 위장한 선물을
폭발할 시간이 얼마 남지 않은 시한폭탄을 든 것처럼
포기한 채 도망가고자 하는 지금의 네 마음에게 부탁할게.

너의 성장을 위해, 행복을 위해 이 아픔을 견뎌내줘
도망친 채 외면하지 말고 마주한 채 꿋꿋이 이겨내줘.

아프지 말라고, 피할 수 있는 아픔이니 도망가라고
상처받지 않는 도주로를 찾아 편한 길을 걸어가라고
그렇게 안전한 삶을 살아가달라고 부탁하고 싶지 않아
아파도 괜찮으니까. 이 아픔을 통해 꼭 더 행복해질 너니까.

그러니 너를 이토록 짓누르는 지금의 아픔이 너를 성장하게 해줄 선물임을,
너를 더욱 아름다운 존재로 가꾸어줄 신의 사랑의 손길임을 믿고
기쁜 마음으로, 부디 기쁜 마음으로 마음껏 아파줘.

그렇게 깊어진 너의 눈동자, 넓어진 너의 따스한 마음이
뿜어내는 분위기 자체가 형언할 수 없는 지고의 아름다움
그 자체가 되어 이전엔 미처 이겨내지 못했던,
바라볼 엄두조차 나지 않던 이 세상을 딛고 웃을 수 있는
오직 그 성장함을 위해 찾아온 아픔이라는 사랑의 어루만짐-

그 손길, 한 번 더 부탁할게, 부디 기쁜 마음으로 받아줘.

스스로를 위로해줘

친구가 실연을 당했을 때
넌 친구에게 괜찮다고
더 좋은 사람 만나려고 그런 거라고
위로하며 토닥여주기도

친구가 세상의 의미를 잃고 방황할 때
넌 친구에게 괜찮다고
이 방황으로 인해 진짜 꿈을 찾게 될 거라고
그러니까 너무 조급하게 생각하지 말고 즐겨보라고
그것이 인생 아니겠냐며 힘을 주기도

친구가 힘들다고 찾아왔을 때
넌 시간을 내어 그 친구의 이야기를 들어주고
술 한 잔 기울이며 하루가 지나도록
친구의 곁을 지키며 함께 있어주기도 하잖아.

하지만 너 스스로가 무너졌을 땐?

네가 실연당했을 땐
넌 밥도 굶고 울고 불며 너를 자책하고 원망하며

네가 방황하고 있을 땐
공허한 한숨을 내쉬며 머리를 움켜잡은 채
"나 따위가 이렇지 뭐, 도무지 왜 살아가는지 모르겠어."
늘 그런 식으로 스스로를 꾸짖어 더 지치게, 아프게 하잖아.

네가 힘들 땐
단 한 순간이라도 너 스스로의 마음
힘이 나도록 위로가 되도록
함께 있어주고 돌봐준 적, 여태 없었잖아.

그러니까 너, 지치고 힘들 때
이제는 너 스스로를 위로해줘.

너와 함께 영화관에도 가보고
맛있는 밥도 먹고
위로가 되는 책도 읽고 음악도 듣고
낮잠도 실컷 자고
거울을 보며 웃어보기도 하는 거야.

그렇게 괜찮다고 말해주는 거야.

진짜 힘들 때
네가 기댈 수 있는 곳이
영원하지 않은 타인의 품이 아니라
너 스스로의 영원한 품이 될 수 있도록

지금부터 너 자신을 위로해주는 거야.

그럼에도 괜찮다는 말
타인에게는 말하기가 쉬웠던, 그러나
스스로에게는 내뱉기가 참 힘들었던 그 말-

그렇게 네 마음은 멍든 채로 만신창이가 되어 가는데
너는 그 상처의 얼룩, 더욱 번지도록 도지도록
너의 마음 보채며 몰아세워 왔던 거야.

그 아픔의 시간들 겪으며
너의 마음은 너에게 쉬어 달라고 애절히 부탁하는데
넌 그 소리에 귀 기울이지 않은 채
잠시의 여유조차 허락하지 않은 채

스스로를 비난하며 자괴의 늪 속에서 허우적허우적
그렇게 숨조차 쉬기 힘든 심연의 고독 속에서
자책하며 또 후회하며 너의 마음 후벼 파고 있었던 거야.

이제는 말해줘
괜찮다고, 그럼에도 괜찮다고.

이제는 타인을 위로하던 너에서
너 스스로도 위로할 줄 아는 네가

타인의 위로를 기다리던 너에서
너 스스로가 따스한 치유의 품이 된 네가
그런 네가 되기 위해 스스로를 위로하는 거야.

"괜찮다고, 그러니까 나 아파도 정말 괜찮다고"

Don't try

찰스 부코스키의 유언이자
그의 무덤에 새겨진 말
돈 트라이. 애쓰지 마라.

애쓸 필요가 없는 사람
애쓸 필요가 없는 일
그게 중요한 거야.

억지가 아니라는 것
억지로 애쓰지 않아도 너무 좋아서
만나게 되는 사람, 하게 되는 일.

침묵의 공기가 너무 어색해
억지로 무슨 말을 건네지 않아도
너무나 편한 사람.

머리를 움켜잡고 커피를 마셔가며
스트레스를 받으며 억지로 하는 일이 아니라
너무 좋아서, 즐거워서 하게 되는 일.

그런 사람이 네 앞에 있다면
네가 그런 일을 찾았다면
부디 소중하게 생각하고 놓치지 마.

그런 걸 '운명'이라고 부르거든
네 앞에 있는 운명적 만남
네 앞에 있는 운명적 일.

그리고 가끔은 너무 복잡할 때
너에게 주어진 지금의 삶을 향해서
이 말을 들려줘봐.

Don't try. 애쓰지 마
네가 굳이 애쓰지 않아도
세상은 흘러가게 되어 있고
넌 살아가게 되어 있으니까.

네가 지금 시련을 겪고 좌절하는 것 또한
결국 운명이 무르익지 않아서고
이 시련이 너에게 꼭 필요하기 때문이니까.

삶은 늘 네게 좋은 것만을 가져다주고
네게 필요한 것만을 가져다주니까.

지금은 겸손함을 배우기 위해
흔들리지 않을 다음의 성공을 위해
지금의 실패가 꼭 필요했던 것뿐이니까.

그러니까 Don't try. 너무 애쓰지 마

세상은 흘러가고, 넌 살아가게 되어있으니까.

너무 애쓰고 너무 억지 부릴 필요 없는 거야
인연이라면 애쓰지 않아도 만날 것이며
인연이라면 애쓰지 않아도 너의 일이 될 거야.

그게 아니었기에 그 사람은
그 일은 너의 손에서 떠나간 거야.

흘러가는 세상의 급류, 막아서느라
너- 얼마나 힘들었던 거야?
얼마나 아파왔으며 얼마나 지쳤던 거야?

Don't try- 그러니까
너무 애쓰지 마. 이제부터는, 앞으로는.

너를 향해 무자비하게 흐르던 급류와
그것을 애써 붙잡으려 했던 너-

그렇게 아파서 펑펑
그렇게 상처 입은 채 두 다리는 부들부들
그렇게까지 붙잡아왔는데 결국 떠나가 버린 사람과 일.

어쩔 수 없는 거였어.

물에 흠뻑 젖은 채 떨고 있는 너에게 말해줘.

"괜찮다고, 더 좋은 인연과 더 좋은 일을 찾기 위해
지나가야만 했던 것이 지나갔고 이제는 우리, 그걸 알았으니까
보내주자고, 그러니까 괜찮다고, 정말 괜찮다고."

그저 들어주고 안아줘

지금 힘들어 하고 있는 사람이
너에게 자신의 이야기를 하고 있다면
그저 들어줘.

아픈 사람에게 가장 잔인한 것이
판단하는 잣대라고 생각해.

그러니까 눈을 마주한 채
귀 기울여 들어주고 위로해줘.

힘내, 라는 말보다
힘들었지? 라며 꽉 안아줘.

타인의 아픔을 나약으로 정의한 채
그 정도로 힘들어하냐는 어투로
그 사람의 힘듦을 내려다보지 말아줘.

그저 들어줘.

아픈 사람에게 가장 필요한 건
그 어떤 충고도 위로도 아니야.

그저 들어주고
따스한 온도로 안아주는 거
단지 그게 필요한 것뿐이야.

진짜 함께한다는 것

항상 누군가와 함께하고 있는데
마음 한구석이 외롭고 쓸쓸한 것은
진심 어린 공감이 부재하기 때문이야.

마주한 채 이야기하고 있지만
상대는 이야기를 듣는 체하며 다른 생각을 하거나
다음에 할 이야깃거리를 머릿속에서 준비하고 있기에
서로에게 오롯이 집중하고 있지 않기 때문이야.

그런 공감의 부재와 집중의 결핍이
함께함에도 혼자인 것만 같은 외로움을 자아내
우리의 마음을 쓸쓸하고 고독하게 만드는 거야.

그러니까 이제는 진심으로 들어줘.

귀를 쫑긋 세우고 상대방의 예쁜 눈을 바라보고
그의 표정 하나하나와 목소리에 담긴 감정을 읽는 것.

그 경청의 태도가 공허로부터 우릴 구원해
마음을 채워주고 위로해주고 토닥여줄 테니까.

그러니 지금 함께하는 누군가가 있다면
그 사람에게 너의 마음을 고스란히 쏟아줘.

공감해주고 집중해주는 사람이 되어준다는 것은
타인의 삶에 단 하나뿐인 깊은 존재가
위로의 존재가 되어 마음에 진심으로 스며드는 일이야.

그렇게 너부터가 진심의 존재가 되면
너를 소중히 생각하고 존중하는 상대방은
자신 또한 그 마음에 보답하기 위해서
너에게 진심이 되기 위해 최선을 다하는 거야.

해서, 어딘가 비어버린 공허한 관계에서
서로를 진심으로 꽉 채우는 연결로 인해
분리를 넘어 하나됨이라는 꽉 찬 관계가 되어

기쁜 일이 있을 때 함께 기뻐해주는
슬픈 일이 있을 때에도 함께 슬퍼해주는
그 단순하지만 너무나 드물었던
그래서 간절했던 진솔한 공감의 존재가 되어주는 거야.

그런 단 하나의 존재가 내게 있다는 사실이
너무나도 위로가 되고 든든해서
혼자인 것만 같았던 쓸쓸함에서 벗어나
함께한다는 풍성함으로 채워지는 거야.

그러니까 이제는 함께함에도 함께하지 않는다는
그 역설의 차갑고 고독한 분리에서 벗어나
진심 어린 공감과 집중이라는 따뜻한 연결로 함께해줘.

언제나 사람들에게 둘러싸여 함께하지만
그럼에도 문득문득 찾아오는 처량함.

철저히 혼자라는 생각에 떨어지는 슬픔의 눈물과
그 육중한 우울의 무게를 감당하지 못해
부들부들 떨리는 두 다리로 위태롭게 살아가는
너무나도 차갑고 고독한 나의 삶.

하지만 이제는 알게 됐어
나부터가 따뜻해져야 한다는 것을
나부터가 진심이 되어 타인에게 스며들어야 한다는 것을.

그래서 조밀한 집중, 그렇게 진술한 공감.

그렇게 시작된 농밀한 연결의 하나됨으로
함께함에도 함께하지 않는 패러독스의 차가운 고독을
따스하게 녹이고 이제는 서로에게 꽉 찬 진심이 되어주는 거야.

나의 이야기를 들어주는 존재가 내게 있다는 것
마주한 사람의 이야기를 들어주는 내가 있다는 것.

그 든든한 사실 하나에
외로웠던 삶이 위로받고 풍성해지는 거야.

지금 우리의 외로움에 정말로 필요했던 것은
나를 화려하게 치장하는 탐닉이, 허공을 떠도는 수많은 대화와
나를 둘러싼 숱하게 많은 차갑고 건조한 존재들이 아니라
그저 단 한 사람의 따스하고 진술한 존재였을 뿐이니까.

판단의 구름에서 이해의 빛으로

문득 저 사람은 이렇고 이 사람은 저렇다, 라고
사람을 너의 잣대로 판단하는 순간이 있어.

너는 네가 알지 못하는 것을 결코 볼 수 없어.

즉, 그 판단하는 마음은
결국 너의 내면에 있는 너의 성향 중 한 면이야.

그러니까 명심해.

다른 사람의 마음에는
네가 가지고 있지 않은 많은 면들이 깃들어 있기에
때로 너의 판단이 완벽한 오해일 때도 있다는 것을
인정할 줄 아는 겸허한 마음이 언제나 필요하다는 것을.

넌 오직, 네가 가지고 있는 너의 성향만큼만
타인을 판단할 수밖에 없다는 것을
때문에 넌 결코 타인의 무엇 하나 온전히 알 수 없다는 것을
그래서 네가 일삼는 판단은 언제나 너의 오만에 그친다는 것을.

난 그렇게 생각해
판단하는 마음이 드는 순간은
타인을 마음껏 판단할 수 있는 기회가 아니라
너의 마음의 한계를 깨달을 수 있는 기회라고.

저 사람은 이래서 못났고 이 사람은 저래서 못났다, 라는
그 판단하는 마음으로 인해 정말로 못나지는 것은
있는 그대로 너무나도 완벽한 그들이 아니라
그 아름다움을 보지 못하는 너의 마음일 뿐이니까.

사람은 모두 저마다 살아왔던 삶이 있고
상처가 있고, 처해진 상황이 있고, 각자의 깊이가 있어.

네가 눈앞에 보이는 그 찰나의 단편으로
타인의 길고 긴 장편의 이야기를 판단한다는 거
모두에게 주어진 삶의 무게를 함부로 짓밟는
너무나도 얇고 어린 마음의 오만한 태도였던 거야.

그러니까 이제는 너의 편협한 잣대로
타인을 판단하고자 했던 오만을 내려놓고

그런 마음이 생길 때마다 사실 정말로 못나지는 것은
네가 판단했던 타인이 아니라, 너의 마음뿐이라는 사실을
가슴 깊숙이 깨닫고 네 마음을 되돌아볼 기회로 삼아줘.

오늘 하루, 타인을 향해 드는 부정적인 생각만큼
넌 성장해야할 과제를 삶으로부터 선물 받은 거야.

저 사람은 이래서 싫다, 라는 부정성 하나에
그 싫음을 보는 네 마음속의 부정성 하나를 바라보고
그렇게 부족함을 깨달아 조금 더 겸손해지고 넓어지고
깊어지고 따뜻해지고 친절해질 성장의 선물 말이야.

타인의 부족함을 바라보며 마음껏 휘두르던 잣대로
상처받는 것은 있는 그대로 너무나도 아름다운 그들뿐 아니라
사실은 넓고 포근한 너의 아름다운 마음이기도 했던 거야.

살아가며 습득한 거짓된 신념들이 깨끗한 너의 마음 위에
하나, 둘 태양을 가리는 구름처럼 쌓여 사랑의 빛을 잃은 채
넌 네가 아닌 네가 되어 세상을 향해 판단을 일삼아왔던 거야.

그러니 문득문득 판단하는 마음이 피어오를 때마다
네 마음속에 있는 수북이 쌓인 저 잿빛 구름들을 거두어내
따뜻했던, 너무나도 포근하고 아름다웠던 너의 빛을 되찾아줘.

너의 순수함을 앗아간 너의 오만과 그로 인해 상처받은 타인과 너.

그렇게 본연의 빛을 잃은 채 너를 둘러싼, 너무나 어둡고 답답한
구름 속을 헤집으며 진짜 너를 잃었다는, 타인에게 상처를 줬다는,
신의 권리를 침해한 채 판단을 휘둘렀다는 죄책감에 네 마음은
두려움에 벌벌 떨며 오직 네가 성장해주기만을 기다려왔던 거야.

그러니까 이제는 본연의 순수한 너를 가려왔던 오만의 구름을
이해라는 깊고 따스한 빛으로 거두어내 진짜 너를 되찾아줘.

그 포근한 빛으로 인해 녹아내리는 판단과 지워진 거짓 위에
새롭게 쓰인 이해라는 사랑의 언어, 그렇게 반짝, 빛나는 너.

이제는 알게 된 거야
세상은 지금도 충분히 아름답다는 것을
그 누구도 그 아름다움을 판단으로 훼손할 자격이 없다는 것을.

성장하기에 완벽한 거야

세상을 살아가는 이유가
어떤 것을 소유하기 위해서가 아니라
무엇이 되기 위해서가 아니라

오직 성장하기 위해서라면
우리의 삶엔 불완전도, 실패도 없어.

지금의 시련과 아픔을 통해
우리는 성장이라는 우리의 유일한 목적을
이루어나가고 있는 거니까.

그러니 아파도 괜찮아
조금 슬퍼도, 때로 주저하더라도
한 걸음을 내딛기가 두려워 머뭇거리고 있더라도
괜찮아, 정말 괜찮아.

우리가 오르는 성장이라는 산은
그 고도에 관계없이 모두 아름다운 거야.

낮은 곳의 풍경엔 딱 그만한 아름다움이 있고
높은 곳의 풍경엔 또 그만한 아름다움이 있는 거야.

그래서 각자의 위치에서 바라보는 모든 풍경은
잴 수도, 비교할 수도 없이 '있는 그대로' 아름다운 거야.

이제 산을 향해 한 걸음을 내딛는 사람도
산의 정상까지 한 걸음이 남은 사람도
정상에 깃발을 꽂고 내리막길을 걸어가는 사람도
그 사이의 어느 지점에 무수히 많은 사람 또한 있겠지만

중요한 건 우리가 성장의 산에 발을 내딛었다는 사실이야.

그러니 높이 있는 사람을 바라보며 열등감을 가질 필요도
또 높이 있는 사람은 이제야 등산을 시작한 사람을 바라보며
자신은 벌써 여기까지 왔다는 자만에 빠질 필요도 없는 거야.

하나같이 모두가 성장하고 있어
너는 너대로의 길 위에서 너만의 성장을 하고 있고
난 나대로의 길 위에서 나만의 성장을 하고 있는 거야.

똑같은 풍경을 바라보며 느끼는 것이 모두 다르고
똑같은 풍경을 바라보며 성장하는 정도도 모두 달라.

그러니 높낮이는 상관없는 거야
넌 너대로의 성장을 완성해가고 있는 거잖아
난 나대로의 성장을 완성해가고 있는 거잖아.

그래서 괜찮은 거야. 정말 괜찮은 거야
그저 지금 네가 서 있는 그 위치의 풍경이
너에게 가져다주는 아름다움, 배움, 경험, 성장을 음미해봐.

너만의 여정 속 너만의 정상을 향해 나아가고 있는 거잖아
그 방향성 자체가 이미 최고의 선물이자 아름다움인 거잖아.

우리는 각자에게 주어진 서로 다른 삶의 경험을 통해
서로 다른 삶의 의미와 가치를 발견하며
모두가 자신의 성장을 완성하기 위해 나아가고 있어.
그래서 모두의 삶- 있는 그대로 완벽하게 아름다운 거야.

성장을 목적으로 태어난 우리, 그 목적을 잠시 망각한 채
다른 것들을 추구하는 실수를 저질렀지만

그럼에도 괜찮아
그 실수로 인한 아픔이 우리의 목적을 다시 기억하도록
성장이라는 유일한 존재의 이유를 기억하도록 이끌어준 거니까.

그러니까 정말 괜찮아
모든 일, 모든 상황, 모든 시련, 모든 조건
그 어떤 것이 너에게 다가왔든
넌 그것으로 인해 무조건 성장할 테니까.

그렇게 너는 추구되어야 할 유일한 목적인
너만의 성장을 완성해 나갈 테니까.

그 성장으로 인해

너는, 나는, 우리는
삶의 어떤 시점 안에서도
삶의 어느 지점 위에서도

있는 그대로 완벽하게 아름다운 거니까.

어떤 사람은 나보다 저만치나 앞서간 것만 같고
나는 너무나도 뒤처졌다는 느낌이 들 때가 있어.

같은 산의 정상을 코앞에 둔 사람들이 부러워
질투가 나고 마음이 조급해질 때
모든 것이 무너지는 것만 같아 속상하고 아파
그리고 잘할 수 있을까, 라는 걱정에 두려워.

하지만 너에겐 너만의 여정이 있고
그 여정 속 한 걸음 한 걸음이 너라는 존재를
네가 살아가는 삶의 의미와 가치를 찍어내는 거야.

타인과 비교하느라 바라보지 못했던 풍경을 바라봐
초록 나무가 바람에 살랑살랑 흔들리고
알록달록 다채로운 꽃들이 만개한 채 널 향해 웃고 있어.
타인과 비교하느라 듣지 못했던 소리를 들어봐
새들이 지저귀는 소리와 너를 향해 스쳐가는 바람
그리고 너의 발과 키스하며 바스락거리는 바닥의 소리.

너에겐 너만이 바라보고 들을 수 있는 풍경과 소리가 있고
그 속에는 너만이 부여할 수 있는 의미와 가치가 있는 거야.

너만의 정상을 향해 걸어가는 지금의 한 걸음이
너만의 여정을 너만의 색채와 가치로 물들이고,
언젠가 도달할 너만의 정상에서 추억할 지금은
이 세상에서 가장 아름다운 선물이 될 테니까.

그러니까 조금 뒤처져도 괜찮아, 정말 괜찮아.

감성적인 사람

무엇인가를 늘 계산하고 자신에게 필요한 것과
필요하지 않은 것에 대해 파악이 빠른
그렇게 조건과 상황에 따라 행동할 줄 아는
이성적인 사람보다 난, 감성적인 사람이 좋아.

귀를 쫑긋 세워 나의 아픔에 귀를 기울여주고
차가운 계산이 아닌 따뜻한 이해로 토닥여줄 줄 알고
목적과 성취보다는 과정과 방향이 중요한 사람.

그렇게 나만의 뚜렷한 중심과 색이 매력이 되어
나만의 분위기를 그윽이 풍기는 따뜻한 카리스마.

나의 욕망과 이해를 위해 관계를 맺는 비어버림이 아닌
누군가와 함께하는 동안 그저 최선을 다해 귀 기울여 들어주고
타인의 이야기와 아픔을 이해하고 안아주기 위한 채워짐으로

하늘에 수놓인 수많은 별들 중 하나와 같은 사람이 아닌
공감의 부재에 몸서리치게 고독한 이 어두운 밤의 세계를
휘영청 밝혀주는 단 하나의 눈부신 달의 존재가 되어

타인의 겉을 바라보기보다는 내면을 꿰뚫어 바라보고
타인이 힘들 때 정말 필요한 것은 그저 들어줌인 것을 알기에
진심 어린 경청으로 외롭고 비어있었던 마음, 꽉 차게 해주는 사람.

이런저런 수다와 의미 없는 지껄임의 연속된 반복으로
텅 비어버린 내면, 하지만 그 비어버림의 이유를 몰라
자신을 더욱 공허하게 하는 세속의 가치에 탐닉하고
그렇게 병들어버린 자신을 느끼지만 또다시 외면한 채

다시 시작하는 겉의 채움, 그렇게 속은 비워짐.

그 비워짐이 괴로워 더욱더 많은 이야기를 하고
맛있는 음식, 화려한 옷, 거대한 집, 값비싼 차로
자신을 치장하지만 그럴수록 더욱 비워지는 역설의 고리.

감성적인 사람이 된다는 것은 그런 것.

타인에 대한 험담을 통해
자신의 텅 빈 마음을 달래려는 잘못된 시도가 아닌
깊은 침묵과 고요로 자신의 중심을 지켜내는 것.

겉을 화려하게 꾸미고 치장하기보다는
그 병든 사고가 주는 무의미와 무가치를 가슴 깊이 깨달아
나의 내면이 건강한 만큼 나 또한 풍족하고 행복해진다는 앎으로
가치와 의미를 찾기 위한 삶의 긴 여정에 발을 내딛는 것.

그렇게 깊어지고 넓어지고 그윽해지고 포근해지는 너와
그 카리스마 있는 매력에 이끌려 너를 찾아오는 사람들과
스트레스와 내면의 한계가 만들어내던 제한된 경계가 풀려
무엇이든, 마음만 먹으면 수월하게 성취할 수 있는 세상.

세상이 살아가던 너에서 네가 살아가는 세상, 그렇게 진짜 자유.

누군가 그저 옆에 있었으면 하는 외로움이 아닌
꼭 너여야만 한다는 그 가슴 절절한 간절함으로
너의 그윽한 눈빛과 따스한 귀 기울임이 늘 그리운 것.

네가 필요에 의해 사람을 대하지 않았기에
사람들 또한 자연스레 너에게 진심이 되는 것.

거칠고 잔인한 사람이 너에게는 여리고 약한 존재가 되고
차갑고 냉혹한 사람이 네 앞에서는 눈물을 흘리고 있는 것.

질투와 경쟁심이 많아 항상 타인을 견제하던 사람이
자신의 정보를 나누어주고 네가 진심으로 잘 되길 바라주는 것.

의미 있는 사람, 이상하게 차분해지는 사람, 따뜻한 사람
카리스마 있는 사람, 매력적인 사람, 내가 좋아하는 사람
존경하는 사람, 내게 없어서는 안 될 소중한 은인인 사람.

그렇게 존재 자체가 타인에게 귀중한 보물이 되어주는 것.

암흑 같은 어둠을 거두어낸 채 휘영청 빛나는 저 달의 존재로
많은 사람들의 아픔을 들어주고 달래주는 진귀한 존재로
이런저런 가식 속 유일한 진심, 그 단 하나뿐인 위로의 존재로

겉의 가짜가 아닌 속의 진짜를 들여다보고 손을 내밀어
그 누구에게도 꺼낼 수 없었던 진짜를 꺼내게 만들어 가능해진
가면을 벗은 농밀한 소통, 그 벌거벗은 나체의 오르가즘.

내가 가진 무엇인가가 아닌 존재 자체가 끌림이 되는 진짜 매력.

안개처럼 드리워진 시련에 앞이 보이지 않는 지금의 이 시간들
저벅저벅 비틀비틀, 내가 어디로 향하는지 몰라
너무나 답답하고 막연한 현재의 내 걸음과 어슴푸레한 방향성.

괜찮아. 너무나도 아프고 힘들지만, 그럼에도 괜찮아.
꼭 아파야만 하는 아픔이었던 거야.
네가 꼭 감당해야만 하는 아픔이었던 거야.

너만의 감성을 잃어버렸다는 그 처절함을 깨닫기 위해서
너만의 색과 짙은 향, 그 고유의 분위기를 다시 되찾기 위한
그 마음을 먹기 위해서 너- 이 아픔을 걸어가야만 했던 거야.

그러니까 마음껏 아파줘. 조금 더 아프고 펑펑 아파줘.

그렇게 쌓인 아픔, 거짓된 태도의 차가운 회색과 함께
모두 쏟아내린 뒤 남은 진짜 너와 농밀한 너만의 감성.

냉혹한 이기에서 따스한 배려로
좁은 사고가 주던 판단과 편견의 진녹색 늪에서
넓은 여유가 주는 자유와 이해의 푸른 하늘로
겉만 돌던 대화의 텅 빈 공허에서
내면을 바라보는 대화의 조밀한 채워짐으로
끊임없이 치장하고 꾸며왔던 위태위태한 가짜 너에서
있는 그대로의 진짜 너, 그 탄탄한 중심으로 옮겨가기 위해

너는 지금의 아픔을 꼭 겪어야만 했고
이 치밀하고 지독한 공허의 고독을 느껴야만 했던 거야.

공허의 통증은 너를 되찾아달라는
마음의 적색 신호였고

너는 그 아픔을 느꼈기에
진짜 너를 찾아 나서게 되었던 거야.

그래서 아파야만 했던 거야.
그래서 아파도 정말 괜찮은 거야.

병들고 아팠던 지금의 너를 지나
이제는 너의 진짜 모습을 되찾아줘.

그러기 위해 겪어야만 하는
지금의 이 아픔 앞에서 무너지지 말아줘.

이를 악 물고 버티고 감당해서
네가 잃었던 너의 짙은 감성을 되찾아

세상에 빼앗겼던 너의 자유를 되돌려 받고
너만의 분위기로 주체적인 삶을 살아가는 거야.

**이제는 세상이 살아가는 너라는 잿빛 노예가 아닌
네가 살아가는 세상이라는 다채로운 주인이 되어
진정으로 행복한 네가 되기를, 온 마음 다해 바라.**

진짜 멋

키가 작고 얼굴이 못났다는 생각
남들보다 집안 형편이 가난하다는 생각
그런 생각들이 너를 사로잡아
자신감이 부족해지는, 그렇게 작아지는 느낌
그 속에서 아파하고 방황하고 있는 너.

나를 믿어줘.

피상적인 관점에 사로잡혀 네가 한없이 작아보일지라도
한없이 부족하다는 생각이 드는 겉모습에 자신감이 사라질지라도
너- 있는 그대로 멋있고 예뻐. 충분히 아름다워.

삶을 살아가며
우리가 추구해야할 진짜 멋은
내면의 아름다움으로부터 오는 품격이잖아.

잠깐 빛나다 사라질 거짓된 욕망이 가져다주는 것은
거짓된 사람들의 거짓 존경과 거짓 아첨뿐인 거잖아.

항상 물질이라는 공허한 가치로 자신을 화려하게 치장하고
그것이 줄어들면 자신의 존재가 줄어드는 것 같아 벌벌 떨며
진심을 나누지 못해 찾아오는 헛헛함에 허덕이는 그런 삶.

그게 얼마나 외롭고 쓸쓸할지 너도 이미 알고 있잖아.

그런데도 그 세계를 향해 치열하게 걸어가고 있는 거야?

마음의 소리를 잘 들어봐.
너를 향해 외치는 그 절절한 울림에 귀를 기울여봐.

네가 진정한 행복이라는 삶의 가치를 추구하지 않을 때
네 마음은 줄곧 공허함에 아파하며 이렇게 말해왔던 거야.

"이제는 진짜 행복을 위해 살아줘."

외적인 것에 의존하며 커졌다 작아졌다 하는 삶이 아닌
외적인 조건과 상황이 어떻든 흔들리지 않는 진정한 행복.
그 자유를 가능하게 하는 것은 오직 너의 있는 그대로를
아끼고 사랑하는 자존감이라는 내면의 고귀한 품격뿐인 거야.

흔들리지 않는 내면을 갖춘 사람들의 여유롭고 깊은 눈빛과
그 여유에서 새어나오는 다정함 그리고 친절한, 진짜의 미소.
그런 눈과 미소를 지닌다면, 검소한 삶의 태도로
가진 것 없어 천 조각 하나 걸치고 다님에도 불구하고
꼭 한번 만나보고 싶은 간절한 사람이 될 수 있는 거야.

마더 테레사나 간디, 그 외에도 숱하게 많은 위인들이
사람들로부터 진심 어린 존중과 사랑을 받을 수 있었던 것은
우리의 가슴을 울리며 선한 영향력을 행사할 수 있었던 것은
그들의 외모나, 그들이 소유한 무엇 때문이 아니라
성장을 목적으로 살아가며 완성해온 내면의 온전함과
매 순간을 진심으로 살아가고 사랑하는 그윽한 삶의 태도였던 거야.
그 내면의 아름다움으로 사람들의 사랑과 존경을 끌어당긴 거야.

진심 없는 물질이 아닌, 진심 가득한 내면의 삶을 살았기에
사람들의 마음에 깊은 감동의 울림을 줄 수 있었고
사람들의 내적 아픔을 사랑으로 어루만져 치유할 수 있었으며
그들의 삶의 방식과 가치관에 따뜻한 변화를 줄 수 있었던 거야.

해서, '위대한'이라는 형용사가 붙은 사람이 되었던 거야.

그러니까 그동안 외면해왔던 너의 진짜 멋을 되찾아줘.

외적 세상의 화려함을 좇던 너의 눈을 감고
진짜 세상의 아름다움을 바라보는 마음의 눈을 뜨는 거야.

모든 것이 지나가고 세상이 변할 때
네가 가질 수 있는 유일한 것은 너의 마음뿐이며
네가 이 세상을 살아가며 성장해왔던 네 삶의 방식뿐이니까.

그러니 더 이상은 세속적인 가치에 탐닉하지 마.

네 안에 있는 진짜 멋을 되찾아
너의 진솔한 삶의 향이 많은 사람의 가슴에 울려 퍼지는,
너라는 존재 자체의 멋으로 존경받는, 그런 아름다운 삶을 살아가줘.

그렇게 세상에 빼앗겼던 너의 행복과 자유를 되찾아
오롯이 행복할 수 있는 흔들림 없는 네가 되기를.

해서, 너의 진짜 멋을 되찾기를 진심으로 바라고 부탁할게.

세상은 너를 향해 성공하라고 말하지만
나는 너를 향해 아름다워지라고 말해.

세상은 진정한 성공이 부와 명예를 누리는 것이라 말하지만
나는 너에게 보이지 않는 것들의 소중한 가치와 의미를 깨달아
흔들리지 않는 영원의 행복을 누리는 성장하는 삶이라 말해.

세상은 네가 못났고 부족하다고 말하지만
나는 네가 지금도 너무 예쁘고 멋지다고
있는 그대로 충분히 아름답고 사랑스럽다고 말해.

세상은 너를 향해 쓰러지지 말라고 말하지만
나는 너에게 쓰러져도 괜찮다고
그로 인해 너- 행복해질 거라고 말해.

어떤 삶을 살아갈지, 선택은 네가 하는 거야.

너의 마음 속 목소리에 귀를 기울여봐.
너의 선택은 언제나 정해져 있었으니까.

삶의 무엇을 선택하든
넌 거기서 무언가 느끼고 배울 것이며
그로 인해 너의 성장을 완성해나갈 것이기에

그렇게 언젠가는 진짜 멋을 되찾아
아름다운 삶을 살아갈, 행복할 너이기에

괜찮아 괜찮아. 정말, 무조건 괜찮은 거야.

깊어짐

아픔과 시련의 파도가 밀려와
네가 쌓아올린 모래성 삼켜
흔적도 없이 무너지고 사라질 때
그렇게 넌 부서진 채 쓰러졌어.

아프고 힘들지?

가슴이 답답하고 눈에서는 눈물이 나오고
이제는 어떻게 살아가야 할까, 갈피를 잡지 못한 채
무너진 모래, 그렇게 너- 파도 위에 흩어진 채
둥둥, 그렇게 모든 것이 아무것도 아님이 되는 순간
어떻게 살아가야 하나, 난 이제 무엇을 해야 할까.

그렇게 하나의 모래알인 채 파도의 일부가 되어버린 시간
너- 비록 무너졌지만, 이렇게 만신창이가 되어 부서졌지만
이제는 넓고 깊은 파도가 되어 다시, 그리고 다르게, 살아갈 시간.

그걸로 됐어.
그렇게 파도의 깊이를
삶의 깊이를 알아가게 된 거야.

그렇게 깊어지고 있는 거야.

그러니까 괜찮아. 정말 괜찮아.

산산조각 나버린 너- 그 아픔으로 인해
다른 사람의 아픔을 성의 없음으로 함부로 대하던
그때의 얕음에서 벗어나 이제는 진심 어린 공감으로
가슴 절절한 이해로, 깊음 담긴 눈빛으로
타인의 아픔을 관통하고 이해하게 되는 거야.

뜨거운 태양에 가열된 깊은 파도의 따스함으로
그 넓은 깊이로 안아주고 이해할 수 있게 된 거야.

그렇게 발열된 너의 온도, 위로의 따스함이 된 채
타인의 아픔에 스며들어 격려하고 포옹할 수 있게 된 거야.

지금의 아픔으로 인해, 지금의 무너짐, 부서짐으로 인해
지금의 외로움, 간절한 누군가의 위로와 공감의 부재로 인해
넌, 그동안 타인의 감정에 성의가 없었던 스스로를
반성한 채 온전히 이해하고자 하는 깊은 존재가 되는 거야.

그래서 아픈 거야
그래서 부서지는 거야
그래서 이토록 처참하게 무너지는 거야.

너의 깊이에
타인의 아픔을 담아내기 위해서
그렇게 넓고 깊은 바다가 되기 위해서.

너를 만나왔던 사람들이
깊어진 너를 바라보며 이렇게 말하게 돼.

예전에는 몰랐는데, 너 참 멋진 사람이구나.
다른 사람들과 대화할 때는 몰랐는데
너랑 대화하니까 참 따뜻하고 깊어지는 것 같아
넌 다른 사람들과 뭔가 조금 다른 것 같아.
앞으로도 힘들 때 너한테 찾아가도 괜찮을까?

그렇게 넌 타인들에게 의지가 되는 존재가
타인들의 아픔을 안아주는, 타인들의 다름을 존중하는
편견과 잣대를 내려놓은 채 온전히 공감하게 되는
진짜 이해와 진짜 위로를 할 수 있는 존재가 되는 거야.

타인들의 단점 하나에 심각하게 골몰한 채
비난하고 뒤에서 험담하던 너에서
이제는, 그래도 그 사람, 이런 점은 참 좋지 않아?
라고 말할 수 있는
타인의 장점을 바라보고 응원해줄 수 있는 사람이 되며

타인들의 실수에 참을 수 없이 분노한 채
그들의 사기를 짓밟고 막말을 하던 너에서
그럴 수도 있지, 그렇게 배워가는 거야.
처음부터 잘하는 사람이 어디 있어?
이 정도면 처음치고 진짜 잘한 거야, 라며
실수하기에 인간적인 우리, 그 성장이라는 아름다움 바라보며
잘하고 있다 격려하여 그들을 고쳐시켜주는 사람이 되는 거야.

그렇게 너– 깊어지는 거야.

다른 사람보다 조금 더
다른 존재가 되기 위해서

다른 사람보다 조금 더
따스한 존재가 되기 위해서

다른 사람보다 조금 더
넓은 존재가 되기 위해서

다른 사람보다 조금 더
깊은 존재가 되기 위해서.

그러기 위해서 무너져야 했던 거야
정말로 그게 다였던 거야.

널 실망시켜주기 위해서가
넌 안 된다고 말하기 위해서가
그렇게 세상의 쓴 맛을
보여주기 위해서가 아니라

이 세상에서 빛나는 몇 안 되는
'다른' 존재가 되어줬으면 하는
그 바람 하나로
파도는 지쳐가는 널 끌어안은 거야.

그래서 널, 무너트린 거라고.

그럴 때가 있어.
네가 쌓아온 모래성
파도에 휩쓸려 무너지고 쓰러질 때
'절망'이라는 단어를 실감하며 부서지는 순간이.

그렇게 작은 모래알이 되어
넓고 푸른 바다의 일부가 되는
겸손해지고 깊어지는 순간이 있어.

바로 지금 이 순간의 너야.

그러니까
너 - 지금, 아파도,
괜찮아, 정말 괜찮아.

하루의 꽃이 활짝 피어날 수 있도록

오늘 하루도 수고 많았지?
토닥토닥, 정말 힘든 하루였잖아.

이런저런 실수도 있었고 그 실수로 인해
타인들이 날 바라보는 눈빛이 차갑게 굳어버린

정말 아프고 속상한 하루였어.

나의 무거운 하루에 관심 가져주는 사람은 없고
모두가 마음이 아닌 겉으로만 소통할 뿐인.

그럼에도 수고했어요, 정말 수고 많았어요.

서툴렀지만 그럼에도 너 오늘을 견뎌냈고
그 경험으로 인해 조금 더 성장하게 되었잖아.

너는 타인들의 아픔을 바라보고
혹여나 공감 없는 너의 태도가 그 사람의
마음을 무겁게 하진 않을까 걱정하며
최선을 다해 들어주고 위로해주었잖아.

잘했어. 오늘 하루도 이렇게 잘 보내줘서 정말 고마워
힘들었지만, 너무나도 지치고 고단한 하루였지만
잘했다는 말을 듣고 기뻐하기에 충분한 하루였어.

그리고 도망가지 않아줘서 고마워요.

문득 찾아온 두려움 앞에 서서
아무것도 하지 않음에 머물러 있지 않고
또다시 저지른 실수로 인해 혼날까 두렵지만
차가운 인간관계 속에서 상처받을까 겁이 나지만
하루를 보내는 것이 너무나 무거워 도망가고 싶지만

그럼에도 용기를 내어 이 하루를 살아가줘서 고마워요.

그런 스스로를 토닥토닥, 정말 수고 많았다고 위로해줘
그 위로의 힘으로 우리, 조금 더 앞으로 걸어갈 수 있게
새로운 하루를 맞이하는 것이 무척 설렐 수 있게
그래서 내일의 아침이 기다려질 만큼 행복할 수 있게.

그렇게 충분히 위로를 해주고 나서는
시들어진 너의 활력을 되찾고 반짝 빛나는 너의 얼굴을
축 처진 당당함을, 긍지 넘치는 너의 몸과 마음을 되찾아
하루하루가 정말 설레고 행복할 수 있게 조금 더 앞으로 가자.

항상 똑같은 매일의 굴레가 반복되는 것 같아
지루하기도 하고 외면하고 싶기도 한 이 하루가
활기 넘치고 설레는 하루가 될 수 있도록
조금 더 걸어가 다른 시각으로 바라보는 거야.

항상 다를 게 없어 지루하다 여겨왔던 너의 하루라는 꽃잎을
이제는 정말 아름답고 다채롭다 여기며 행복할 수 있게
세상을 바라보던 지금까지의 너의 시선을 바꿔보는 거야.

집으로 돌아오는 길, 휘황찬란한 도시의 네온사인과
자동차들의 반짝이는 라이트, 그리고 북적이는 사람들.

그 밝음 속에서 혼자 어둠 속을 헤매고 있는 듯한
그래서 너무나 외롭고 고독한 느낌의 무거운 발걸음.

입 속에서 내뱉는 공허한 한숨 소리에 뒤섞인
마음의 절규와 아픔에 사무친 흔들림의 진동.

괜찮아, 지금부터 내가 하는 이야기를 믿어줘.

반복되는 일상 속에서 찾을 수 없는 의미와
그로 인해 축 처진 채 시들어가는 네 하루의 꽃잎.

그래서 잿빛의 공허지? 검정의 깜깜함이지?

하지만 이 세상에 똑같은 반복은 없어
그래서 잿빛 세상도, 검정색 무의미도 이 세상엔 없어
가만히 네 하루의 꽃잎을 바라봐봐.

똑같은 장소에서 펼쳐지는 색다른 경험의 붉은 두근거림
그렇게 다른 경험을 하며 변하는 초록빛 성장의 아름다움
그 아름다움으로 인해 노랗게 반짝이기 시작하는 세상의 찬란함.

너에게만 느껴지는 어떤 사람의 특별한 감정, 흠뻑 젖은 분홍색
시련이 닥쳐오더라도 더 이상 흔들리지 않는 푸른 자존감과
때론 무너짐의 회색과 검정을 오가며 더욱 깊어지는 너의 내면
그로 인해 한 번 더 짙어지고 선명해진 너의 색채와 다름의 매력.

활활 타오르는 자줏빛 열정과 실패라는 보라색 아픔
그 실패라는 삶의 선물을 통해 더욱 성장해나가는 너.

나를 믿어줘.

변해야할 것은 너의 하루라는 이토록 휘황찬란한 꽃잎이 아니라
그 꽃의 아름다움을 바라보지 못한 채 시들어버린 네 마음뿐인 거야.

변해야할 것은 있는 그대로 아름다운 이 세상이 아니라
그 아름다움을 바라보지 못하는 너의 마음, 오직 그뿐인 거야.

세상을 살아가는 마음가짐이 변하면
네가 바라보는 세상 또한 변하는 거야.

그것이 네게 주어진 하루의 꽃잎을
예쁘게 피어나도록 가꾸는 유일한 방법이야.

그걸 배우기 위해 반복되는 일상의 무의미를
꼭 지나가야만 했고
그렇게 변화에 간절해진 지금으로 몰려와야만 했던 거야.

그러니까 이제는 하루의 모든 색과 경험을 최선을 다해 음미해줘
같은 장소에서 불어오는 부드러운 바람의 다른 온도와
사람들의 향, 그 미묘한 변화, 그리고 너에게 주어진 다른 하루.

그 모든 하루 속에서 다름을 느끼고 바라보는 거야
그 경험 속에서 저마다의 의미를 찾고 배워보는 거야
그것이 하루라는 너의 꽃잎을 다채롭게 피워줄 테니까.

성장하는 일

성장하는 일은 타인의 겉보다는
내면의 아름다움을 찾는 일.

하여 누군가의 부족한 점에 골몰하기보다
있는 그대로의 천진난만함을 사랑하는 일.

그 태도로 상대방을 고쳐시켜주는 일.

눈에 보이는 것보다
보이지 않는 것의 소중함을 가슴에 새겨
나의 내면을 온전함으로 완성하는 일.

삶을 살아가는 이유가 성장하는 것에 있기에
결과보다는 과정을 아름답게 하는 일.

그것은 눈앞에 보이는
영혼을 죽이는 가짜 이익보다
눈에 보이지는 않지만 영혼을 살리는
진짜 이로운 일을 행하는 일.

내가 태어난 이유가 성공이 아닌
오직 성장함에 있음을 알고
주어진 순간순간을 진심을 다해 살아가는 일
그렇게 진심이 되는 일.

살아가는 삶 앞에 무슨 일이 닥쳐와도
그 속에는 나를 성장시켜줄 숨은 의미가 있음을 알기에
감사한 마음으로 나의 삶을 살아가는 일.

그래서 어떤 일 앞에서도 흔들리지 않는
내면의 평온함과 고요함이라는 품격을 갖추는 일.

매 순간마다 나의 눈앞에 펼쳐지는 모든 삶의 경험 속에서
성장할 수 있는 선택을 하고자 노력하는 일.

그렇게 좁은 원망보다는 넓은 용서를
옥죄는 찌푸림보다는 친절한 미소를
결과를 위한 비열함보다는 과정의 진실함을
시들어진 무성의보다는 가득 찬 정성을 선택하는 일.

사랑이 아니었던 사소한 태도들까지 반성하며
진솔한 사랑이 되고자 노력하는 일.

그렇게 진짜 살아가는 일.

나의 눈앞에 펼쳐지는 삶의 모든 순간들 앞에서
두근두근, 설레는 마음으로 성장의 태도를 선택하는 일.

그렇게 나를 진실함으로 완성하여
나라는 존재 자체를 그 무엇보다 아름다운
거룩한 예술로서 새롭게 만들어 나가는 일.

그렇게 진짜가 되어, 타인과 비교하기보다는
어제의 나와 오늘의 나를 비교하며
하루하루 설레는 마음으로 앞을 향해 나아가는 일.

과정을 꾸며 결과를 좋게 하기보다는
결과에 연연하지 않고 과정을 아름답게 하는 일.

나를 조여 왔던 스트레스로부터 벗어나
넓은 여유를 되찾고, 그로 인해 진정 행복해지는 일.

그 어떤 일보다도 사람의 마음이 중요하기에
타인의 내면에 진심으로 스며들어
다른 사람을 위로하고 그들의 삶을 고취시켜주는 일.

우리는 모두 인간이기에 완벽할 수 없음을 아는 일.

완벽하지 않기에 이곳에 태어나
성장이라는 목적을 완성해나가고 있는
있는 그대로 너무나도 아름답고 예쁜 우리이기에
나의 실수 앞에서도, 타인의 실수 앞에서도
그것을 나무라는 판단보다는 덮어주는 관용을 선택하는 일.

판단은 나의 권리가 아닌, 신의 권리임을 깨달아
판단해왔던 나의 오만함을 겸허한 마음으로 내려놓는 일.

모든 생명과 사람을 존중하는 깊은 겸손함으로 인해
보다 아름다운 주름을 얼굴에 더해가는 일.

우리가 이곳에 태어나 살아가는 이유는
오직 성장의 일을 완성하기 위해서였는데

우리는 그 본연의 목적을 망각한 채
부와 명예를 좇아 과정을 거짓으로 물들게 하기도 하며
매 순간 성장을 위해 찾아오는 삶의 선택지 앞에서
사랑과 친절, 용서라는 성장의 태도가 아닌
원망과 분노와 같은 미성숙의 태도를 선택해 뒷걸음치고 있었던 거야.

우리는, 우리가 지구라는 행성에 태어나 살아가는
그리고 존재하는 단 하나의 유일한 이유와 목적을
까마득히 잊고 살아왔던 거야. 그래서 아팠던 거야.

이제는 기억해줘. 그리고 더 이상은 잊지 말아줘.

지금 네 앞에 펼쳐지는 모든 일과 상황은
삶이 너를 성장시켜주기 위해 너에게 건네어준 선물임을 믿고
기쁜 마음으로 설레는 마음으로 그 선물상자를 열어줘.

그 안에 아픔이 있든, 슬픔이 있든, 원망이 있든
그것은 너의 성장을 위해 꼭 필요한 선물인 거야.

그러니 그 사실을 기억해 성장의 태도를 선택함으로써
네가 이 행성에 태어난 고귀한 목적을 완성해줘.

지금도 저 하늘에서는 너를 성장시켜주기 위한
매 순간의 경험과 선택지라는 수많은 선물보따리가 쏟아지고 있잖아.
지금도, 1초 뒤의 지금도.

그러니까 이제는 너를 진짜 행복하게 만들어주는 선택을 해서
허기진 마음과 조마조마했던 불안함, 그리고
그 이유를 알 수조차 없었던 깊은 공허로부터 벗어나

성장이라는 선택 아래에서 정말로 가득 찬
그 만족스럽고 풍성한 마음을 되찾아 진짜 행복해줘.

성장을 목적으로 할 때 우린, 결과보다 과정의 소중함을 알게 되어
존재하는 매 순간, 결과를 좇던 거짓된 불행이 아니라
걸어가는 그 자체로 만족스러운 진짜 행복을 찾게 되는 거야.

그저 숨을 쉬고 존재하는
내가 살아있다는 그 형언할 수 없는 기적 자체에
감사하게 되는 거룩한 마음을 가지고 살아가게 되는 거야.

모든 것이 너무나 완벽하고 아름다워서
더 이상 변해야 할 것도, 얻어야 할 것도 없는
그 꽉 찬 행복을 느끼며 황홀함에 젖은 채
그 흘러넘치는 기쁨을 타인에게 전해주게 되는 거야.

그렇게 존재 자체가 사랑이라는 이름의 거룩한 예술이 되어
세상에 드물게 진짜의 아름다움이 되어
네가 가진 무엇이 아니라, 네가 행하는 무엇이 아니라

존재 자체로 타인을 고쳐시켜주고 위로해주는
그런 카리스마 있는 존재가 되어 사랑하고 사랑받는 거야.

그렇게 아름다운 주름을 너의 얼굴에 더해가는 거야.

그러니까 이제는 기억해줘.

네가 이 지구라는 별에 태어난 이유가
다름 아닌 오직 성장의 일을 완성하기 위한 것이었음을.

그래서 이제는 행복해줘.

불행과 행복 사이의 그 어마어마한 간격을 뛰어넘어
단 한 번에 행복해질 수 있는 마법은 정말 간단했던 거야.

네가 잊었던 네 존재의 이유를 기억해내는 것.

그동안 그 진짜 이유를 가리고
네가 살아가는 이유가 되었던 거짓된 마음들을
이제는 깨닫고 성장을 위해 살아가는 것.

그게 다였던 거야. 정말로 그게 다였던 거야.

내가 쓰는 이 글에 이끌려
지금의 이 구절을 읽고 있는 너에게

지금의 이 순간이 단순한 우연이 아니었음을
정말로 너의 행복을 위해 삶이 너를 지금의 이 글 앞으로
데려왔음을 알아달라고 난 간절히 바라고 기도할 거야.

그러니까 그 필연의 끌림이라는 운명을 믿고
이제는 네가 이곳에 존재하는 목적을 기억해내서
부디 행복해줘. 넌 행복하기에 너무나 충분한 존재이니까.

부탁할게

네 안에 채워지지 않는 빈공간이 너무 아프고 힘들 때 그렇게 또다시 폴싹 주저앉은 채 무너지는 너, 그리고 엄습하는 공허.

세상은 따분해지고 모든 관계와 행위가 문득 무의미해지는 고독의 시간과 그 헛헛함, 어떻게 채워야할지 몰라 탐닉의 늪에 빠져 첨벙, 그렇게 욕망의 숲을 헤매며 허우적허우적.

쏟아지는 눈물이 채 가시기도 전에 찾아온 육중한 우울의 무게가 감당이 안 돼 여기저기 연락을 취해보지만 되돌아오는 공감의 부재, 성의 없는 위로, 그렇게 혼자가 되는 쓸쓸함의 지옥.

어떻게 해야 할까. 어떤 말을 해야 널 위로할 수 있을까. 너를 찾아온 인생의 성장통 앞에서 부실한 두 다리로 홀로 선 채 부들부들 떨며 울고 있는 널 어떻게 위로해야 좋을까.

내가 너에게 힘이 되고픈 진심 하나에 위로받아주면 안 돼? 비록 힘이 안 될 걸 알기에 아무 말도 해주지 못한 채 바라만 보지만 이렇게 함께 슬퍼하는, 힘이 되어주고파 타자기 앞에서 몇 시간을 고민하는, 내 모든 진심과 마음을 바라보며 힘을 내주면 안 될까? 그렇게 내 맘 지팡이 삼아 이 삶, 딛고 일어서주면 안 될까?

부디, 제발 힘을 내줘. 무너지지 말고 버텨줘. 이 삶에 지지 말고 일어서줘. 나, 너처럼 쓰러진 적이 있었는데, 그때 정말 이 거대한 세상에 기댈 곳이 아무데도 없어 완전히 혼자가 된 기분이었는데, 이 삶을 살아간다는 게 죽는 것보다 힘들다 생각했었는데, 죽고 싶을 만큼 원망스러웠는데, 나 버텨냈고, 살아가고 있어.

그리고 지금은 그때 그 시간들을 내 인생에 없어서는 안 될 보물, 신이 나를 행복하게 만들어주기 위해 준 선물이라고 생각한다는 내 말, 한 번만 믿고 버텨주면 안될까?

한 번만 위로받아주고 믿어주면 안될까?

부디 힘내줘. 조금만 더 버티고 살아가줘. 네가 더 크고 넓은 사람이 되었으면 하는 바람으로 너를 찾아온 지금의 이 시간들, 꾹 참고 이겨내서 꼭, 행복해줘.

"부탁할게."

우리, 함께 응원하며 토닥이며 잘 살아보자. 지금도 너무나 소중하고 아름다운 우리, 앞으로 더욱 찬란해질 우리, 서로 위로하며 때로 거칠고 험난한 이 삶 속에서 잘 자라나보자.

그렇게 우리, 아름다운 꽃이 되어 피어나자. 그러기 위해 잠시 힘든 지금의 이 시간들 앞에서 결코 포기하지 말고 꿋꿋이 살아가자.

꽃이 되어 피어날 자격이 있는지 없는지, 우리의 삶이 우리에게 묻고 있는 것뿐이야. 절대 꺾이지 않을 만큼의 바람으로 우리를 잠시 흔들어보는 것뿐이야.

그러니 그 흔들림에 현혹되어 우리에게 주어진 시험을 포기하지 말자. 한 걸음만 더 내딛으면 있을 저 황금 같은 행복을 포기하지 말자. 너무나도 소중한 우리이기에, 너무나도 소중한 우리가 살아온 삶이고, 살아갈 삶이기에, 꿋꿋이 이겨내 꼭 행복하자.

그 모든 아픔이 있었기에 지금의 성숙한 우리가 존재한다는 것을. 그렇게 짙어지고 농밀해진 우리의 존재인 것을.

—

그렇게 피어날 우리라는 황홀한 꽃.
지켜줘. 꺾이지 말아줘. 부디 포기하지 말아줘.
이제는 행복하게, 찬란하게 피어날 우리니까.

너무나도 소중한 우리이기에,
너무나도 소중한 우리가 살아온 삶이고,
살아갈 삶이기에,
꿋꿋이 이겨내 꼭 행복하자.

2.

사랑을 말하다

간절하지만 결코 섣부르지 않게
천천히 스며들어 서로에게 흠뻑
그렇게 오래오래 어쩌면 영원히

아주 먼 옛날의 너와 나의 약속을
기억조차 할 수 없는 그 약속을
지키기 위해 이렇게 다시 만나

이해할 수 없지만 또다시 사랑에 빠지고
그렇게 다시 먼 미래의 일을 약속하고
언젠가 그렇게 또다시 처음 보는 너를
나도 모르게 알아보고 사랑에 빠지는 일

그 아름다운 일의 이름은 우리의 인연.

너와의 약속을 지키기 위해
험난하고도 먼 길을 둘러 걸어온
지금 네 옆의 그 사람에게

"기억하고 다시 나를 찾으러 와줘서 고마워
먼 길까지 오느라 너무 수고 많았지?
이제는 내가 널 행복하게 해줄게
다시 만나 꼭 너에게 사랑에 빠지고
네가 영원한 미소의 꽃이 되어
행복하게 피어나도록 하겠다는
그 약속 지켜 너에게 오직 기쁨이 될게"

그러니까 이제는 마주잡은 이 두 손 놓치지 말자.

—

땅거미가 묽은 안개처럼 쏟아질 때
붉은 노을이 나의 고독을 에워쌌다.

그리고 나는 생각했다.

아마도, 사랑이란
해질 무렵의 저녁이 아닐까, 하는

일과를 끝내고 노곤하게 지친 몸을
달래는 저녁과 그리고 그대-

그렇게 하루의 일들을 궁금해하며
사랑 담긴 눈동자로 서로를 바라보며
어느덧 힘들었던 일, 지친 몸 잊어버리는.

하나의 사랑이
여러 다른 시간의 의미를 가지고 있다면
때로는 나 저녁 같은 사람이 되고 싶다고

지치고 힘든 그대를 토닥이는
오늘 하루도 수고했다며 안아주는
포근한 밤공기의 촉촉함이고 싶다고.

문득은 그런 생각이 들었다.

그래서일까
조금은 외롭고 조금은 아까운
그런 오늘 밤의 이 시간이 되었다.

나를 향해 먼 길을 에워
힘겹게 걸어오고 있는 그대가

부디 무사히 내 곁으로 올 수 있도록
그 따스함으로 보살펴달라고

사라져가는 노을에게 빌었다.

.

그리고
어딘지 모를 한 걸음을 내딛었다.

.

.

아마도 그대를 향한.

사랑은 정성을 쏟는 거야

사랑한다는 말, 내뱉는 거야 쉽지만 거기에 실릴 진심의 무게는 천차만별인 것 같아. 예를 들어서, 너를 사랑한다는 사람이 있어. 분명 사랑하는 건 맞는데 정성을 기울이지 않는 거야. 자신의 성공을 위해서는 시간을 들여 아낌없이 노력하고 최선을 다하는데도 말이야. 그 사람의 '사랑해'에 실릴 진심의 무게는 떨림도 진심도 없는 참 가벼운 언어가 되어 네 심장에 들어오겠지.

사랑은, 혼자가 아니라 둘이서 어떤 특별하고 아름다운 관계 위에 놓이는 거잖아. 그렇기에 더 특별하고 소중한 거잖아. 시간도 정성도 기울여야 하고 책임감도 가져야 하고 서로에 대해 더 이해하려고 노력도 해야 하는 거잖아. 그런 마음들이 사랑한다는 말에 진심의 무게를 더 실어줄 것이고, 그렇게 함께한 시간들이 우리라는 존재를 참 예쁘고 아름답게 만들어주는 거잖아.

우리, 그런 사랑을 하자. 정성이 없어 시들어 가는 그런 사랑 말고 서로가 서로에 대한 정성과 보살핌으로 예쁘게 꽃 피는 사랑. 그런 사랑을 너에게 주는 것이, 그리고 그런 사랑을 네가 주는 것이 아깝지 않은 사람을 만나 꼭 예쁜 연애하자.

서로가 서로의 우선순위가 되는 그런 사랑 말이야.

우리는 우리가 좋아하는 것이라면 그게 무엇이든 정성과 사랑을 쏟잖아. 자신의 차든, 옷이든, 일이든, 그 무엇이든.

그렇다면 자신이 사랑하는 사람에게는, 세상에 단 하나뿐인 그 존재에게는 더욱 그래야하지 않을까?

모든 것의 우선순위가 되는 사랑, 오해는 하지 말아줘. 그 말, 일도 안 하고 사랑에 목숨 걸고 집착해야 한다는 그런 말은 아니었어.

일을 하는 이유가 나의 성공뿐 아니라 사랑하는 사람에 대한 책임을 다하기 위해서이기도 해야 한다, 그런 말이었어. 그렇게 오직 나의 것들로 채워져 있었던 삶의 목적과 이유들에 이제는 그 사람도 깃들어 있어야 한다, 그런 말이었어.

사랑하기에, 그래서 이 관계가 자신의 삶에 우선순위가 되었기에, 오직 나를 위해서가 아니라 이 관계, 즉 우리를 위해서 나의 일도 더 열심히 하게 되고, 성공해야 할 이유도 더 많아지게 되고, 지금보다 의젓하고 멋진 사람이 되고 싶은 마음도 더 커지는 거니까.

그러니 이 관계를 위한 진실한 책임감으로써
이 관계를 아끼고 소중히 여기는 정성으로써
이 관계를 통해 함께 성장하는 삶 여정의 동반자로써

사랑의 관계 위에 선다면 결코 시들어지거나 무너지지 않는
아름답고 건실한 사랑이 될 거라 믿어.

길을 가다 네가 좋아하는 옥수수를 보고
그냥 지나칠 수가 없었어.

네가 행복해하는 모습을 보고 싶었거든.

가끔은 없는 옥수수를 찾아 헤매어 너에게 선물하기도 했어
나는 너에게 기쁨을 주는 사람이 되고 싶었으니까.

혼자 여행을 갔을 때도 난 너와 함께였어.

너에게 예쁜 풍경들을 찍어 보내주고
길을 가다 네가 좋아할 만한 기념품이 뭐가 있을까
하루 종일 고민하며 돌아다니곤 했었지.

네가 나로 인해 조금 더 행복해졌으면 했으니까
너의 행복한 모습을 지켜보는 게 나의 행복이기도 했으니까.

사랑은, 그렇게 둘이서 하나가 되는 거야.

떨어져 있어도 내가 살아가는 세상은
널 위한 맘으로 가득 차 연결되어 있고

함께 있는 순간에는 서로를 사랑하는 그 마음이
아름다운 향이 되어 온 주변을 가득 메우는 것.

그렇게 서로가 서로의 우선순위가 된 정성으로
서로가 서로를 생각하고 아껴주고 사랑하는 마음이
영원히 시들지 않는 하나의 꽃이 되어 맺히는 것.

너의 낭만은 잘 지켜지고 있어?

결혼이 비즈니스가 되어버린 현대사회
남자는 자신의 능력으로 여자의 아름다움을 사고
여자는 그 아름다움을 남자의 능력에 파는 것
요즘 사람들이 뒤에서 말하는 결혼의 정의.

하지만
우리가 하고 싶은 사랑은
그게 아니잖아.

시련을 겪더라도, 아픔이 찾아오더라도
괜찮아, 난. 너와 함께라면 아파도 행복한 걸.
이런 낭만적인 사랑이잖아.

그게 아름다운 거잖아
너의 사랑은, 너의 낭만은
지금, 이 세상으로부터
잘 지켜지고 있는 거야?

너무 사랑해서 너의 눈 속에
항상 내가 있었으면 좋겠어.

네가 다른 것을 보는 시간을 뺏어
너의 눈동자 안에 항상 나를 채우고 싶고

네가 다른 사람과 함께하는 시간을 뺏어
하루 종일 너의 손을 잡고
너의 기억 속에 나라는 사람을 가득 채우고 싶어.

그렇게 평생을 너와 함께하고 싶어.

함께 산을 오르며 서로 다른 경치를 보고
서로 다른 아름다움을 느끼기도 할 테지만
때로 잘못된 길에 들어 길을 잃고 헤매기도 하겠지만
중요한 건 너의 손을 꽉 잡고 있다는 사실이야.

그래서 두렵지 않아
너와 함께하는 평생이라면 두렵지 않아.

그러니까 우리, 평생 연애하자.

연애의 끝이 결혼이 아니라
연애의 과정이 결혼이 되도록
알콩달콩 예쁘게, 평생 연애하자.

너와 함께라면 이 세상 무엇이 나를 세차게 흔들더라도
너를 향한 나의 사랑과 행복만큼은 결코 흔들리지 않을 거야.

그러니까 평생 내 손을 꼭 잡아줘.

너를 사랑하기에
난 오직 너에게 기쁨이 되고 싶어.

너의 얼굴에서 미소의 꽃이 시들지 않도록
내가 널 행복하게, 꼭 행복하게 해줄게.

너의 행복이 나의 행복이기 때문이야.

네가 웃으면 그것이 나의 기쁨이고
네가 울면 그것이 나의 슬픔이기 때문이야.

그래서 난 너를 최선을 다해 아끼고 사랑해.
네가 행복할 수 있도록, 그렇게 내가 행복할 수 있도록
너를 영원히- 이번 생이 모자라다면 다음 생을 더해 영원히-
너를 나보다 더 아끼고 사랑할 거야.

그게 나를 사랑하는 거니까.

이제는 너와 내가 아니라, 우리이니까
그렇게 우리는 하나가 되었으니까.

널 위한 모든 것이 날 위한 것이 되었으니까.

너의 낭만은...
잘 지켜지고 있어?

그런 사랑

사랑하는 사람의 손 꼭 잡고
내게 주어진 모든 삶의 여정을
함께 거닐고 싶어.

아픔도, 슬픔도, 기쁨도, 행복도
그 모든 것을 함께 바라보고
함께 듣고 느끼고 싶어.

그렇게 이 삶의 꼭대기에서
두 손 마주잡은 채 아래에 펼쳐진
우리가 걸어온 자취들을 바라보며

나와 함께하느라 정말 수고했어
그렇게 눈물을 흘리며 다시 한 번
나의 모든 것이 되어버린 너에게
사랑해, 고백하며 끌어안고 싶어.

그렇게 나는 너의 모든 것.
너는 나의 모든 것.

서로에게 서로가 없어서는 안 될
우리 과거를 함께한 소중한 추억의 일부
그리고 앞으로도 함께할 설레는 지금의 두근거림.

" 그런 사랑 — ..

난 사랑한다면
손을 잡고 우리 앞에 펼쳐진 길을
함께 걸어가야 한다고 생각해.

모든 시련과 기쁨 또한
함께 느끼고 바라본다는 거
참 예쁘고 아름다워.

그래서 서로가 서로의
우선순위가 되어야 하는 거야.
사랑 앞에 모든 게 뒷전인 거야.

나에게 네가, 너에게 내가
가장 소중해야 하는 거야.

그렇게 함께 삶을 거닐며
도착한 정상에서 바라보는 정경
그리고 마주잡은 손, 마주한 서로의 눈동자.

수고했어
정말 고맙고 사랑해
다음 생이 있다면 또 함께하자 우리.

이런 거.
이번 생이 끝날 때까지 사랑해서
다음 생에도 네가 아니면 안 되는 거.

" 그런 사랑 — ..

난 그런 사랑이 하고 싶어.

이번 생이 끝날 때까지 사랑해서
다음 생에도 네가 아니면 안 되는 거.

네가 하고 싶은 사랑은
지금 네가 하고 있는 사랑은
어떤 사랑인 거야?

사랑

: 어떤 사람이나 존재를
몹시 아끼고 귀중히 여기는 마음.
또는 그런 일

날 사랑해줘.

그리고
너 스스로를

사랑해줘.

몹시 아끼고 귀중히 여겨달란 말이야.

사랑하는 마음은 상대방을 아끼고 사랑하기에
깎아내리거나 통제와 독설로 주눅 들게 하지 않고
좋은 점을 바라보고 더욱 고쳐시켜주는 것.

그렇게 상대방이 더욱 빛날 수 있도록
더욱 아름다운 꽃이 되어 피어날 수 있도록
좋은 마음 듬뿍 담아 응원하고 잘 되길 바라는 것.

질투하기보다는 상대방이 잘 됐음에 기뻐하고
소유하기보다는 편안함을 주기 위해 놓아주고
자신의 방식대로 통제하기보다는 따스함으로 이해하는 것.

그렇게 위에 서지 않고 옆에서 함께하고
지치고 힘들 때에는 기꺼이 뒤에서 밀어주는 것.

상대방에게 진정한 사랑을 주기 위해서는
나 자신을 진정 사랑할 수 있어야 하는 것.

상대방의 실수에 골몰하기보다는 눈감아주고
잘못된 길로 빠져들었을 때 다그치기보다는
자신이 본보기가 되어 올바른 길로 인도하는 것.

자만에 빠진 채 내가 더 잘났다는 허영의 논리가 아닌
나는 이런 점에서, 너는 이런 점에서 더 빛이 난다고 생각하는
깊은 겸허함과 넓은 아량으로 타인을 품어주고 고쳐시켜주는 것.

사랑, 그것은 인류가 추구할 수 있는 궁극의 아름다운 예술이자
유일한 삶의 목적으로써 성취되어야 할 절대불변의 진실함.

불가능이라 여겨졌던 장애가 사랑으로 인해
쉽게 넘어갈 수 있는 가능으로 변하는 것.

피곤함에도 사랑하기에
자식들의 밥을 챙겨주는

가끔은 넘길 수 있지만
꼬박꼬박 강아지들의 간식을 챙겨주는

회사의 일로 너무 울화통이 밀려오지만
너의 얼굴을 보니 그저 웃음이 나오는

일을 하느라 피곤한 어머니가 생각나
밀린 설거지를 하고 집 구석구석을 청소하게 되는

때로 미래가 걱정 되고 두렵지만 내 일을 사랑하기에
그 막연한 두려움과 찾아오는 권태를 극복하게 되는

운전을 하다가도 옆 사람이 혹여나 불안해할까
염려하며 속도를 줄이고 천천히 운전하게 되는

좋은 것이 있다면 나누고 싶고
오직 기쁨과 행복이 되고 싶은 마음.

그 예쁜 마음들로 너를 사랑하고
너의 옆에 있는 사람을 사랑해줘.

몹시 아끼고 귀중하게 여겨달란 말이야.

행복한 연애?

간단해.

있는 그대로 사랑해.

허물을 찾지 말고
그 사람을 자기 방식대로
통제하거나
자신의 이상에 맞는 색깔로
바래지게 하지 말아줘.

그 사람의 개성과 색을
있는 그대로 사랑하는 거야.

그리고

널 있는 그대로 사랑해 주는 사람을 만나.

그렇지 않은 연애는 욕망의 해소일 뿐이야
품어왔던 환상과 욕망들이 하나, 둘 해소되며
더 이상 새로울 것이 없어 지겨워지는 거야.

그런 사람과의 연애는
좋은 사람을 만날 가능성을 닫아두는
시간낭비에 불과한 거야.

나는 이런 사람인데 자꾸만 저런 사람이 좋다며
나의 있는 그대로의 아름다움을 훼손하는 사람을 만나며
넌– 너덜너덜해진 마음, 그 시린 가슴을 움켜잡은 채
아껴주고 사랑해 주는 마음에 목말라 촉촉함을 잃고
말라비틀어져 색 바랜 시들어버린 꽃이 되어가는 거야.

사랑의 표현 듬뿍 받아 더욱 사랑스러워져야 할 너인데
애정 담긴 눈빛 받으며 따스한 설렘에 황홀해야 할 너인데
끊임없는 변화의 요구에 마음에 시퍼런 멍이 든 거야.

그렇게 너– 빛을 잃어가는 연애를 하며
있는 그대로의 너의 색을 상실한 공허의 맹렬한 엄습과
사랑 아닌 통제의 눈빛, 그 차가움 앞에서 가슴 졸이며
조마조마, 눈치를 보며 행복으로부터 멀어진 거야.

사랑의 구걸자가 되지 말아줘.
사랑을 얻기 위해 억지를 부려야 한다면, 너의 색을 지워야 한다면
그럼에도 그 사랑을 위해 기꺼이 너를 잃어가는 중이라면
그 사랑을 얻기 위한 노력은 불행하기 위한 노력이라는 것을
어차피 그 환상과 욕망, 결국 채워질 수 없다는 것을 알아줘.

변해야 할 것은 네가 아니라 그 사람의 마음뿐이니까.

유일하면서 간단한 행복한 연애의 방법은
있는 그대로를 사랑하고
있는 그대로를 사랑해 주는 사람을 만나는 것.

정말로 그게 다니까.

기다림의 가치

통제하는 사람
나의 있는 그대로의 색을
자꾸만 바꾸려 드는 사람.

그런 사람과의 관계는
친구로서든 연인으로서든
아프고 힘들기만 할 뿐이야.

나인 것을 존중하고
나인 것을 이해해 주고
나인 것을 사랑해 줘야지.

나를 다른 사람으로
만들려고 하는 것은
나를 사랑하는 게 아니라

너의 욕심과 기대를
사랑하는 것일 뿐이잖아?

난 말이야.

나를 허물없이 사랑해 주는 사람
내 실수나 결점도 인간적이기에
이해하고 존중해 주는 사람.

바라고 기대는 것보다
지금 곁에 서로가 함께 있다는
그 아름다운 사실 하나에 행복한
그런 사람이고 싶고

그런 사람을 만나고 싶어.

어쩌면 가장 거대한 조건이지?

하지만 이런 조건이라면
기다릴 만한 가치가 있는 거야.

'같이' 하는 게 중요한 게 아니라
얼마나 '가치' 있느냐가 중요한 거니까.

어디선가 날아온 외로움의 화살이
너의 심장을 관통해 쓸쓸해지는 순간.

가치와 같이를 혼동하여 너-
가치 있는 기다림을 저버린 채
지금의 외로움을 이겨내기 위해
그저 누군가와 함께하기 위해
사람을 만나고 사랑을 시작할 때

그 사랑은 희박한 확률에 의지한 도박이었음을
행복함의 가치를 잃은 사랑의 잘못된 뽑기였음을 깨닫고
그때의 그 조급함을 후회하기 시작하는 거야.

그러니까 조급해지지 마.

진실한 꽃을 피워 네 존재의 향과 색이
너만의 매력으로 아름답게 뿜어나올 때
그때 그 진술한 향기에 이끌려
너의 색에 흠뻑 반해 찾아올 사람을 기다려보는 거야.

진짜 사랑은 서로의 마음에 천천히 스며들어
서로라는 색을 존중하고, 모자란 부분까지 아껴주며
그렇게 함께함이라는 가치 자체가 모든 것이 되어
서로를 바라보는 눈 속에 담긴 서로를 있는 그대로 사랑하는 거잖아.

그러니까 조급해질 필요 없어. 너의 기다림-
사라지지 않는 영원의 애정으로 서로를 바라보고 아껴주고 지켜주는
'진짜 사랑'을 하기 위한 가치 있는 기다림이니까.

문득 엄습하는 외로움을 이겨내지 못해
수많은 사람들 중 그저 한 사람을 향해 걸어갈 때

그 걸어감은 너의 행복을 건 도박이 되는 거야.

있는 그대로 너무나 소중하고 아름다운 너인데
사랑받고 사랑하기에 너무나 충분한 너인데
그런 고귀한 너를 두고 운명의 도박을 하는 거

아름답지 않아. 예쁘지도 않아. 소중하지도 않아.

조급함에 도박을 할 이유가 하나도 없는
지금도 너무나 멋지고 아름다운, 소중한 너잖아.

그러니 소중한 너의 운명을 걸고 도박을 하기보다
지금의 외로움을 딛고 너의 온전함을 먼저 완성해줘.

너에게 주어진 삶, 최선을 다해
살아가고 사랑할 때, 더욱 찬란히 빛날 너니까
더욱 짙어지고 황홀해질 너라는 존재의 향이니까.

그러니 그 진솔함의 빛과 향에 끌려오는 너의 진짜 인연이
너에게 찾아오는 길, 더 이상 헤매지 않도록 넌-
더욱 빛날 필요가, 더욱 짙어지고 진해질 필요가 있을 뿐이야.

그렇게 너의 온전함을 먼저 완성해나갈 때
넌, 어떻게 될지 모르는 도박의 불안한 확률에서 벗어나
무조건이라는 백퍼센트 안전한 행복과 사랑의 창조자가 되는 거야.

네가 좋은 사람이 되어야 넌 좋은 사람에게 끌릴 테니까.
네가 좋은 사람이 되어야 좋은 사람이 네게 끌릴 테니까.

.

그러니 같이의 가치를 완성하기 위해

너의 온전함을 먼저 완성해줘.
혼자인 게 더 이상 외롭지 않도록 너 자신을
그리고 너의 삶을 있는 힘껏 아끼고 사랑해줘.

그렇게 완성된 너의 온전함과 자존감이
네가 끌릴 사람과 너에게 끌릴 사람을 결정하는 거니까.

.

.

수많은 사람들 중 한 사람이 너와 내가 아닌
꼭 너여야만 한다는 그 간절함으로 서로를 사랑할 때

비로소 그 사랑, 운명을 걸 가치 있는 같이가 되는 거니까.

.

.

.

지금의 기다림, 그 가치를 완성하기 위한 아름다운 기다림이길.

첫 단추

연애하고 싶은 맘 가득한
그렇게 혼자임이 외롭고 사랑의 감정에 목마를 때
흔히 우리들은 '실수'를 저지르게 돼.

소개팅이든, 길거리에서 번호를 물어보았든
그것이 어떤 만남이든 간에
호감이 가는 사람과의 연애에 성공하기 위해
지금의 외로움으로부터 벗어나기 위해
나를 더 멋지게, 화려하게 꾸며대는 '실수'를 말이야.

하지만 그런 시작이었다면 아플 수밖에 없는 거야.

만남의 첫 단추를 잘 꿰는 방법은
너의 있는 그대로의 모습을 보여주는 것뿐이니까.

너무나 잘해보고 싶었던 사람이
너의 있는 그대로의 모습을 좋아하지 않아
너 스스로 변하기 위해 끙끙, 애쓰고 있다면
그렇게 인연이 아님에 억지를 부리고 있다면

나는 너에게 그 만남에 매달리지 말라고
그 만남은 인연이 아니었으니 보내주라고
조금만 기다리면 진짜 인연이 찾아올 거라고
그러니까 있는 그대로의 너를 지켜달라고 말할게.

언젠가 너의 가면은 벗겨질 거야.

사랑을 얻기 위해 연기했지만 상처를 얻었고
외로움에서 벗어나기 위해 연기했지만
그 벗어남은 짧고 가식의 연극이 주는 공허는 더욱 길었던 거야.

그래서 너- 결국 더 힘들어지고 외로워지는 거야.

결국에 지쳐 무거운 가면을 내려놓은 너를 보고
가짜 너를 진짜 너로 오해했던 상대방은
너에게 변했다며 실망감을 나타내며 얼굴을 붉힐 거야.

그 순간부터 그 만남이 끝이나든 이어지든
이미 그 인연은 그 수명을 다한 거야.

어쩌면 억지로, 애당초 있지도 않았던 수명을
네가 애써 늘려가며 스스로를 지치게 했던 걸지도 몰라.

그러니까 너의 있는 그대로인 채
너는 너의 삶에 오롯이 집중하는 거야.

스스로의 삶을 아껴주고 너의 있는 그대로를 사랑하며
그렇게 최선을 다해 진실한 삶을 살아가다 보면
분명 그 진실한 향에 이끌려 너를 찾아오는 사람이 있어.

그러니까 조급해하지마.
운명의 이름을 건 진짜 너의 인연이 지금,
너의 진실함에 끌려 너를 향해 걸어오고 있으니까.

문득문득 외로워 연애하고 싶은 지금-
어떤 만남 앞에서 안절부절 못한 채
첫 단추를 어떻게 꿰어야 할까 수없이 고민하며
눈을 감은 채 멋있게, 화려하게 꾸며낸 너를 상상하고 있는
그렇게 사랑을 얻기 위해 미래의 상처를 선택하고 있는 너.

사실은 첫 단추를 잘 꿰는 방법은 별 게 없었던 거야.

서툴러서 걱정이 되고 경험이 부족해서 긴장이 되고
부끄러워 부들부들 떨려오는 손과 흐려지는 눈에
몇 번을 미끄러졌어도, 그렇게 번번이 단추를 꿰지 못했던 너라도
그게 너라면 그런 너인 채 있는 그대로 다가가는 것.

그게 사랑의 첫 단추를 잘 꿰는 유일한 방법이었던 거야.

그렇게 서툰 너의 있는 그대로의 모습을 바라보며
못났다, 바보 같다, 여기는 사람이 아닌
너무 귀엽고 예쁘다, 진솔하다 여기는 너의 진짜 인연이
너에게 다가와 떨리는 너의 손을 꼭 잡고
꿰어지지 않았던 첫 단추를 꿰어주며
오래 기다리게 해서 미안해, 그리고 사랑해, 라며
입맞춤 하는 거야. 그 순간 환하게 웃을 너인 거야.

그렇게 서로가 서로의 진심이 되어 마음 속 모든 외로움과 허기짐
녹여내는 백퍼센트 농밀한 진짜 사랑을 위해
그 운명의 만남을 이루어주기 위해
우주는 잘 꿰지지 않는 단추를 너의 옷에 달아놓았던 거야.

그러니까 서툰 채로 괜찮은 거야
있는 그대로의 너라면 정말 괜찮은 거야.

사랑받기 위해
있는 그대로 너무나 소중하고 아름다운 너의 가치를
너 스스로 훼손한 채 누군가에게 향해야 한다면

너에게조차 인정받지 못한, 사랑받지 못한 너 자신은
쓸쓸한 고독과 뼈아픈 공허에 삼켜진 채 아파할 뿐이니까.

진짜 너를 사랑하는 사람은
이 세상 어디에도 없다는 그 허망한 비극으로 인해.

그러니까 이제는
그 비극의 종말을 위해, 새로운 행복의 종을 울리기 위해
너의 있는 그대로를 사랑해주지 않는 사람과 네가 써왔던 가면-
너 스스로를 아끼고 사랑하는 맘으로 기꺼이 보내주는 거야.

화려한 가면 속에 너의 본연을 꼭꼭 숨겨왔다면
사람들이 좋아하는 너는 네가 아니라 그 가면인 거니까.

실수로라도 그 가면이 벗겨지면 실망한 채
고개를 저으며 떠나갈 사람들이니까
그렇게 혼자가 되어 후회하며 끙끙 앓을 너일 테니까.

그러니까 이제는 진짜 행복한 사랑을 위해
사랑을 얻기 위해 가면을 쓰는 참담한 오해로부터 벗어나
너의 있는 그대로를 지킨 채 첫 단추를 꿰는 거야.

있는 그대로 사랑한다는 거 어려운 거 아냐

도스토예프스키는 말했어.

어떤 위대한 인간과도
단 하룻밤을 함께 보내면
그를 증오하게 된다고.

그의 개성이 나의 자유를
억누르게 될 것임으로.

코엘료는 말했어.

모르는 사람과의 대화가 즐거운 것은
그들에게선 나를 통제하려는 시도가
없기 때문이라고.

그것이 자신을 즐겁게 한다고.

왜 우리는 서로의 있는 그대로를
아껴주고 사랑하지 못하는 걸까.

나 자신에게도 그리고 너에게도.

우리에겐 꿈과 같은 마법이 필요해.

서로가 서로의 개성과 색깔을
있는 그대로 이해하고 존중하는
그리고 사랑하게 되는 마법이.

그게 별천지 꿈의 세계이기만 할까?

그저 조금 노력하면 되는 거야
타성에 젖은 너의 마음을 잘 토닥여
한 걸음을 내딛으면
넌 알아서 그렇게 하고 있을 테니까.

왜냐고?
그건 우리가 이기적이기 때문이야.

그게 진정한 행복이라는 것을 알게 된다면
우린 스스로를 위한 이기심으로
노력하지 않아도 철저히 그렇게 하게 될 거야.

그러니
조금 다르게 바라볼 필요가 있을 뿐이야.

어려울 건 하나도 없는 거야.

사랑의 방정식은
하나 더하기 하나가 둘이 되는 것이 아니라
하나 더하기 하나가 새로운 하나가 되는 거야.

네가 살아온 삶의 방식을 상대방에게 강요하지 말아줘.
준비되지 않은 마음이라면 답답한 마음 움켜잡은 채
펑펑 울며 속상해하고 아파할, 네가 사랑하는 사람이야.
그러니 최선을 다해 그 사람의 색을, 개성을 존중해줘.

통제와 이기의 논리가 아닌
너무 사랑하기에 그 사람을 편하게 해주고 싶은 배려라면
너무 사랑하기에 그 사람의 짐을 덜어주고 싶은 헌신이라면

억지가 아닌 사랑으로 서로의 색을 조율하며
너희들만의 찬란히 반짝이는 새로운 색을
이 세상에 단 하나뿐인 그 아름다움의 색을
그렇게 둘만의 예쁜 색을 만들어가게 될 테니까.

사랑한다면 이해하는 거야.
사랑한다면 맞춰가는 거야.

하지만 통제의 시도는 상대방을 사랑하는 것이 아니라
너의 욕망을 사랑하는 것일 뿐이고
그 사랑은 환상이기에 언제나 그 끝은 절망으로 치닫게 될 뿐이야.
그러니까 있는 그대로의 색과 개성을 아껴주고 사랑해줘.

나의 욕망을 사랑하는 환상이 아닌 너를 사랑하는 진심이라면
억지가 아닌 서로를 위한 사랑으로 변화는 일어나게 돼있으니까.

첫사랑

나는 그렇게 생각해.

누구를 언제 만났냐가 아니라
어떻게, 얼마나 사랑했느냐가
첫사랑을 결정하는 거라고.

진정 그립고 간절해지는 사람
그런 사람은
타인의 가슴에 진심을 새긴 사람.

다름의 깊이와 따스함으로
그 사람의 마음 구석구석을
따스하게 데우고 그 사람의 행동에
선한 영향력을 주어 함께 성장하는 사람.

네가 그런 사람이라면
그런 마음으로 사랑한다면

너와 상대는 서로가 서로의
첫사랑으로 맺어져
그 사랑의 진솔함으로 영원의 끝을 향해 나아가게 되는 거야
그렇게 마지막 사랑의 장이 되어 닫히는 거야.

그 열렬한 간절함으로 사랑을 해봐.

그런 사람이 있어.
도무지 못 잊을 것 같은 사람
늘 마음 한구석에 남아
그립고 아리는 간절한 사람.

그때마다 넌 생각했던 거야.

그때의 그 사랑이 첫사랑이자 마지막 사랑이었다고
어쩌면 다시는 그런 마음으로 사랑할 수 없을 너라고.

그때의 그 감정을 누군가에게 준다는 것이
이제는 불가능할 것 같다고, 도무지 엄두가 나지 않는다고.

해서, 다시 그런 사랑할 수 있을까? 라는 고민과
그리움에 사무쳐 외로워하고 쓸쓸해하고 있는 너.

하지만, 그것보다 더 간절한 사랑이
예기치 못한 순간 널 향해 찾아와
첫사랑이라 여겨왔던 그때의 그 사람이
단지 처음 만났던 사람이 되고

그때 나누지 못했던 마음의 진솔함과
따스한 포근함을 나누는, 그 짙고 농밀한 공감으로

지금 네 곁에 있는 사람을 향해
네가 쏟는 그 사랑의 무게로 인해
그 가득 찬 따스함의 풍성함으로 인해

지금껏 한 번도 주지 못한 사랑의 크기를
서로에게 주고받으며 흠뻑 물들어

너의 첫사랑, 비로소 변하기 시작하는 거야.

그때의 그 사랑은
지금의 사랑에 비해 너무나 작기에
사랑이 아니었음을 알게 되고

지금의 사랑이 오직 유일한 사랑이 되어
첫사랑의 진짜 꽃이 되어 피어나는 거야.

그러니까 아직 만나지 못한
너의 첫사랑을 만나기 위해
그 진짜 사랑을 만나기 위해

지금의 외롭고 쓸쓸한 마음
다시는 그런 사랑하지 못할 거라는
그 엄두가 나지 않는 감정들-

고스란히 딛고 너의 온전함을 먼저 완성해줘.

그렇게 네가 완성한 그 진솔함의 향에 이끌려
너를 향해 먼 길을 걸어온
전에 느끼지 못했던 사랑의 감정을 피워주는
너의 진짜 인연을 안고서 나지막이 말해주는 거야.

너를 기다리고 있었다고, 내게 와줘서 고맙다고.

원망하지 마

외로워서
아무나 덥석 사귀어놓고
울고불고 후회하고
원망하는 거

예쁘지 않아.

선택은 네가 한 거잖아.

그러니 앞으로는
불완전한 마음을
채우기 위한 연애보다

성숙한 마음으로
온전한 너인 채로

사랑받고 사랑하는
연애를 하면 돼.

그게 예쁜 거잖아.

지금까지의 배움으로
앞으로의 사랑에 대한
좋은 식견을 가지게 되었잖아.

그러니 원망하지 말고
지금부터는
너에게 정직해져봐.

외로워서인지
정말 사랑해서인지.

연애하고 싶은 지금의 이 마음이
공허로부터의 탈출은 아닌지.

너의 불완전을 다른 무언가로
채우기 위한 발버둥은 아닌지.

지금부터는 정직해져봐.

.

성숙한 연애는 이런 거야.

"네가 없음에도 나는 여전히 행복해
하지만 네가 있음으로 인해 조금 더 완전해졌어.
너의 다른 무엇 때문이 아니라
그저 너라는 존재와 함께한다는 것 자체가
내겐 선물이고 기쁨이기에 어떤 순간에도 난 행복해"

무언가 결핍되어 있고 부재한 느낌-
그 텅 빈 마음이 자아낸 외로움을 이겨내지 못해
조급한 마음으로 연애를 시작하지만

외로움에서 벗어나는 시간은 짧았고
너는 또다시 고독한, 외로운 숲속을 헤매고 있어.
너 스스로가 온전하지 못함으로 인해서.

온전하지 않은 너인 채로 시작한 연애는
결국 온전하지 못함으로 인해 무너지는 거야.

그러니까 지금의 공허와 결핍의 웅덩이를
너를 향한 보살핌과 아껴줌의 사랑으로 채워줘.

혼자인 것이 더 이상 외롭지 않도록,
언제나 따뜻하고 포근한 위로의 품이
언젠가 사라질 타인의 품이 아닌
너 스스로의 영원한 품이 될 수 있도록
너 자신을 먼저 아껴주고 사랑해 주는 거야.

그렇게 진짜의 온전함으로 빛나는 네가 되어
네 마음속 부재와 외로움을 달래기 위한 만남이 아닌
정말로 너의 가슴이 이끌리는 상대를 만나 사랑에 빠지고

채워지지 않는 마음속 외로움과 욕망을
해소하기 위한 대상이 너와 내가 된 연애가 아니라
혼자인 채도 온전하지만 너와 함께하기에 더 완전한,
서로를 향한 사랑의 진심으로 더욱 풍성해지는 연애를 하는 거야.

함께 손을 잡고 있는 것만으로도
삶의 어떤 순간에도 행복하다 느끼는 사랑은

오직 서로가 온전할 때라야 가능한 거야.

나 자신을 사랑하지 않는 사람은
타인을 진정으로 사랑할 수 없는 거니까.

그 사랑은 결국 나의 불완전함을 달래기 위해
의존과 집착을 사랑으로 미화하는 환상에 불과한 거니까.

그 환상이라는 영화는 첫 장면부터 엔딩에 다다르기까지
너라는 주인공이 어디에도 없다는 참혹한 비극으로 인해
끝내 현실이 되지 못한 채 그 허망한 막을 내리게 될 테니까.

오롯한 서로인 채로 사랑받아
서로의 존재가 더욱 찬란히 빛나 고쳐되고
하나됨이라는 연결로 모든 것이 가득 차는,
그저 함께한다는 사실 하나에
이 삶의 마지막까지 든든하고 포근한 연애는
오직 온전함을 완성한 사람들만의 특권인 거야.

그리고 그 특권의 획득은 나 자신의 행복과
사랑의 완성이라는 가장 고귀하고 아름다운 일을 위한
삶의 유일한 의무이자 궁극의 목적인 거야.

그러니까 넌- 텅 빈 네 마음속의 가슴 절절한 외로움이 아닌
온전함이라는 빛의 간절한 운명을 믿고 너를 먼저 사랑해줘.

이기적인 사랑의 끝

상대가 자기의 이해를
자기 위주로 생각해주지 않는다고
느끼게 되었을 때
그들의 행복은 끝장나버렸다.

- 에밀리 브론테, 《폭풍의 언덕》

한쪽만으로는 부족하고
쌍방이 서로 각자의 이해를 생각하고
아껴주고 배려하기 위해 자신의 무언가를
어쩌면 모든 것을 헌신할 각오.

그것이 없다면
사랑의 끝은 별도 달도 없는
어느 날의 밤하늘처럼
어둡고 컴컴하기만 한 것 아닐까.

저 구절을 읽으며 문득은 그런 생각이 들었어.

네가 지금 하고 있는 사랑은 어때?

만나는 사람이 있음에도
울컥 터져 나오는 외로움의 검정이
네 마음속 빛나는 별과 달을 덮어
한 줄기의 빛마저 존재하지 않는 고독의 시간.

사랑이 일방통행이 되어버린 순간,
어느 한쪽의 우선순위가 우리의 만남이 아닌
다른 곳을 향하게 된 순간 엄습하는 밤하늘의 먹구름.

그렇게 외로운 상처를 덮고
고독이 주는 농밀하고도 잔인한 아픔을 벤 채
저 창문 밖의, 끝도 없는 어두운 검정을 바라보며
눈물을 글썽이며 시린 가슴 움켜잡고 있는 너.

사랑은 서로가 함께 정성을 쏟는 거야.

사랑하기에 그 사람에게 기쁨이 되고 싶은 마음이
서로를 바라보는 눈동자에 가득 차 느껴지고
그 진심 어린 마음이 서로를 아껴주는 행위로 표출되는
어떤 계산도 이기도 없는 일직선의 순수한 정성을 쏟는 것.

그것이 때로 갈 길 잃은 채 어두운 밤 속을 헤매는
서로의 고독한 마음에, 반짝이는 별과 달이 되어 수놓아져
영원한 응원과 든든한 지원의 빛이 되어 어둠을 밝혀주는 것.

사랑하기에, 억지가 아닌, 마음에서 우러난 정성으로
너의 얼굴에 기쁨의 꽃이 활짝 피어날 수 있도록 노력하는 거야
너의 기쁨이 나의 기쁨이니까. 너의 행복이 나의 행복이니까.

그런 사랑이라면 그저 함께한다는 것 자체가
서로의 삶에 모든 어둠을 몰아내는
빛 발하는 미소의 별과 포근한 설렘의 달이 되어

서로의 밤에 영원히 행복한 사랑으로 맺히는 거야.

.

내가 기쁘기 위해 네가 기뻐야만 하는 거야.
내가 행복하기 위해 네가 행복해야만 하는 거야.

.

.

서로가 그런 마음이기에 자신의 바람과 요구를
상대방의 기쁨과 행복을 위해 자발적으로 헌신할 때

그 사랑은 영원히 시들지 않는 초록빛이 되어
결코 멸하지 않는 영원의 찬란한 빛이 되어
다음 생까지도 사라지지 않고 남을 강렬한 빛이 되어

서로의 가슴에 스며 영원히 행복한 사랑으로 맺히는 거야.

.

.

.

그러니까 우리- 상대방의 이해가 나의 이해가 되고
서로의 기쁨과 행복이 오롯이 자신의 것이 되는
서로가 서로를 향해 직선의 별을 긋는 쌍방의 사랑을 하자.

이별의 결정

이별의 타이밍은
함께함에도 사랑하는 느낌이 없을 때
혹은 사랑받는 느낌이 없는 순간이야.

그런 느낌이 찾아왔을 때
그럼에도 미련에 의해 관계를 지속하는 것만큼
너를 아프게 하는 것도, 상대방을 아프게 하는 것도
서로 함께한 사랑의 추억을 아프게 하는 것도 없어.

그러니까
헤어져야겠다는 마음이 문득문득 찾아올 때
이제는 이 사랑이 끝났음을 직감할 때
더 이상 함께하는 시간이 행복하지 않을 때

그 순간이 바로 이별의 타이밍인 거야.

이별을 마음먹으니 떠오르는 추억에 주저하고
이별을 마음먹으니 함께했던 미련에 머뭇거리고

그렇게 새로운 사람을 만날 가능성을 닫은 채
너에게도 상대방에게도 그 추억에게도 아픔을 주고 있다면

이제는 이를 악물고 이별을 결정해줘.

점점 식어가는 사랑을 지켜보는 것이 너무나 아파.
사랑을 담은 눈빛으로 나를 바라보던 그 사람이 그리워.

어제와 같이 사랑한다는 말 여전하지만
그 언어에 더 이상의 진심이 담겨있지 않은 것 같아.

그렇게 변해가는 사랑을 바라보며 아파하고 있는 너.
분명 함께하는데, 그러면 외롭지 않아야 하는데
함께함에도 너를 무너지게 하는 외로움의 엄습-
그 색 바랜 사랑의 얼룩이 너의 심장에 스며
만신창이가 된 채 시린 가슴을 움켜잡고 울고 있는 너.

네가 사랑하는 사람은 네 옆에 있는 사람이 아니라
이제는 그 사람과 함께한 추억이 되어버린 지금의 너.

그렇게 함께하는 온종일 네가 사랑한 사람은
지금의 그 사람이 아니라, 한때의 그 사람이 되었고
너를 미소 짓게 하는 것은 지금의 연애가 아니라
그때의 연애, 그렇게 사랑하고 사랑받던 너의 과거가 되었어.

혹여나 이전처럼 다시 널 사랑해 줄 거라는
그 미련 때문에,
오래도록 함께 해온 그 시간이 아쉽다는
그 바보 같은 미련 때문에
네 심장 구석구석을 후벼 파 스스로를 멍들게 하는 거야.

너는 이제 너를 사랑하지 않는 거야?
왜 너 스스로는 돌보지 않는 거야?

네 마음의 소리를 잘 들어봐.

그 사랑은 이미 끝이 났고
개선의 여지는 더 이상 없는 거야.

그 미련의 긴 시간 동안 변화를 기다렸지만
네가 바라본 것은 더욱 차가워진 사랑의 온도였고
그 냉혹함에 찔려버린 네 심장의 깊은 통증과
네 마음속 깊숙한 곳에서 울려 퍼지는
외로움과 아픔의 강렬한 신음과 진동뿐이었어.

괜찮아. 이제는 선택하는 거야.
아픔의 나락, 그 끝까지 내몰리지 않았다면
넌 영원한 아픔을 선택한 채 울고불고 후회했을 거야.

너무나 사랑했던 그때가 그리워 미련이 남지만
그럼에도 매듭지어야 하는 것이 사랑의 종착점이야.

아름다웠던 추억마저 상처와 원망으로 물들지 않도록
그 애틋함 속의 너를 지켜내는 것이 이별인 거야.

그러니까 최선을 다해 너의 이별을 완성해줘.

그 만남이 주었던 후회나 미련의 감정들로 인해
너- 더 행복하고 성숙한 연애를 하게 될 거야.

그 사랑의 깨달음을 주는 것이 후회와 미련이고
그 행복으로의 문을 열어젖히는 것이 이별인 거니까.

그러니까 괜찮아. 아파도 정말 괜찮아.

더 행복하기 위해 지금의 아픔을 통과해야만 하는 거야
그것이 이별이 너에게 준 과제인 거야
그러니까 최선을 다해 이별의 과제를 완성하면 되는 거야.

아팠던 만큼 너- 성장할 것이고,
성장한 만큼 너의 삶은 아름다워질 거야.

그렇게 더욱 아름다운 너인 채로
행복을 향한 지혜를 배운 너인 채로

더 좋은 사람을 만날 식견을 얻기 위해
그렇게 영원히 사랑받고 사랑하기 위해

꼭 지나가야 했던 아픔이었고
꼭 선택해야 했던 이별이었던 거야.

그러니까 괜찮아, 아파도 정말 괜찮아.

부디 너의 이별- 돌이켜 미소 지을 수 있는
아름다운 추억의 꽃으로 피어나길.

부디 너의 이별- 언젠가의 행복한 너를 있게 해줄
찬 란 한   삶 의   지 혜 ,   그   배 움 이 었 길 .

이별한다는 것은

너무나 사랑했던 사람
내 마음의 전부를 주고 함께 그 추억을 공유한 사람
그렇게 너와 내가 아닌 우리가 되었던 사람.

그 만남과 이별한다는 건 참 아파
아프고 또 아파서 그 상실의 감각이
심장을 후벼 파 도저히 버틸 수가 없을 것만 같아.

그 만남의 기간이 오래되었든
짧은 만남이었든
이별의 아픔 앞에 그런 건 중요하지 않아.

네가 얼마나 깊은 마음을 주었는지에 따라
짧은 만남이었던 그 사람이
너무나 그립고 그 헤어짐이 너무나
너무나 후회스러울 수도 있는 거니까.

그렇게 사랑했는데, 사랑하는데
이별한다는 것은
너무 아프지만, 그럼에도 그만큼
네가 그만큼 성장했다는 증거야.

오래된 만남이 주는 미련, 오롯이 이겨내고
너 자신보다 더 사랑했던 그 사람에게 주었던
너의 깊은 마음, 그래서 찾아온 상실감과 후회도
그 사람에게 의지했던 네 마음까지도 거두어내고
이제는 혼자 서겠다는 마음의 결정이니까.

그전엔 엄두조차 낼 수 없었던 이별이니까.

그러니까 이별한다는 것
그것은 상처받았던
그럼에도 온 맘 바쳐 사랑했던
그때의 그 만남을 이제는 딛고 일어나
너 스스로를 아껴주고 사랑하겠다는 성장의 결정이야.

아프고 힘든 거 알아
울지 말라고
네가 왜 힘들어해야 하냐고
그만 좀 하라는 말 안 해.

아파도, 힘들어도 괜찮아
울고 싶으면 눈이 붓도록 펑펑 울어
그렇게 남은 감정의 미련들, 다 쏟아내는 거야
그러니까 힘든 맘 지친 맘 붙들고 펑펑 울어.

그렇게 이별의, 그 죽을 것만 같던 마음의 멍에
모두 다 지나간 것 같아 후련하다가도
문득문득 또다시 찾아오는 미련과 슬픔에
또다시 가슴을 치며 울고불고 아파할 너.

괜찮아

나도 그랬어. 당연한 거야

그렇게 아프면 또 아파하면 그만이야

문득 울고 싶으면 또 울면 되는 거야.

그렇게 이별하는 거야.

그렇게 보내주는 거야.

그렇게 그 사람으로 가득 찬 지금의 마음

새로운 만남을 위해 서서히 비워가는 거야.

다시는 그 감정, 누군가에게 쏟기가

너무나 버겁고 생각하는 것만으로도 겁이 나지만

그럼에도 조금씩, 더디지만 조금씩

또 다른 인연을 향해 걸어갈 준비를 하는 거야.

.

.

.

들리니?

저 멀리서 너에게 다가오는 발자국 소리가

그리고 네가 다가가고 있는

새로운 만남에 대한 네 심장의 떨림이-

잘 들어봐.

그렇게 너-
아름다운 이별을 완성하고

그렇게 너-
이별을 딛고 더 건실한 네가 되어
전보다 아름다운 연애를 하는 거야.

그 전의 만남이 가져다준 아픔과 상처로 인해
이제는 너, 좋은 사람을 알아보는 눈이 생겼고
그렇게 더 행복한 연애를 하게 되는 거야.

그렇게 너-
행복하기 위해 그만큼 아팠던 거야
더 좋은 사람을 만나기 위해 그만큼 아팠던 거야.

그러니까 아파도, 죽을 만큼 아파도
괜찮은 거야, 정말 괜찮은 거야.

하나가 되었던 그때의 그 사랑을
다시 두 개로 떼어내는데
아프지 않은 게 이상한 거야.

다시 온전한 하나가 되기 위해
무조건 아파야만 했던 거야
사랑한 만큼 아파야만 했던 거야.

그렇게 아픔을 딛고 오롯이 하나가 되는 시간 동안
새로운 인연이 너를 향해 먼 길을 걸어오고 있었던 거야.

이제는 들어봐

너에게 다가오고 있는 그 운명의 떨림을

서로를 만나기 위해 아파야만 했고

서로를 만나기 위해 그 지독하게 아픈 시간들을 딛고

그 사람을 향해, 그리고 너를 향해, 서로를 향해

걸어가고 있었던 너희 두 사람, 그 발자국 소리를.

이별의 완성은
새로운 만남- 그 시작에서
매듭지어 지는 거야.

이별의 아픔 치유하기

정말 사랑했던 사람이 너를 바라보던 눈빛
아낌없이 모든 것을 표현했던 너의 마음
너의 손을 잡아주었던 그 따스한 손과
질투도 하고 싸우기도 했지만 그럼에도 사랑이었던 너.

그렇게 이별 후에 사라진 애틋한 감정의 부재
그 상실감에 더욱 외로워져 아파하고 있는 너.

네가 지금 그리워하고 있는 것은
그 사람인 거야?
모든 것을 쏟아부었던 그 감정의 부재인 거야?

그렇게 비어버린 마음, 쓸쓸함에 사무친 공허.

눈물이 나고 미련이 나서 미칠 것만 같아.
너무나 외롭고 힘든데 내 맘을 알아주는 사람은 없어.

그때 너는 하나의 오해를 믿으며 스스로를 위로해
시간이 지나면 괜찮아질 거란 오해를.

시간이 지나 지금의 이 아픔과 외로움이 아물어도
네가 성장하지 않는다면 너, 똑같은 상처로
또다시 아프고 외롭고 힘들어지는 거야.

그러니까 이별을 딛고 성장해야해.

또다시 아프지 않기 위해
다음에는 더 멋진 네가 되어
더 행복한 연애를 하기 위해
네가 믿어야 할 것은 시간이 아니라
온전한 네가 되는 성장함인 거야.

이별의 아픔은 그래서 찾아온 거야
너에게 오롯이 홀로 서달라고-
온전한 네가 되어 꼭 행복해달라고-

그동안 너보다 다른 사람을 더 사랑하느라
너 스스로는 돌봐주고 사랑해주지 못했잖아
그러는 동안 네 마음은 얼마나 외로웠던 걸까.

그러니까 이제는 스스로를 아껴주고 사랑해줘.

그동안 혼자 둬서 미안하다며
홀로 영화도 보고 카페에 앉아 책도 읽고
여행도 가고 친구들을 만나 수다도 떨며

맛있는 것도 많이 먹고
예쁜 옷, 멋있는 신발도 사주고
그렇게 그동안 홀로 둬서 미안했다며
너 자신에게 선물을 주는 거야.

그렇게 너의 마음, 진심으로 다독여주는 거야.

더 행복해지기 위해
더 예쁜 사랑을 하기 위해
너를 더 아끼고 사랑해 주는
그 진짜 인연을 만나기 위해

지금 조금 외롭고 아픈 거야.

그러니까 괜찮아
조금 외롭고 힘들어도 정말 괜찮아.

그동안 혼자 두었던 너를 끌어안아줘.

다른 사람을 사랑하느라 홀로 두었던 너 스스로를
이제는 위로해주고 사랑해 주는 거야.

지금의 아픔은 네 마음이 너에게 말하고 있는 거야.

이제는 나를 아껴주고 사랑해달라고
그렇게 온전한 네가 되어달라고
그렇게 성장해서 더 빛나는 네가 되어달라고.

그러니까 괜찮아
아파도 정말 괜찮아.

지금의 이별, 이 아픔으로 인해 너- 성장하여
더욱 온전한 네가 되어, 더욱 찬란히 빛나는 네가 되어
부디 다음 사랑은 더욱 성숙한 행복의 결실을 맺기를
온 마음을 담은 진심으로 바라고 응원할게.

익숙해진다는 것

어제 네가 한 말.

오래된 부부는 서로 뭘 할지 뻔히 알기에
권태를 느끼고 미워한댔지.

하지만 내 생각은 반대야.

서로를 아는 것이 진정한 사랑일 거야.

머리를 어떻게 빗는지, 어떤 옷을 입는지
어떤 상황에서 어떻게 말할 건지 아는 거.

그게 진정한 사랑이야.

[Before Sunrise, 1995, Richard Linklafer]

막연한 찌릿함, 그 설레던 사랑의 서막에서부터
어느새 포근하고 익숙해진 소중한 사람.

그렇게 나를 가장 잘 이해하고 알아주는 사람에게 시들해져
새로운 짜릿함을 찾아나서는 것만큼
어리석은 비극의 아둔한 행위는 결코 존재하지 않아.

그 사랑의 완성만큼
우리의 삶에 아름답고 고귀한 목적은 없으니까.

정말로 사랑하는 사람과의 오랜 연애 속
새로울 것이 없어 점점 시들해져가는 너라면
난 확신을 가지고 말해줄 수 있을 것 같아.

그 어떤 새로운 짜릿함을 찾아가도
넌 더욱 공허해질 뿐이고, 결국 만족하지 못할 거라고.

그렇게 방황하다, 언젠가는 후회하게 될 거라고.
잘못된 것은 너무나도 간절하고 소중했던 상대가 아니라
그 익숙함의 타성에 젖은 네 부족한 마음일 뿐이니까.

익숙해진다는 것은
더 이상 새로울 것이 없어 질리는 게 아니라

서로에 대해 너무나 잘 알기에 믿을 수 있고
표현하지 않아도 느낄 수 있기에 깊이 이해할 수 있고
오래 함께한 만큼 함께 쌓아온 아름다운 추억들이 있고
그 추억들을 함께 만들며 둘이었던 너와 내가
점차 하나가 되고 있기에 진짜 사랑이라 말할 수 있는

그 자체로 너무나 고귀하고 경이로운 선물인 거야.

오래도록 함께 손을 잡고
주어진 삶의 길들을 걸어간다는 거
참 예쁘고 아름다운 거잖아.

그러니 그 익숙함을 당연하게 생각하지 말고
그 소중한 선물을 더욱 아껴주고 간절히 여겨줘.

때로 싸우기도 하고 토라지기도 했지만
그러는 와중에도 우리는 이별을 선택하지 않았고
서로를 이해하고자 하는 노력으로 함께해왔어.

그 사랑의 노력으로 불완전했던 반쪽짜리 너와 나는
새로운 하나의 온전한 꽃으로 피어나 빛나기 시작한 거야.

그렇게 누구보다 서로에 대해 잘 아는 우리 둘은
각자가 느끼는 감정과 아픔을 그윽이 이해하기에
든든하고 포근한 품이 되어 서로를 위로하게 되었고

또한 너라는 존재가 내 곁에 함께한다는 사실 하나에
혼자서는 차마 이겨낼 엄두조차 내지 못했던 이 인생의
험난한 시련을 사랑의 힘으로 이겨낼 수 있게 되었어.

난 언제나 내게 그런 용기를 주었던 너라는 존재에 익숙해지지 않도록,
그 소중한 사랑의 의미가 바래지고 시들어지지 않도록
너에 대한 고마움을 늘 새로이해.

그 고마워하는 마음에 너에게 기쁨이 되고자 노력했고
그 노력의 결실로 우린 서로를 더욱 이해하고 아끼게 되어
서로의 삶에 결코 없어서는 안 될, 결코 놓쳐서는 안 될
소중하고 간절한 존재가 되어 전심을 다해 사랑하게 된 거야.

그 가슴 절절한 간절함을 언제나 내 가슴 깊숙한 곳에 새겨
존재 자체가 내 삶에 너무나도 벅찬 기적인 너에게
앞으로도 기쁨이 될 수 있게 난 진심을 다해 널 사랑할 거야.

사랑하니까 억지가 아닌 당연함으로
서로에게 기쁨이 되고자 노력하는 것.

그렇게 서로를 향한 헌신과 배려로 그 사랑의 향-
더욱 그윽해져 영원히 시들지 않는 꽃이 되어 피어나는 것.

드물지만 진짜 사랑은 그런 것. 그래서 특별한 것.
그렇기에 간절한 것. 그래서 평생을 갈망하는 것.

그런 마음을 가슴에 새겨 서로를 사랑한다면
익숙함에 속아 서로를 잃을 일 따윈 없는 거야.

힘든 일들도, 기쁜 일들도
지금 네 눈앞에 닥친 감당할 수 없는 무거운 시련도
사랑으로 두 손 꼭 잡고 이겨내고 함께한다면
그렇게 하나가 되어 성장해나간다면
그 어떤 험난한 길도 대수롭지 않게 지나갈 수 있는 거니까.

그게 오래된 사랑이 너에게 주는 힘이니까.

어떤 길을 지나왔든 그 길은 예쁜 사랑의 추억이 될 테고
그 아름다운 추억으로 인해 서로를 향한 책임과 신뢰 또한 두터워져
그 누구도 서로를 갈라놓을 수 없는 앎과 믿음으로
즉흥적인 설렘의 짜릿함보다는 포근하고 든든한 이해와
위로의 따스함으로 영원히 서로에게 흠뻑 물들어 사랑하는 것.

익숙해진다는 것은 그래서 더욱 고귀하고 간절한 것.
그 벅찬 기적에 감사하기에 더욱 아끼고 소중히 여겨야 하는 것.

미련 극복하기

연애를 하며 상대방과 말다툼을 하고
그렇게 상처를 주고받은 채 펑펑 울었어.

상대방이 너무나 원망스럽고
아픔의 상처가 붉게 번진 연애가 되었음에도
도무지 헤어질 엄두가 나질 않아.

네가 사랑하고 있는 것은 지금이라는 현재야?
아니면 한때 너무나도 행복했던 그때 그 순간이야?

그때처럼 돌아오길 바라는 그리움과 미련의 파도 속에서
허우적거리며 상처를 끌어안은 채 만남을 이어가지만
네가 사랑하는 사람은 네 앞에 있는 그 사람이 아니라
어쩌면 네가 너무나도 사랑했던 그 사람의 한때
혹은 서로를 열렬히 사랑했던 풋풋한 서로의 추억 아니야?

그렇다면 네가 사랑하는 사람은 네 앞에 있는 그 사람이 아니라
그 사람과 함께 만들어왔던 그 추억의 잔재인 거잖아.

너를 사랑해주던 사람과 똑같이 생긴 사람이 네 앞에 서 있지만
네가 사랑해왔던, 너를 사랑해주던 그때의 그 사람은
이제 이 세상에 더 이상 존재하지 않는 거잖아.

네가 사랑하는 사람이
네 앞에 서 있는 그 사람이 아니라
너를 사랑해주었던 그 사람과의 추억이며
너의 상상 속에서만 존재할 뿐인
이미 사라져버린 사람과의 연애라면

그래서 너무나도 아픈 거라면
그럼에도 만나온 시간이 아깝다는 미련에
이별을 선택하지 못한 채 머뭇거리는 거라면

너의 행복을 위해 이별을 결정해.

한때 네가 사랑했던, 그리고 너를 사랑했던 사람과
외적인 모든 것이 똑같이 생긴 사람이 네 앞에 있지만
그의 본질이었던 내적인 모든 성질은 이미 변했기에

넌 지금 오해를 사랑하고 있는 거야.

너를 향해 웃어주던 그 사람이 지금 이 사람이라는 오해를
너를 걱정해주고 너를 위해서라면 무엇이든 할 것 같던
그때의 그 사람이 지금 네 앞에 서 있는 사람이라는 오해를.

하지만 그 사람의 '마음'은 이미 사라지고 없는 거야.
그래서 이 사람은 이제 그때의 그 사람이 아닌 거야.

해서, 네가 사랑하는 건 네 앞에 서 있는 사람이 아니라
이미 사라진, 한때 너를 사랑했던 그 사람의 잔상일 뿐이기에
너 또한 이미 너를 떠나간 이 사람을 보내줘야 하는 거야.

너무나도 행복했던 연애가 끝이 났음에도

변해버린 그 사람이 다시 돌아올 거라는 믿음과

오랜 기간 사랑했던 너의 감정과 시간이 아깝다는 미련,

그리고 한때 너를 너무나도 사랑해줬던 그 추억에 대한 그리움으로

너를 향해 신경질적으로 변한 그 사람을

네가 해주는 사랑의 표현과 행위에 무성의해진 그 사람을

너의 일상과 스트레스에 관심이 무뎌진 채

너의 눈을 바라보며 이야기하는 그 시간들보다

그저 너의 몸을 사랑하는 것만 같은 그 사람을

모든 상처를 끌어안은 채 기다리고 사랑하는 너.

사랑 가득 담긴 눈빛으로 나를 바라보던 그때의 표정과

내가 걱정되어 하루 종일 내 곁을 서성이던 그때의 그 모습

나의 이야기를 들어주며 웃어주고 함께 울컥해주던

한때의 그 모습들을 생각하니 아직도 웃음이 나는 것만 같아.

하지만 이제는 알겠어.

내가 사랑하고 있는 사람은 지금 내 곁에 있는 사람이 아니라

오직 추억 속에만 존재하는 그때의 그 사람이라는 것을.

지금껏 오해를 사랑하느라 상처투성이가 된 너잖아

너에게 상처를 주는 사람을 사랑하느라

너무나도 아프고 힘들었던, 그렇게 만신창이가 된 너잖아.

그러니까 이제는 그 상처로부터 너를 지켜줘.

네가 사랑했던 모든 오해와 환상을 거두어내고

이제는 그동안 아팠던 너를 아껴주고 사랑해 주는 거야.

진실한 사랑으로 나아가기

감정적으로 많이 미숙한 우리의 마음속에는
친절한 가면 속에 꼭꼭 숨은 채로
휴지기에 들어간 화산처럼 폭발하기만을 기다리는
표출되지 않는 분노와 타인을 향한 원망이 숨어있어.

우리는 사회로부터 자신을 지키기 위해
그 분노를 마음껏 표출하지는 못한 채 겉으론 웃고 있지만
해소되지 않은 그 응어리를 어딘가에 해소하기 위해
서로 미숙한 감정을 드러내도 괜찮은 사람을 만나
오랜 기간 그 감정을 서로에게 풀어놓곤 해.

흔히 사회성이 필요하지 않은 가족이라는 공간 속에서
그리고 정말 오랜 기간 허울 없이 지내온 친구를 통해서
혹은 지금 네가 사랑하는 연인을 통해서 그 감정을 해소하는 거야.

정직해져봐.
지금 네가 사랑하는 사람을 향한 원망과 싸움을
너도 모르게 은밀히 즐기고 있는 건 아닌지.

성숙한 사람의 사랑은 존중과 이해를 바탕으로
서로 간의 지지와 신뢰를 통해 사랑을 표현하고
싸우고 토라지기보다는 위로하고 응원하는 사랑이야
그렇게 서로를 고쳐시켜주며 함께 성장해나가는 사랑이야.

지금 네가 하고 있는 사랑은 어떤 사랑인 거야?

나는 그렇게 생각해
누군가를 향해 화를 내고 원망하는 것은
사실 화날 일이 있어서, 원망할 일이 있어서가 아니라
그저 나라는 사람이 화난 사람이고 원망하는 사람이어서라고.

휴지기에 들어선 화산의 마그마가
그 온도를 감당하지 못해 폭발하는 것처럼
항상 그 안에 화를, 원망을 담고 있다가
어느 시기가 되면 적당한 상대를 찾아
적당한 변명거리와 적당한 이유를 대며
마음속에 가득한 그 감정을 분출하는 거라고.

해서, 그 적당한 상대가 연인이 되어버린 연애라면
결코 성장할 수도, 행복할 수도 없는 거야.

그러니까 정말 행복한 연애를 하고 싶다면
그런 마음을 은밀히 즐기고 있는 건 아닌지
정직하게 살펴보고 나아가야 하는 거야.

서로가 서로를 너무나 사랑하기에
상대방의 부족한 점마저도 있는 그대로 아껴주는
사랑하기에 상대방의 무거운 짐을 덜어
나의 어깨 위에 짊어지는 것이 기쁨이 되는
사랑하기에 상대방의 행복이 나의 행복이 되는
그래서 서로에게 기쁨과 행복이 되기 위해 헌신하는

그 진실한 사랑만이 너의 모든 감정과 응어리를 해소하여
오직 행복한 너와 너의 연인이 되도록 이끌어줄 테니까.

영국의 극작가 피터 유스티노프는 말했어.

사랑은 끝없는 용서의 행위이며
습관으로 굳어지는 상냥한 표정이라고.

서로에게 기쁨으로 맺혀 영원의 꽃이 되어 피어나는 사랑은
영원한 상냥함과 다정함의 태도를 포함하는 사랑이야.

그래서 인간적으로 성장한 사람들끼리의 연애는
서로를 향한 사랑으로 가득 차 남들의 부러움을 사고
그들의 주변 또한 행복으로 물들이고 고취시키는 거야.

나쁜 남자, 기가 센 여자라는 말이 있는데 그 말은,
마음이 좁고 미성숙한 태도를 가진 사람을 가리키는 말이야.

그런 사람에게 느끼는 끌림은 너의 미성숙함을 반증해.

너를 사랑하는 눈빛과 다정한 태도들에 사랑을 느끼기보다는
오글거려 도망가고 싶다면, 혹은 그런 사랑의 표현이 지루하다면

그런 너에게 끌리는 사람과 네가 끌릴 사람과의 연애는
결국 이해의 부족과 사랑의 결핍으로 일어나는 잦은 싸움과
서로의 숨을 턱 막히게 하는 통제와 집착, 그리고 그것이 만들어낸
말 한마디 편히 못하는 조마조마한 눈치의 기류들로 인해

결국 아픔과 후회만을 남긴 채 끝나는 거야.

그 아픔과 후회에도 스스로가 성장하지 못한다면
네가 앞으로 끌릴 사람은 똑같이 그런 사람일 테고
그 사랑의 끝은 전과 다르다고 할 수 없는 거야.

결국 너 스스로 그 아픔과 후회 속에 머물러있기를
떨쳐내고 싶어 안달이 난 그 원망 속에 머물러있기를 선택한 거잖아.

그러니 정말 행복하고 싶다면
그리고 서로가 진심으로 서로를 아끼고 사랑하는
그 사랑의 태도로 진정 행복한 사랑을 갈망한다면
이제는 성장의 문턱 앞에서 주저하지 마.

성장은 사랑의 태도를 선택하고
사랑이 부재한 태도들을 내려놓고자 노력하는 것.

용서와 사랑, 친절과 나눔, 이타적인 마음과 배려, 공감과 위로
긍정적인 점을 바라보고 칭찬하기, 희망과 용기, 겸허함
따뜻한 미소, 감사, 진솔함과 같은 헌신의 태도들을 선택하여
끊임없는 긍정적인 피드백으로 서로를 고취시켜주고

원망과 분노, 시기와 질투, 소유와 집착, 험담, 절망과 좌절
욕망과 이기, 신경질적인 태도, 비웃음, 오만함, 가식적임
부족한 점에 골몰하고 비난하기와 같은 거짓의 태도들을 내려놓아
내 본연의 아름다움을 가렸던 부정성을 하나씩 거두어내는 것.

진정 아름다운 사랑은 다정하고 따뜻한 태도들을 바탕으로
서로가 서로에게 기쁨이 되고자 노력하는, 함께 성장하는 사랑.
그런 진실한 사랑을 하는 너이길, 그로 인해 꼭 행복한 너이길 바라.

함께한다는 것

함께한다는 건
아무것도 그려지지 않은
하얀 도화지를
너의 색채와 나의 색채로
물들이는 평생의 작업이야.

그렇게 둘이서
하나의 그림을 완성해간다는 거
참 예쁘고 아름다운 일 아니야?

너는 너였고
나는 나였는데
지금은 우리가 되어
예쁜 추억이 될 그림을
사랑으로 함께 그려나가는 거
참 설레고 황홀한 일 아니야?

그렇게 서로가 서로의 일부로 스며들어
우리 앞에 마주한 삶을 혼자가 아닌 둘이서
헤쳐나가고 이겨낸다는 거, 참 든든한 일이잖아.

그러니까 서로 위로하고
서로 응원하며 서로에게 기쁨이 되어주는
예쁜 사랑의 그림을 그려봐.

네가 가지고 있는 도화지가
앞으로 가질 수 있는
단 한 장의 유일한 백지라 생각하고
최선을 다해 사랑의 그림을 그려보는 거야.

서로에게 단 하나뿐인 든든한 지원군이 되어줘.
어디에도 기댈 곳 없어 힘이 들 때
사랑하는 단 한 사람으로서 유일한 위로가 되어주고
기쁜 일이 있을 때 시기하고 질투하는 세상으로부터
유일하게 진심으로 함께 기뻐하는 진짜 사랑이 되어줘.

모든 시련, 함께 지나가며 뒤처질 땐 손잡아 이끌어주고
그렇게 이 삶, 둘이 되어 함께 성장해나가는 거야.

그런 세상이라면 두려울 게 뭐가 있어?
사랑하는 사람이 너의 손을 잡은 채 너의 눈을 바라보며
힘내, 내가 있잖아, 우리 같이 이겨내자, 라고 말해주는데
그렇게 너를 진심으로 사랑해 주고 아껴주는 사람이 있는데.

지금 네가 그려나가는 사랑의 도화지는 어떤 그림이야?

서로를 향한 분노와 원망으로 얼룩지고
욕망을 해소하기 위해 만난 그 처음의 열정은 시들어가고
가슴 깊은 곳에서 우러나는 사랑해, 가 아니라
그저 입 밖으로 튀어나오는 진심 없는 사랑해, 가 되어가는
그렇게 서로를 바라보는 눈빛, 지루함과 미움으로 가득 차 가는
그런 아픈 그림을 그려나가고 있는 건 아니야?

그럴 때 사람들은 이렇게 변명하곤 해.
사랑에도 유통기한이 있다고
그렇게 우리의 사랑은 그 수명을 다했을 뿐이라고.

하지만 그렇지 않은 사랑
난 너무 많이 봐왔는걸.

서로가 서로를 향해
시들지 않는 영원의 초록빛이 되어
그렇게 한평생을 사랑하는
그런 사랑을 나는 많이 봐왔는걸.

사랑이 시들어간다는 건
아직 성숙하지 못했다는 증거야
성숙한 사람의 사랑은
상대에게 오직 기쁨이 되고 싶은 사랑이야.

그 사람을 위해 헌신하는 것이 나를 위한 것이고
그 사람을 위해 무언가 하는 시간이 날 행복하게 하는 시간이며
그렇게 사랑하는 사람이 나를 사랑해 주는 기적에
감사하는 마음, 최선을 다해 표현하는 시들지 않는 사랑인 거야.

그렇게 이 삶- 끝날 때까지
함께 성장해가는 사랑인 거야.

너의 그림, 아름다움에 흠뻑 젖은 사랑의 완성이 되어가길.
너의 지금, 마지막 도화지이고 싶을 만큼 행복한 사랑이길.
너의 사랑, 부디 성장하기에 시들지 않는 영원의 초록빛이길.

너를 마음을 다해 사랑하기에
오직 미소의 꽃만을 피우게 하고 싶어
너의 기쁨이 나의 기쁨이기 때문이야.

너의 흔들리는 촉촉한 눈동자 속에서
나, 너의 사랑이 되어 헤엄치고 싶어
영원히 네가 나를 바라봐주길 원하기 때문이야.

네가 아파 주저하고 힘들어하고 있을 때
너를 대신해서 내가 아프면 안 되냐고 기도해
너의 아픔을 지켜보는 것이 내겐 더 큰 아픔이기 때문이야.

너를 보고 있는데도 네가 보고 싶어
하루 종일 너를 보고 있는데도 네가 보고 싶어
곁에 있음에도 그립다는 말을 너로 인해 알게 됐어.

너의 눈에 다른 것이 담기는 시간을 빼앗아
그 속에 오직 나만을 채우고 싶어
너의 눈 속에서 살고 싶다는 말을 너로 인해 알게 됐어.

보고 싶다는 말이 모자랄 만큼 네가 보고 싶고
함께하고 싶다는 말이 모자랄 만큼 함께하고 싶어
사랑한다는 말이 모자랄 만큼 널 사랑하기 때문이야.

나, 네가 귀찮아할 때에도 너의 손을 잡을 거야
너를 마음 다해 끌어안을 것이고 입 맞출 거야
다른 사람이 너를 욕심내지 못하게 내 흔적을 가득 새길 거야.

아침에 일어나 잠이 덜 깬 너를 한참을 바라보며
예쁘다, 너무 사랑스럽다, 네가 내 곁에 있어 행복하다
노래하며 너를 깨우고, 네가 인상을 찌푸리며 잔소리를 하면
그 모습마저도 벅차게 사랑스러워 입을 맞출 거야.

너의 사랑스러운 모든 모습들, 한순간이라도 놓치지 않게
널 바라보고 또 바라보고 널 그리고 또 그릴 거야
그렇게 나는 네가 되고 너는 내가 되어 둘이 아닌
하나가 되어 우리- 영원히 서로를 아끼고 사랑하자.

너를 위한 것이 나를 위한 것이 되고
나를 위한 것이 너를 위한 것이 되는
그렇게 우리 사이에 놓여있던 경계, 사랑으로 허물고
서로에게 오직 기쁨이 되어 영원히 아끼고 사랑하자.

너를 사랑해. 나와의 오랜 약속을 지키기 위해
거칠고 험한 이 삶의 여정에서도 여전히 나를 기다려준 너를
모든 것을 잊은 태어남 속 그 맹세를 기억해준 너를 사랑해.

너를 사랑해. 너무 사랑해서 다음 생에도 너를 사랑해.
다음 생에도 너를 만나겠다는 하늘에 건 서약이
우리의 운명을 이어 꼭 이루어지기를 매일 기도할 거야.

너를 사랑해. 너만을 영원히 사랑해.
우주가 파멸하는 순간에도 영원히 너만을 사랑해.
내가 살아 숨 쉬는 이유가 네가 되어버렸어.

너를 사랑해
너를 너무 사랑해서
어떤 감정으로도 표현이 되지 않아.

너를 사랑해
너를 너무 사랑해서
어떤 행동으로도 표현이 되지 않아.

모든 것이 부족해서 답답할 만큼
가슴 벅차는 그 떨림으로 너를 사랑해.

손을 잡아도 너를 끌어안아도
이 사랑의 벅참이 해소되지가 않는
그 미어짐의 절절함으로 너를 사랑해.

그러니까 나와 함께해줘
영원히, 오직 나와 함께해줘.

세상에서 가장 행복한 여자가 되는 방법은
간단해.

내 손을 잡는 것, 그게 다야.

세상에서 가장 행복한 남자가 되는 방법은
간단해.

내 손을 잡는 것, 그게 다야.

그러니까 내 손을 잡아줘.

너를 사랑한다고, 영원히 사랑한다고 말할 수 있도록
나를 너의 사람으로, 너를 나의 사람으로 허락해줘.

그렇게 우리, 아름다운 그림을 그려나가자.

슬픔의 화살이 심장에 꽂혀 쓰러질 때에도
우리, 손을 잡고 있다면 일어설 수 있어.

냉혹한 시련의 숲 속을 거닐 때에도
우리, 손을 잡고 있다면 충분히 지나갈 수 있어.

그러니까 우리, 손을 잡고
세상에서 가장 예쁜 그림을 그려나가자.

지금 우리의 눈앞에 놓인 이 도화지가
사실은 수십 번째 도화지임을 확신해.

그리고 앞으로도
우리는 우리만의 그림을 그려나갈 거야.

다음 생에도, 그 다음 생에도, 영원히.

어제보다 오늘 더
오늘보다 내일 더

난 너를 영원히 사랑해.

그리고 열두 편의 사랑의 소네트

사랑에 빠지면
누구나 시를 쓰게 되고
세상은 아름다워진다.

[Il Postino, 1994, Michael Radford]

.

누군가를 사랑한다는 것은
그 사람 가슴 안의 시를 듣는 것
그 시를 자신의 시처럼 외우는 것
그래서 그가 그 시를 잊었을 때
그에게 그 시를 들려주는 것

[류시화, 만일 시인이 사전을 만들었다면 中]

.

너의 사랑을 시로 쓰는 것
그것은 너의 추억을 아름답게 하는 것
그렇게 한 사람의 시인이 되는 것
그 뜨거운 가슴으로 열렬히 사랑하는 것

그 열정과 아픔을 울부짖으며 노래하는 것.

1.

어느 날 그대의 심장을 두고 전쟁이 일어났다
난공불락의 심장을 점령하기 위한 나 그대 심장의 찬탈자

그대, 나의 전진을 막아 세운 끝이 안 보이는 높은 성벽
곧게 걸어 닫은 두터이 두터운 철제 심장의 문

그대, 독설의 화살로 찬탈자의 심장을 피로 물들이고
단호한 대포를 발포하여 병사들의 희망을 폭발시키네

그러나 이 시인의 심장은 오직 그대를 위한 것
그대, 결코 나의 공격을 버텨낼 수 없으리라

달콤한 은유의 병사들을 보내어 성벽을 허물고
맹렬한 직유의 한 방으로 곧게 닫힌 문을 열어젖히리

나를 향한 경계의 언어가 찬탄의 폭포가 되어
입에서 쏟아질 만큼 나, 그대를 유혹하리

지금보다 더 아름답게 하지만 진심으로
허락하신다면 곧장 진격해드리지요

Only For You,

My Goddess of Love and Beauty

내 사랑과 미의 여신

오직 그대를 위해

2.

쌀쌀한 바람은
여름이 같잖다며
후- 불어대고

여름은 뜨거운
열기의 부재를 견디지
못하고 도망쳤다

여름을 사랑했던 나무는
여름의 사랑에 배신당해
쓸쓸히 흔들린다

초록이 노란 낙엽이
되어 떨어지고
바닥에서 처량하게 뒹굴 때

이 쌀쌀함에 반항하기 위해
모든 것이 옷을 벗고
탈색을 하는데

내 가슴에 있는
너만은 여전히 떨어지지 않고
영원의 초록으로 남는다

3.

저 하늘에 수놓인 별처럼
많은 사람들
그 사이에 그대와 나

사랑한다는 그 말-
그대가 아닌 모든 별을 향해
활짝 만개한 가능성의 꽃

그러나 오늘의 바람이
오늘의 태양이 오늘의 모든 것이
나의 가슴, 그대를 향하게 했어요

수없이 흩날리는 우연의 꽃잎이
이토록 조밀한 운명의 기울임으로
그대를 향해 고개를 젖히는 것으로-

그렇게 모든 별을 향한 외로움
오직 그대를 향한 사랑의, 운명의
꽃봉오리가 되어 닫히는 것으로-

모든 것이 우연인 듯 다가와
돌이켜 바라보면 어쩔 수 없던 연인 듯
그렇게 우리 서로를 향한 별의 꽃이 되었어요

검정 도화지 위의 은하수
그리고 그대와 나
그리고 우주에 뿌리내린 꽃

그렇게
우리는 하나의 지구가 되었어요
우연을 가장한 필연의 우주로 말미암아

이제는 말해요
나 오직 그대만을 사랑하겠다고
그대만을 향해 가슴을 열겠다고-

4.

이 잔인하게도 짙은 암흑의 밤을 잠시 외면하기 위한
많고 작은 별의 마음으로 그대를 사랑하는 게 아니에요

깊은 밤의 고독과 그 외로움이 누구라도 괜찮다는
엷고 얕은 마음을 자아내 오직 그대라는 전제가 아닌
모든 존재를 향해 내 가슴을 열게 한 것도 아니에요

밤하늘을 밝히는 무수히 많은 별들 중
그저 하나의 빛으로써 나 그대를 사랑하는 게 아닌
오직 그대만이라는 이 가슴 열렬한 진심으로 그대를 사랑해요

저 밤하늘 위 휘영청 수놓인 유일한 달의 존재로서
오직 하나뿐인 저 달의 빛을 향한 간절함으로
나 그대를 향하고 있어요
나 그대를 사랑해요

깜깜한 제 어둠의 세계에 맺혀 나를 밝혀줘요
그대가 없다면 그 누구도 나를 밝힐 수 없어요

나 그대를 처음 보던 날, 밤의 세계를 붙들던
어슴푸레 밝은 별의 존재들이 흔들리며 신음했죠

그 버틸 수 없는 어둠의 떨림과 통렬한 지진에
별의 존재들은 와르르, 유성이 되어 쏟아져 내렸고

제 가슴에 남은 단 하나의 유일한 빛은
오직 그대라는 달이 되었어요

오, 그대 나의 구원자

평생을 짓눌러왔던 이 적막한 어둠의 장막을
짧은 숨결 하나로 거두어내고
나의 어둠을 밝히는 단 하나뿐인 절실한 사람

되돌아오는 밤 그대를 향한 편지를 쓰겠어요

나 그대를 사랑한다는, 오직 그대만을 사랑하겠다는
이 절실한 영혼의 마음을 부디 내치지 말아달라는

별들은 알아들을 수 없는 달의 언어로
그대를 향해 쓴 편지를 오늘 밤 그대에게 건네겠어요

부디, 내 간절함 저 하늘에 닿기를
그대, 유일한 달이 되어 내 가슴에 맺히기를

그렇게 나 그대를 사랑할 수 있기를

5.

나는 너를 사랑했고
너는 나를 사랑하지 않았다

사랑함에는 그 어떤 이유도 없었고
사랑하지 않음에는 무수히 많은 이유가
상황의 조건과 변명이 한 아름씩 존재했다

어쩌면 넌 나를 사랑했고
어쩌면 넌 나를 사랑하지 않았다

그 흔들림이 또한 나를 흔들었고
너에게 취한 나의 행위가 너에게 닿을 때도
너의 가슴에 닿지 않을 때 역시 존재했다

그 미세한 편린의 소용돌이와
미약한 진동 속 방황하는 네 마음을
나는 붙잡았고 때로는 붙잡지 않았다

그렇게 넌 붙들렸고
때로는 멀리 떨어져 나를 바라보았다

너의 가슴은 나를 향했지만
너의 머리는 반대편을 바라보았다

가슴 속 수북이 쌓인 과거의 조각이
너의 진심을 어둡게 가렸고
나는 그것을 거두어내기 위한 직선을
너에게 그은 채 너를 맹렬히 사랑했다

하지만 타의에 의해 움직이는 마음은 없으며
너는 그 조각을 움켜쥔 채 놓을 줄을 몰랐다

그 조각의 뾰족한 모서리가
너의 손에 상처를 입히고 그것이 널 아프게 했지만
넌 그 조각을 사랑했고 너의 원망을 사랑했다

너에게 그었던 직선은
어느새 용기를 잃은 곡선이 되었고
그렇게 단순했던 사랑은
생각이 많아졌으며 조금씩 어려워졌다

그 복잡함이 만들어낸 머뭇거림이
나를 더 이상 네게로 걸을 수 없게 했지만
나는 제자리에 서서 또한 기다릴 수 있었다
나는 너를 놓았지만 동시에 너를 놓지 않았다

다가감이 기다림이 되었다는 것과
직선이 곡선이 되었다는 것이 달랐지만
내가 너를 사랑한다는 마음은 다르지 않았다

인연은 내 가슴의 끈을 너에게 놓는 일
그리고 그것을 놓지 않을 일

언젠가 네가 날 기억했을 때
내가 놓은 끈을 잡고 나를 찾아올 수 있게
그렇게 너의 일을 완성하고
내가 놓은 길을 잘 찾아올 수 있게
끈을 꼭 붙들고 기다리는 일

그 기다림 또한 다가감이라는 것을
나에게서 점점 멀어지는 너를 바라보며
그렇게 길어지는 끈을 바라보며 생각했다

조금은 혹은 많은 것이 달라졌지만
어쩌면 달라진 것은 아무것도 없었다

6.

그대 잔망스럽게 맺힌 꽃을 향해
나 한 마리의 벌이 되어 날아들었다

달콤한 향기와 다채로운 색의 매력에 흠뻑
그렇게 사랑에 젖은 채 그대에게 열렬히 향했다

가녀린 몸 바람에 흔들릴 때 혹여나 그대
꺾이지는 않을까 조마조마한 가슴 움켜잡았고

지고의 미美를 이룬 그대 궁극의 아름다움을 향해
이런저런 곤충과 나의 동족과 새들이 날아들 때

나 그대를 상실하지는 않을까 그대의 곁을 서성이며
나의 적들과 통렬한 전쟁을 치르곤 했다

때론 태풍이 찾아와 그대 삶의 전체를 뒤흔들고
때론 가뭄이 찾아와 그대를 메마르게 애태웠다

그대라는 아름다운 한 송이의 꽃에 다다르지 못한
이 작은 존재는 그럼에도 그대를 여전히 사랑한다

그대의 무엇 때문이라는 그대 과거의 이유도
만약 그대가 어떤 존재라면이란 그대 미래의 조건도 아닌

그럼에도 불구하고, 라는
불굴의 무조건적 마음으로 그대에게 향한다

그런 나를 향해 그대 어느 바람 없는 날
오직 그대의 힘으로 아리따운 고개를 기울여 젖혔다

나는 그대의 위에, 어쩌면 그대의 가슴 속에 앉았고
그대와 나는 둘이 아닌, 우리라는 하나로 맺어졌다

나 그대를 육중한 태풍의 드리워짐으로부터도
뜨거운 태양의 맹렬한 가열로부터도 지켜내지 못한다

하지만 나 그 매서운 바람 속에서도
그 뜨거운 열기 속에서도 그대와 함께하리

그 함께함으로 그대의 마음 영원히 지켜줄 것이라고
잔망스럽게 맺힌 그대 꽃에 내 사랑의 맹세를 새겼다

그대의 곁에서 서성이던 하나의 존재에서
우리가 되어 그대와 함께하는 유일의 존재가 되어

그대 꽃 속에서 내 사랑의 꽃잎을, 서툴지만
목숨을 건 진솔함이라는 아름다운 태도로 피워 올렸고

그렇게 그대와 나는 하나가 되어
영원의 하나가 되어 잔망스럽게 맺혔다

7.

아픔은 끝났다고 생각했는데
나는 아직도 병든 존재였다

너를 상실한 그날 밤 허기진 마음을 달래느라
공허한 천장을 바라보며 허우적거렸다

나의 호흡엔 깊은 활력이 깃들어있지 않았다

눈물이 맺혔다. 기름진 음식을 먹었고
수면시간이 늘었다. 과속을 했다

별 것도 아닌 일에 화를 내다 손을 다쳤다
감상적이고 예민한 사람이 되어버렸다

네가 없는 세상은 참 허기졌다
차라리 몰랐으면 좋았을까

없을 땐 그런대로 좋았는데
네가 곁에 있다 사라진 후에는

버틸 수 없는 이 부재의 통증이
내 가슴 깊숙한 곳에 박혀 나를 찌른다

갈라진 폐부 그 틈 사이로 하염없이
흘러들어 온 것은 다름 아닌 너였다

너는 내 곁에 있으면서 없었다
존재하지 않으면서 또한 존재했다

내 속에서 흐르는 붉을 피들은
여전히 너를 향해 잔인한 박동을 멈추지 않았다

나를 둘러싼 모든 외부의 공기는
너를 향한 그리움이 되어 일그러졌다

생명이 아닌 무無생명으로 너는 내 곁에서 숨 쉰다
네가 없는 나는 더 이상 내가 아니다

깊게 아로새겨진 너를 내게서 떼어내는 일은
나의 모든 살결과 장기와 기억을 도륙하는 일이다

그렇게 나는 여전히 병든 존재였고
너를 사랑했고, 여전히 너를 사랑한다

이 참담한 비극의 향연이 막을 내리는 날
그때는 너도, 나도 세계에 존재하지 않을 것이다

나는 영원히 너와 함께일 것이고 너를 그릴 것이기에

8.

영원할 것만 같던
사랑도
쓸쓸히 떨어지는
낙엽처럼
색이 바랜 채 끝이 났다

내가
너에게 주었던 사랑과
네가
나에게 주었던
사랑

그 크기의 차이가
분열을 일으키고
벌어진 틈 사이로
외로움과 쓸쓸함이
가득 찬다

그 틈을 붙잡기 위해
발버둥도 쳐보고
나도 몰랐던 내가 되어도 보고
상상력을 가득 채워 넣어
너를 더 사랑해보기도 하지만

한 번 떠나간
마음은
붙잡을 수 없고
한 번 벌어진
틈은 메울 수가 없다

그렇게
영원할 것만 같던
사랑도 끝이 났고
나는 울고 또 운다
그리고 울고 또 운다

내가 사랑하는 사람이
나를 사랑하는 기적은
이렇게 운명 같던 만남과
절망 같은 이별 사이에서
일어나지 않았고

눈물 같은 별똥별이
하늘에서
한 방울의 이슬처럼
힘없이 정말 힘없이
추락한다

너무 사랑하는데
이별한다는 것은
내가 흘릴 앞으로의 눈물과
너를 그리워하며
아파할 세월에 책임을 지는 것

그 각오와 책임의 끝자락에서
한 편의 예쁜 동화 같았던
우리의 좋았던 추억의 그림자가
자꾸만 드리워져 내 심장
구석구석을 후벼 파 눈물이 나지만

그럼에도 난 너를 보낸다

사랑에 대한 책임
그리고 이별에 대한 책임
의 크기는
언제나
똑같아야 하기에

9.

그렇게 몰아치던 태풍은
뜨겁던 여름의 모든 열정을 안고
저 멀리 다른 대륙을 향해 갔다

영원할 것만 같던 바람과 거친 빗방울은
이제는 볼 수도 들을 수도 없지만
여전히 느껴지는 그 막연한 공포와 거대한 열정

그리고 남겨진 시원함 속에서
파괴된 대지와 인간의 건축물 속에서
어쩌면 모든 것 속에서 그 흔적이 새겨져 있기에

멀리 가버렸다고 이제는 지나가버렸다고
잊을 수 있는 것은 아니다
떠나간 네가 내 곁에 고스란히 남은 것처럼

선선한 바람은 가을이 다가오고 있음을 알리고
너와의 영원한 사랑을 약속한 나는
쓸쓸한 이 계절 속에서 네가 그립다

꼭 곁에 있어야만 사랑인가
때로 떨어짐이 소중한 것은
몰랐던 애틋함과 소중함을 가르쳐주기 때문이 아닌가

태풍은 여름을 안고 멀리 떠나갔지만
내 가슴은 너를 빼앗기지 않고 간직한다
그리고 여전히, 너를, 사랑한다

10.

올해 여름은 잔인한 이별의 태양에
내 심장이 화상을 입게 된
이라는 형용사가 붙은 여름이 되었다

이따금 그대는 그대 언어의 날개에
달콤한 꿀을 바른 채 내 심장을 향해
가볍게 날아와 쉬어가곤 했고

그러다 목이 마를 때면 날카로운 부리로
내 심장에 구멍을 내 그 선혈을 마시며
그대의 끝없는 갈증을 해소하기도 했다

그렇게 나의 일부를 빼앗아
그대의 것으로, 철저히 그대의 것으로
나는 내가 아닌 그대의 일부로…

그대 내 심장의 강탈자
아니 모든 심장의 달콤한 도둑
은근슬쩍 다가와 쥐도 새도 모르게

모든 심장을 그대의 심장에 얹어
흔적도 그 어떤 자취도 지문도 없이
어디론가 사라진 그대 심장도둑

그렇게 나는 그대와 이별했다
나도 모르게 그대를 사랑했고
그대도 모르게 나는 이별했다

나의 피는 그대의 맥박을 타고 흐르는
수없이 많은 심장의 피들 사이에
그저 하나의 사소한 의미에 불과했음을

나는 그대의 것이었으나
그대는 나의 것도
그 누구의 것도 아니었음을

그렇게 나는 그대와 이별했다
그대도 모르게 나 혼자서
하지만 내가 빼앗긴 피들은

여전히 그대 속에 살아 숨쉬고
나는 여전히 그대를 사랑한다
그리고 여전히 이별하고 있다

그렇게 올해 여름은 잔인한

이별의 태양에 내 심장이

화상을 입게 된 여름이 되었다

11.

거리에 나뒹구는 낙엽을
한기 어린 겨울바람이
냉혹한 청소부가 되어
맹렬하게 쓸어낸다

그렇게 밀려가는 가을과
이렇게 밀려오는 겨울
그렇게 밀려가는 사랑과
이렇게 밀려오는 허망

격동하는 변화 속에서
갈피를 잡지 못한 낙엽들은
내 심장 한 편에 파고들어와
세상에서 깨끗이 사라진다

내 심장 속 적막한 추억의 잔재
힘없고 건조한 그 노랑을 벗어던지고
차디찬 고드름의 파편이 되어
내 모든 것을 갈기갈기 찢는다

그렇게 피로 물든 가을의 끝자락
시공간의 감각을 초월한 불그스름함
모든 것, 모든 곳, 모든 때
그렇게 전 우주가 붉은 피로 물든다

나는 아직도 너를 사랑한다.
곳곳에 스며든 붉은 피 속에
우리의 추억들이 살아 숨 쉬는데
어떻게 너를 잊을 수 있을까

어떤 형상의 존재 속에서도
너를 찾고
어떤 시간의 시점 안에서도
너를 찾고

어떤 공간의 지점 위에서도
너를 찾고
모든 피상의 심연 아래에서
숨겨진 너를 찾는데

내가 어찌 너를 잊을 수 있을까
새로운 계절의 도래는
너로 인해 이토록 허망하다
그 계절이 네가 아니라는 허망

그렇게 겨울은 가을의 모든 흔적을
휘몰아치는 냉혹함으로 떠나보내지만
그와 함께 너를 보내지는 못하고
나는 여전히 허망의 숲 속을 헤맨다

영원히 너를 잊지 못하는 허망
결단코 떠나보낼 수 없는 허망
절대로 대체될 수 없다는 허망
이토록 덧없는 이 미련의 허망

사랑하는 사람을 보내는 것은
이리도 허망한 것이다

어떤 겨울이 찾아와도
네가 더 그리워질 뿐이라는

지워지지 않을 영원의 허망인 것이다

12.

Romantic spring.

In hot summer, when my hand touches you first time, suddenly small and white snow like your hand falls down in my face. My heart is frozen intensively and it is spreading all over my body out. And that moment, the only thing I can do is to stare at your eyes.

And when your hand touch me also, Winter is gone forever, spring comes to me. You melt everything in me and everything in the world as the spring.

I don't know your voice. I don't know your real face. But I can feel intensive pureness in you. I always imagine that you look at me purely and you talk to me like baby angel. I desire you to pretend. because I want you to love me.

Stars of deep dark sky fall down like waterfall and kiss me. Star is lighting gorgeously as you. A lot of stars pass by me and fall down lightly but I can find only you. Because You live in my eyes.

In summer. You gave me winter as present in our first romantic meeting. And we love each other as spring. If you didn't live in me. The world would change to lonely autumn.

So, You and I have to live in romantic spring forever.

낭만의 봄

뜨거운 여름, 내 손이 처음으로 너에게 닿았을 때 너의 손처럼 작고 하얀 눈이 내려와 내 심장은 강렬히 얼어붙고 그 떨림은 곧 온몸으로 번져나가. 너의 눈을 바라보는 게 내가 할 수 있는 모든 것이야.

그리고 너의 손이 내게 닿았을 때, 겨울은 영원히 사라지고 따뜻한 봄이 찾아와. 너는 그 계절인 채로 나를 끌어안고 나의 모든 것을, 세상의 모든 것을 따스하게 물들이고 촉촉히 녹여내.

나는 너의 목소리와 너의 진짜 얼굴을 몰라. 하지만 네 안에 있는 뜨거운 천진함을 느낄 수 있어. 네가 나를 바라보며 아기천사처럼 순수하게 말하는 것을 상상하며 거짓인 채로 너를 갈망하는 거야. 네가 날 사랑해주길 바라기에.

밤하늘의 별이 폭포가 되어 쏟아지고 나에게 입 맞춰. 너인 채로 그렇게 황홀하게 빛나며 낙하해. 수많은 별들이 지나가며 아름답게 떨어지지만 나는 너인 별을 찾을 수 있어. 너는 내 눈 속에 살고 있기에.

너를 처음 만난 여름날 너는 내게 설렘에 심장이 얼어붙을 것만 같은 차가운 겨울을 선물했어. 그리고 우리는 봄인 채로 서로를 직선적으로 사랑해. 네가 없는 세상은 쓸쓸한 낙엽이 처량하게 뒹구는 슬픈 가을이야.

그래서 너와 나는 영원한 봄 안에서 서로를 사랑해야 하는 거야.

—

친한 누나가 8년의 연애를 끝내고
마침내 결혼식을 올렸다.

누나가 언젠가 내게 물었던 말.

1년에 8번 연애를 하는 게 연애를 잘하는 건지
8년 동안 하나의 사랑을 이어가는 게 잘하는 건지

아무리 생각해도 후자가 맞는 것 같았다.

나도 그런 연애, 그런 사랑을 하고 싶다는
그런 생각이 드는 어젯밤—

연애하고픈 맘 잔뜩 쌓이다가도
도무지 엄두가 나질 않던 어떤 날.

그럼에도 내게 다가오는
그럼에도 내가 다가가는
그런 운명 같은 인연이 있을 거라고
나를 위로하며 잠자리에 드는 그런 날.

그러다 도대체 언제? 라고 묻게 되는
오늘처럼 날씨 좋은 화창한 날.

어디선가 날 향해 걸어오는
발자국 소리가 들려오는 것만 같았다.

그리고 나는 너에게, 너는 나에게
왠지 모를 떨림을 느끼며 마주섰다.

잊고 지냈던 우리의 오랜 약속이 어렴풋이
기억나는 순간, 우리는 서로를 향해 웃었다.

3 · 고민하는 너에게

그저 온 마음을 다한 정성으로
너의 이야기, 귀 기울여 들어주고
너에게 따스한 힘이 되고 싶다는
그 가슴 절절한 진심 하나로
난, 너를 위로하기 위한 글을 써.

비록 그 언어가 너의 지금에
지독하게 아픈 너의 현실에
전혀 와닿지 않더라도

아파하고 있는 너에게 도움이 되고 싶은
너를 위로하고 싶은, 너에게 힘이 되고 싶은

그 정성 어린 진심 하나만큼은
네 가슴 속에 닿을 거라고 믿어.

결국 네가 힘든 건
너의 아픔을 털어놓았을 때
돌아올 성의 없는 태도였으니까.

너를 아프게 했던 건
진심이 부재한 사람들의 태도였으니까
그래서 난 진심 하나로 널 위로해.

사랑이 고민될 때

Q 작가님이 오늘 올린 글 '첫 단추'를 읽고 눈물이 맺혔어요. 저는 그동안 잘 보이기 위해 저를 꾸며왔던 거 같아요. 앞으로는 저의 있는 그대로로 사랑하고 사랑받아야겠다는 마음이 들었어요. 정말 감사합니다.

A 제 글이 당신의 마음에 위로가 되어 스몄다니 참 행복하고 포근해요. 저는 당신이 지금 그대로도 너무나 아름답고 예쁜 당신의 소중함을 알아봐주는 다정한 사람을 만났으면 좋겠어요. 첫 만남에 잘보이기 위해 시작했던 연극은 그 과정 속에 나라는 주인공이 없다는 참담한 비극으로 인해 아픔만을 남긴 채 그 막을 내리고 말 테니까요. 그러니 내가 먼저 나를 아끼고 사랑해요. 내가 나 자신의 소중함을 알고 그 모습 그대로를 아끼고 사랑할 때, 상대방에게 또한 그런 나의 모습들을 보여주는 것에 있어 떳떳할 수 있을 거예요.

있는 그대로의 나를 아껴주고 사랑하는 마음이 사랑의 첫 걸음이 되어야지만 그 사랑을 이어가는 과정 속에서 있는 그대로의 나를 내보이지 못하는 공허함과, 있는 그대로의 나인 채 사랑받고 있지 않다는 슬픔을 겪지 않을 수 있을 거예요. 잘 보이기 위해 했던, 연기와 호감을 사기 위해 썼던, 화려하고 멋스럽게 치장된 가면은 언젠가 끝이 날 것이며, 또 벗겨질 테니까요. 그때에 가서 상대방이 당신의 벗겨진 가면을 보게 된다면 실망한 채 떠나갈 테니까요. 하지만 처음부터 당신의 있는 그대로가 좋아서 당신을 사랑하게 된 사람이라면 당신은 그 사람 앞에서 영원히, 당신인 채 사랑받고 사랑할 수 있을 거예요. 그건 우리에게 얼마나 큰 기쁨이고 행복이, 또 위로가 되어줄까요.

진심이 깃들지 않은 모든 것은 나를 공허하게 만들게 되어있어요. 그것이 일이든, 관계든, 사랑이든, 그 모든 것이요. 마음은 언제나 나 자신에게 진짜 나를 되찾아주길, 진짜 나를 있는 그대로 아껴주고 사랑해주기를 바라기에 공허함과 외로움이라는 아픔으로 우리에게 신호를 보내요. 이제는 진짜 나를 되찾아줘, 그로 인해 행복해줘, 나를 더 이상 아프게 하는 거짓을 선택하지 말아줘, 라며. 그러니 그동안 나에게조차 사랑받지 못했던 우리의 진짜 모습과 그동안 외면한 채 혼자 두었던 우리의 마음을 이제는 진솔함으로 끌어안아줘요. 해서, 보다 더 풍성하고 행복한 당신이 되기를, 진짜인 채 사랑하고 사랑받는 당신이기를, 진심으로 바라고 응원합니다 : D

Q 저 빼고 친구들이 다 연애를 해요. 너무너무 외로워서 힘든데 또 아무나 사귀고 싶지는 않아요. 저 어떡하죠?

A 너무 조급해하지 말아요. 외로움은 상대방이 어떤 사람인지 제대로 알아보기도 전에 당신이 그 사람을 선택하게 만들지도 몰라요. 그리고 그렇게 시작한 만남은 결국 원망만을 남긴 채 끝나게 될 확률이 높은 거예요. 사랑은 인연을 따라 꼭 찾아오게 되어있어요. 그러니 최선을 다해 내게 주어진 삶을 진실하게, 진심을 다해 살아가요. 그렇게 진심이 되어 피어난 나의 삶이라는 꽃, 그 진솔한 향기에 이끌려 먼 길을 걸어 나를 찾아와준 사람, 그리고 그의 삶을 향해 나 역시 걸어간 사람, 그런 인연이라면 기다릴 만한 가치가 있는 거잖아요.

지금도 당신은 그를 향해, 그는 당신을 향해, 그렇게 서로를 향해 걸어가고 있을 거예요. 그 걸음 속에서 마주하는 삶의 많은 과제들을 통과하며 각자의 자리와 위치에서 성숙해나가며, 그렇게 조금이라도 온전한 서로가 되어 맺어지기 위해서 말이에요. 수많은 사람들 중 외로움에 못 이겨 만난 한 사람이 아니라, 살아가다 나를 매료시키는, 이 사람이 아니면 결코 안 된다는 간절함에 이끌린 사랑을 하시길 바라요. 그렇게 내가 간절히 사랑하는 사람이, 나를 간절히 사랑하는 기적이 일어나 예쁜 인연의 꽃봉오리가 맺어질 때 말해줘요.

"나에게 오느라 그동안 고생 많았지? 이제 우리, 이 두 손 꼭 잡고 놓치지 말자, 그렇게 영원히 행복하자"고. 그런 사랑이라면 지금의 외로움을 지나 충분히 기다릴 가치가 있는 거니까. 그리고 외로움에 당신의 소중함을 아껴줄지, 아껴주지 않을지조차 모르는 사람을 만나기에는 당신은 너무나도 소중한 사람이니까요. 그런 당신의 예쁜 사랑을 진심으로 바라고 응원해요.

Q 무언가 정해놓고 하기에 급급해서 마음이 싱숭생숭해져요. 난 이렇게 할 거고 이렇게 해야만 해, 라는 태도가 내 미래에 있어서는 괜찮지만 남녀관계에 있어서조차 그런 틀을 가지고 있는 저를 보고 있자니 괴로워져요. 그래서 감정 기복도 심한 것 같고. 이럴 땐 좋은 방법이 뭐가 있을까요?

A 그러면 어때요? 괜찮아요. 기계를 조립할 때 설명서를 먼저 봐야 하는 사람도 있고, 그보다 무작정 조립부터 시작해야 하는 사람도 있는 거예요. 이건 옳다, 그르다의 문제가 아니라 그저 상황을 마주하는 방식이 다르다는 걸 나타내는 것뿐이에요. 그러니까 괜찮아요.

그러한 틀이 있기에, 보다 더 신중할 수 있는 거니까요. 내가 가지고 있는 성향의 안 좋은 점보다는 좋은 점을 바라봐줘도 충분할 것 같은데요? :)

그러니 먼저 당신이 그러한 틀을 가지고 있다는 것이 나쁘다는 스스로에 대한 판단과, 그로 인한 죄책감을 먼저 내려놓으셨으면 좋겠어요. 그저 그런 나 자신의 있는 그대로를 받아들여주는 거예요. 그 내려놓음과 함께 자신이 끌리는 일을 그런 나인 채로 한 번 경험해봐요. 그렇게 경험해보면 아픈 일도, 잘했다 싶은 일도 생기겠죠. 직접 부딪혀본 후에 그 경험 속에서 무엇인가를 느낀 마음은 알아서 고쳐야할 것이 있다면 생각하고 따지지 않아도 고쳐나갈 거예요. 내가 어떤 일을 통해 아팠다면 그 경험으로 인해 비슷한 일을 또다시 마주할 때에는 다른 방식으로 그 일에 접근하게 될 테니까요. 그렇게, 어디선가 듣고 배운 껍데기뿐인 얕은 자존감이 아니라 실제의 삶을 살아가면서 느끼고 배운 경험을 토대로 내 존재의 깊이를, 그 자존감을 키워가는 거예요.

그러니 지금의 내가 삶을 마주하는 방식에 대한 판단은 잠시 내려놓고, 그저 그런 나인 채로 삶을 마주해봐요. 그리고 그렇게 배워나가는 거예요. 만약 내가 선택한 어떤 방식이, 내가 지니고 있는 어떠한 성향이 나를 아프게 한다면, 나는 머릿속으로 생각하지 않아도 자연히 다른 방식을, 성향을 선택해나가게 될 거예요. 아기는 뜨겁게 달궈진 냄비를 아무런 생각 없이 만졌다가 데인 이후로는 냄비가 뜨거운지 안 뜨거운지부터 확인하게 돼요. 그게, 진짜 성장인 거예요. 그리고 그 성장이라는 선물이 당신을 보다 더 온전하고 깊은 사람으로 만들어줄 것이고, 그 자존감이 자연히 당신에게 더 좋은 만남을 선물해줄 거예요. 지금의 틀이 자연히 다른 틀로 옮겨가게 될 수도 있겠죠.

그러니 지금 당신이 가지고 있는 틀이 어떤 것이든, 당신의 지금,

괜찮아요. 그저 최선을 다해 살아가고, 경험하고, 느끼고 배울 필요가 있을 뿐이에요. 그러니 그런대로 살아가고 부딪혀봐요. 그 삶 속의 진짜 경험이 당신을 보다 더 깊게, 다르게 변화시켜줄 것이고 성장시켜줄 테니까요. 그렇게 보다 더 행복한 당신이 되어나갈 테니까요. 진심으로 응원해요.

Q 작가님이 쓴 글 중에, 혼자 있을 때 행복한 사람이 함께여도 행복하다는 글을 읽고 뭔가 가슴이 쿵 했어요. 그 말이 맞는 거겠죠? ㅜㅜ

A 혼자인 시간이 불완전하다면, 타인을 만났을 때 우리는 보다 더 의존적이고 집착하는 태도를 갖게 될 거예요. 사랑은 함께하는 시간 동안 서로를 고취시켜주며 성장을 향해 나아가는 것인데, 그때의 우리는 서로를 억압한 채 묶어두려 할 테니까요. 그래서 온전한 나를 먼저 완성해야 하는 거예요. 내가 온전하면 내가 끌릴 사람도, 내게 끌려올 사람도 역시 온전할 테니까요.

클래식음악을 좋아하는 사람이 클럽음악을 들으며 조금은 산만하고 시끄럽다는 생각 때문에 자신과는 분위기가 잘 맞지 않는 것 같다고 느끼는 것처럼, 클럽음악을 좋아하는 사람은 클래식음악을 들으며 지루하다고 생각할 수도 있는 거예요. 사람의 관계도 그것과 다르지 않아요. 내 존재가 어떤 것에 끌리고 또 어떤 성향인지에 따라서 내가 어떤 사람을 만날지를 결정할 테니까요. 어떤 사람에게는 다정함이 약한 것을, 폭력적이고 거친 태도가 강한 것을 뜻하지만, 또 어떤 사람에게는 다정함이 강한 것이고 폭력적이고 거친 태도는 유치하고 원시적인 것을 뜻하는 게 될 수도 있는 거예요. 그래서 다정한 사람은 폭력적인 사람과 함께 있는 시간을 불편하고 딱딱한 시간으로 느낄 수 있는 것이고, 폭력적인 사람은 다정한 사람과 함께 있는 시간을 어색하고 부끄러운 시간으로 느낄 수도 있는 거예요. 이 둘은, 서로가 좋아하는 분위기와 성향이 다르기 때문에, 그 다름으로 인해서 쉽게 맞물릴 수가 없는 거예요. 그래서 사람은 늘 비슷한 성향, 비슷한 분위기를 지닌 사람들에게 끌리고 또 그들을 끌어당기는 거예요.

그래서 저는 나 자신의 온전함을 완성하는 일이, 온전한 연애를 시작하는 첫걸음이 되는 거라고 생각해요. 내가 먼저 좋은 사람이 되어야지만, 내가 좋은 사람에게 끌릴 테니까요. 내가 먼저 좋은 사람이 되어야지만, 좋은 사람이 내게 끌릴 테니까요. 영원한 사랑은, 함께 성장을 향해 나아가는 방향성을 포함하고 있는 거니까요. 성장의 태도가 깃들어있지 않은 사랑은 결국 영원이 되지 못한 채 시들어지고 바래지고 말 거예요. 서로의 다른 점을 맞추어나가고, 그렇게 서로 다른 둘이 만나 하나가 되어나가는 '사랑'이라는 과정에 있어서 평소에 이해심이 많고 다정한 사람과 함께하는 것과 평소에 화를 잘 내고 자신의 마음에 들지 않으면 쉽게 폭력적으로 변하는 사람과 함께하는 것, 둘 중에 무엇이 더 나을까요? 그리고 내가 그러한 사람을 만나고 싶다면, 그러한 사람에게 끌리기 위해서, 또 그러한 사람을 끌어당기기 위해서 내가 먼저 그런 사람이 되어야하지 않을까요?

내가 나 자신을 진정 아끼고 사랑하는 자존감이 있는 사람은 언제나 분노보다는 이해가, 불친절보다는 배려가, 억압보다는 존중이 앞서요. 우리는 나 자신을 사랑하는 만큼만 타인을 사랑할 수 있으니까요. 그러니 나 자신이 온전하지 않은 존재라면, 그런 서로가 만나 사랑을 시작한다면 서로가 서로를 바라보는 표정에 사랑이 더 이상 담겨있지 않고, 지루함과 원망 가득한 표정이 담기는 시간이 보다 더 빨리 찾아오게 될 수밖에 없는 거예요. 그럼에도 만난 시간이 아까워 이 삶이 끝날 때까지 함께할 수는 있겠지만, 그 함께하는 시간이 서로를 사랑하는 시간은 결코 아닐 거예요. 이해와 배려, 존중과 용서, 상대방을 고쳐시켜주는 태도, 관용, 기쁨이 되고자 하는 마음, 상대방을 위해 나를 기꺼이 헌신하는 태도와 같은 진정한 사랑의 마음을 가지려면 역시 내게 주어진 성장과 온전함을 오롯이 완성해야 하지 않을까요?

만약 지금의 사랑이 온전하지 못한 서로가 함께하고 있는 사랑이라면, 그로 인해 싸우는 일이 잦고 늘 서로가 서로를 억압하며, 서로에게 집착하고, 심한 말을 하며, 함께하는 동안 원망하는 눈빛, 지루한 눈빛으로 서로를 바라보고 있다면, 함께 노력해 봐요. 성장하는 사랑을 하도록. 당신이 그런 당신의 생각을 상대방에게 전하고, 그 상대방도 함께 노력하고자 한다면, 그렇게 함께 온전함을 완성해나갈 수 있고 성장을 향해 나아갈 수 있다면 그 사랑, 충분히 아름답고 고귀한 사랑이 될 거라 믿어요. 온전함을 먼저 완성한 채 만나는 사랑 또한 예쁘겠지만, 이미 시작한 사랑을 함께해나가며 그 사랑 안에서 온전함을 완성해나가는 사랑 또한 마찬가지로 예쁘고 아름다운 성장을 이루어낼 테니까요. 당신의 온전함과 행복한 사랑을 진심을 다해 응원할게요 : D

Q 이제는 누군가를 좋아할 때 포기부터 하려드네요. 그러기 싫은데 자꾸만 엄두가 안나요.

A 그럼에도 포기할 수 없는 간절한 사람을 만나요. 외로워서, 수많은 누군가 중 한 사람이 아니라, 이 사람이 아니면 안 된다는 그 간절함으로부터 이어지는 사랑을 해요. 그러기 위한 기다림이라면 충

분히 가치 있는 기다림이잖아요. 나의 마음 속 그 절절한 끌림을 이끌어내주는 진짜 인연을, 이제는 기다려보는 거예요.

　그러니까 제 말은, 포기하는 나여도, 엄두가 나지 않는 나여도 있는 그대로 괜찮다는 거예요. 그 정도의 끌림이라면 이제는 접어두고, 결코 포기할 수도, 놓쳐서도 안될 만큼 서로를 간절함으로 끌어당기는 인연을 여유를 가지고 기다려보는 거예요.

　지금의 이 기다림, 겉으로 보기엔 멈춤 같을지라도 사실은 서로가 서로를 향해 보이지 않는 곳에서부터 바지런히 걸어가고 있는 운명의 끌림이길 진심으로 바라요. 그때는 더 사랑받고 더 사랑하는 당신이기를 진심으로 응원합니다.

Q 작가님! 갑자기 궁금해져서 찾아왔어요! 사랑에 있어서, 마음 가는 대로 하는 것에 대해 어떻게 생각해요?

A 마음 가는 대로 하는 것이 나쁜 건 아닌 것 같아요. 그러나 그 관계가 오래 지속되려면 책임감도 있어야 하고 서로에 대한 정성도 필요한 것 같아요. 사랑한다는 말, 내뱉는 거야 쉽지만 거기에 실릴 진심의 무게는 천차만별인 것 같아요. 예를 들어서, 당신을 사랑한다는 사람이 있어요. 분명 사랑하는 건 맞는데 정성을 기울이지는 않아요. 하지만 자신의 성공을 위해서는 시간을 들여 노력하고 정말 최선을 다하는 거예요. 그 사람의 사랑한다는 말에 실릴 진심의 무게는 내게 닿기에 그렇게 무겁지 않겠죠. 사랑한다는 말은 하지만, 내가 그 곁에서 외로움을 느끼게 하는 사람이니까요.

　사랑은 그런 것 같아요. 혼자가 아니라 둘이서 어떤 특별하고 아름다운 관계 위에 놓이는 거잖아요. 시간도, 정성도 기울여야 하고 책임감도 가져야 하고 서로의 관계를 더 나은 방향으로 이끌어가기 위해, 서로를 더 이해하기 위해 노력도 해야 하는 거예요. 나만 사랑한다고 해서 끝나는 것이 아니라, 내 곁에 있는 상대방을 행복하게 해주고 그 사람이 또한 사랑받고 있다고 느끼게 해줘야 하는 거죠. 그런 마음들이 사랑한다는 말에 무게를 더 실어줄 것이고 그렇게 함께한 시간들이 우리를 참 아름답고 예쁘게 만들어줄 테니까요.

시작은 마음 가는 대로 해봐요. 하지만 시들어지는 사랑 말고 서로가 곁에 있음으로 인해 더욱 예쁜 꽃이 되어 피어나는 사랑을 해요. 정성과 시간과 사랑을 쏟아부어야 해요. 내가 나 자신이 행복했으면 하고 바라는 것처럼, 나 자신이 아프지 않았으면 하고 바라는 것처럼, 상대방이 나로 인해 행복하기를, 나 때문에 마음 아파하지 않기를 또한 바라고 노력하는 거예요. 그런 마음을 주고받는 것이 아깝지 않은 사람을 만나 꼭 예쁜 연애하시길 바라요.

행복한 사랑을 하기 위해서는 서로가 서로를 향해 쏟는 정성으로 인해 너는 나의, 나는 너의 삶에 우선순위가 되어야 하는 거예요. 서로가 우선순위가 되는 사랑은, 서로에게 쏟는 정성과 사랑으로 인해 풍성한 기쁨의 꽃이 되어 피어날 사랑이니까요. 하지만 그렇지 않은 사랑은, 함께 있음에도 외로운, 쓸쓸한 기분에 헛헛한, 도무지 마음을 채울 수가 없는 사랑일 거예요. 우리의 마음을 채울 수 있는 건 진심밖에 없는데, 그 만남 속에는 진심이 부재하기에 오히려 텅 비어가는 거예요.

그러니 우리, 네가 가장 소중해서, 내 삶의 우선순위가 너라서, 모든 행위의 목적에 너라는 사람이 포함되는 사랑을 해요. 일을 할 때에도, 책임감 있는 가장이 되기 위해 더 열심히 일을 할 수도, 너에게 떳떳하기 위해 나의 삶에 최선을 다하는 맘으로 할 수도 있는 거잖아요. 그렇게 모든 삶의 목적에 서로가 깃들어 있는 그런 사랑을 해요. 그렇지 않은 사랑은 결국 시들어지고 바래지기 마련이니까요.

당신의 사랑, 부디, 서로의 곁에서 영원히 시들지 않는 기쁨의 꽃이 되어 피어나기를, 그런 사랑이기를, 진심으로 응원하고 바라요.

Q 상황도 안 따라주고 괜찮은 사람도 없어서 연애를 계속 안 했어요. 딱히 외롭다는 생각도 안 들고요. 근데 주변에서는 자꾸만 왜 연애를 안 하냐며 닦달해요. 결혼할 나이가 점점 다가와서인지 나 자신에게 문제가 있나 하는 생각도 드네요. 그리고 연애경험을 쌓아야 한다고들 하는데, 저같이 연애경험이 아예 없는 경우 어떻게 해야 하나요?

A 저는 무조건 연애를 해야 한다고 생각하지는 않아요. 정말 좋은 사람이 있다면 연애를 하면 좋겠지만, 그렇지 않을 때는 빈 자리를 비워두는 것이 더 좋다고 생각하거든요. 당신은 외로움에 의존하지 않고 혼자서도 행복했기 때문에 연애를 하지 않아왔던 거잖아요. 저는 오히려 그런 부분들이 되게 멋지게 느껴지는데요? :) 나의 외로움이나 어떤 부족함을 채우기 위해서 만나는 연애가 아니라, 혼자여도 오롯이 행복하지만 그럼에도 함께하기에 더욱 행복하다는 느낌이 드는 사랑이야말로, 서로가 서로에게 위로와 응원이 되어주고 서로의 삶을 고쳐시켜주는 예쁜 사랑이라고 생각하거든요. 그러니 저는 당신에게 문제가 있다고 생각하지 않아요.

  지금은 아직 당신의 곁에 누군가가 없지만, 또 여태 연애를 하고 싶다는 생각도 딱히 들지 않았지만 이 사람과는 정말 함께하고 싶다, 라는 생각이 드는 사람이 당신 앞에 꼭 나타날 거라고 생각해요. 1년에 8번 연애를 하는 사람도 있고, 8년 동안 한 사람과 연애를 하다가 결혼을 하는 사람도 있는 거잖아요. 저는 당신이 외로움에 의존하기보다, 당신의 온전함에 의지해서 오래도록 정말 함께하고 싶은 다정한 사람을 꼭 만날 거라고 믿어요. 사람은 오래도록 들여다보고 또 함께 머무르며 그 사람의 농도와 온도를 알아가야 그 사람에 대해 제대로 알 수 있는 것인데, 외로움에 의지할 때는 그 사람이 어떤 사람인지 채 알아가기도 전에 만남부터 시작하는 경우가 많으니까요. 우리가 배가 고플 때, 평소에 싫어하던 음식도 맛있게 먹은 경험이 있잖아요. 하지만 우리가 배가 부를 때는 평소에 싫어하던 음식은 곁에 두지 않을 거예요. 언제나 허기진 마음은 우리의 반듯한 눈과 사고를 가리기도 하는 것이거든요.

그러니까 조급해지지 않았으면 좋겠어요. 지금도 충분히 괜찮고, 잘하고 있는 당신이니까. 그렇게 스스로 온전한 채로 주어진 삶에 진심을 다해 살아가다 보면, 그 누구보다 당신을 아껴주고 사랑해 줄 사람이 어느새 당신의 곁에서 당신과 함께하고 있을 거라고 믿어요. 그리고 그 사랑을 지켜보는 모든 사람들이 나도 저렇게 예쁜 사랑을 하고 싶다는 생각이 들 만큼 그 사랑은 예쁘고 아름다울 거라고 믿어요. 왜냐면, 당신은 그런 사람이 아니라면 함부로 사랑에 빠지지 않을 테니까요. 외로움이 아니라 당신 스스로의 온전함에 기대어 사람을 바라보고 만날 테니까요. 내가 먼저 좋은 사람이 되어야, 좋은 사람을 만난다는 말은 내가 좋은 사람이 되면 좋은 사람이 아닌 사람에게는 끌리지 않을 거라는 말을 포함하고 있는 거니까요. 그런 당신의 예쁜 삶과 예쁜 사랑을 진심 다해 바라고 소원합니다.

Q 연애를 하는데 남자친구에게 싫증이 나는 것 같아요. 그 친구도 그런 것 같고. 계속 사귀는 게 맞는지 모르겠어요. 헤어지자니 만난 시간이 아깝기도 하고… 처음의 설렘과 그 사람에게 궁금했던 감정

그리고 호기심 같은 게 이제는 남아있지 않아요. 그 사람도 점점 변해가는 게 보이고. 만남이 오래될수록 지켜야할 선을 지키지 않고 익숙해져만 가는 그 사람이 밉네요. 어떻게 해야 할까요?

A 연애 초기의 설렘과 떨림, 긴장감, 그리고 그 사람에 대한 호기심은 분명 짜릿하죠. 그것이 지속된다면 좋겠지만 그렇지 않다고 해도 오래된 만남이 가져다주는 서로를 향한 신뢰와 지지가 있다면 그 관계는 성장을 향해 나아가고 있는 거라고 생각해요. 나에 대해서 하나도 이해하지 못하는 사람보다 나에 대해서 잘 알고 나의 서툰 점, 부족한 부분까지도 세세하게 알고 이해해 주는 사람과 함께 할 때 우리는 더욱 편안함을 느끼잖아요. 그 편안함이 설렘보다 훨씬 더 사랑에 가까운 감정이 아닐까요? 서로 다른 둘이 만나 때로 싸우기도 삐걱거리기도 했지만, 결국에는 하나의 색으로 서로에게 젖어들어서 서로에게 맞춰진 거니까요. 그런 만남이라면, 서로가 서로의 곁에 있는 것만으로도 큰 위로와 응원이 되어주는 거라고 생각해요. 그래서 그 무엇보다 소중한 거라고 생각해요. 언제나 정말 소중한 것은, 우리가 너무나 익숙해진 나머지 당연하게 생각한 것들 사이에 스며있는 것이니까요.

익숙해진다는 것은 굳이 말하지 않아도, 눈빛으로 이야기할 수 있다는 것이고, 함께한 오랜 시간 동안 예쁘고 소중한 추억들을 함께 지나왔다는 것이고, 두 손을 꼭 잡고 때로 싸우고 토라지기도 했지만 그럼에도 그 손 놓지 않고 이 길을 함께 걸어왔다는 거잖아요. 그 소중함을 가슴에 한 번 새겨봐요. 너무 익숙하고 당연해져서 바라보지 못했던 그 소중함을요. 그리고 마찬가지로, 그것을 가슴에 새길 줄 아는 예쁜 마음을 지닌 분과 좋은 만남 이어가셨으면 좋겠어요. 만약, 익숙함으로 인해 서로 권태를 느끼고 있다면 밤공기를 마시며 예쁜 거리를 거닐다 앉아서 서로가 서로에게 고마운 점을 하나씩 말해보는 시간을 가져보는 것도 많은 도움이 될 거예요. 우리는 때로 수많은 고마운 점들보다 하나의 안 좋은 점에 골몰하며 누군가를 원망하기도 하거든요.

그러니 함께한 시간이 쌓였기에 느낄 수 있는 그 익숙함과 포근함에 감사할 줄 아는 마음을 가져보면 어떨까요? 그리고 그 벅찬 감사의 마음을 서로에게 아끼지 말고 표현해보면 어떨까요? 그런 마음이라면 아무리 오랜 시간 함께 했더라도 서로가 서로를 바라보는 눈빛에는 더욱 깊은 사랑이 담긴 채 빛나게 될 거라 믿어요. 서로에게 기쁨이 되기 위해 더욱 헌신하며, 서로를 아끼는 정성을 쏟게 될 거라 믿어요. 왜냐면, 우리라는 관계는 다시는 만들 수 없는, 우리만이 만들어낼 수 있었던, 우리 관계만의 색이니까요. 하여 이 세상에 하나뿐이 없는 소중한 색이니까요.

만약 서로가 서로에게 그런 마음이 아니라면, 익숙함의 소중함보다는 익숙함의 권태만을 바라보는 마음이라면 그 사랑은 이미 끝이 난 거라고 저는 생각해요. 시간과 함께 더욱 깊어지지 못한 채 시들어지는 사랑은 결코 서로를 행복하게 해주지 못할 테니까요. 그렇게 시간이 더욱 지나감에 따라, 서로에게 화를 내는 시간이, 서로의 안 좋은 점만을 바라보는 시간이 잦아지게 될 테니까요. 하지만 그렇게 서로에게 질린 채로 헤어져도, 그렇게 새로운 사람을 만나도, 금방 익숙해지고 시들어지는 내 마음은 변함이 없을 거예요. 또 어느 시기가 되면 익숙해지고, 권태를 느끼고, 그 사람의 안 좋은 점을 바라보게 되고, 그것에 골몰하게 되고, 그렇게 이별을 고민하게 되겠죠. 그래서 되도록 저는 이 관계 안에서 최선을 다해서 그 소중함을 발견해야 한다고 생각해요. 그것을 바라볼 줄 아는 내가 되어야, 어떤 만남 안에서도 그 소중함을 바라볼 줄 아는 내가 되어있을 테니까요.

그러니 한 번 노력해봐요. 지금 이 관계 안에서 가장 중요한 것은 서로가 서로를 얼마나 사랑하고 있느냐일 거예요. 그 사랑의 크기가 이 관계를 개선시키기 위해 얼마나 노력할 것인지의 여부를 결정지을 테니까요. 사랑해서 만난 사람이니까, 그리고 사랑이라는 것은 이렇게 쉽게 시들어지는 것이 아니니까 진짜 사랑이었다면 헤어지기 전에 한 번은 더 노력해봤으면 좋겠어요. 서로가 서로에게 얼마나 소중한 사람인지를 세어보고 또 표현하면서요. 마음이 하는 이야기에 귀를 기울여 봐요. 답은 언제나 그곳에 있으니까요 :) 당신의 마음을 따라, 마음이 아깝지 않은 결정을 했다면 또 최선을 다해 노력했다면, 그럼에도 내려진 결론이라면 후회는 없을 거예요. 어떤 선택을 하게 되든 당신의 사랑, 행복의 꽃이 되어 피어나기를 진심 다해 응원해요. 잊지 말아요. 익숙함에 속아 소중함을 잊지 말 것. 순간을 소중히 여길 것. 변화는 있어도 변함은 없을 것. 그렇게 오래도록 사랑할 것.

Q 좋아하는 사람에게 선물하려고 하는데 혹시 기억에 남는 선물 받아본 적 있으세요? 그 사람이 진심으로 감동했으면 좋겠어요.

A 세상에 손편지에 담은 진심의 언어만큼 예쁘고 감동을 주는 선물은 없는 거 같아요. 평생 간직할 수도 있고, 그 감동이 생각날 때마다 열어볼 수 있으니 가장 값비싼 선물이 아닐까요? 바로 당신의 정성과 그 사람을 향한 그 진심 어린 마음이라는. 때문에 저는 당신의 진심을 담은 손편지를 선물했으면 좋겠어요. 그것으로 마음이 부족하다면, 그 사람이 평소에 관심을 가지고 있는 무언가를 함께 주어도 좋을 거 같네요. 예를 들어 축구를 좋아하는 사람이라면, 축구공이나 축구화라든지 그런 거요. 평소에 내가 무엇을 좋아하는지에

대해 관심을 가져주는 것, 그리고 그것을 이해하고 지지해주는 것만큼 큰 위로와 응원도 없으니까요! 그러니 꼭 예쁜 진심을 선물했으면 좋겠어요. 그리고 상대방 또한 그 예쁜 진심이 가장 값비싸고 감동을 주는 선물이라고 생각할 줄 아는 사람이었으면 좋겠네요. 꼭 예쁜 사랑하세요 : D

Q 누군가 이상형을 물어보면 그냥 나 좋아하는 사람, 착한 사람이라 말해왔는데, 실질적으로는 제가 많이 재고 따지는 거 같아요. 차는 있는지, 키는 몇인지 등등 이런 조건들을 안 따지고 싶은데 자꾸만 따지고 있는 저를 보게 돼요. 현명하게 이겨나갈 수 있는 방법 없을까요?

A 인간이 세상을 살아가는 데에는 3가지 단계가 있다고 해요. 첫째는 자신이 무엇을 가지고 있는지에 집착하는 Having(소유)의 단계. 둘째는 내가 무엇을 하고 있는지가 자신의 삶에 주된 관심이 되는 Doing(행위)의 단계. 셋째는 자신이 어떤 존재가 되어 가는지가 삶의 목적이 되는 Being(존재)의 단계. 항상 자신의 생각을 이 세 가지 단계에 빗대어 관찰해본다면 내가 아름다운 삶의 가치들을 소중히 생각하고 있는지, 아니면 다른 곳에 눈을 많이 돌리고 있는지에 대해 현명한 해답을 얻을 수 있는 거 같아요.

사람은 삶을 살아가며, 많은 일들을 마주하며, 또 그 일들을 통해 경험하며, 그렇게 무엇인가를 느끼고 배우며 소유의 단계에서 점차 행위의 단계로, 존재의 단계로 성장해나간다고 해요. 그러니 내가 지금 이 고민 앞에서 어떤 단계에 있는지, 그리고 이 일을 바라보며 어떻게 성장해나갈지를 3가지 단계에 비추어 한 번 생각해보면 정말 좋을 것 같아요. 정말 소중한 것은 눈에 보이지 않는 것들이 주는 아름다운 가치와 소중한 의미들이잖아요. 좋은 차, 좋은 집, 많은 돈을 가지고 있는, 잘 생긴 혹은 예쁜 이성과 사귄다고 해도 거기에 진심이 결여되어 있다면 나는 공허하고 외로울 거예요. 진심이 없는 삶은 언제나 나를 시들게 할 테니까요.

나의 내면을 바라보고 이야기할 수 있는 사람, 사랑을 담은 눈빛으로 나를 바라봐주는 사람, 나의 아픔에 대해 진심으로 공감해주는 사람, 서로가 서로에게 응원이 되어주고 위로가 되어주는 든든한 사람, 마주한 삶의 무게에, 또 사랑의 무게에 진중한 책임감을 지닐 줄 아는 사람, 함께 손을 잡고 이 삶의 여정을 걸어가며 함께 성장해나갈 수 있는 사람, 하루의 이야기를 나누고 기댈 수 있는 대화가 잘 통하는 사람, 마음이 잘 닿고 잘 통하는 사람이야말로 나를 진정 행복하게 해줄 수 있는 사람이 아닐까요? 그런 진실한 마음이 아니고서는 그 무엇도 내 마음을 채워주지 못할 테니까요.

처음 질문을 할 때 당신은 이미 당신이 바라보고 있는 가치들은 당신을 행복하게 할 수 없음을 알고 저에게 질문을 한 것 같아요. 그래서 그런 당신의 마음을 바로잡아줄 말을 저에게 듣고 싶었던 것이 아닐까, 하는 생각이 들었어요. 한 번 마음의 소리에 귀를 잘 기울여 봐요. 당신의 마음속엔 언제나 현명한 답이 있으니까요. 내가 하는 선택으로 인해 지금이 행복하지 않고, 마음 속 어딘가가 공허하다면 그건 마음이 내게 행복을 위해서 다른 것들을 바라보고 다른 것들을 위해달라고 보내는 신호이니까요. 언제나 그 신호로, 당신이 잘못된 선택을 했을 때 당신이 잘못된 길을 가고 있음을 마음이 알려주는 거니까요. 그러니 귀를 기울여봐요.

당신의 선택으로 인해 당신의 마음이 꽉 찬 만족을 느낄 수 있는 길을 선택해요. 그런 길이라면 당신, 무조건 행복할 거예요. 당신의 삶 또한 무조건 아름다움으로 찬란히 물들 거예요. 부디, 진정 가치 있고 소중한 것은 눈에 보이지 않는 것들의 아름다움이라는 것을 알아줘요. 해서, 진정 행복한 당신이기를, 또 당신을 진정 헤아려주고 이해해줄 수 있는 다정한 사람과 예쁜 사랑하기를 진심으로 응원하고 바라요 : D

Q 삶의 배경과 가치관이 다른 두 사람이 만나 서로를 이해하며 인내하고 품어주기가 힘드네요. 아… 저는 사랑을 배우는 중일까요? 모든 것이 다 어렵게만 느껴지고 서로가 서로한테 좋은 사람이 되어줄 수 있을지, 우리로서 행복하고 단단해질 수 있을지 걱정되고 두렵기도 하고 답답하고 그러네요.

A 사랑한다는 것은, 서로 다른 색을 가진 둘이 만나 새로운 하나의 색을 만들어가는 과정이에요. 그 새로운 하나의 색을 만들어가는 과정 속에 억압과 통제가 있다면, 그 사랑은 빛을 잃어 시들어지고 바래진 채 흔들리고야 말 거예요. 정말 사랑한다면 서로가 서로를 위해 자신의 어떤 면을 자발적으로 헌신하는 거잖아요. 그 사람에게 기쁨이 되기 위해서 나의 어떤 색을 조율하고 그 사람에게 맞춰나가는 거잖아요. 왜냐면, 너의 기쁨을 바라보는 것이 내게 또한 기쁨이니까, 가장 행복한 일이니까. 그렇게 둘이었던 너와 내가 하나가 되어가는 사랑이라는 이름의 과정만큼 이 세상에 고귀하고 아름다운 것이 또 있을까요?

그러니 자신의 색만을 고집하고 옳다고 믿기보다 나와 함께 새로운 색을 만들어가고자 하는 사람을 만나야 하고, 나 또한 상대방에게 그런 마음이어야 해요. 그리고 그러한 마음은, 서로가 서로를 진실로 아낄 때 노력하지 않아도 자연스럽게 마음에서부터 우러나는 거라고 생각해요. 그래서 진실한 사랑을 하기 위해서, 내가 먼저 성숙한 사람이 되어야만 하는 것. 결국 처음에 상대방을 향해 느낀 감정이라는 껍데기는 시간이 지나 서서히 벗겨지게 되어있는 것이고, 그 감정이 식은 뒤에 남는 것은 감정 뒤에 숨어있던 사람과 사람뿐이니까요. 결국 내가 마주하게 될 사람은, 그 사람을 마주하는 나는, 불타던 감정이 아니라 그 모든 것이 식은 뒤에 드러나는 평소의 서로가 되는 거니까요.

내가 성숙한 만큼, 나는 사랑 앞에서 또한 딱 그만큼 성숙한 채로 서 있게 되는 거예요. 평소에 누군가를 원망하는 태도보다 이해하는 태도를 가지고 있는 사람이라면, 사랑 앞에서도 그 사람의 단점을 바라보기보다 그 사람의 장점을 바라봐주고 더욱 고쳐시켜 주는 사람이 되겠죠. 물론 처음에야, 서로를 향한 감정이 불타기에 무조건 상대방의 예쁜 점만을 보고 무조건 나의 좋은 점만을 보여주려고 노력할 테지만, 서서히 감정이 식어가면서 우리는 평소의 나로서 그 사랑을 마주하게 되는 거예요. 그래서 사랑 앞에서 중요한 것은 감정이 아니라 바로 사람인 거예요. 결국 감정은 식게 되어있고 사람만이 남는 것이 사랑이니까요. 그러니 영원으로 굳어지는 사랑을 하기 위해서는 내가 평소에 좋은 사람이 되어야 하는 것이고, 평소에 다정하고 반듯한 사람을 만나야 하는 거예요. 그러기 위해서 내가 먼저 성숙해야 하는 거예요.

하지만 지금 조금 부족하고 서툴러도 괜찮아요. 사람은 내게 주어진 모든 삶의 순간들과 그 안의 경험으로부터 배우고 성숙해나가고 있으니까요. 그러니 너무 걱정하지 말아요. 그리고 지금 내가 완벽한 사람이 되지 않은 것에 대해 죄책감을 가지지 말아요. 우리는 완벽하지 않아서 아름다운 것이고, 완벽하지 않아서 이 세상에 태어나 살아가며 그 완전함을 향해 나아가고 있는 것이니까요. 지금의 사랑 앞에서, 내가 조금 미숙할 수도 있겠지만 그렇게 배워나가고 있는 거예요. 그렇게 성숙해나가고 있는 거예요. 그리고 이 경험들이 더해져서 더욱 예쁘고 반듯한 맘으로 삶과 사랑을 마주하게 될거예요. 그때는 당신의 사랑 또한 더욱 완성되어 갈 거예요.

그러니 경험해봐요. 상대방과 싸우기도 하고, 서로 맞추기 위해 노력도 해보면서, 나에게 그러지 않는 상대방을 원망도 해보고 그렇게 달랐던 둘이서 천천히 맞춰나가 보는 거예요. 그 과정 안에서 많은 것을 배우고 또 성숙하면서 그 관계 또한 성숙하기를, 그렇게 서로가 서로를 마주하는 방식이 성숙하기를, 하여 무엇보다 예쁜 사랑하기를 소원해요. 지금의 사랑이 영원으로 굳어지든, 성숙하기 위해 스쳐지나가는 사랑이 되든, 그 무엇이든 지금 이 순간을 최선을 다해 마주하며 성장해나간다면 앞으로 마주할 사랑 또한 보다 더 찬란히 빛날 거라고, 어떤 사람을 만나든 당신, 그 관계 안에서 보다 더 행복할 거라고 믿어요. 진심으로 응원해요.

Q 안녕하세요. 반갑습니다. 서로 마음을 나누고 예쁜 사랑하고 싶어요. 어떤 마음가짐이 필요할까요?

A 꾸미지 말고 있는 그대로의 모습으로 다가가세요. 그 모습을 예뻐해 주는 사람을 만나 그의 있는 그대로를 사랑해주세요. 겉은 꾸미더라도 속은 꾸미지 마세요. 외모보다는 마음을 보도록 노력하세요. 당신의 기쁨을 자신의 기쁨처럼 여기는 분을 만나세요. 해서, 서로에게 기쁨이 되기 위해 자발적으로 서로의 마음을 헌신하세요. 그 헌신을 통해 서로 달랐던 둘이, 하나로 연결되어 새로운 색을 만들어가는 과정의 아름다움을 바라보고 소중히 여기세요. 늘 이런 고민을 하세요. 오늘은 어떻게 너를 행복하게 해줄까? 어떻게 너에

게 기쁨을 줄까? 하는. 통제와 소유가 아닌 이해와 배려를 통해 관계를 굳건히 하세요. 사랑하기에, 서로에게 부끄럽지 않은 사람이 되기 위해 노력하세요. 사랑의 책임감으로 인해 다른 이성에게 눈을 돌리지 마세요. 함께 성장하는 연애를 하세요. 힘들 땐 서로의 아픔을 토닥이고 위로해주고 응원해주는 든든한 지원군이 되어주세요. 그저 함께하는 것만으로도 행복할 수 있게 늘 감사하는 마음을 가지세요.

좋은 점을 보기 위해 노력하세요. 그 눈빛으로 상대방의 존재를 고취시켜 주세요. 미안하다는 말을 하지 못해 작은 일을 크게 만들지 마세요. 서로의 마음에 기쁨의 꽃이 피어나도록 서로의 사랑을 아낌없이 표현해주세요. 그리고 그 꽃이 잘 자라날 수 있게 관계에 서로의 정성을 쏟으세요. 서로가 서로의 우선순위가 되세요. 모든 삶의 이유에 서로가 깃들 수 있도록. 일을 할 때에도 나 자신만을 위해 일을 할 수도 있지만, 너에게 선물을 사기 위해서, 너에게 책임감 있는 사람이 되기 위해서, 라는 이유도 함께일 수 있는 거니까. 그런 마음으로 모든 삶의 이유를 함께하도록 하세요. 사랑의 콩깍지를 벗지 마세요. 그것이 더욱 두터워질 수 있도록 어제보다 오늘 더, 오늘보다 내일 더 사랑하세요. 그런 마음이라면 시들지 않는 초록의 예쁜 사랑을 하실 거예요. 당신의 행복한 사랑을 진심 다해 응원할게요 :)

Q 남자친구랑 자꾸만 싸워요. 그는 늘 화를 내고 언성을 높여요. 그러지 말라고 해도 그게 안 돼요. 개선의 여지가 없는 이 사랑, 어떻게 하면 좋죠?

A 고쳐지는 것은 사실은 사랑하기 때문에 자연히 일어나는 변화라고 생각해요. 사랑은 너에게 기쁨이 되는 일이 나에게도 기쁨이 되는 거잖아요. 그런데 당신을 사랑한다면서 당신을 아프게 한다면 그게 사랑일 수 있을까요? 그런 관계는 집착이고 미련이 아닐까요? 사랑한다면 상대방의 아픔이 내겐 더 큰 아픔이 되는 것이고, 상대방의 기쁨은 내게 더 큰 기쁨이 되는 것인데 기쁨이 아니라 자꾸만 아픔을 주는 것을 어떻게 사랑이라고 할 수 있을까요.

저는 그렇게 생각해요. 그 누구도 자신의 행동이 잘못된 것이라 생각한 채 잘못을 저지르지는 않는다고. 모든 사람은 매순간 자신이 할 수 있는 최선의 선택을 하는 것이니까요. 그래서 잘못한 사람은 자신의 잘못을 모르는 거예요. 도리어 내가 뭘 잘못했느냐 하며 화를 내겠죠. 잘못한 게 없는데 자꾸 잘못했다고 바꾸라고 하니 얼마나 화가 나겠어요. 언젠가 스스로 깨달아 그때는 내가 그랬구나 하기 전까지는 결코 받아들이지 않을 거예요. 그러니 그러지 않은 사람에게 자꾸 그러길 바라는 건 그 사람에게는 통제나 압박으로 느껴질 뿐인 거죠. 그래서 연애는 "알겠어, 그런 점 때문에 속상했구나, 미안해"라고 말을 할 수 있는 사람과 해야 하는 거예요. 들을 자세가 되어있는 사람, 개선해나갈 의지가 있는 사람, 지금이 완벽하지 않으니, 내가 실수를 할 수도 있다는 겸손한 마음가짐이 되어있는 사람과.

그렇지 않은 사람과 함께라면 늘 서로의 마음에 상처를 주며 싸우게 될 거예요. 서로 다른 둘이 만나 하나가 되어가는 게 연애인데 서로를 이해하고자 하는 마음이 없다면 평생 둘인 채 맞춰가지 못할 테니까요. 그렇게 너무나도 다른 둘이서 같은 공간에 있으니 그 시간이 길어질수록 결국 상처와 아픔만을 주는 관계가 되겠죠. 악순환이 계속 반복되는 거예요. 결국 하나가 되지 못한 채로 만남의 처음과 중간과 끝에서 그랬듯 다시 둘이 되어 헤어지는 거예요. 원래부터 둘이었는데, 만날 때도 둘이었으며, 헤어질 때도 둘이었으니 어쩌면 이별은 당연한 결과일까요. 만약에 당신이 만나고 있는 사람이, 결코 하나의 색으로 합쳐질 수 없는, 그럴 마음이 없는 사람이라면 저는 결국 당신이 이별을 결심하게 될 거라고 생각해요.

하지만 이별이라는 것은 제가 헤어지라고 한다고 해서 할 수 있는 것도 아니고, 제가 헤어지지 말라고 한다고 해서 또 헤어지지 않을 수 있는 것도 아니라고 생각해요. 결국 내가 그 사람을 사랑하는 마음보다 사랑을 하며 아픈 마음이 더 커져나가면서 스스로가 결정하게 되는 것이 이별이니까요. 스스로가 결정하기 전까지는 그 누가 말을 해도 들리지 않는 것이 이별의 결정이니까요. 결국 나의 경험을 더해 내가 오롯이 선택해야 하는 것이 이별이니까요. 그러니 더 살아가고 더 사랑해봐요. 그 경험 끝에 나온 당신의 선택이야말로 당신이 오롯이 감당할 수 있고 또 책임질 수 있고 짊어질 수 있는 선택이니까. 이제는 이 사랑에 대한 미련보다 사랑을 지속해나가는 것이 더 아프다는 생각이 들 때, 그리고 이 사람은 결국 평생을 함께할 수는 없는 사람이라는 확신이 생길 때, 그때는 누가 뭐래도 당신 스스로 헤어짐을 선택하게 되는 것이니까요. 저는 그 과정 안에서, 그 사람의 마음이 부디 변해서 당신에게 많은 행복을 주는 사람이 되어주기를 소원할게요.

부디 아프더라도 꼭 성장해나가고 배워가는 당신이길. 하여 당신의 사랑과 이별과 그 모든 추억들이 당신의 찬란한 언젠가를 있게 해줄 선물이 되어주길 바라요.

Q 남자들에게 자꾸 어장관리를 당해요. 저에게는 남자들이 늘 가벼운 마음으로 다가와요. 왜 그런 건가요? ㅠㅠ

A 저는 그렇게 생각해요. 당신 스스로가 당신을 그만큼 아껴주고 사랑해주지 않아서 그런 거라고. 조금 차갑게 들리실 수도 있겠지만, 그래도 제 이야기를 끝까지 들어봐 주셨으면 좋겠어요. 내가 나를 아끼지 않는다는 말은, 누가 나에게 예쁘다는 말을 해주면 그 말을 그대로 받아들이기보다 의심하는 것과 같아요. 누가 나에게 사랑한다는 말을 하면 이 사람이 도대체 왜 나를 사랑하지? 나 같은 걸, 왜? 하게 되는 것처럼요. 그래서 우리가 무의식적으로 생각하는 나 자신에 대한 이미지가 바로 내가 만날 사람을 또한 결정하는 거예요. 내가 생각하기에 내가 소중하지 않다면, 나는 나를 소중하게 생각하는 사람에게 사랑받을 자격이 없다고 스스로 생각하게 될 것이고, 그 생각이 타인의 마음에 또한 전해져서 딱 그만큼의 사람만을 끌어당기게 되는 거죠.

그러니까 결국 나라는 존재의 에너지가 내가 만날 사람들을 끌어당기는 거예요. 사람들은 모두 서로 비슷한 에너지의 차원끼리 맞물려 만나게 되어있어요. 만약 당신에게 남자들이 가벼운 마음으로 다가오는 일이 잦다면 그들에게 당신이 가벼워 보이기 때문이지 않을까요? 당신이라는 존재에게에서 조금은 얕은 에너지를 읽은 남자들이 당신이 정말로 가벼운 사람인지 아닌지 확인해보고자 당신에게 접근한 것이 아닐까요? 하지만 당신이 자존감이 높은 사람이었다면, 스스로를 정말 아끼고 사랑하는 사람이었다면, 그 에너지가 상대방에게 또한 전해질 것이고 그래서 가벼운 마음을 가진 남자들은 당신이 아닌 다른 사람을 향해 다가갔지 않을까요? 그리고 당신에게는 정말 진중한 사람이 다가왔지 않을까요? 그러니까 먼저 당신이 가진 에너지를 한 번 변화시켜보면 어떨까요? 그렇게 한번 노력해보면 어떨까요? 내게 자주 일어나는 어떠한 일은, 나의 마음을 변화시킬 때, 그렇게 한 단계 성숙할 때 저절로 해결되는 일이 많거든요 :)

그러니 변화를 위해 한번 노력해봐요. 먼저 가벼운 에너지를 가진 사람, 장소, 그 모든 것에 일체 발을 들여놓지 마세요. 이혼을 한 사람이 재혼에 성공하기 위해서는 이혼을 한 사람들의 모임에 참여하기보다 재혼에 성공한 사람들의 모임에 참여하고 그들과 대화를 나누고 또 감정과 에너지를 공유하는 것이 더욱 도움이 되겠죠? 마찬가지로, 한 사람과 오래 연애를 하는 친구를 사귀세요. 진솔하고 신중한 친구들을 만나세요. 클럽에 가기보다는 전시회를 보러 가세요. 아름다움을 보고 감동할 수 있는 눈을 키우세요. 심미적인 마음을 키우세요. 그러면 눈에 보이는 얕음이 아닌, 눈에 보이지 않는 깊음을 헤아리는 눈이 생길 거예요. 상대방의 의도와 에너지를 읽을 수 있는 어느 정도의 사리판단 능력이 생길 거예요. 삶에 있어 진솔함 마음가짐을 갖도록 하세요. 그 마음으로 최선을 다해 당신에게 주어진 하루하루를 진심으로 살아가세요. 그렇게 당신이라는 존재의 에너지를 끌어올리세요. 당신의 삶을 아끼고 사랑하는 진중함으로, 당신 자신을 소중히 여기는 높은 자존감으로 당신의 에너지가 변하기 시작할 때, 당신 곁에 서성이던 낮은 차원의 에너지를 가진 사람들은 자연스레 다른 곳을 향해 걸어가게 될 거예요. 당신도 그들에게 매력을, 그들도 당신에게 매력을 느낄 수 없을 테니까요.

깨진 유리창 이론이라고 들어보셨나요? 깨진 유리창 하나를 방치해 두면, 그 지점을 중심으로 범죄가 확산되기 시작한다는 이론이에요. 사소한 무질서를 방치하면 큰 문제로 이어질 가능성이 높다는 의미를 담는데, 사람과의 인연도 이와 다르지 않아요. 사람들은 쓰레기가 너저분하게 버려진 곳에는 아무렇지도 않게 쓰레기를 버리지만, 아주 깨끗한 곳에는 함부로 쓰레기를 버리지 않죠. 당신이 스스로를 고귀하게 여기고, 또한 자존감이 높은 사람이 된다면 다른 사람들 또한 당신을 소중하고 귀하게 여길 것이고, 당신 자신이 낮은 곳에 머무르는 채 허우적거린다면 사람들 또한 당신을 그렇게 여겨 쉽게 함부로 대할 거예요. 그리고 그런 사람들이 모여있는 공간에서 그런 사람들과 주로 인연을 맺게 될 거예요. 그러니 당신 자신을 지키는 가장 안전한 보호막은 바로 당신이라는 존재의 높은 자존감이라는 것을 명심해요. 당신이 자존감이 높은 사람이 되면, 당신이 만날 사람들, 그리고 당신이 머무를 공간 또한 억지를 부리지 않아도 자연스럽게 옮겨질 거예요.

그렇게 당신 자신을 고취시켜주고 끌어올려주는 사람을 만나고, 그들과 감정을 나누고, 그런 사람들이 많은 장소에 당신의 발을 담그고 그 에너지들이 당신을 흠뻑 적실 수 있게 노력해보는 거예요. 당신이 변하지 않으면 당신을 대하는 사람도, 세상도 변하지 않는다는 것을 꼭 명심해요. 언제나 변해야 할 것은 오직 나 자신뿐이니까요. 당신이 변하면, 모든 것은 자연스레 변하게 되어있으니까요. 당신 내면의 아름다운 변화로 인해 당신의 곁에 머물고자 하는 사람들 또한 아름다운 사람들이길, 그로 인해 진정 사랑하고 사랑받는 행복한 당신이 되기를 진심으로 바라고 응원합니다. 무엇보다, 당신은 지금도 너무나 소중하고 아름다운 존재라는 것을, 당신 스스로가 잊지만 않는다면 당신은 언제나 소중한 사람이라는 것을 결코 잊지 말아요. 꼭 이 세상의 누구보다 소중한 당신을 이 세상의 누구보다 아껴주고 사랑해 주는 다정한 사람을 만나 예쁜 사랑해야 해요.

Q 저는 애정결핍이 있는 거 같아요. 어떤 친구를 만났는데, 그 친구가 처음에는 좋은 친구인 줄 알았지만 자꾸 저를 남자들과 하룻밤 자게 하려고 해서 거절했었죠. 그러다 어느 날 술을 먹고 결국 자게

되었어요. 그 친구는 아무렇지도 않은 척 여전히 태연하게 저를 대하고요. 그런데 문제는, 제가 남자들과 하룻밤 자는 생활에 중독되었다는 거예요. 남자들이 나와 잠을 자기 위해 나에게 달콤한 말을 하고 사랑한다는 말을 해주는 것이 거짓된 마음이라는 것은 알지만 그런 애정이라도 자꾸만 갈구하게 돼요. 그만둬야지, 그만둬야지 마음먹은 것만 몇 번째인지 모르겠어요. 하지만 정신을 차리면 남자의 품에 안기고 있는 저를 발견하게 돼요. 이제는 정말 그만두고 싶은데 어떡하죠? 도와주세요…

A 정말 마음이 아프고 속상하실 것 같아요. 그럼에도 계속해서 내 마음과는 다른 선택을 하고 있는 자신을 보면서 죄책감을 가지게 되실 것 같고, 그 마음이 얼마나 아픔으로 얼룩졌을까요. 저 또한 정말 속상하네요. 우리, 같이 해결책을 찾아봐요. 우선 이걸 꼭 알아두셔야 해요. 거짓된 욕망으로 덮어진 달콤함 속에는 진심이 부재하기에 당신의 마음은 결코 그런 즉흥적인 만남으로 채워질 수 없다는 것을. 당신이, 당신의 마음이 갈망하는 것은 그런 것이 아니니까요. 당신의 마음속 깊숙한 곳의 진짜 당신은 당신의 마음을 어루만져주는 진실한 사랑을 원하고 또 갈구하고 있을 테니까요. 그리고 그런 사랑을 받기 위해서는 당신이 먼저 변해야 하는 거예요. 당신이라는 존재가 풍기는 분위기가 온전함으로 변하기 전까지 그런 사람들은 계속해서 당신 곁을 서성일 테니까요.

사람이 왜 어떤 것에 끝없이 탐닉한 채 중독되는지 아세요? 진정한 행복은 내면으로부터 솟아나는 것인데, 내면에서 행복을 끌어낼 만큼의 자존감이 없고, 삶의 만족도 또한 낮으니까 외적인 것에 의존하기 시작하는 거예요. 그 외적인 것이 주는 일시적인 만족감이 스스로가 맛볼 수 있는 최고의 행복이었기 때문에, 여태 살아오며 그보다 더 큰 행복을 누려본 적이 없었기 때문에 서서히 빠져드는 거예요. 하지만 그곳에서 오는 행복은 아주 잠깐의 행복일 뿐이기에 얼마의 시간이 지나지도 않아 또다시 공허해지고 말아요. 해서, 그 공허함으로부터 도망가기 위해서 다시 일시적인 만족을 찾아 나서게 되고, 그것이 반복되다 보니 중독으로 이어지는 거예요.

　모든 중독을 이겨내는 방법은 아주 간단해요. 내면의 온전함을 되찾고 스스로를 아끼고 사랑하는 자존감을 회복하는 것. 정말로 그게 다예요. 그로 인해 나 스스로가 행복이라는 감정을 내면에서 뿜어낼 수 있는 사람이 된다면 더 이상 외적인 것이 주는 한시적인 만족감에 탐닉하지 않을 테니까요. 그게 당신이 지금 해야 할 일이 아닐까, 그런 생각이 들어요. 자존감을 회복하시면 지금의 생활로부터 벗어날 수 있을 뿐 아니라, 당신이 진정 원하는, 진실한 사랑을 받고 싶다는 그 갈망 또한 채울 수 있을 거예요. 당신이라는 존재가 풍기는 향이 바뀌면 당신에게 끌려올 존재들 또한 바뀌게 되는 거니까요. 당신 또한 더 이상 자신의 욕망을 해소하기 위해 당신에게 다가오는 사람들에게 그 어떤 매력도 느끼지 못할 것이고, 그들 또한 감히 당신을 하룻밤 자신의 성욕을 해소할 사람으로 여기지 못하게 될 거예요. 당신이 스스로를 아끼고 사랑한다면, 당신에게 끌릴 사람 또한 스스로를 아끼고 사랑하는 사람일 가능성이 높아질 것이고, 스스로를 사랑할 줄 아는 사람만이 타인을 사랑할 수 있기에, 서로 진정한 사랑을 나누며 서로의 마음을 가득 채워주고 고쳐시켜주게 될 거예요. 그러니 당신 자신을, 당신의 삶을 먼저 아끼고 사랑해주는 것에서부터 시작해봐요.

　진심이 없는 일, 진심이 없는 만남, 그 무엇이든 진심이 깃들어 있지 않은 것과 가까이 하지 마세요. 진심의 부재는 당신을 더욱 공허하게 만들 거예요. 그러니 진솔한 마음가짐으로 살아가며 당신을 소중하게 생각해주는 사람과 함께하세요. 당신 자신이 지금도 충분히 소중한 존재라는 것을 스스로 되뇌어 보세요. 늘 스스로에게 말해줘요. "넌 지금도 충분히 예쁘고 사랑스러워, 넌 너무나도 소중한 사람이야, 너의 존재라는 선물에 감사해, 고마워요, 사랑해요"라고. 생각이 날 때마다 스스로에게 사랑한다고 말해주세요. 그리고 눈을 뜨고부터 자기 전까지 스스로의 모든 행동을 사랑으로 바라보는 연습을 해봐요. 양치질을 하고 있는 사랑스러운 나, 길을 걸어가고 있는 사랑스러운 나, 멍하니 천장을 바라보고 있는 사랑스러운 나, 컴퓨터를 하고 있는 사랑스러운 나, 친구들과 수다를 떨고 있는 사랑스러운 나, 그 무엇이든 사랑으로 바라보는 거예요.

그렇게 사랑으로 내면이 가득 차기 시작하면 안에서부터 행복해지기 시작할 거예요. 삶의 만족도가 높아지고 지금 이대로도 충분히 행복하다는 감정과 함께 감사하는 마음이 올라올 거예요. 그로 인해 외적인 것에 의존하던 중독으로부터 서서히 벗어나고 있는 자신을 바라보게 될 거예요. 그렇게 온전해지고 자존감이 높아지는 거예요. 그리고 그 긍정적인 피드백이 당신이 계속해서 긍정적이고 더 나은 삶의 방향을 향해 나아가도록 당신을 부추기기 시작할 거예요. 그렇게 더욱 당신 자신의 있는 그대로를 아껴주고 사랑하게 될 거예요. 더 이상 외적인 것에 마음을 빼앗겨 스스로에게 상처 주는 일을 하지 않게 될 거예요. 해서, 당신에게 주어진 삶을 최선을 다해 진심으로 살아가고, 사랑하게 될 거예요.

그러고 나서는 내면에 가득 찬 사랑의 에너지를 밖으로 흘려보내세요. 강아지를 사랑으로 바라보고, 지나가는 사람들을 사랑으로 바라보고, 어머니 아버지를, 친구를, 길가에 피어있는 꽃과 나무들을, 그 모든 것을 사랑으로 바라보는 거예요. 당신이 해야 할 일은 아무것도 없어요. 그저 사랑했을 뿐인데, 사람들이 당신을 대하는 태도가 변하기 시작할 거예요. 당신의 곁에 머물고 싶어 하고, 당신에게 진실로 다정해지기 시작하고, 당신에게 감사를 표현하기 시작할 거예요. 당신의 무엇인가를 원해서 당신에게 다정한 척 했던 전과는 달리 모든 사람이 그저 당신이 좋아서, 당신을 사랑해서 당신의 곁에서 당신에게 진심을 전해주기 시작하는 거예요. 나 자신이 변했을 뿐인데, 내가 살아가는 태도가 변했을 뿐인데, 당신을 둘러싼 세상도 함께 변해가는 거예요. 그게, 사랑이 가진 힘이에요.

그렇게 나를 사랑할 줄 아는 존재가 되어, 타인을 사랑할 줄 알게 되면 그 사랑의 향을 멀리서부터 맡은 좋은 인연이 당신을 향해 걸어올 거예요. 그 진솔함으로 사랑하세요. 서로의 외로움을 잠시 잊기 위해 이용하는 관계도, 자신의 욕망을 해소하기 위한 필요에 의한 관계도 아닌, 지금도 온전한 너와 나지만 함께함으로 인해 더욱 완전해지는 관계를 가지는 거예요. 끊임없이 주고받는 사랑으로 내면이 풍성해지며, 사랑이 담긴 표현으로 서로에게 기쁨이 되어주고, 서로의 모든 점을 있는 그대로 사랑하는 그 마음으로 인해 더욱 찬란히 빛날 서로의 존재, 그로 인해 그저 함께하고 있다는 그 사실 자체가 벅찬 선물이고 기적이 되는 행복을 누리며 서로를 고취시켜주고 따스한 사랑의 품으로 안아주는 거예요. 당신으로부터 욕망을 해소하기 위해 잠시 다정했던 거짓 사랑이 아니라, 영원히 진실하고 진심인 사람이 당신의 곁에서 당신을 아껴주고 사랑해 주고 보듬어주는 거예요. 그 행복을, 포기하지 말아요. 당신은 충분히 그런 사랑을 받을 자격이 있는 사람이니까요!

세상에서 가장 중요한 일은 내가 나 자신을 스스로 사랑하는 일이며, 그 사랑으로 타인들을 사랑하는, 사랑의 일이래요. 그 사랑의 일을 연습하는 거예요. 여태까지 사랑의 부재로 아파왔던 나잖아요. 상처받은 채 끙끙 앓고 있었던 나잖아요. 그럼에도 또다시 상처를 선택했던 건 그만큼 사랑이 간절해서였던 거잖아요. 그러니까 이제는 사랑해줘요. 그동안 사랑해주지 못했던 당신 자신을 사랑으로 보듬어주고 안아주는 거예요. 그 따스한 포옹으로 모든 과거의 아픔을 치유하고, 당신 스스로의 온전함을 완성하고, 스스로를 미워했던 나에서 스스로를 아끼고 사랑하는 나로 변하여 바닥을 쳤던 자존감을 드높이고, 그동안 나를 소중히 생각하지 않는 이들에게 이용당했던 나에서, 그들을 뿌리치고 이제는 나를 소중히 여겨주는 귀한 인연들과 함께하는 내가 되어, 그 사랑의 포근한 품속에서 밝게 웃으며 행복한 당신이 되는 거예요. 제 모든 것을 다한 진심으로 당신의 온전함과 자존감의 회복을, 그리고 당신에게 주어진 사랑의 일과 그 완성을 응원해요. 그리고 마음을 다해 부탁드려요. 부디 그동안 스스로에게조차 사랑받지 못했던 당신 자신을 사랑해주세요. 해서, 꼭 행복해주세요. 꼭이요.

Q 외모 상관없다던 사람(사진도 다 봤는데), 만나고 나니 달라졌어요. 자기 취할 것만 다 취하고 그날 이후로 연락이 안 돼요. 상관없다며 잘 지내보자고 달래면서 할 거 다 하더니 지금은 모른 척하는 중이랍니다. 나름 고민 중이어서 연락이 안 되는 걸까요? 아니면 단지 욕구를 해소해줄 사람이 필요한 거였던가요? 자신에게 전혀 마음에 들지 않는 외모여서 다시는 보기 싫은 여자라도, 본능 앞에 우선 욕구를 충족하고 싶어 하는 게 남자란 동물인가요?

A 마음이 많이 속상하셨을 것 같아요. 이번 일로 마음의 문을 닫게 되고 자존감이 낮아져서 속앓이를 하게 되지는 않을까, 그게 걱정이 돼요. 모든 남자가 다 그런 것은 아닐 거예요. 하지만 그날, 당신이 만난 사람은 그런 남자였던 거겠죠. 일단 그 사람의 연락은 더 이상 기다리지 말아요. 그분이 어떤 사람이든, 당신에게만큼은 믿음을 주지 못한 사람이고, 결국 상처만을 남겨준 사람이니까요. 연락이 온다고 해도, 같은 일이 반복될 수도 있으니 답장을 하지 않는 것

이 더 좋을 것 같아요. 만약, 당신에게 좋은 사람이 될 사람이었다면 처음부터 당신의 마음을 이렇게 혼란스럽게 하고 또 아프게 만들지 않았을 거랍니다.

그리고 이번 일을 계기로, 조금 더 신중한 마음을 배우게 될 것이 니까 너무 스스로를 자책하거나 원망하지는 않으셨으면 해요. 지금 내 인연이 되지 않고 스쳐간 이 사람과의 경험을 통해서, 다음에 정 말 내 인연이 될 사람과는 스치지 않게 될 테니까요. 그렇게 서로에 게 스며들어 깊은 진심을 주고받으며 서로에게 행복이 되어주는 사 람을 꼭 만나게 될 거예요. 제 말이 지금은 정말 차갑고 냉정하게 들 리시겠지만, 이미 지나간 이 일을 붙들고 원망하고 아파하기보다는 성장의 발판으로 삼고 더욱 더 나은 내가 되기 위해 노력을 해야지 만 다음에 이런 일을 반복해서 겪지 않을 수 있게 될 거예요. 그래서 이 일을 겪어야만 했던 거예요. 내가 성장하지 못한 어느 부분을 채 우기 위해서 삶은 때로 우리에게 너무나도 큰 아픔으로 찾아오기도 하니까요. 하지만 그 아픔은 시간이 지나 언젠가의 나를 있게 해준 선물이 되어요. 그리고 우리는 그때마다, 그때 그 일을 겪지 않았다 면 지금의 찬란한 나는 존재하지 않을 거야, 라고 말하며 그때는 아 픔으로 보였던 일이 사실은 선물이었음을 비로소 알아차리고 감사 하게 되어요.

그래서 저는 이 일이 당신에게 당신의 마음의 문을 닫게 하고 그 마음 안에 상처와 원망을 담아두게 하는 일이 되기보다, 당신에게 더욱 반듯하고 예쁜 시선을 가지게 해주는 계기가 되어주기를 진심 으로 소원해요. 이 일이 당신에게 거짓된 마음으로 다가오는 사람 들을 구별하는 신중함과 지혜를 선물해주기를 진심으로 소원해요. 모든 사람이 처음에는 친절할 수 있고, 또 상대방에게 정말 쉽게 좋 은 사람이 될 수도 있어요. 그래서 중요한 건, 처음에 보여지는 겉모 습이나 말이 아니라 시간 속에서 보여지는 행동인 거예요. 그러니 처음부터 이 사람은 좋은 사람이다, 나쁜 사람이다, 라고 섣불리 판단하지 않는 인내심을 배워야 해요. 그저 판단은 내려놓은 채 지켜보는 거예요. 이 사람의 말이 아니라, 시간과 함께 드러나는 이 사람의 행동들을요. 그리고 그 행동 안에, 그 마음 안에 진심이 가득한 사람을 만나요. 진심의 부재는 언제나 우리의 마음을 텅 비어버리게 만드니까요. 서로를 아껴주고 소중히 여기는 그 진심만이 서로의 마음을 채워줄 수 있고, 서로에게 위로와 응원이 되어줄 수 있는 것이니까요.

그러니 삶을 진심으로 마주하고 살아가는 진실한 사람을 만나기 위해 노력해요. 그리고 그 진심이라는 것을 하루 만에 판단하려 하지 말아요. 시간을 두고 천천히 오래도록 당신의 곁에서 스며드는 것만이 당신이 믿을 수 있는 유일한 진심이니까요. 그렇게 오랜 시간, 당신에게 진심을 보여주는 사람을 만나고 당신 또한 그 사람에게 진심을 다해 진실한 사람이 되는 거예요. 사람과 사람이 처음 만났을 때, 우리가 그 사람을 판단할 수 있는 기준은 기껏해야 그 사람의 외모나 그 사람의 말밖에 없는 거니까요. 하지만 그 겉모습이라는 것은 언제나 쉽게 변할 수 있는 것이고 우리의 마음을 쉽게 배신할 수 있는 것이니까요.

이 일을 통해서 그러한 것들을 배운 거잖아요. 사람이 그럴 수도 있다, 라는 누군가를 통해 들은 말이 아니라, 내가 진짜 경험하고 느낀 배움인 거잖아요. 그 배움만이 우리를 '진짜'로 만들어 줄 수 있는 거예요. 어디선가 들은 얕은 지식이 아니라 내 삶에서부터 내가 느끼고 경험한 깊은 지혜이니까요. 그러니 그 배움을, 지금의 이 상황을 원망하느라 지나치지 말고 진심을 다해 끌어안는 거예요. 그렇게 깊은 내가 되어 나의 진짜 자존감을 키우는 거예요. 힘들겠지만, 이번 일이 당신의 삶에 처방전 되어 앞으로의 더 큰 상처를 막아주는 약이 될 수 있게 이 아픔에 대한 원망과 자책감을, 깊은 후회를 내려놓고 이제는 성장하는 거예요. 그렇게 성장해야만, 비슷한 일이 또다시 반복될 때 다른 선택을 할 수 있는 내가 되어있을 테니까요. 그런 당신이 되어야, 보다 더 온전한 사람들을 만나 서로에게 상처를 주는 만남이 아니라 서로에게 기쁨과 행복을 전해주는 만남을 더욱 많이 맺어나갈 수 있을 테니까요.

아셨죠? 더 이상 당신을 아프게 한 그 사람의 연락을 기다리지 말고, 또 연락이 먼저 온다고 해도 흔들리지 않기에요. 상대방에게 이제는 당신의 마음을 함부로 이용할 수 있게 내버려두지 않는 것을 선택하는 거예요. 결국 그 사람이 자신의 욕망으로 나를 이용할 수 있게 허락한 것 또한 나 자신이니까. 그것이 받아들이기 힘들고 인정하기가 싫겠지만, 결국 이 일은 나의 선택으로 인해 생긴 것이니까. 그러니 이제는 그 선택을 바꾸는 거예요. 왜냐면 난 두 번 다시 똑같은 일로 아파하지 않는 것을 선택하며 나 자신을 지켜나갈 것이니까요. 결국 내 선택이 변해야, 내 삶이 변하기 시작하는 것이니까요. 나는 그대로인데 세상이 바뀌길 바라는 것은 헛된 환상임을 이제는 알고 있으니까요.

많이 아프겠지만 괜찮아요. 이번 일을 통해서 다음에 더 큰 아픔을 마주하지 않게 될 테니까요. 그러기 위해서 지금 조금 아파야만 했던 것이니까요. 그리고 이 배움으로 인해서 더욱 마음이 예쁜 사람들을 만나게 될 당신이니까요. 그 예쁜 사람들을 구별할 줄 아는 지혜를 배우게 된 당신이니까요. 내 인생에 정말 아무것도 아닌 이 사람을 통해서, 내 인생에 전부가 되어줄 사람을 만나게 될 테니까요. 그것을 배우기 위해 치러야할 대가였다면, 그렇게 큰 아픔도 아닌 걸요. 그러니까 괜찮아요. 꼭 이번 일을 통해서 당신 자신의 소중함을 스스로 지킬 줄 아는 당신이 되기를 진심으로 소원하며, 그 성장함으로 인해 당신에게 정말 진심인, 진실한 사람을 만나 예쁜 사랑할 당신이라 믿으며, 두 손 모아, 당신의 그 사랑을 응원할게요 :)

이별, 그 후

Q 헤어졌지만, 아직도 저는 그 친구를 너무 사랑해요. 그래서 붙잡고 싶은데, 그 친구는 이제 그런 저를 미워하기 시작했어요. 저만큼 그 친구를 행복하게 해 줄 사람은 없다고 생각해요. 제 마음이 그 친구에게도 잘 전해졌으면 좋겠는데, 어떻게 하면 좋을까요?

A 여전히 그분을 사랑하신다면, 진심을 담은 손편지를 써서 마음을 전해보는 것은 어떨까요? 사랑한다면 내 마음만으로 그 사람에게 향해서는 안 되는 거라고 생각해요. 그러니까 내 마음이 이러니 내 마음을 받아달라고 재촉하고 강요하기보다, 내 마음을 온전히 전하고 상대방의 마음을 기다려주면 어떨까요? 상대방이 스스로 원해서 나와 함께하고자 해야지만 그 사랑은 서로가 행복할 수 있는 사랑이니까요. 그러니 편지를 써서 보내고 그 사람의 마음을 기다려보는 것 또한 좋은 방법이 될 것 같아요. 그리고 그럼에도 내 진심이 닿지 않는다면, 사랑하는 마음으로 상대방의 마음을 존중해 주는 거예요. 사랑한다면, 정말로 사랑한다면 상대방의 결심을 받아들여 줄 줄도 알아야 하니까요.

그러니 사랑한다면, 그리고 정말로 사랑했다면 이별에도 책임을 지세요. 많이 힘드시겠지만 그럼에도 그분의 선택을 존중하고 이해해주세요. 정말 사랑한다면, 그 사람이 더 이상 내 곁에 있기를 원하지 않는 그 마음 또한 존중하고 이해해주세요. 정말 사랑한다면 내가 아프다고 붙잡기보다 상대방의 행복을 위해서 내게 주어진 아픔을 오롯이 감내해주세요. 혼자서 이 사랑을 붙잡고 싶어하는 것은 그 사람을 사랑하는 것이 아니라 나 자신의 마음과 그 감정을 사랑하는 것일 뿐이잖아요. 그러니 정말로 사랑한다면 상대방에게 내 마음을 강요하기보다 놓아주고, 내게 주어진 아픔을 오롯이 견뎌내야 하는 거예요. 상대방의 감정을 존중하고 배려해줘야 하는 거예요. 내 곁에 있는 것이 아파서 떠나간 상대방에게 내 곁에 있는 것이 가장 행복하니 내 곁에 있어야 한다고 강요해서는 안 되는 거예요. 이별이 아프지만, 그럼에도 그 사람이 행복하길 바라는 마음으로 보내주는 것이 마지막 사랑이자 배려이니까요.

그러니 내 마음이 닿지 않는다고 해서 상대방에게 그 마음을 강요하며 상대방의 마음을 아프게 해서는 안 돼요. 상대방을 가장 행복하게 해줄 사람이 나라고 생각한다면, 그 사람의 입장에서 그 사람의 행복을 생각해줘야 하는 거예요. 내가 아프기 싫어서, 상대방을 아프게 해서는 안 돼요. 너무나 아파서 눈물이 나고 그래서 살아갈 앞날이 막막하고 도무지 엄두가 나질 않아 무너질 것만 같아도, 그 이별을 받아들이고 그 이별에 대해 책임을 다하는 것이 사랑하는 사람에 대한, 사랑했던 사람에 대한 마지막 사랑이니까요. 그러니 그 이별의 고통을 오롯이 감내하고 견뎌내야 하는 거예요. 상대방이 더 이상 내 곁에 있기를 스스로 원하지 않는다면.

그러니 기다려줘요. 그 사람이 원해서 내 곁에 돌아오기를.내 마음을 전하고 싶다면, 편지를 써서 전해봐요. 그리고 상대방의 답을 기다려주는 거예요. 그렇게 상대방의 선택을 존중하고 받아들여줘요. 그게, 이별한 사람이 할 수 있는 마지막 사랑이니까요. 사랑하는데 사랑한다 말할 수 없고, 여전히 사랑하는데, 곁에 머무를 수 없는 것이 이별이니까요. 그 아픔을 오롯이 감내해내는 것이 이별에 대한 책임이니까요. 사랑에 책임을 다해야 했듯이 우리는 이별에도 책임을 다해야 하는 것이니까요. 그 사람이 정말로 내 곁에서 행복했다면, 나를 떠나가지 않았을 거예요. 상대방을 행복하게 해주는 기준은 내게 있는 것이 아니라 상대방에게 있는 거예요. 그러니 그 사람이 스스로 선택할 수 있도록 배려해줘요. 당신이 쓴 편지가, 꼭 편지가 아니더라도 진심이, 그분의 마음에 고스란히 닿기를 소원해요. 또한 그분의 선택이 어떻든, 사랑으로 이해하고 존중할 수 있는 당신이기를 소원해요.

명심해요. 사랑은 서로가 서로의 곁에 있는 것이 행복해서 서로의 곁에 스스로의 의지로 머무르고자 할 때 비로소 행복한 거라는 것을요. 그 의지를 강요하는 것은 사랑이 아니라 이기심이라는 것을요. 결국 억지로 붙잡은 마음은 금방이면 다시 돌아선다는 것을요. 그러니 상대방이 스스로의 행복을 위해서 스스로 당신의 곁에 머무르는 선택만이 당신이 지켜내고 책임질 수 있는 유일한 선택이라는 것을요. 내가 기쁨이 되기 위해 한 행동들이 상대방에게도 기쁨이 되는 순간만이 우리가 사랑이라 부를 수 있는 유일한 것이라는 걸요. 하지만 기쁨이 아니라 아픔과 부담으로 닿는다면 그 관계는 결국 인연이 아니었다는 것을요. 좋은 인연이란, 내가 너에게 기쁨이 되기 위해 한 행동들이 너의 기준에서도 고스란히 기쁨으로 닿아 미소의 꽃을 피워낼 때 이루어지는 거라는 것을요. 그러니 결국, 마음이 닿지 못해 이별한다면 그것은 인연이 아니었기 때문에, 아직 나의 인연이 무르익지 않았기 때문에 이별할 수밖에 없었다는 것을요. 그 모든 경험을 더해서 우리는 우리의 운명을 찾아간다는 것을요. 당신의 인연과 당신의 운명을, 그 사랑의 행복을 진심으로 응원합니다.

Q 긴 만남 끝에 이별했어요. 오래 생각한 결정이라 후회는 없지만 너무 힘드네요.

A 많이 아프실 것 같아요. 사랑했던 사람, 하나가 되어 함께했던 사람과의 이별인데 어떻게 괜찮을 수가 있겠어요. 상대방과 더 이상 함께할 수가 없을 것 같아 선택한 이별이라고 해서 저는 그 이별이 아프지 않다고 생각하지 않아요. 그 사람이 좋은 사람이었든 아니든, 내 모든 것을 다해 사랑했고 또 맞춰갔던 사람이고, 그렇게 새로운 하나의 색을 함께 만들어왔던 사람이니까요. 하지만 그럼에도 그 모든 아픔을 넘어서 이 사람과는 평생을 함께할 수는 없을 것 같다고 생각했기에 이별을 선택한 거잖아요. 쉽지 않은 결정이었을 텐데, 수없이 고민하고 망설였던 결정이었을 텐데, 정말 마음 고생 많이 하셨어요.

그러니 헤어짐을 선택해야 했던 당신 스스로의 선택을 믿으세요. 그 믿음으로 이 아픔을 견뎌내야 하는 거예요. 당장에는 늘 곁에 있던 사람이 없다는 빈자리가 너무나도 허전하고 쓸쓸해서 다시 돌아가고 싶다는 생각이 들지도 모르지만, 이 아픔을 오롯이 딛고 일어서서 주어진 이별을 완성해야지만 새로운 사랑을 시작할 수 있는 거예요. 그러니 평생을 함께할 수 없어서 이별을 했다면, 정말 힘들겠지만 그럼에도 이겨내요. 이를 악물어요. 이별을 완성해서 더욱 성숙하고 온전한 나인 채로, 평생을 함께하고 싶은, 정말로 나를 아껴주고 사랑해 주는 사람을 만나기 위해서요. 지금의 이별, 늘 상대방에게 주느라 나에게 주지 못했던 사랑을 이제는 스스로에게 주면서 나 자신을 돌보고 아껴주는 시간이 되기를, 그렇게 더욱 온전한 나인 채 다음 사랑은 부디 영원하기를 진심으로 소원해요.

Q 오래도록 한 사람을 못 잊어본 적 있으세요? 한때 정말 많이 좋아했는데 지금은 각자 다른 사람을 만나거든요. 그런데도 자꾸 그 사람이 생각나고 보고 싶어요. 아직 맘이 있는 건지 미련인지 그것도 아니라면 단순히 그때 그 기억이 그리운 건지 모르겠어요.

A 마음이 많이 혼란스러우실 것 같아요. 제 생각은 이래요. 내게 주어진 이별을 오롯이 완성하는 것이 내가 마주할 다음 사랑에 대한 예의라고. 아직도 그때의 그 사람이 보고 싶고 그립다는 것은, 당신이 아직 당신에게 주어졌던 이별의 몫을 온전히 완성하지 않은 채 다음 사랑을 시작했기 때문이 아닐까요? 서로 다른 둘이 만나 하나가 되었고, 그렇게 온 마음을 다해 사랑했던 사람과 이별을 했기에 급작스런 혼자됨의 쓸쓸함이 찾아온 거예요. 항상 누군가 내 손을 잡아주었고, 항상 나를 바라봐주었는데 그 손과 그 눈빛이, 그 사랑의 감정이 부재함에 마음 한편이 쓸쓸해지는 거예요. 늘 나를 사랑해주던 사람이, 내가 사랑하던 사람이 이제는 내 곁에 없으니까요. 하지만 그 외로움을 이겨내지 못해 새로운 사랑을 시작하겠다고 마음먹었다면, 그래서 시작한 새로운 사랑이라면, 그 사랑은 결국 온전하지 못함으로 인해 나를, 그리고 내가 지금 함께하고 있는 상대방을 아프게 하고 말거예요.

그래서 이별 후에 찾아오는 아픔과 그리움, 미련, 그리고 외로움과 쓸쓸함, 그 모든 것을 오롯이 딛고 일어서서 다시 온전한 하나의 나를 완성해야 하는 거예요. 그게 이별에 대한 책임이니까요. 내게 주어진 이별의 몫이니까요. 그렇게 서서히 하나가 되었던 그 사람의 흔적과 색들을 다시 지워내고 다시 온전한 하나의 내가 되어야만, 그렇게 내게 주어진 이별을 완성해야만, 그 온전함으로 인해 다음 사랑이 또한 온전할 수 있는 거니까요. 사랑에 대한 책임이 있는 것처럼, 이별에도 책임이 있는 거니까요. 그리고 그 책임이라는 것은 결코 가볍지 않은 것이니까요. 하지만 그럼에도 그 이별을 선택한 것 또한 나니까, 그것을 오롯이 완성해내는 일 또한 나의 몫인 거예요. 만약 그 이별의 몫을 다하지 못한 채로 새로운 사랑을 시작한다면, 그 사랑은 온전하지 못함으로 인해 흔들리고야 말거예요. 내가 미루어둔 책임을 다하기 전까지 자꾸만 흔들리게 되는 거예요. 그러니까 지금이라도 그때 그 사랑 앞에서 주어진 이별을 오롯이 완성해줘요.

비가 되어 쏟아지는 그리움과 미련이 주는 헛헛함을 피하기 위해 타인의 품이라는 우산에 의존해서는 안 돼요. 그 비를 맞아 흠뻑 젖은 채 부들부들 떨게 될 나일지라도, 감기에 걸려 끙끙 앓게 될 나일지라도, 오롯이 그 이별을 완성해야만 하는 거예요. 그렇게 스스로 우산을 쓸 수 있을 때 다음 사랑을 시작하는 거예요. 지금의 연인에게 조금만 시간을 달라고 부탁해 봐요. 그리고 당신에게 주어졌었던 그 이별을 먼저 완성해줘요. 잠시 혼자가 되어서, 혼자임에도 충분히 행복한 당신이 먼저 되고 나서, 지금 당신의 곁에서 당신을 사랑해 주고 기다려주고 있는 그 사람에게 다시 다가가면 어떨까요? 솔직하게 말하면 상대방이 아파할지도 모르니, 예쁜 마음으로 다른 이유를 말하고 그런 시간을 가져보는 것은 어떨까요? 그래야만, 당신이 새로 시작한 사랑에 당신의 온 마음을 다할 수 있을 테니까요. 그래야만 당신이 새로 시작한 사랑 앞에서 최선을 다하지 않고 있다는 죄책감에 스스로 아파하지 않을 수 있을 테니까요. 무엇보다, 당신도 상대방도 함께하기에 행복한 사랑을 할 수 있을 테니까요. 당신에게 주어진 이별의 완성과 새로운 사랑의 행복을 진심 다해 바라고 응원합니다.

Q 저번에 메시지 보냈던 사람이에요. 오늘 이별했어요. 그 와중에도 그 사람을 위해 마지막 선물을 가져다줬어요. 너무 아파요. 제 모든 걸 다 줬는데, 그럼에도 매정했던 그 사람인데, 또 선물을 주고 있는 제가 미워요. 상처받을 만큼 받아서, 아픔을 느끼지 못하는 게 제가 원하는 거예요. 늘 그런 남자들만 만나는 제가 너무 불쌍해요. 사랑한 만큼 그 사랑을 알아주고 감사할 줄 아는 사람을 만나고 싶은데 어떻게 해야 좋을까요?

A 많이 힘드실 거 같아요. 그럼에도 그 힘듦에 무너지지 않았으면 좋겠어요. 버텨내셨으면 좋겠어요. 그래서 지금의 아픔이 오롯이 당신의 온전함을 완성하는 계기가 되었으면 좋겠어요. 상처받을 만큼 상처받아서, 아픔을 느끼지 못할 만큼 아팠으면 좋겠다고 바라는 것은 지금도 너무나 소중하고 사랑받기에 충분한 당신 자신에게 지워지지 않을 멍에를 남기는 일이 되지 않을까요? 잊지 말아요. 당신이 스스로 잊지만 않는다면, 당신은 언제나 소중한 사람이라는 것을요. 명심해요. 당신은 상처가 아니라, 사랑을 받기 위해 태어났다는 것을요. 존재 자체가 선물인 너무나 고귀한 당신이라는 것을요.

저번에 메시지를 받았을 때, 문득 그런 생각이 들었었어요. 당신이 사랑하고 있는 건 상대방이 아니라, 어쩌면 그 사람을 사랑하면서 당신 스스로가 받는 상처가 아닐까 하는. 상처받은 채 아파하고 있는 당신 자신이 불쌍하고 가엾다는 그 생각 자체를 사랑하고 있는 것은 아닐까 하는. 모든 것을 다 주었음에도 당신에게 매정한 그 사람을 향한 원망을 사랑하고 있는 건 아닐까 하는. 의식적으로든 무의식적으로든 이 사랑이라는 관계 앞에서 피해자가 된 당신 스스로를 불행하다 여기는 그 자기연민을 은근히 사랑하고 있는 건 아닐까 하는.

저번에 보내주신 고민에서, 당신은 헌신짝이 될 때까지 사랑하다 버림받는 사랑을 하는 것이, 그런 사랑을 주는 것이 좋다고 말씀하셨는데 그 고민에 이어서 지금의 고민을 접하며 문득은 그런 생각이 들었어요. 그러한 역할을 스스로 선택하며 상대방에 대한 원망과 나 자신에 대한 자기연민에 스스로도 모르게 사랑에 빠져온 것은 아닐까 하고요. 그래서 당신이 만나왔던 사람이 늘 당신을 함부로 대하는 사람들이 아니었을까요? 당신 스스로가 그런 사람에게 끌렸고, 그런 사람을 끌어당긴 것이 아닐까요? 당신이 계속해서 그러한 원망과 자기연민에 빠지기 위해서 꼭 필요했던 사람을 당신 스스로 선택한 것은 아닐까요? 그렇지 않다면 당신은 그런 사람에게 끌리지 않았을 테니까요.

언제나 사람은, 서로가 가진 내면의 어떠한 성향에 서로가 반응할 때 서로를 마주하게 되거든요. 그러니 나에게 그러한 면이 없다면, 나는 그러한 사람에게 매력을 느끼지 못했을 거예요. 하여, 스쳐지나갔을 거예요. 그렇게 절대 서로가 서로에게 닿지 못했을 거예요. 그래서 언제나 인간관계에 대한 고질적인 문제를 해결하는 방법은, 나 자신의 내면을 성찰하는 방법이에요. 나의 마음에 어떠한 면이 이러한 것을 끌어당겼나, 하고요. 그리고 그 부분을 개선시켜 나갈 때 우리를 언제나처럼 괴롭혀왔던 문제가 신기하리만치 한 번에 사라지는 경우가 많아요. 어려서부터 아버지를 원망했던 사람은 아버지의 그 부분을 꼭 닮은 사람과 만나 연애를 하고 또 결혼을 하는 경우가 많다고 해요. 그렇게 원망이 아버지에게서부터 남자친구, 남편으로 이어지는 거예요. 그리고 나는 늘 자기연민에 빠진 채 아파하는 거예요. 도대체 그러한 일이 생기는 이유가 무엇일까요?

그건 내가 변하지 않으면, 내가 마주할 세상은 절대 변하지 않기 때문이에요. 삶은 언제나 우리가 어떠한 문제를 극복했으면 하는 마음으로, 우리가 성장했으면 하는 마음으로, 그 문제를 극복하기 전까지 그와 비슷한 문제들을 우리 앞에 가져다 놓거든요. 그래서 더 이상 이 문제를 복습할 필요가 없을 만큼 우리가 성장하기 전까지, 우리는 계속해서 비슷한 문제들을 마주하게 되는 거예요. 그러니 내 내면에서 이러한 문제를 끌어당기는 성향이 무엇인지 잘 살펴봐야 하고, 그 부분을 변화시켜 성장할 때 더 이상 삶은 우리에게 그와 비슷한 시련을 가져다주지 않을 거예요. 계속해서 비슷한 사람을 만나는 문제는, 그 관계 안에서 내가 고통을 느끼지만, 스스로 그 아픔에서 어떠한 감정적인 보상을 느끼고 있을 때가 많아요. 피해자 역할을 묘하게 즐기고 있다거나 하는 식으로요.

그러니 내가 그러한 원망과 자기연민을 통해서 감정적인 보상을 받기를 원하지 않는 사람이 된다면, 그러한 일은 더 이상 나를 괴롭히지 못하게 될 거예요. 내가 그러한 것을 싫어하는 사람인데, 그러한 감정을 느끼게 하는 사람과 잠깐이라도 함께하고 싶겠어요? 전혀 매력을 느끼지 못하기에 절대 인연으로 닿지 않을 거예요. 그리고 잘 몰라서 만났는데 상대방이 그런 사람이라는 것을 알게 된다면 그 아픔을 부둥켜 안고 나는 그럼에도 불구하고 헌신적인 사람이고, 그래서 불쌍한 사람이야, 라는 생각을 하면서까지 그 관계를 유지하려 할까요? 아니요, 절대로 그러지 않을 거예요. 왜냐면 그러기에 나는 너무나 소중한 사람이고, 그러한 사람과 함께하기에 내 소중한 삶이 너무나도 아까우니까요. 머릿속을 헤집어 놓는 원망들 때문에 불행하다는 사람에게 가장 좋은 해결책은, 그 원망을 이제 잊고 내려놓는 것이 되겠지만 그것을 알면서도 계속해서 원망을 내려놓지 못하는 이유는 무엇일까요? 원망을 내려놓는 것이 어려워서요? 그렇지 않아요. 스스로 내려놓기를 원하지 않기 때문이에요. 그 원망에서 얻는 어떠한 것을 우리는 묘하게 즐기고 있으니까요. 만약에 누군가가 칼을 겨누고, 죽을래? 원망을 내려놓을래? 라고 말한다면 우리는 1초만에 원망을 내려놓게 될 거예요. 그러니 못하는 게 아니라 안 하는 거예요. 당신은 당신의 행복을 위해서 기꺼이 원망과 자기연민을 내려놓을 수 있으신가요? 기꺼이 그렇게 하시겠어요?

정말 당신이 좋은 사람을 만나 행복한 사랑을 하고 싶다면, 그리고 그것에 간절하다면, 그리고 지금의 이 끔찍한 삶에서 벗어나 진정 행복하길 원하신다면 지금 선택하세요. 그리고 이제는 변하겠다고 다짐해요. 나의 가치를 바라봐주지 않는 사람이 나의 소중함을 함부로 대하도록 나두지 않겠다고, 그 정도로밖에 나를 생각하지 못하는 사람의 곁에서 자존감을 깎아가면서까지 함께하지 않겠다고. 내가 나를 진정 소중하게 생각한다면, 스스로 그 소중함을 지켜내야 하는 거예요. 누가 나를 소중하게 대하지 않을 때, 자존감이 높은 사람은 그 사람을 가까이 하지 않지만 자존감이 낮은 사람은 '나는 이 정도의 대우를 받아도 싼 사람이야'라는 생각으로 그것을 감내하고 버티는 거예요. 그러면서 속앓이하고 원망하고, 그럼에도 계속해서 그 자리에 머무르는 거예요. 당신은 그 정도의 대우를 받아 마땅한 사람인가요? 스스로를 그렇게 생각하시나요?

이제는 삶이 "너는 더 이상 이 문제를 겪지 않아도 되겠네." 라고 생각할 만큼 성장해요. 당신 스스로를 진정 아끼고 사랑함으로써. 그렇게 이제는 당신 스스로가 당신을 아끼고 사랑하는 만큼 당신을 아껴주고 사랑해 주는 사람을 만나요. 그러한 것을 당신 스스로 당연하게 생각할 만큼 당신 스스로를 더욱 사랑해줘요. 당신은 당신 스스로가 당신 스스로를 소중히 여기는 딱 그만큼 소중한 사람이 되는 거예요. 당신의 가치는 당신이 만들어나가는 거니까요.

이제는 스스로가 불운하고 불행하다는 자기연민으로부터 벗어나 스스로 행복을 선택해요. 내가 마주하고 있는 삶을 만들어낸 것은 다른 누구도 아니라 바로 나 자신이라는 것을 받아들여주세요. 그리고 이제는 당신의 선택을 바꾸는 거예요. 당신의 온전함을 완성하는 것에서부터 시작해요. 당신의 의사를 표현하고, 당신이 원하지 않는 것을 명확하게 말할 줄 아는 용기를 배워요. 처음에는 어렵겠지만 계속해서 연습해봐요. 그렇게 당신 스스로가 당신의 가치와 소중함을 지켜내는 연습을 하며 더 이상 인간관계 앞에서 끌려다니지 않도록 해봐요. 혼자서도 충분히 행복한 사람이 될 때, 사람은 더 이상 인간관계 앞에서 끌려다니지 않게 돼요. 왜냐면 이 사람이 나를 미워하면 어떡하지, 그래서 내가 혼자가 되면 어떡하지, 하는 두려움이 없기 때문이에요. 그렇게 되더라도 나는 혼자서도 충분히 행복한 사람일 수 있는 거니까요. 그리고 역설적으로, 그러한 자존감을 지니고 있는 사람이 인간관계 안에서 더욱 많은 사랑과 존경을 받아요. 그게 바로 자존감의 힘이에요.

그러니 당신이라는 존재의 향기를 바꿔봐요. 그 향이 바뀌면, 당신이 이전에 가지고 있던 향을 좋아하던 사람은 지금의 새로운 당신의 향기에 더 이상 매력을 느끼지 못할 것이기에 다른 향을 찾아나설 것이고, 당신의 새로운 향을 좋아하는 사람들이 당신에게 끌려오게 될 거예요. 당신의 예쁜 소원처럼, 당신을 진심으로 아껴주고 사랑해줌으로써 당신의 마음이 더욱 풍성해지고 기쁨으로 가득차게 되는, 당신의 존재가 더욱 예쁘게 빛나도록 당신을 고쳐시켜주는, 그런 사람을 만나는 거예요. 그러기 위해서 단지 당신이 당신 스스로를 조금만 더 아껴주고 사랑해 줄 필요가 있었던 것 뿐이에요. 그 너무나도 당연한 일을 조금 미루워왔던 것 뿐이에요. 그러니 최선을 다해서, 당신 스스로의 향을 가꾸어봐요. 더욱 짙은 성장과 진심 가득한 온전함으로 더욱 예쁘고 아름다운 향을 뿜어내는 거예요.

부디 지금의 이별, 전과 같은 일을 되풀이하지 않기 위한 아름다운 경험이 되어주기를 바라요. 이별 속에서 당신의 온전함을 완성해 다음엔 꼭 더 아름답고 예쁜 사랑하기를 진심으로 바라요. 잘 할 거예요. 당신이라면 충분히 잘 해낼 거예요. 잊지 말아요. 당신 스스로가 당신을 사랑하는 만큼, 딱 그만큼 세상으로부터 사랑받을 수 있는 당신이라는 것을요. 그러니 꼭 당신 스스로를 사랑해줘요. 지금도 사랑받기에 너무나 충분한 당신이니까. 응원합니다.

Q 사랑하고 좋아하는데 믿음이 없어서 못 만나겠다던 그 질문을 했었던 사람이에요. 오늘 정리했고 이제 혼자 일상으로 되돌아오려고요. 힘들긴 하겠지만 시간이 해결해주겠죠?

A "시간이 지나면 지금의 상처야 아물겠지만, 그 시간과 함께 성장하지 못한다면 똑같은 일로 아파할 수밖에 없어요."(《용기를 잃지 말고 힘내요》中에서) 그러니 시간과 함께 온전해지는 연습을 해야 하는 것이고, 그로 인해 성장해야 하는 거예요. 하여 시간에 의존하지 말고 당신 자신의 성장에 의지하셨으면 좋겠어요. 혼자가 된 지금의 이 시간들을 당신의 온전함을 완성하고 성장할 기회로 여겨 기쁜 마음으로 지나가는 거예요. 그걸 위해 지금 아파야만 하는 거예요. 언제나 삶은 우리가 딱 감당할 수 있는 만큼의 아픔만을 우리에게 건네주며 성장해달라고, 이제는 행복한 네가 되어달라고 간절히 바라며 우리를 끌어안으니까요. 그러니 지금의 아픔과 힘든 시간을 외면하거나 피하지 말고 오롯이 마주해요. 그렇게 지금의 이 아픔을 치유하기 위해 최선을 다해 노력하는 거예요.

그동안 혼자 하기가 두려워서 누군가와 함께했던 일들을 혼자서 해봐요. 홀로 영화도 보고 밥도 먹어보고, 여행도 가보고, 아팠던 나를 위해 선물도 사주는 거예요. 그렇게 혼자 있는 동안 당신의 마음이 당신에게 하는 이야기에 귀를 기울여봐요. '혼자서 여행가는 건 조금 부끄러운데'라는 말을 마음이 하고 있을지도 몰라요. 그 소리를 들으면 '괜찮아, 내가 함께 있잖아. 이제는 여태 홀로 두었던 너와 함께 시간을 보내며 너와 더욱 가까이 친해지고 너를 사랑해 줄게'라고 말해주며 다독여줘요. 고소공포증이 있다면 두렵지만, 그럼에도 불구하고 높은 곳에도 올라가보는 거예요. 그렇게 전에는 두려워서 하지 못했던 일, 그래서 피해왔던 일들을 온전히 마주하며 하루하루 성장하면서 당신의 내면을 더욱 아름답게 가꾸어봐요.

그리고 당신의 있는 그대로를 아끼고 사랑하도록 노력해봐요. 그로 인해 풍성해진 당신의 마음과 드높아진 자존감이 앞으로의 상처로 부터 당신을 지켜줄 거예요.

그렇게 시간과 함께 성장해나갈 때, 지금 당신의 마음을 헤집어놓은 이 일과 비슷한 일이 가까운 미래에 또다시 찾아와도 흔들리지 않을 수 있는 거예요. 미소를 머금은 채 그 시련을 건너갈 수 있는 거예요. 그러니 명심해요. 시간이 지나 아픔이 아물 거라는 말, 반은 맞지만 반은 틀린 말이라는 것을요. 지금의 상처야 아물 테지만, 그 속에 성장이 없다면 똑같은 일로 또다시 아파해야할 우리라는 것을요. 그러니 지금 당신에게 주어진 당신의 온전함을 완성하는 일과 성장을 완성하는 일 앞에서 이제는 도망가지 말아요. 더 이상 같은 상처를 반복해서 입는 내가 되지 않게 스스로를 지켜주기를 바라요. 부디 지금의 아픔을 통해 조금 더 아름답고 행복한 당신이 되기를 진심으로 바라고 응원합니다.

Q 왜 이리 힘들까요. 헤어짐의 끝을 봤는데 처음엔 태연했지만 점점 힘들어져요. 공허함 때문인 거 같은데, 어떻게 극복해야 할까요?

A 사랑했던 사람에게 마음껏 사랑의 감정을 표현하고, 사랑받기도 했던 그 감정이 갑자기 부재하니 외롭고 공허한 거 같아요. 각자 하나였던 둘이 만나 새로운 하나를 만든 거였잖아요. 그 하나가 다시 둘이 되어가는 과정인데, 당연히 힘들 수밖에요. 너와 나의 색이 섞여 새로운 색을 만들었는데, 나의 어떤 것을 포기한 채 네가 되었는데, 갑자기 그 모든 것이 사라지니 허망할 수밖에요. 그렇게 나에게 물들어있는 너의 색을 떼어내는 일인 건데, 아플 수밖에요. 늘 나의

손을 잡고 있던 네가 없어 허전할 수밖에요. 늘 내 곁에 있던 너의 온기가 갑자기 사라졌으니 차가울 수밖에요. 그렇게 실감이 나질 않던 이별이 현실의 공기로 무겁게 나를 짓누르니 문득, 너무 아파 눈물이 나올 수밖에요. 그게 이별인 거니까. 너무 사랑했던 너를 내게서 떼어내는 일인 거니까. 사랑했던 만큼 고스란히 아파야 하는 거니까. 그게 이별에 대한 책임인 거니까요.

하지만 그 모든 것을 알고 선택한 이별이잖아요. 그러니 이를 악물어요. 자신의 선택에 대한 책임을 외면하지 말고 최선을 다해 짊어지고 극복해요. 그게 이별의 몫이고, 온전한 이별의 완성일 테니까요. 새로운 사랑으로 나아갈 첫 걸음이 될 테니까요. 지금의 그 헛헛한 마음을 이겨내지 못한다면 이전의 사람을 다시 만나든, 새로운 사람을 만나든 돌아오는 것은 또 다른 상처와 아픔일 뿐일 지도 몰라요. 그러니까 혼자여도 행복하고 온전한 사람이 되기 위해 꼭 노력해봐요. 친구들을 만나 수다도 떨고 홀로 여행도 가보고 마음에 양식이 되어주는 책도 읽어보고 연주회도 들으러 가보는 거예요. 그동안 다른 사람을 사랑하느라 소홀했던, 돌봐주지 못했던, 사랑해주지 못했던 나 자신과 열심히 데이트를 해보는 거예요. 이제는 주는데 익숙해졌던 사랑을 다시 되찾아와서 나 스스로에게 주는 거예요. 그렇게 스스로를 사랑해서 혼자인 나인 채로 충분히 행복하고 빛나는 그 아름다움을 온전히 완성하는 거예요.

지금의 이 공허함을 해소하기 위해 곁으로 돌지 말아요. 곁돌기는 즉흥적인 재미와 만족으로 당신을 잠시 행복하게 해줄 수는 있지만, 돌아오는 것은 더 지독한 공허의 한숨일 뿐이니까요. 그러니 눈을 감고 당신의 마음속으로 들어가요. 당신의 내면을 마주해요. 그렇게 그동안 귀기울이지 않았던 마음의 소리에 귀를 기울여보는 거예요. 마음이 말하고 있잖아요. 당신에게 외치고 있잖아요. 그동안 네가 내가 아닌 다른 사람에게만 마음을 쏟아서 외로웠다고, 그래서 이렇게 텅텅 비었다고. 그러니 네가 나를 봐주지 않으면 나는 너에게 자꾸만 나를 좀 바라봐달라고 신호를 줄 거라고. 공허함과 외로움이라는 신호를.

그 신호를 착각해서 내면이 아닌 외부로 다시 향하게 된다면 당신의 마음은 얼마나 아파할까요. 그러니 마음의 소리에 귀를 기울여줘요. 그 마음을 진정 채울 수 있는 것이, 당신이 진정 행복할 수 있는 일이 무엇인지 당신의 마음이 당신에게 알려줄 거예요. 지금의 아픔으로 더욱 빛나고 행복할 당신이기에, 아파도 괜찮아요. 정말 괜찮아요. 꼭 지금의 아픔이라는 선물을 받아 성장해서 더욱 온전히 행복한 당신이기를, 이별의 책임 앞에서 도망가기보다 고스란히 마주하고 이겨내는 당신이기를, 미어질 만큼 아프고 힘들겠지만 그럼에도 스스로를 사랑하는 마음으로 기꺼이 그렇게 하는 당신이기를, 그렇게 부디 더 아름다운 꽃이 되어 피어나기를 진심으로 바라요.

Q 어제 남자친구랑 헤어졌는데, 하루 만에 그에게 여자친구가 생겼어요. 이걸 어떻게 받아들여야 할지 모르겠어요. 너무 밉고 원망스러워요.

A 헤어진다는 것은, 그 사람이 다른 사람의 품에 가는 것을 허락하는 일, 내게 주었던 그 눈빛과 사랑을 다른 사람에게 주고 나를 잡았던 그 따스한 온기가 다른 사람의 손으로 옮겨지는 그 모든 것을 각오하는 일이에요. 이별했다면, 그 사람의 잘못을 따질 수도 없는 거예요. 바람을 피운 것도 아니니까요. 그만큼 정리가 빠르고 곧바로 새로운 사람을 만나는 사람이라면 깊은 사람은 아니었나봐요. 많이

속상하시고 또 분하시겠지만 그 사람에게는 그 사람만의, 당신에게는 당신만의 사랑의 방식이 있는 거예요. 그러니 원망하기보다 이제는 이것이 이별의 몫임을 받아들여줘요.

이별 앞에서 아무렇지 않은 그 사람을 보며 많이 속상하겠지만 아무렇지 않은 사람보다 아파하는 사람이 더 멋진 사람인 거예요. 사랑했다면, 정말 사랑이었다면 아픈 게 당연한 거잖아요. 당신은 그래서 다음 사랑 또한 온 마음을 다해 사랑할 거고, 또 온 마음을 다해 아파할 거잖아요. 그 마음이 훨씬 더 예쁘고 아름다운 거예요. 사랑할 자격이 있는 마음인 거예요. 아무렇지 않은 사람은 그만큼 누군가를 깊이 사랑할 줄 모르는 것이고, 하여 그만큼 사랑과 이별 앞에서 많은 것을 배우지 못할 것이고, 해서 그 사람의 사랑은 성숙할 수 없을 거예요. 하지만 당신은 이렇게 성숙해나가고 있잖아요. 그래서 더 예쁜 사랑할 거잖아요. 그 사람은 또다시 가벼운 마음으로 사랑을 마주하고 대하겠죠. 하지만 그러한 마음이 과연 진정한 사랑이라고 할 수 있을까요? 또, 그러한 사랑을 한다고 해서 진정 행복할 수 있을까요?

그러니 원망하지 말아요. 지금 아파하고 있는 당신, 훨씬 멋지고 아름다우니까. 이제는 이 이별을 받아들이고 당신에게 주어진 이별을 완성하는 일에 집중하는 거예요. 더 이상 그 사람이 어떠한 삶을 살아가든, 당신은 그 사람의 인생에 관여할 자격이 없는 거니까. 그게 받아들이기가 힘들어서 미어질 만큼 아프지만, 그럼에도 그게 이별한 자의 몫이니까. 부디, 지금 당신에게 주어진 이별을 오롯이 완성하고 새로운 사랑 또한 마음을 다해 하는 당신이기를 바라요. 그렇게 매 사랑마다 깊어지고 성숙해서 언젠가는 영원으로 굳어지는, 그런 사랑을 하기를. 그렇게 꼭 행복한 당신이기를 진심 다해 소원하고 바라요.

Q 이별… 작가님 글 보고 왔어요. 정말 위로가 되어 눈물이 났어요. 저 괜찮겠죠?

A 괜찮아요. 저도 이별해보았고 괜찮다가도 문득 찾아오는 그 슬픔을 못 이겨 펑펑 울고 그래 봤는걸요. 그렇게 한 사람을 잊기가 너무 힘들었던 적이 있는 걸요. 하지만 돌이켜 바라보면 이별해야만 했던 거예요. 다시 돌아가도, 서로의 행복을 위해 이별을 해야만 했던 거예요. 그걸 알기 위해서 미어질 만큼 아파야만 했던 거예요. 그러니까 아파도 괜찮아요. 정말 괜찮아요. 이 아픔이 당신을 더욱 아름답고 예쁜 사랑의 따스한 품속으로 꼭 이끌어줄 거예요. 지금은 다시 사랑할 엄두조차 나지 않겠지만, 이 기나긴 이별의 아픔을 지나 훨씬 더 예쁜 사람을 만나 예쁜 사랑을 하고 있을 거예요. 그러니까 마음껏 아파해요. 그래도 괜찮으니까. 지금의 이 아픔으로 인해 더욱 빛나고 아름다워질 당신이니까.

　그러니 아프지 말라고 말하지 않을래요. 아픈 만큼 마음껏 아프고, 울고 싶은 만큼 펑펑 울라고 말 할래요. 다만 지금의 이 아픔을 당신이 기쁜 마음으로 끌어안을 수 있기를 바라요. 이 아픔으로 인해 더욱 행복할 당신이니까. 더욱 예쁜 사랑하고 받을 당신이니까. 그러니 당신의 행복을 위해 찾아온 이 아픔, 미워하지만 말아요. 아픔으로 인해 더욱 더 성숙할 당신을, 해서 더욱 예쁜 사랑할 당신을 진심 다해 응원해요.

Q 작가님 글을 보고 많은 생각이 들었고 마음이 편해졌지만 그래도 여전히 이별의 아픔이 저를 찌르는 거 같아요. 애써 괜찮은 척 즐거운 척 해야 할까요? 아니면 정말 슬픈 대로 푹 슬퍼야할까요? 시간

이 지나면 무뎌지겠죠? 제가 감당할 수 있을까 겁부터 나요. 저 어떡하죠? ㅜㅜ

A 많이 힘드시죠? : (우선 아픔에 골몰하거나 심각해지지는 않으셨으면 좋겠어요. 그 아픔과 함께 지낸다는 느낌으로 지켜봐주고 돌봐줬으면 좋겠어요. 애써 아프지 않은 척 할 필요 없어요. 그래도 아픈 걸 어떡해요. 그러니까 그 아픔을 인정하고 받아들여주세요. 저항하지 말아요. 그렇게 아픔을 정직하게 바라보면 조금은 자유로운 느낌이 들 거예요. 그렇게 마음속에 빈 공간이 생기면 그 안에 사랑을 담아주세요. 그동안 아파했던 너니까 내가 너를 아끼고 사랑하는 마음으로 선물을 준비했어, 이런 느낌으로 아껴주고 사랑해주는 거예요.

나와 데이트하는 시간을 갖는 거예요. 홀로 여행도 가고 맛집도 가고 쇼핑도 하고 영화도 보고 드라이브도 하고 음악도 듣고 친구들을 만나 그동안 쌓아두었던 수다도 떨어보는 거예요. 단, 모든 데이트는 나를 아껴주고 사랑하는 마음으로 토닥이고 안아주는 느낌으로 해주세요. 우리는 우리가 아플 때, 시간이 지나면 괜찮아지겠지, 시간이 해결해주겠지, 하며 마음을 돌봐주기보다 방치해요. 하지만 아픔은 시간으로 치유하는 게 아닌 걸요. 시간이 지나면 지금의 아픔이야 낫겠지만 같은 일이 생기면 또다시 아파할 나인 걸요. 그러니 정말 치유하고 싶다면, 아프고 싶지 않다면 마음을 바라봐야 하는 거고 또 그 마음과 함께 성장해야 하는 거예요. 상처로 인해 너덜너덜해진 나를 치유해주고 돌봐달라고, 아껴주고 사랑해달라고 지금 마음이 당신에게 말하고 있는 거예요. 그래서 아픈 거예요. 이제는 그 마음의 소리를 외면하지 말아요. 아픔을 마주한 채 보듬어주고 치유해주고 성장해주세요. 그렇게 밖으로 향해있던 관심과 사랑을 나를 향해 온전히 돌려 성장해가는 과정 속에서도, 문득 아프고 힘든 시간이 있겠지만 분명, 조금씩 잃었던 나의 빛과 활력을 되찾아갈 거예요. 조금씩 온전해지며 아름다운 미소를 머금게 될 거예요. 그렇게 이루어온 성장으로 인해 다음에 찾아올 사랑은 더 행복한 결실을 맺게 될 거예요.

고민상담을 하며 독자분들로부터 이런 고민을 되게 많이 들어요. 나는 남자 보는 눈이 없다고, 하여 하는 사랑마다 상처받은 채 아파하게 된다고, 그래서 다시 사랑하기가 두렵다는 고민이요. 저는 그런 일이 생기는 것은 시간만을 믿고 의지했기 때문이라고 생각해요. 시간은 흐르지만, 그 시간 안에 있는 내가 여전히 똑같은 사람이기에 비슷한 일들을 겪는 거예요. 그때 그 일이야 시간과 함께 아물테지만 결국 똑같은 상처를 되풀이해서 받고 있는 거예요. 그래서 시간과 함께 성장해야 하는 거예요. 같은 일을 되풀이하지 않기 위해서는 내가 변해야만 하는 거니까요. 나라는 존재의 에너지가 변하지 않는다면 나에게 끌려올 사람과 내가 끌릴 사람 또한 전과 크게 다르지 않을 테니까요.

그러니 지금의 아픔을 딛고 일어서요. 아픔 앞에서 도망가기보다 이 아픔을 성장으로 치유하고 오롯이 빛날 수 있기를 바라요. 아픔을 겪고 나서 전과는 완전히 달라진 사람들이 있잖아요. 왜인지 모르게 엄청 성숙해진 것 같고, 어른스러워진 것 같고. 그런 사람들은 아픔을 온전히 마주했기 때문이에요. 죽을 만큼 아프고 괴로웠지만 도망가기보다 오롯이 딛고 일어섰기 때문이에요. 그렇게 성장한 거예요. 그러니 지금의 이 아픔을 겪고 있는 나를 시간 안에 내던진 채로 방치하지 말아요. 오롯이 마주하며 시간과 함께 앞을 향해 걸어가요. 더 이상은 시간에 의존하지 마시고 나 자신의 성장에 의지하시기를 바라요. 그게 진정한 치유가 되어줄 거예요. 그렇게 보다 더 행복한 당신이 될 거예요. 부디 당신의 온전한 치유와, 성장함으로 인한 당신의 행복과, 앞으로의 예쁜 사랑을 진심으로 응원합니다 :)

Q 작년 이맘쯤 사귀었던 남자애가 있어요. 그런데 전 아직까지 그 친구를 못 잊고 술 마신 채 메시지를 보냈어요. 그 친구랑 헤어진 건 그 친구가 바람을 피워서였는데, 타지에서 적응하느라 많이 기댔던 그 마음이 더 크게 맘에 남아서인지 아직도 그립네요. 전 어떻게 해야 하나요?

A 많이 힘드실 거 같아요 : (그 사람이 좋은 사람이었든 아니었든 마음을 기대고 의지했던 사람이었는데 이별로 인해 그 기댈 품을 잃어버렸다는 게 그 사람을 더욱 그리워하게 만드는 것 같아요. 저는 그렇게 생각해요. 세상에서 내가 가장 기대고 의지해야할 품은 다름 아닌 나 자신의 품이라고. 그 품만이 오직 영원히 내 곁에서 나를 지켜줄 수 있으니까요. 그러니 저는 당신이 지금 홀로서기를 잘 해내셨으면 좋겠어요. 그 온전함을 먼저 완성한 채로 누군가를 만난다면, 더욱 예쁜 사랑을 하실 수 있을 거라고 믿어요. 우리가 스스로 온전하지 못할 때는 외로움이 상대방이 좋은 사람인지 좋은 사람이 아닌지 제대로 식별하는 눈을 가리기도 하니까요. 또한 혼자인 채 행복하지 못하다면 나는 늘 다른 사람의 품에 기대고 의존해야만 하는 부실한 존재가 되어요. 그 다른 사람의 품이라는 것은 영원히 내 곁을 지켜줄 수도 있지만 지금처럼 영원하지 않은 순간 또한 있는 걸요. 그럴때마다 내 마음이 아파하고 괴로워한다면 그건 얼마나 속상한 일인가요.

내가 먼저 온전한 사람이 되면 그 온전함으로 인해서 내 곁에 있는 타인의 품 또한 더욱 영원성을 띄게 돼요. 서로의 불완전함을 나누고 서로에게 집착하고 의존하기보다 서로의 완전함을 나누고 서로에게 행복과 기쁨을 나눠주는 관계를 만들어갈 수 있는 힘은 바로 나 자신의 온전함에 있는 것이니까요. 그러니 지금의 이별, 당신에게 주어진 삶을 오롯이 딛고 살아갈 건강한 마음과 그로부터 당신이 누릴 진정한 행복을 찾아 나서게 되는 계기가 되어주기를 바라요. 영원하지 않은 타인의 품이 아니라 영원한 당신의 품이 당신 스스로에게 가장 든든한 위로가 될 수 있도록이요. 더 이상 당신에게 상처를 주는 사람에게 당신이 의지하고 의존하지 않도록 스스로 오롯해질 수 있게요.

불완전한 존재로서 타인에게 기대고 의존할 때 우리는 타인에게 집착하게 되고, 그 집착은 상대방에게 자신이 억압을 받고 있다는 느낌을 주게 돼요. 그래서 타인은 결국 그 불편함을 이기지 못해 떠나가게 돼요. 집착이라는 움켜쥐는 마음은 역설적으로 타인을 내 곁에서 점점 멀어지게 만들거든요. 그렇게 상대방이 떠나가면, 당신은 지금과 같이 또 아파해야할 거예요. 그러니 이제는 당신 스스로 오롯할 때예요. 서로가 서로에게 집착하고 서로를 억압하고 서로가 떠나갈까봐 두려워하기보다, 서로에 대한 신뢰를 바탕으로 사랑하고 서로의 기쁨과 행복을 나누고 매일의 아픔들을 공유하고, 그렇게 서로에게 의지하고 위로받을 수 있는 그런 관계를 만들기 위해서 말이에요.

이 세상의 어느 누구도 당신의 그 비어있는 마음을 채워주지는 못해요. 오직 당신 스스로만이 할 수 있는 일이니까요. 그걸 타인을 통해 채우려고 하면 또다시 아픔과 상처를 되풀이하게 될 거예요. "혼자여도 충분히 행복하지만 이 삶, 너와 함께라면 더 행복해." 우리가 이런 마음일 때 비로소 사랑은 서로의 온전함으로 인해 영원성을 띄게 돼요. 그 사랑 안에서 함께 성장해나가며 그 사랑을 더욱 완성시켜나가게 돼요. 그 완전함이 서로에게 든든한 위로와 기쁨의 품이 되어줄 거예요. 서로가 서로의 곁에 있는 것만으로도 삶의 모든 걱정과 아픔들을 잊을 수 있게 될 거예요. 그게, 사랑이니까요. 함께해서 더 불안하고 아픈 것이 아니라, 함께하기 때문에 더욱 기쁨이 되고 위로가 되는 것이 진정한 사랑이니까요. 그러니 그런 사랑을 하기 위해 이제는 스스로를 아끼고 사랑하는 마음으로 하루하루를 마주해봐요. 혼자인 시간이 더 이상 쓸쓸하고 외롭지 않을 수 있게요.

당신의 마음을 당신 스스로의 사랑과 정성으로 가득 채워주는 거예요. 그동안 혼자하기가 두려워 꺼려왔던 일들, 그래서 늘 함께일 때만 했던 일들에 혼자서 도전해 봐요. 타인을 만나는 이유가 당신의 불완전한 무엇인가를 채우기 위해서가 아니라, 어떠한 필요에 의해가 아니라, 스스로의 완전함에도 불구하고 타인과의 시간이 즐거워서가 될 때까지 당신 자신을 더욱 사랑해 주는 거예요. 혼자 있는 시간이 두렵다는, 지금이 너무 외롭고 쓸쓸하다는 그 공허에 의한 만남은 결국 당신의 마음도, 상대방의 마음도 채워주지 못할 테니까요. 하여 만남 뒤에 더욱 공허해질 당신과 상대방이 될 테니까요.

반대로 혼자인 시간이 온전하지만 그럼에도 서로의 만남이 너무 좋아서 내일을 약속하게 되는 사람이라면, 그렇게 예쁜 의미들로 가득한 만남이라면, 그 만남은 서로의 마음을 더욱 채워줄 거예요. 하여 그 관계 안에는 기쁨과 풍성함이 가득 찰 거예요. 그러니 모든 관계 속에서 진정한 기쁨을 누리기 위해, 당신을 진정 아껴주고 사랑해 주는 사람과 함께 더욱 예쁜 사랑을 주고받기 위해 먼저 홀로서기를 완성해봐요. 당신이 외로울 때, 당신은 정말 당신을 아껴주고 사랑해 줄 사람이 누군인지 제대로 구별하지 못하게 된다는 것을 꼭 명심해요. 그래서 앞으로 몇 년을 함께하게 될지 모르는 사람이 나에게 아픔과 상처를 주는 사람이 될 수도 있다는 것을요. 그 안에도 물론 배움은 있겠지만, 그 시간에 당신의 소 중함을 바라봐주고 지켜주는 사람을 만날 수 있다면 그게 더 예 쁘고 아름다운 거잖아요. 영원으로 굳어질 수 없는, 당신을 아프게 하는 인연을 만나며 시간을 낭비하기에는 당신의 삶, 너무나 소 중한 거잖아요. 그러니 꼭, 스스로 온전한 당신이기를 바라요.

Q 어장관리 당했네요. 사귀었던 사이였는데 너무 밉지만 운명이 아니다 생각하며 힘들어 하다보면 시간이 지나겠죠?

A 많이 아프시고 속상하시겠어요. 토닥토닥. 시간에 의존하기보다 나의 성장함에 의존하세요. 시간이 지나 지금의 상처야 아물고 지워지겠지만 그 시간 안에 내 존재의 성장이 없다면 우린 언젠가 똑같은 일로 또다시 아파하게 될 거예요. 그러니까 지금의 이 아픔을 계기로 나를 돌봐주고 앞으로의 행복을 위해 성장해주세요. 그 성장함이 앞으로 더 좋은 만남을 끌어당길 테고 당신 또한 과거보다 더 성장한 눈으로 사람을 바라보게 될 테니까요. 그러니 시간이 약이라는 오해로부터 벗어나 부디 지금의 아픔을 딛고 성장해주세요. 나를 아끼고 사랑하는 자존감을 키우는 연습을 해봐요. 그 자존감이 어떤 상처로부터도 당신을 지켜줄 테고 세상을 살아가는 조금 더 행복하고 아름다운 삶의 지혜를 가르쳐줄 테니까요. 부디 지금의 상처에 성장함이라는 연고를 발라 흉터 없이 더욱 예쁘고 튼튼한 새살이 돋아나시길, 그리하여 앞으로는 지금보다 더 예쁜 사랑하시길 진심으로 바라요 :)

Q 전에 사귀던 남자친구와 헤어졌어요. 헤어지고 나서는 별로 슬프지도 않았고 이미 다른 사람과 연락을 하고 있어 대수롭지 않게 생각했는데 지금 다른 사람과 연애를 하는데도 자꾸만 그 애 생각이 나요. 그 애만큼 저를 사랑해준 애가 없었던 거 같아요. 다시 돌아가고 싶은데 어떡하면 좋죠?

A 제 생각은 그래요. 지금 당신에게는 새로운 연애를 하기보다, 전에 만났던 사람에게 돌아가기보다 주어진 이별을 먼저 완성하는 게 필요한 것 같아요. 정말 사랑했던 사람과의 이별은 결코 아무렇지 않을 수가 없어요. 다만, 실감하지 못해 그 아픔이 서서히 나타나는 것뿐이에요. 이별? 생각보다 괜찮네, 했는데 문득 한 달이 지나 갑자기 눈물이 나오고 너무나 그립고 아파오기 시작하는 거예요. 이제는 이별을 실감하게 되니까. 늘 곁에 있던 네가 이제는 내 곁에 없음을 내 심장이 알아버린 거니까. 그 미어질 것처럼 아픈 시간들을 오롯이 견뎌내고 겪어내고 그렇게 너에게 주었던 사랑, 내게로 다시 거두어내는 게 이별의 완성이에요. 혼자인 시간이 이제는 더 이상 외롭지 않을 만큼 스스로를 아껴주고 사랑하고 있을 때, 그때야말로 이별이 완성된 거예요. 그 완성을 위해 우리는 얼마나 더 찢어져야 하고 또 얼마나 많은 눈물을 쏟아야 하며 또 얼마나 많이 아파해야 할까요.

그런데 당신은 그런 시간을 갖지 않은 채 새로운 만남을 시작했고 그 만남 중에 이별의 아픔이 찾아오기 시작한 거예요. 여기에 계속 있어야 하나? 아니면 다시 그쪽으로 돌아가야 하나? 고민하기 시작한 거예요. 혼자는 무서우니까. 늘 네가 내 곁에 있었는데, 네가 나를 바라봐주고 내 손을 잡아주었는데 이제 내 손에 네 손이 포개어져 있지 않다는 게, 내 곁에 네가 없다는 게 너무나 외롭고 두려우니까. 하지만 돌이켜 꼭 이별해야 한다고 생각했기에 이별한 거잖아요. 쉬운 결정이 아니었음에도 이를 악물고 선택한 이별이잖아요. 아플 거라고, 슬플 거라고도 생각했지만 그럼에도 너와 함께하는 시간들 안에서 네가 변해가는 모습을 지켜보는 것보다는 덜 아플 것 같아서, 네가 나와 평생을 함께할 사람은 아닌 것 같아서 선택한 이별이잖아요. 그러니 당신의 선택에 대해 오롯이 책임을 지는 시간을 가져봐요. 아픔이 두려워 도망가지 말아요.

이를 악물고 이별에 대한 책임을 짊어지고 감당해요. 그렇게 아픈 시간 동안 잃었던 온전함을 되찾아 주어진 이별을 완성해요. 완성하지 않은 채라면 새로운 사랑을 시작해도, 전의 사랑으로 돌아가도 결국 온전하지 못함으로 인해 서로에게 상처만을 남긴 채 끝이 나고야 말 거예요. 만약 주어진 이별을 완성하지 않은 채 새로운 사랑을 시작한다면 완성되지 않은 이별 때문에, 아직 끝나지 않은 미련 때문에, 그러니까 아직도 헤어지는 중인 당신의 마음 때문에 당신도, 새로 만난 사람도, 그러니까 그 사랑, 서로에게 큰 상처를 남기게 되지 않을까요? 더 아파야 하고, 더 부서져야 하고, 더 무너져야 하는 거예요. 그렇게 외로움에, 두려움에 벌벌 떨면서도 다시 얼어서는 게, 내가 선택한 이별이니까. 하여 도망가기보다 이를 악물고 감당해내는 게, 혼자인 시간들 앞에서 오롯이 행복해지는 온전함을 최선을 다하여 되찾는 게 이별의 몫이고 완성이니까. 그 온전함을 완성해야지만 다음 사랑, 더욱 예쁘고 행복하게 피어날 수 있는 거니까. 그것이 두려워 도망쳤다면 다음 사랑 또한 온전하지 못함으로 인해 결국 시들어지고야 말 테니까.

그러니 지금의 외로움이 두려워서, 지금의 아픔을 마주하기가 괴롭고 무서워서 도망가선 안 돼요. 나중에는 더 큰 아픔이 되어 돌아올 테니까. 당신의 사랑이었고, 당신의 이별이었잖아요. 그러니 사랑에 책임을 다했듯 이별에도 책임을 다해야하는 거예요. 그게 미어질 만큼 아프고 괴로워도 내게 주어진 몫을 다해야하는 거예요. 도망가서는 안 되는 거예요. 그렇게 그 사랑의 끝인 이별을 완성해야 하는 거예요. 그러니 새로운 연애를 시작하기 전에 당신에게 주어진 이별을 오롯이 완성하여 먼저 온전함을 되찾는 시간을 가지셨으면 좋겠어요. 그래야만 다음 사랑, 흔들림 없이 예쁘게 피어날 수 있을 거예요. 당신이라면 꼭 잘 해낼 거예요.

Q 남자친구가 너무 스킨십만 하려고 해요. 연락 문제로 한 번 헤 어지기도 했었는데 만나면 자꾸 관계를 가지자고 해요. 제 의사를 물어보기는 하는데 데이트를 하면 반강제적으로 애무 같은 걸 하고... 그런 남자친구가 너무 무섭고 싫어서 운 적도 많네요. 저를 좋아하는 것 같기는 한데 스킨십 때문에 사귀는 것 같은 이 남자친구와의 만남, 어떻게 해야 할까요?

A 당신을 사랑하는 게 아니라, 당신과 함께하는 시간이 소중해서 당신의 곁에 머무르는 게 아니라 단지 자신의 욕구를 채우기 위해 당신의 남자친구가 지금 당신을 만나고 있는 것 같다는 생각에 많이 속상하신 것 같아요. 당신을 향한 남자친구의 마음이 그런 마음이기 때문에, 하여 그 사랑에 대한 진심이 크게 느껴지지 않기 때문에 당신이 스킨십에 대해 부담을 느낄 수밖에 없는 것 같아요. 아직 마음이 열리지 않았는데, 사랑에 대한 확신이 생기지 않았는데 자꾸만 관계를 가지려고 하니까요.

스킨십은 그런 거예요. 서로가 서로를 너무 사랑해서 사랑한다는 말로는 표현이 다 되질 않아 부족하고 답답할 때 손을 꼭 잡고 싶어요. 그런데 손을 잡는 것만으로도 그 감정이 해소가 되지 않을 때 포옹을 하고, 키스를 하고, 그것으로도 표현이 해소가 되지 않을 때 관계를 가지는 거예요. 너무 사랑해서, 그 어떤 말로도 지금 내 안에 맺힌 이 사랑이라는 거대한 감정을 표현할 길이 없어서, 그 답답함을 해소하기 위해서 하나가 되고 싶은 거예요. 욕망의 해소가 아니라, 사랑의 표현으로써 관계를 가지는 거예요. 너무 사랑해서 하나가 되고 싶은 거예요.

서로가 그런 마음일 때라야 관계를 가진 후에도 마음이 가득 채워지는 거예요. 마음 안에 맺힌 모든 사랑의 감정을 그렇게 다 쏟아내고 서로가 서로를 사랑하고 있음을 더욱 확신하게 되는 시간이니까요. 하지만 공허한 마음, 외로운 감정을 못 이겨 관계를 맺을 때 우리는 헛헛해지고 또 죄책감을 가지게 돼요. 단순하게 욕망을 해소하기 위해서 관계를 가질 때 그 마음 안에는 진심과 사랑이 부재하기에 상대방을 배려할 수 없고, 또 상대방은 나의 욕구를 위해서 이용 당하는 느낌을 받기 때문에 상처를 받게 되는 거예요. 아마도 당신 또한 상대방의 욕구에 희생당하고 있다는 그 느낌 때문에 아파하고 속상해하는 것이 아닐까 하는 생각이 들어요.

당장의 욕구에 치우쳐 당신의 마음에 부담을 안겨주는 사람 이라면, 당신의 마음이 열릴 때까지 기다려주지 못하는 사람이라면 저는 그 만남을 그만두라고 말하고 싶어요. 결국 아프고 힘들어 그만두게 될 당신이니까. 굳이 관계를 이어가며 스스로를 더 아프게 내던질 이유가 없는 거잖아요. 상대방이 당신을 이용할 수 있게 스스로 방치해서는 안 되는 거잖아요. 소중한 내 존재의 가치를 알아주지 못하는 사람과 함께하길 선택하며 당신 스스로 그 가치를 깎아 시들어지고 바래지게 할 필요는 없는 거잖아요. 당신의 가치는 당신 스스로 지켜나가야 하는 거니까요.

당장 이 사람과 헤어지고 나면 다시 혼자가 될 내가 두려워서, 확신은 없지만 그래도 나를 좋아해주는 사람이라는 미련에 아까워서 당신의 마음을 시들어지게 하는 사람과 관계를 이어가지는 않았으면 좋겠어요. 사랑은 함께하는 시간이 너무 소중해서 자꾸만 보고 싶고, 하여 추억을 쌓아가며 둘이었던 너와 내가 점차 하나가 되어가는 아름다운 일이에요. 그런데 그런 일보다 늘 자신의 욕구 해소가 중요한 사람이라면 그건 당신을 사랑하는 게 아니라, 자신의 욕구를 사랑하는 것일 뿐인 거잖아요. 그러니 순간의 정을 못 이겨 당신의 가치를 저버리지 말아요.

당신과 함께하는 시간이 소중해서 당신과 함께 있고자 하는 사람과 연애를 해요. 같이 밥을 먹고 길을 걷고 카페에 앉아 대화를 하는 그 소소함을 가장 소중히 여기는 사람과요. 그 소소한 시간 속에서 당신의 작은 미소에 행복해하는 사람을 만나는 거예요. 연애의 목적이 관계를 맺는 것에 있는 사람이 아니라 함께 만들어가는 추억의 소중함에 있는 사람과. 그 과정 안에서 서로를 향한 애틋함에 관계를 가질 수 있는, 당신의 마음이 준비가 될 때까지 기다려줄 수 있는 사람과.

관계를 가지는 게 나쁜 게 아니에요. 사랑한다면 당연히 관계를 가지게 되는 것이고 그것 또한 서로에 대한 사랑의 표현인 걸요. 하지만 관계가 모든 것이 되어버린 연애는 나쁘다고 생각해요. 서로가 서로를 너무 사랑해서, 사랑한다는 말로 그 사랑을 다 표현할 수 없을 때 관계를 가져야만 단순히 감각적인 만족에서 그치는 공허한 관계가 아니라 그 이상을 넘어선 마음의 황홀함에 젖을 수 있는 거니까요. 탐닉의 비워짐이 아니라 사랑의 채워짐이 될 테니까요.

그러니 당신에게 기쁨이 되고자 노력하는 사람이 아니라 자신의 기쁨을 위해 당신을 아프게 하는 이기적인 남자친구를 이해하기 위해, 사랑하기 위해 노력하기보다 당신 스스로의 가치를 지켜내고 당신 스스로를 더 아껴주고 사랑해 주는 시간을 가지길 바라요. 그 시간 속에서 당신의 온전함이 싹틀 때 꼭 온전한 당신의 향에 이끌려 당신에게 다가오는 좋은 인연이 있을 거예요. 그러니 그 사랑의 가치를 완성하기 위해 스스로의 가치를 먼저 지켜내고 또 완성하는 당신이길 바라요. 당신의 앞으로의 사랑을 진심 다해 응원할게요.

열등감에 괴로울 때

Q 요즘 자꾸 열등감이 생겨요. 자꾸 남들과 비교하게 되고 그래서 예민해지고 사소한 거에도 자꾸 짜증을 내게 되는 것 같아요. 애꿎은 사람한테 화풀이도 하고요. 그러다보니 점점 학교 가는 일이 싫어져요. 내향적인 제 성격도 고민이고요. 스트레스를 안 받으려 노력해 봐도 자꾸 예민해지고… 어떻게 하는 게 좋을까요? 학교만 가면 진이 빠져요.

A 먼저 스트레스를 받지 않기 위해 노력하는 것을 멈추셨으면 좋겠어요. 부정적인 것을 이겨내기 위해 부정적인 것에 골몰하는 것은 아무런 도움이 되지 않아요. 그러니 부정적인 마음에 골몰하기보다 그저 긍정적인 것을 바라보고 선택해요. 딸기를 좋아하기 위해서 귤을 미워할 필요는 없으니까요. 평소에 좋아하는 음악을 듣는다든지, 책을 읽거나 일기를 써본다든지, 친한 친구와 데이트도 하고 대화도 하며 그렇게 시간을 보낸다든지, 내가 기분이 좋아지는 일을 하며 스트레스를 풀어봐요.

지금까지도 잘해왔고, 앞으로도 잘 해낼 거예요. 더 잘하려다 보니 지금 조금 지치고 힘든 거잖아요. 그러니 괜찮다고, 지금까지도 충분히 잘해왔다고 스스로에게 말해줘요. 지금의 시련을 지나 더욱 멋지고 성숙해진 내가 되어 있을 거예요. 지금의 아픔은 다 나의 성장과 행복을 위해 삶이 건네준 선물이니까요. 삶은 우리가 감당하지 못하는 시련은 결코 가져다주지 않아요. 하여 딱 내가 감당할 수 있을 만큼의, 그것을 딛고 더 강해질 수 있을 만큼의 시련만이 찾아오는 것이니, 충분히 이겨낼 수 있어요. 그러니 용기를 잃지 말아요. 조금은 여유를 가져봐요. 당신은 무조건 이 시련을 지나갈 것이고, 이겨낼 것이고, 더 행복할 것이고, 더 성장할 테니까요.

열등감 때문에 힘들다고 하셨는데 열등감은 자존감이 낮아서 생기는 경우가 많아요. 그러니 자존감을 기르는 연습도 꾸준히 해나가면 좋을 것 같아요. 나의 있는 그대로의 가치를 인정하고 사랑하는 것에서부터 시작해요. 타인과 비교할 게 어디 있어요. 당신은 이 세상에 하나뿐인 소중한 존재인 걸요. 비교하는 습관이 있으시다면 비교의 대상을 바꾸어 보면 어떨까요? 저에게 자존감을 키우는 동시에 남들과 비교하는 마음도 극복하고 무엇보다 나 자신이 보다 더 반듯하게 성장할 수 있는 방법이 있거든요. 그게 남들보다 부족하다고 여겨지는 나 자신의 빛을 오롯이 되찾을 수 있게 당신을 도와줄 거예요.

바로, 어제의 나와 오늘의 나를 비교하는 거예요. 어제 조금 불행했고 타인을 질투하는 나였다면, 오늘은 조금 더 행복하기 위해 노력하고, 질투하기보다 그의 성장과 성공에 진심으로 박수를 쳐주고 축하해주도록 노력해 봐요. 어제의 나보다 오늘, 사람들에게 조금 더 친절하고 조금 더 많이 감사를 표현해보아요. 그렇게 하루하루를 더해가다 보면, 내가 얼마나 변해있을지, 얼마나 성장해 있을지, 얼마나 행복해져 있을지 상상이 가세요? 벌써부터 행복해질 생각에 설레지 않나요? 그러니 남들과 비교하는 것보다 어제의 나와 오늘의 나를 비교해요. 학교 성적이든, 그 무엇이든 어제보다 오늘 더 성장하고 있는 나를 바라보며 나아갈 때 우리는 스트레스를 받기보다 행복한 마음으로 나아갈 수 있으니까요. 매일매일 성장하고 있다는 기쁨이 보상이 되어줄 테니까요.

마지막으로, 내향적이어도 괜찮아요. 저 또한 내향적이고 이 세상에 존경을 받는 위대한 사람들 중 많은 사람들의 성격 또한 내향적

이었는 걸요. 그건 큰 장점이에요. 내향적이기 때문에 남들을 보다
더 배려할 줄 알고 그들의 이야기에 귀를 기울일 줄 아는 섬세함을
지닐 수 있는 거니까요. 그렇게 타인들에게 보다 다정하고 따뜻한
사람이 되어주는 거니까요. 그러니 내향적인 태도는 단점이 아니라
정말 귀하게 여겨야 할 보석과도 같은 장점인 거예요. 아시겠죠?

　그러니까 지금의 당신은 있는 그대로 충분히 예쁘고 멋져요. 타인
에게뿐만이 아니라 당신 스스로에게도 너무나도 사랑스러운 선물
이랍니다 :) 그런 당신인데 지금 이 순간에도 행복하지 않을 이유
가 어디 있겠어요? 지금도 잘하고 있고 앞으로도 그럴 거예요. 매일
매일 어제보다 오늘 더 행복한 사람이, 성숙한 사람이 되기 위해 노
력하고 발전해나간다면 훨씬 더 아름다운 내면과 또 외적인 성취를
이루어내실 수 있을 거라고 믿고 응원해요. 무엇보다 우리, 꼭 행복
해요.

**Q 작가님 새해 복 많이 받으세요. 사람들이 자꾸 절 무시하는 거 같
은데 저 혼자 느끼는 열등감인가요? 항상 이 문제로 무너지는 거
같은데 제가 문제인 거죠? 마인드 셋을 어떻게 해야 좋을까요?**

A 사람들의 깔보는 눈빛이나 무례한 행동에 느껴지는 수치심에 골
몰하지 마세요. 그저 저 사람은 내게 그렇구나, 하고 생각하시고 그
러거나 말거나 당신은 당신 자신의 일에 몰두하세요. 그 감정에 심
각해지지 말아요. 타인이 나를 무시한다는 생각이 들 때 그것에 분
개하거나, 열등감을 느끼기보다는 조금 떨어져서 타인의 태도에 내
가 느끼는 감정을 지켜보고 바라볼 수 있는 여유로운 마음을 가질
수 있도록 노력해 봐요. 우선 이 연습을 꾸준히 하시면 좋을 거 같

아요. 포기하지 마시고 누군가 날 무시한다는 생각이 들 때마다 그것에 골몰한 채로 에너지를 주입시키기보다 분리된 채 당신의 일에 집중하는 여유를 꾸준히 연습하신다면, 서서히 무례함에 대한 수치와 열등감이 줄어드는 것을 느끼실 수 있을 거예요.

내가 그 일에 골몰하여 에너지를 더할수록 나는 그 감정의 노예가 되지만, 더 이상 신경 쓰지 않기를 선택할 때 나는 자유로울 수 있는 거니까요. 그러니 어떤 감정이든, 나를 괴롭히는 감정이 있다면 그것에 집중하지 마시고 단지 옆으로 재쳐둔 채로 다른 일을 하시면 쉽게 지나가실 수 있을 거예요. 물론, 처음에는 자꾸만 부정적인 생각에 몰두하고 있는 자신을 바라보게 될 거고, 그렇기에 그러한 습관을 변화시키는 데에는 어느정도의 노력이 필요할 거예요. 하지만 꾸준히 노력을 하다보면 부정적인 생각에 골몰하기도 전에, 그러한 생각을 하려고 준비하고 있는 나를 먼저 바라볼 수 있게 될 거예요. 그때가 되면 더 이상 부정적인 감정이 나를 둘러싸지 못할 거예요. 그 자유를 위해서 연습을 해야하는 거예요.

어느 정도 연습이 되면 부정적인 감정에 골몰하기보다는 그 감정은 그 감정대로 두고, 나는 나의 일에 몰두할 수 있는 조금은 가볍고 편안한 공간이 마음에 생길 거예요. 그렇게 되면 당신을 향한 세상의 무례나 경솔한 태도는 계속되지만 더 이상 당신은 그 반응에 흔들리지 않게 될 거예요. 정말 사소한 불친절에도 하루종일 기분 나빠하며 머릿속에 부정적인 생각이 가득 찼던 날들을 생각해봐요. 그런 나는 얼마나 불행했던가요. 그리고 그러한 것에 휘둘리지 않을 수 있는 나는 얼마나 자유롭고 행복할까요. 그런 행복을 꼭 되찾아서 보다 더 자유로운 당신이 되기를, 부정적인 감정들보다 긍정적인 감정들과 함께 꼭 행복한 당신이 되기를 소원해요.

Q 외모적으로 열등감에 시달리게 돼요. 주위 사람들이 넌 못생기지 않았다고 얘기해주는 것도 그냥 거짓말 같고 스스로 뭔가 나를 돋보이게 하기를 싫어하는 것 같은 느낌도 들어요. 그래서 스스로 나는 사랑받지 못할 사람이라고 단정 짓고 그렇게 행동하는 것 같아요.

A 외모가 어떻든 당신이 이 세상에 태어나 존재하고 있는 것만으로도 당신은 이미 사랑받을 이유가 충분한 거라고 생각해요. 다른 무엇이 아니라, 당신의 존재 그 자체가 당신이 사랑받을 이유인 거라고요. 그런 것에 열등감을 가져야 하는 이 세상이 너무 슬퍼요. 중요한 건 그런 게 아닌데. 피상적인 관점들을 너무 중요하게 떠받치는 지금의 세상이 참 낯설고 아프게 느껴져요. 중요한 건 눈에 보이지 않는 것들의 소중함이잖아요. 당신이 그 열등감으로부터 벗어나고자 하는 도전과 그로 인한 마음의 변화가 진정 당신을 아름다이 빛나게 해주는 것이잖아요. 그게 진짜 소중한 것이고 진짜 예쁜 것이고 진짜 아름다운 것이잖아요.

얼마 전에 버스를 타는 것조차 무섭다는 분이 계셨는데, 그분께서는 지금 그 공포를 이겨내고 비록 손에 땀이 나지만, 너무 긴장이 되어 온몸에 힘이 들어가지만, 그럼에도 한 걸음을 내딛어 마침내 버스를 타게 되셨대요. 아직도 조금 불편하고 힘들지만 그럼에도 도전할 용기는 언제나 마음속에 있대요. 이제는 겁이 나 떨리던 마음의 긴장감이, 무언가에 도전하고 있고 성장하고 있다는 설렘의 떨림으로 바뀌어 하루하루가 너무 즐거워지셨대요.

그런 도전과 성장이 우리를 아름답게 만들어주는 거잖아요. 그게 정말 멋지고 예쁜 거잖아요. 멋지고 잘생기고 몸매가 좋고 예쁜 것보다 그런 보이지 않는 것들의 가치가 진짜 소중한 아름다움인 거잖아요. 당신은 예쁜 사람이고 싶으세요, 아름다운 사람이고 싶으세요? 테레사 수녀님이나 간디가 그렇게 예쁘고 잘생겨서 사람들의 존경과 사랑을 받았나요?

분명, 당신은 외모를 떠나 이 삶을 당신만의 아름다움으로 물들일 수 있는 분이고, 그런 것들을 떠나서도 여전히 빛나고 사랑스러운 이 세상에 단 하나뿐인 존재임이 틀림없어요. 그러니 그런 열등감, 절대 가질 필요 없어요. 그저 눈에 보이지 않는 아름다움을 바라보고 소중히 여길 줄 아는 눈을 키워갈 필요가 있을 뿐이에요. 사랑받기 위해 애쓰지 마시고 자신을 사랑하고 그렇게 가득 찬 사랑을 나누어주기 위해 힘써 봐요. 그럼 어느새 많은 사람들로부터 진심으로 존중 받고 사랑받고 있는 자신을 발견하게 될 거예요. 자존감이 낮을 때 우리는 타인의 칭찬조차도 의심하지만, 자존감이 높아지면 타인의 비난조차도 신경쓰지 않게 될 수 있어요. 그 아름다운 자존감을 키우기 위해, 내면을 가꾸어 나아가는 거예요. 지금도 충분히 예쁘고 소중한 당신, 꼭 이겨내셔서 밝게 웃으시길 행복하시길 진심으로 바라고 소원할게요.

Q 같은 나이에 뭔가를 이룬 사람들을 보면 자꾸 열등감이 생겨요. 괜스레 조바심도 나고, 아무리 갈 길이 다르다 해도 제가 늦었다는 생각은 어쩔 수가 없네요. 저 어떡하죠?

A 중요한 건 결과가 아니라 과정이고, 위치가 아니라 방향이에요. 타인과 비교하기보다는 어제의 나와 오늘의 나를 비교해요. 오늘 열등감에 힘들었던 나라면, 내일은 열등감을 딛고 무엇인가에 도전하고 있는 내가 되는 거예요. 그렇게 한발 한발 나아가는 거예요. 어제 조금 불친절했다면 오늘은 조금 더 친절한 내가 되는 거예요. 그렇게 하루하루, 한 걸음씩 변해가고 성장하는 내가 되어봐요. 그로

인해 성장하는 즐거움을 알게 되었을 때 진정 행복하고 설레는, 아름다운 삶이 펼쳐지기 시작할 테니까요.

열등감에 탐닉하기보다는 성장한다는 그 설렘에 취해 하루하루 더 아름다워지는 당신이 되었으면 좋겠어요. 제가 어제 식당에서 고기를 먹으며 든 생각인데요. 채소를 왜 이것밖에 주지 않냐며 서빙을 하고 계시는 아줌마에게 화를 내는 사람들을 봤어요. 결과적으로 똑같은 양의 상추를 받겠지만, 과정이 아름답지 않았기에 우리는 그 모습을 보고 인상을 찌푸리게 되는 거예요. 중요한 건 어떤 결과를 얻느냐가 아니라, 내가 얼마나 과정에 충실했느냐, 그 과정을 얼마나 아름답게 만들었느냐, 그 과정 속에서 성장의 태도를 선택했느냐 하는 것이 아닐까요? 그러니까 조바심 낼 필요 없어요. 온전히 당신에게 주어진 삶에 집중하는 거예요. 그 삶이 더욱 아름다운 꽃이 되어 피어날 수 있도록 최선을 다해 하루하루를 진실한 마음으로 살아간다면 당신은 충분히 예쁘고 멋진 사람인 거예요.

우선은 삶을 살아가는 목적과 태도를 바꾼 후에 열등감을 나의 목표를 이루는데 이용해 봐요. 열등감에서 오는 조바심을 열정으로 바꾸어보는 거예요. 안달나면 더 열심히 하게 되잖아요. 열등감은 가득한데 현실적인 노력이 부족하다면 나중에는 현실과 꿈의 차이가 더욱 벌어져 열등감만 더 부풀어 오르게 될 거예요. 그러니까 그 감정을 긍정적인 마음에 쏟아 나의 변화에 이용하는 거예요. 마음을 바꾸면 현실의 조건들 또한 충분히 바꿀 수 있고 뒤집을 수 있는 거니까요. 처음에는 조바심에 달려갔지만 어느새 자신이 무엇인가에 이렇게 큰 열정과 노력을 쏟고 있다는 것 자체에 보람을 느껴 하루하루가 설레는 날이 찾아올 거예요. 그러다 보면 열등감은 점차 사라지고 그 공간에 자존감이 들어오게 될 거예요.

극복하느냐 못하느냐는 결국 극복하기로 마음먹느냐, 먹지 않느냐에 달린 거예요. 우리가 삶을 마주하는 시선이 우리의 삶을 결정짓는 거예요. 그러니 성공을 목표로 하지 말고 성장을 목표로 하세요. 자신이 하는 일을 정말 좋아하고 사랑한다면 중요한 것은 그 일을 하고 있다는 그 기쁨 자체가 되기에 더 이상 열등감도, 조바심을 느낄 필요도 없는 거니까요. 당신의 성장과 행복을 진심으로 응원합니다 : D

Q 좁쌀 여드름이 너무 심해요. 그만큼 스트레스도 많이 받고 사람들을 마주치는 것조차 두려워요. 피부과도 가보고 다방면으로 노력을 기울여봤지만 소용이 없네요. 갈수록 자신감이 없어지고 위축되는 저 자신을 보게 되어요. 어떡하면 좋죠?

A 맘고생이 심하시겠어요. 사람은요, 자기 자신이 스스로를 생각하는 딱 그만큼의 평가를 세상으로부터 받는대요. 당신이 좁쌀여드름을 부끄러워하고 그것 때문에 스스로를 못났다고 생각한다면 세상은 당신을 딱 그렇게 바라볼 거예요. 반면 여드름이 있음에도 불구하고 난 충분히 예쁘고 멋있고 아름답다 생각하신다면 세상도 당신을 그렇게 바라보는 거예요.

눈여겨보세요. 주위에 자존감이 높은 사람들이 세상을 어떻게 살아가는지, 그리고 세상이 그들을 어떻게 대하는지. 외모가 못났음에도 수많은 사람들로부터 존경받고 사랑받은 '위대한'이라는 형용사가 붙은 이들이 우리에게 전해주는 메시지는 무엇일까요? 세상의 잣대와 시선에 갇혀 세상'이' 살아가는 당신이 아니라, 그 어떤 시선과 편견으로부터도 자유로워져서 세상'을' 살아가는 당신이 되어보는 거예요. 정말 모든 것은 마음먹기에 달려있으니까요. 똑같은 상황 속에서도 사람은 성장 정도에 따라 수만 가지의 선택을 할 수 있으니까요.

저라면 여드름이 있음에도 불구하고 당당하겠어요. 외모로 나를 평가하는 사람들이 있다면, 그것에 부끄러워하기보다는, 오히려 그들에게 연민을 가지겠어요. 외모로밖에 나를 평가하지 못하는 사람들인데, 그들의 시선에 내 소중한 마음을 저버릴 필요가 있는 걸까요? 그것으로 나의 삶과 나만의 깊이와 색을 들여다보려 하지도 않는 사람들이라면 그게 더욱 안타까운 것 아닐까요? 저는 잘생기고 예쁜 사람보다 대화가 잘 통하는 사람, 저에게 다정하고 친절한 사람과 함께하는 것이 좋아요. 외모가 아무리 아름답고 멋져도 대화가 통하지 않으면 잠시라도 같이 있는 시간이 외롭고 어쩔 땐 고통스럽기까지 하니까요. 당신은 어떤 사람과 함께하고 싶고, 또 누군가에게 어떤 사람이 되어주고 싶으신가요?

모든 사람에게 잘 보이고자 하는 욕구를 내려놓아요. 그저 최선을 다해 진솔한 사람이 되겠다, 아름다운 사람이 되겠다, 마음먹는 거예요. 나의 있는 그대로를 아끼고 사랑해 주는 자존감을 키우기 위해 하루하루를 성장의 태도로 보내봐요. 그 자존감이 타인의 평가와 공격으로부터 당신을 지켜줄 거예요. 또한 스스로를 가두는 방어적인 태도에서 벗어나세요. "너 여드름 많구나?"라는 말을 들었을 때, 거기에 부끄러워하지도, 변명으로 나를 방어하려 하지도 말아요. 천진난만하게 웃으며, "맞아, 요즘 좀 많이 났지?"라고 말하며 당당하게 인정하는 거예요. 내가 더 이상 나의 어떤 점을 방어하지 않을 때 세상은 더 이상 나를 공격하지 못하니까요. 내가 나의 단점을 인정하고 받아들일 때, 그것은 더 이상 단점이 아니라 그저 나를 구성하고 있는 하나의 개성이 되는 거니까요.

내가 나 자신을 사랑하지 못하는 것이야말로 가장 불행한 일이에요. 누가 나에 대해 어떻게 생각하든, 내가 나 자신을 사랑한다면 그들의 시선이나 말에 더 이상 휘둘리지 않게 될 거예요. 그러니 지금 있는 그대로의 내 모습에 저항하지 말아요. 그럼에도 불구하고 나는 언제나 소중하고 아름다운 존재니까요. 그러니 당신의 있는 그대로를 아끼고 사랑하는 것에서부터 시작해요. 거울에 비친 내 모습을 사랑 가득 바라봐주며 사랑해, 사랑해, 말해줘요. 지금 내 모습에 스트레스를 받을 때보다 그러한 것을 받아들이고 사랑해준다면 여드름 또한 더 빨리 낫지 않을까요? 그러니 사랑해줘요. 그렇게 나를 사랑하며 여드름을 치료하는 것에도 최선을 다해봐요.

처음에는 여드름이 난 내가 밉고 더 많은 여드름이 날까봐 두려워서 치료를 받았다면, 이제는 나 자신을 아끼고 사랑하는 마음으로 치료를 받는 거예요. 치과에 갈 때에도 이가 썩을까 두려워서 갈 수도 있지만 나의 몸을 아끼고 사랑하는 마음으로 갈 수도 있는 것처럼. 전자와 후자의 결과는 같지만, 우리가 마음에 품고 있는 그것이 바로 우리를 불행하게 만들지, 행복하게 만들지를 결정하는 것이에요. 그러니 행위의 의도를 바꿔서 더욱 행복한 당신이기를, 자존감을 회복하여 스스로를 더욱 사랑하고 아껴줄 수 있기를 진심으로 소원해요. 너무 걱정하지 말아요. 화이팅.

Q 제가 옛날엔 외모가 예뻤는데 지금은 왜 그렇게 변했냐는 말을 많이 들어 스트레스예요. 그게 제 맘대로 되는 것도 아니고 속상해서 외모에 더 집착하게 돼요. 도와주세요. ㅠㅠ

A 외모에 집착하는 그 마음을 변화시켜보는 건 어떨까요? 사람들이 당신의 외모를 두고 평가하는 그 시선으로부터 자유로운 마음을, 외모야 어떻든 나는 이런 사람이라는 긍지를 키워보는 거예요. 주어진 일에 최선을 다하는 열정, 그것이 주는 아름다움. 타인의 존

재를 따스하게 배려하고 아껴주는 이타심, 그것이 주는 아름다움. 지금의 고민을 딛고 성장하여 조금 더 자유로워지는, 그로 인해 조금 더 행복한 사람이 되는, 그런 눈에 보이지 않는 가치들이 주는 소중함, 그것이 주는 아름다움. 이런 아름다움들을 보는 눈을 가지도록 노력해 보는 거예요. 해서, 행복한 사람만이 가질 수 있는 눈빛으로, 진정 아름다운 사람만이 머금을 수 있는 미소로 그저 예쁘고 멋진 사람이 아닌, 강렬한 인상을 남기는 우아함의 카리스마를 길러 보는 거예요.

세상에 당신이 가질 수 있는 아름다움이 얼마나 많은데요. 진정 나를 아름답게 해주는 것은 내가 살아가는 태도와 삶을 대하는 시선인 걸요. 지금도 충분히 예쁘고 아름다운 당신을 못나게 만들고 있는 것은 다른 무엇이 아니라, 스스로를 못났다고 여기고 있는 그 마음인 걸요. 당신에게조차 예쁨 받지 못하고 있는 당신의 마음이 얼마나 아파하고 있을지를 한번 생각해봐요. 지금도 충분히 아름답고 또 아름다울 수 있는 당신이라는 것을 인정하는 것에서부터 시작해요. 당신을 진정 아름답게 하는 것은 바로 당신의 내면에 깃든 자존감이니까요. 그 깊은 카리스마가 사람들을 매료시킬 테니까요. 그러니 타인의 평가에 대해 너무 골몰하지 않았으면 좋겠어요. 당신이 당신인 것에는 다른 누군가의 평가나 인정이 필요하지 않으니까요. 당신은 그저 당신이고, 그저 당신이라는 이유만으로 예쁘고 소중한 사람이니까요.

진정 아름다운 사람이 되기 위해서, 진정 행복한 사람이 되기 위해서, 진정 자유로운 사람이 되기 위해서 지금의 이 고민을 기회로 삼아 당신을 정말 아름답게 해주는 내면의 미(美)를 더욱 가꾸어 나가셨으면 좋겠어요. 그렇게 성장하는 당신이 되어 당신 스스로를 당신 스스로가 가장 아끼고 사랑할 때, 그때야 말로 당신은 진정 아름다운 사람이 된다는 것을 알아주셨으면 좋겠어요. 그리고 그때는 타인이 당신을 어떻게 생각하든 당신은 그저 당신이라는 이유만으로 당신 스스로를 소중하게 여기고 사랑하고 있기 때문에 더 이상 타인의 평가나 판단에 휘둘리지 않을 수 있는 행복한 사람이 되어 있을 거예요. 여태 그런 당신을 스스로 예뻐해주고 아껴주지 못해 아파하고 있었던 마음에 대고, 미안해, 내가 더 많이, 앞으로는 더 많이 아껴주고 사랑할게, 라고 말하며 스스로를 더욱 아껴줘요. 그렇게 진정 아름다운 사람이 되어서 꼭 행복해요. 아시겠죠? :)

Q 작가님 안녕하세요. 늘 인스타로 글 보면서 위로받고 치유 받고 가는 사람입니다. 풀리지 않는 고민이 있어서 몇 자 적어 봐요. 저는 내성적이고 유머가 없는 성격이 늘 콤플렉스입니다. 고치려 노력도 해봤는데 제가 생각해도 너무 어색해서 그만둔 적도 있었고요. 그런데 요즘 친하게 지내는 친구가 외향적이고 재미도 있는 성격이어서 자꾸만 옆에서 열등감이 생기고 너무 부럽기도 해요. 저 같은 경우는 말이 없고 감정표출이 솔직하지 못해서 사람들이 어려워하기도 하구요. 성격에 대한 콤플렉스나 열등감이 심해질 땐 어떻게 해야 나아질까요?

A 제가 좋아하는 소설가가 있어요. 그 사람은 이런 말을 했어요. "타인보다 우수하다고 해서 고귀한 것은 아니다. 과거의 자신보다 우수한 것이야말로 진정으로 고귀한 것이다." 헤밍웨이의 말처럼 진정 아름다운 것은 과거의 나보다 오늘의 내가 조금 더 성장하고 있다는 그 사실이 아닐까요? 그러니까 타인과 비교하지 말아요. 당신은 당신에게 주어진 삶 속에서 최선을 다해 성장하면 그뿐인 거예요 :)

어제의 나보다 오늘의 내가 조금씩 발전한다면 앞으로의 당신은 얼마나 더 멋지고 아름다운 사람이 되어있을까요? 그렇게 열등감을 극복해나가는 거예요. 어제의 내가 조금 불친절했다면, 오늘은 조금 더 친절해져보고, 어제의 내가 삶에 불만이 많았다면, 오늘은 조금 더 감사해보고, 어제의 내가 누군가를 원망했다면, 오늘은 용서하고자 노력해보고, 어제의 내가 재미있는 친구 옆에서 열등감을 느꼈다면, 오늘은 있는 그대로의 나로서 당당해져보고자 노력하는 거예요. 그렇게 타인과 비교하기보다는, 어제와 오늘의 나를 비교하며 나아가세요. 그런 삶에는, 타인과 비교할 때와는 달리 부작용이 전혀 없어요. 오직 나를 더 행복하고 아름답게 가꾸어준다는 기적의 약효만 있을 뿐이죠. 그런 마음으로 살아간다면, 하루하루 높아지는 삶의 만족감과 자존감으로 지금의 열등감, 금방이면 회복하실 수 있을 거예요.

지금의 콤플렉스라 생각되는 그 열등감이 당신에게 주어진 첫 번째 과제가 아닐까 생각해요. 내향적인 성격을 부끄러워하고 외향적인 성격을 부러워하는 대신에 지금 당신이 지닌 성향의 장점을 바라봐주면 어떨까요? 조금 재미없으면 어때요. 누구보다 타인의 아픔에 귀를 기울일 줄 알고 누군가에게 상처주지 않기 위해 항상 배려하는 따뜻한 사람이시잖아요. 정말로 힘들 때 사람들이 찾는 사람은 유머감각이 뛰어나고 외향적인 친구가 아니라, 바로 당신이잖아요. 내향적이기 때문에 남들보다 더 섬세하고 사려 깊을 수 있는 거예요. 타인에게 그런 당신의 성향은 아주 귀한 보석이랍니다 :) 그러니 당신의 지금 그 모습 그대로가 더욱 빛이 날 수 있게 당신 스스로를 더욱 존중하고 사랑해줘요.

모든 사람이 재미있고 사람들을 잘 웃기는 사람이었다면, 우리가 정말 힘이 들 때 기댈 곳이 없었을 거예요. 우리의 아픔 앞에서 재미있는 장난을 치기 바쁜 사람들만이 이 세상에 존재한다면 그건 얼마나 고통스러운 일일까요. 세상에 이런 사람이 있으면, 저런 사람이 꼭 있어야 하는 거예요. 그리고 당신의 그 진솔한 면이 많은 이들의 아픔을 바라봐주고 또 위로해줄 수 있을 거라고 저는 생각해요. 그래서 당신은 세상에 수많은 사람들 중 그저 한 사람이 아니라, 오직 당신이라는 유일한 사람이 되어서 타인들에게 더욱 간절한 사람이 될 거예요. 그리고 당신이 즐거운 분위기 안에서 혼자 심각하게 구는 사람은 아니잖아요. 당신이 웃기는 역할을 맡고 있지는 않지만, 함께 웃어주는 역할을 해주면 되는 거예요. 결국 재미있는 사람도 자신을 재미있게 바라봐주는 사람이 있기 때문에 재미있는 것이니까요. 그렇게 당신이 재미있는 분위기를 재미있게 생각하는 것만으로도 함께하는 자리의 분위기가 얼마나 더 좋아지는데요. 그것만으로도 충분히 괜찮아요.

그러니 너무 걱정하지 마셔요. 그보다 당신은, 훨씬 더 귀하고 소중한 당신만의 성향을 가지고 계신 거니까요. 지금 당신에게 필요했던 건, 당신의 변화가 아니라 당신 스스로를 바라보는 시선의 변화였던 것 같아요. 그러니 스스로를 바라보는 시선을 바꿔봐요. 저는 당신의 내성적인 성격이 앞으로의 삶을 더해가며 꼭 빛을 발할 날이 올 거고, 그 성향 때문에 언젠가의 당신이 더욱 인정받고 사랑받는 날이 올 거라고 믿어요. 정말 위대한 업적을 남긴 많은 사람들이 내성적인 사람이었거든요. 그러니 지금도 충분히 소중한 당신의 앞으로가 더욱 행복하기를, 또 지금 당신의 성향으로 인해 당신이 더욱 멋진 결실을 맺기를 진심으로 믿고 응원할게요.

꿈, 그리고 도전

Q 제가 제 꿈을 이룰 수 있을지, 그런 불확실한 마음에 자꾸만 두렵고 지쳐가요. 모델이 되고 싶은데, 머리가 너무 헷갈리고 복잡해서 생각하기가 힘들어요. 답해주시기 힘드시다면 그냥 힘내라 한마디도 좋아요. 이 힘든 걸 좀 낫게 해주세요 ㅜㅜ

A 힘내, 라는 말은 하고 싶지 않아요. 저 또한 꿈을 향해 걸어가는 길 위에서 막연해지기도, 답답해지기도 하는 힘든 사람인 걸요. 그러니까 같이 힘든 사람으로서 공감해줄래요. 힘든 만큼 힘들고 아픈 만큼 아파요. 그래도 괜찮아요. 저 또한 꿈 앞에서 너무나 무겁고 혼란스러워서 불안했던 적도, 또 눈물을 흘렸던 적도 많은 걸요. 지금도 하루하루가 그런 무게들과 함께인 걸요. 하지만 그래도 우리, 포기하지 않을 거잖아요. 그만큼 간절해서 아파하고 있는 우리잖아요. 그러니까 괜찮아요. 지금의 아픔, 그 어떤 아픔보다 아름답고 예쁜 아픔이니까.

　이 무거운 감정들보다 꿈이 더 소중하다면 그 꿈의 길을 계속 걸어가게 될 거예요. 저는 꿈에 닿기 위한 최소한의 준비물은 꿈에 대한 간절함이라고 생각해요. 내가 간절하다면, 그 어떤 무게가 찾아와도 나는 포기하지 않을 테니까요. 그렇게 꼭 꿈에 닿게 될 날이 올 테니까요. 그러니까 정말 간절하다면 우리, 우리의 앞에 찾아온 이 모든 무게 앞에서 무너지기보다 감당해내는 사람이 되어요. 그게, 내가 이 꿈을 이룰 수 있을 만한 사람이라는 증명이자 자격이니까요. 힘들겠지만, 그만큼 간절한 우리니까 우리, 우리의 꿈 앞에서 떳떳한 사람이 되어요. 거뜬히 두 발로 버티고 선 채로 앞을 향해 걸어가는 사람이 되어요.

잘 되고 못 되고보다 내게 있어 이 삶의 무엇보다도 소중한 꿈을 지금 내 가슴 안에 품고 있고, 또 그 꿈을 향해 걸어가고 있다는 것 자체가 아름다운 거예요. 많은 사람들이 두려워 꿈조차 꾸지 않은 이 길을 걸어가고 있다는 거 자체가 이미 너무나 의미 있고 소중한 일인 거예요. 그렇게 우리, 이 길 위에서 보다 깊고 빛나는 사람이 되어가고 있는 거예요. 그러니 괜찮아요. 오직 나만이 할 수 있는 이 경험이 주는 배움 속에서 나는 그만큼 성숙한 사람이 될 거고, 그렇게 성장한 만큼 깊은 사람이, 행복한 사람이 될 테니까요. 그 자체가 이미 성공이니까요.

그러니까 괜찮아요. 아프지 말라고 힘내라고 말 안 할래요. 아파도 괜찮다고, 조금 힘들어도 괜찮다고, 무조건 괜찮으니 안심하라고 말할래요. 여태까지 정말, 얼마나 무겁고 답답한 시간들을 견뎌왔을까, 하지만 그럼에도 포기하지 않은 채 이렇게 나아가고 있을까, 그런 생각에 참 기특하고 예쁜 당신, 그런 당신이 꼭 당신의 꿈에 닿기를, 그리고 그 길을 걸어가며 무엇보다 성장해서 행복하기를 진심으로 응원할게요 : D

Q 자꾸 선택의 순간 앞에서 고민하게 되는 스스로를 발견하게 되어요. 두 가지의 길이 있는데 이쪽은 이런 게 좋고, 저쪽은 이런 게 좋아 어느 쪽으로 가야할지 선택을 못하겠어요. 하나의 길은 조금 힘들지만 저의 꿈이고 또 다른 하나의 길은 편하고 조금 더 쉽게 성공할 수 있는 길이에요. 이럴 땐 어떻게 해야 하나요?

A 저에게 이 질문을 하셨다는 건 이미 마음 안에 답은 정해져 있지만, 더욱 용기를 얻고 싶어서가 아닐까, 하는 생각이 들어요 :) 우선 생각이 많을 땐 고민하지 말고 한 걸음을 내딛는 게 중요한 거 같아요. 제 경험이라 일반화할 순 없지만, 저의 경우에는 어떠한 문제를 고민만으로 해결한 적은 별로 없거든요.

휴학을 해야 할지, 복학을 해야 할지 고민을 한 적이 있는데 고민은 정말 끝까지 고민에서 끝나더라고요. 결정의 순간이 닥쳐오면 막상 마음이 조금 더 원하는 쪽이 눈에 드러나는데, 그 순간이 오기 전까지 저는 고민만 했었던 것 같아요. 그래서 저는 무작정 휴학계를 내버렸어요. 마음의 소리에 귀를 잘 기울여보니 결국 제가 정말 원하는 것은 휴학을 하고 저의 꿈에 도전해보는 것이라는 걸 알게 되었거든요. 처음부터 마음은 그 길을 원했었는데, 생각이 마음의 소리를 덮어 듣지 못했던 거예요. 결정의 날이 한 달 뒤가 아니라 바로 내일이었어도, 전 그 결정을 내렸을 거예요.

그러니 너무 고민하지 말아요. 비틀즈가 말했잖아요. Let it be. 내 버려둬요. 고민은 고민대로 두고 우리는 우리대로 살아가는 거예요. 신기하게도 그 살아감 안에 언제나 해결책이 있거든요. 태양을 가린 구름처럼 우리의 마음 안에 드리워진 많은 생각과 고민들이, 우리의 마음이 진정 원하고 있는 것을 가리고 있었던 거예요. 그러니 마음의 소리에 귀를 기울여봐요. 언제나 그 안에 답이 있으니까요. 우리의 마음을 믿고 귀를 기울여준다면 내가 성장할 수 있고 진정 행복할 수 있는 길은 이쪽이라고, 그러니까 우리, 이 길을 향해 걸어가자고 마음이 내게 열심히 외치고 있었다는 것을 알게 될 거예요.

친구에게 밥을 사줄 때도 마음이 없는 억지였다면 백 원도 아깝지만, 내 마음이 끌린 선택이었다면 만 원도 아깝지 않은 거예요. 그러니 마음의 끌림을 느껴보는 거예요. 그렇게 내 마음이 원하는 길을 선택할 수 있게 놓아둔다면 그 선택에 후회는 없을 테니까요. 비록 마음이 선택한 길이 더욱 거칠고 험난한 길일지라도 그 길을 걸으며 나는 더욱 성장해나갈 거예요. 그렇게 나는 더욱 넓고 깊은 사람이 되어갈 거예요. 마음과 달리 생각은 언제나 우리에게 더욱 편안한 길을, 이익이 되는 길을 보여주지만 마음은 우리에게 진정한 행복과 성장을 위한 길을 알려줘요. 그렇게 우리가 이 세상에 태어난 유일한 이유인, 성장을 완성할 수 있는 길을 가달라고 말하고 있는 거예요.

그러니까 고민이 너무 많이 될 때에는 그 고민을 그저 내버려두고 마음의 소리에 귀를 기울여봐요. 그때 선택은 쉬워지고 우리의 삶은 더욱 풍성해지기 시작할 거예요. 남들이 가보지 않은 길을 걸으며 겪을 새로운 경험들과 그 안에서의 배움들로 인해서 말이에요! 정말 중요한 건 이 삶을 살아가며 성장하는 일이니 선택의 순간 앞에서 너무 두려워하지 말고, 너무 골몰하지도 말고, 당신의 아름다운 삶을 살아가는데 조금 더 집중해보는 거예요. 수많은 경험을 통해 내면이 아름다워지는 길을 선택할 것이냐, 세상의 관점에서 고착화된 안전한 길을 선택할 것이냐, 그 사이에서 나는 어떤 것을 선택할 것인지를 한번 잘 생각해봐요. 성장이냐, 성공이냐 하는 것을요.

당신의 마음은 그 답을 이미 알고 있을 거예요. 그리고 당신의 질문에도 당신이 선택한 답이 이미 느껴졌었답니다 :) 진심이 없는 길은 언제나 우리를 공허하게 만들고, 마음을 외면했던 답은 언젠가 우리를 후회의 늪에 빠트려 허우적거리게 만들 거라는 것을 명심해요. 삶의 마지막 순간에 후회가 없는 길을 가도록 선택한다면 언제나 우리는 성장하고 또 그로 인해 행복해질 수 있을 거예요. 진심으로 당신의 성장과 행복을, 그리고 당신의 꿈을 응원합니다. 꼭 잘 해내실 거예요. 다른 누구도 아니라 당신이라서.

Q 지금 다른 또래 친구들과는 다르게 가고 있는 이 길이 맞는 걸까요? 너무 두렵네요…

A 내가 지금 걷고 있는 이 길이 세상의 많은 사람들이 걷고 있는 길과 다르다고 해서 틀린 길은 아니에요. 인적이 드문 길을 가보면, 도로도 불편하고 주위에 편의시설도 많지가 않죠. 풀과 나무들도 이곳저곳에 정리되지 않은 채 자라나 있고요. 하지만 사람들이 많이 걷는 길은 그와 반대로 깔끔하게 정리도 되어있고 편의시설도 많아요. 그 두 길의 차이점은, 많은 사람이 그 길을 통해 걸어가고 있느냐, 아니냐이지만 잘 닦여진 길도 처음에는 인적이 드물었기에 험난한 길이었다는 것을 명심해요. 처음 그 길을 걷고자 마음먹은 사람에게는 마찬가지로 두려운 길이었을 거고, 또 많은 사람들이 반대하는 길이었을 거예요. 하지만 그 사람은 그럼에도 그 길을 걷고자 선택한 것이고, 지금은 그 사람으로 인해서 많은 이들이 편하게 걷는 길이 된 거예요. 그래서 그 사람은 세상의 편견을 바꾸어놓은 위대한 사람으로 사람들에게 기억되는 거예요.

그러니 내가 선택한 이 길 위에서 나 또한 새로운 기준이 되면 되는 거예요. 세상의 편견과 관점을 보란 듯이 내가 바꾸어놓으면 되는 거예요. 많은 사람들이 세상이 정해준 편안한 길을 향해 걸어가지만, 나는 위대한 모험을 선택한 거잖아요. 그러한 모험을 선택할 수 있는 사람은 세상에 그렇게 많지가 않아요. 그래서 저는 그러한 길을 걷고자 선택을 한 것만으로도 이미 대단하다고 칭찬해주고 싶어요. 모든 두려움과 반대를 무릅쓰고 그럼에도 정말로 나만의 가치와 그 꿈을 위해서 낸 용기이니까요. 그리고 그 길이 당신이 살아가보고 싶은 길이라면, 그리고 당신에게 어떤 의미와 가치를 가져다 주는 일이라면 그 길은 적어도 당신에게만큼은 옳은 길이 되는 거예요. 내가 경험하고 싶은 의미와 가치를 포기한 채 세상이 정해놓은 삶을 살아가는 인생보다 훨씬 더 다채롭게 빛이 날 테니까요. 당신의 심장은 두근두근, 설렘으로 물들 것이고, 또 누구보다 행복할 당신일 테니까요.

그게 진정한 행복이 아닐까요? 내 삶을 가장 아름답게 물들이는 일이 아닐까요? 가슴이 차갑게 식지 않아 낭만이라는 뜨거운 열정으로 붉게 두근거리고, 활력이 넘쳐 하루하루가 즐거운 거요. 매일 퇴근할 시간을 기다리고, 주말을 기다리고, 또 아침이면 하루를 맞이하기가 싫어서 잠에서 깨기 싫은 삶보다 밤낮, 주말이라 할 것 없이 정말로 내가 좋아하는 일이기에 늘 설레는 맘으로 내 모든 마음을 다해 무엇인가에 도전할 수 있는 삶이요. 그렇게 하루하루 꿈에 흠뻑 젖어 우주가 감동할 만큼의 정성을 쏟는다면 당연히 해낼 수 있지 않을까요? 누구보다 더 위대한 일을 해낼 수 있지 않을까요? 억지가 아니라 그저 좋아해서 했을 뿐인데, 그 누구보다도 최선을 다하고 있지 않을까요?

그때가 되면 다름을 선택한 당신을 세상이 도리어 부러워하게 될 거예요. 이전에 당신을 반대했던 사람들도 당신의 행복과 기쁨을 보며 당신을 부러워하게 될 거예요. 그렇게 당신이 세상의 편견을 바꾸게 되는 거예요. 그러니 너무 두려워 말아요. 당신이 그런 위대한 일을 해낼 사람이라면, 그 모든 두려움조차도 짊어져야만 하는 거니까. 그게 당신이 선택한 꿈이고, 꿈이 당신을 선택한 이유니까요. 모두가 반대하는 순간에도, 저는 당신을 믿고 응원해줄게요. 그리고 당신이 두려워 주저하는 순간에도, 저는 당신을 믿고 응원해줄게요. 당신, 잘하고 있고 잘 해낼 거라고, 다른 누구도 아니라 당신이라서 꼭 해낼거라고. 당신의 꿈과 그 꿈 속에서의 행복을 진심으로 응원합니다.

Q 수능을 120여일 앞두고 있는 고3에게 해주고 싶은 말이 있으신가요? 저는 지금 그 고3이고, 공부를 잘하지도 못하지도 않는 딱 중간의 위치에 있어요. 대학을 딱히 가야하나, 라는 생각이 자주 들고요. 소위 명문대라 하는 곳에 들어가지 않는다면 의미가 없다고 생각하거든요. 대학이 어떤 의미를 가지는지 요즘에는 잘 모르겠어요. 그냥 좀 복잡합니다. 공부도 잘 안 되고… 공부 잘하는 애들은 벌써 명문대 쪽으로 수시 원서를 넣기 시작했어요. 신경 쓰지 않으려 해도 자꾸 신경이 쓰여요.

A 명문대를 가는 것이 본인에게 의미가 없다면, 그리고 나에게 정말 의미와 가치를 주는 다른 꿈이 있다면 자신에게 의미 있는 일을 좇아 따라가는 게 맞는 것일 수도 있지만, 공부를 하는 건 의미가 없는데 다른 일에도 큰 떨림을 느끼고 있는 게 아니라면 지금 주어진 상황 안에서 최선을 다해 노력해보는 것은 어떨까요? 그저 내가 얼마만큼 최선을 다할 수 있는 사람인지, 그 한계를 뛰어넘겠다는 마음으로요. 그러면 지금의 이 시간을 통해 더욱 성장할 수 있지 않을까 하는 생각이 들어요. 그리고 지금 해본 노력이, 당신에게 새로운 꿈이 생겼을 때에도 분명 도움이 될 거라고 믿어요. 어떤 일에 최선을 다해본 경험이 있다면, 다른 일에 또한 최선을 다하기가 쉬워지는 것이니까요.

그러니 남은 120일, 그 마음을 연습하는 시간으로 삼고 한 번 최선을 다해보는 것도 좋을 것 같아요. 지금의 혼란 안에서 주어진 삶에 최선을 다해본다면, 앞으로 맞닥뜨릴 또 다른 삶의 과제 앞에서는 더욱 건강하고 반듯한 자세로 마주할 수 있는 내가 되어있을 테니까요. 그러니 좋은 대학을 가야겠다는 목표가 아닌 그 마음을 한 번 이겨내보겠다는 '성장'을 목표로 끝까지 최선을 다해봐요. 지금 그 노력을 해보지 않으면 또 다른 삶의 시험 앞에서도 똑같이 노력을 하지 않는 내가 될 수도 있는 것이니까요. 그러니 다른 목표가 아니라, 어떤 일에도 최선을 다하는 습관을 기르는 것을 목표로 삼고 도전해보는 거예요.

지금 노력하지 않는다면, 내일의 나 또한 노력하지 않을 거예요. 그래서 습관을 바꾸고 싶다면, 마음을 바꾸고 싶다면 지금 변해야 하는 거예요. 그러니 지금을 놓치지 마세요. 이 점을 명심해요. 삶에 있어서 중요한 것은 결과가 아니라 과정이고, 위치가 아니라 방향이라는 것을요. 당신이 지금 걸어가는 과정 안에서, 마음의 혼란스러움을 딛고 최선을 다해본다면 저는 그 자체가 당신에게 큰 성장과 좋은 배움을 가져다줄 거라고 믿어요. 그 성장하는 마음을 당신의 방향으로 잡아 나아간다면, 당신이 도착할 곳은 높낮이에 상관없이 이미 아름다움으로 물들어 있을 거라고 믿어요. 그 마음이 당신 안에 깃들어있다면 결코 흔들리지 않는 내면의 튼튼함으로 삶의 만족도가 높아져 어떤 상황 속에서도 행복한 당신이 될 거라 믿으니까요. 그러니 부디 성장하는 120일이 되길 바라요.

Q 포기하고 싶어요. 제가 원했던 꿈인데, 과연 제가 할 수 있을지 너무 막연해서 이제는 두려워져요. 그럼에도 꼭 이루고 싶은 꿈인데, 힘 좀 주세요!

A 그 꿈에 도전했던 초심을 생각해봐요. 이런 시련이 있을 걸 알았음에도 꼭 하고 싶어 용기를 내었던 그 처음의 마음을요! 과연 내가 언젠가 내 꿈을 이루어냈을지를 도무지 알 수가 없어서 갈피를 잡지 못한 채 안개가 드리워진 길을 걷는 것 같은 그 두려움, 저도 잘 알 것 같아요. 타임머신을 타고 미래를 확인하고 올 수만 있다면 그

래도 괜찮았을 텐데, 그러지 못해 불안하고 그럼에도 포기할 수가 없어서 그 불안함과 두려움을 버티고 선 지금, 얼마나 많이 아플까요. 하지만 그럼에도 믿어요, 우리. 그 꿈과 각오를. 처음에 먹었던 그 마음을. 그 마음이었다면 후회는 없는 거잖아요. 우리, 이 꿈을 걸어가며 지금도 성장해나가고 있잖아요. 그렇게 꿈과 함께 잘 자라나고 있잖아요. 그러니까 잘하고 있고 잘 해낼 거예요. 누가 뭐라고 해도 난 당신이 잘 해낼 거라는 것을 의심하지 않을게요. 믿어줄게요. 단 한 사람의 그 믿음이 필요했던 거잖아요. 모두가 안 될 거라고, 모두가 포기하라고 했기에 더욱 외롭고 아파왔던 거잖아요. 그러니까 나는 당신을 믿어요.

우리, 우리가 태어난 본연의 이유를 망각하지 않기로 해요. 존재의 이유는 오직 성장을 위해서라는 것을. 그것을 기억해낸다면 걱정할 것도 없잖아요. 막막할 것도 없잖아요. 우리가 걸어가는 지금의 이 길이 우리를 무조건 성장시켜줄 테니까요. 그렇게 꿈과 함께 존재의 이유를 기억해나가고 있는 우리니까요. 그래서 괜찮은 거예요. 무조건, 정말 무조건 괜찮은 거예요. 그러니까 스스로를 믿고 응원해줘요. 잘하고 있다고, 지금도 충분히 잘하고 있다고, 그리고 나, 앞으로도 잘 해낼 거라고. 꿈 없이 살아가는 숱하게 많은 사람들의 심장, 그렇게 잿빛으로 시들어진 그들의 낭만. 하지만 당신은 당신의 꿈을 지켜내고 있잖아요. 그래서 두렵지만 누구보다 설레고 있는 거잖아요. 그 행복과 기쁨을 알기에 그 모든 두려움을 딛고 나아가고 있는 거잖아요.

그러니까 당신, 정말 잘하고 있어요. 멋지고 대단해요. 어떤 사람은 감히 엄두조차 내지 못했던 그 용기를 낸 당신이 나는 기특하고 고맙기만 한 걸요. 그러니 오늘, 꼭 맛있는 음식 먹으며 그런 당신 자신에게 그동안 세상으로부터 나의 꿈을 지켜줘서 고맙다고 토닥여줘요. 아셨죠? 꿈을 향해 걸어가는 과정 속에서 존재의 이유를

완성해가고 있는 당신의 지금이, 당신의 꿈을 실현하는 과정이기도
하기를 진심으로 바라고 응원합니다 : D

Q 남들 다 쌓는 스펙 따라한다고 토익, 컴퓨터 관련 자격증 등을 공부하고 있습니다. 그런데 20대 중반이 된 이 시점에도 제가 뭘 잘하는지 뭘 하고 싶은지도 모르겠고, 학과 전공이 저와 잘 맞는지도 모르겠습니다. 남들과 똑같이 스펙 쌓아서 취업하는 게 꿈이고 목표다, 라는 생각으로 공부 중인데 요새 들어 고민도 더 많아지고 무기력해지는 것 같아요 ㅜㅜ

A 마음이 많이 답답하시고 또 속상하실 것 같아요 : (제 이야기가 꼭 지금의 마음에 많은 응원과 위로가 되어주기를 바라요. 사람이 태어나서부터 이 삶을 통해 성장하며 나아가는 것에는 세 가지 단계가 있다고 해요. 첫 번째 단계는 자신이 무엇을 소유했는지(Having)에 관심을 기울이는 단계이고, 두 번째 단계는 자신이 무엇을 하고 있는지(Doing)에 관심을 기울이는 단계, 그리고 마지막 세 번째 단계는 자신이 어떤 존재가 되어가는지(Being)에 관심을 기울이는 단계라고 해요.

　먼저, 소유의 단계에 있는 사람들은 자신이 살아가는 이유가 더 많은 부와 재산을 모으기 위해서고, 따라서 사람들을 평가하는 기준 또한 그 사람이 얼마나 비싼 집에 사는지, 얼마나 비싼 차를 타고 다니는지, 또 얼마나 비싼 옷들을 입고 있는지가 될 거예요. 그렇기 때문에 자신보다 더 많은 것을 소유한 사람을 보면 자신의 존재감이 작아지는 것처럼 느끼고, 또 자신보다 더 적게 소유한 사람을 보면 자신의 존재감이 더욱 커지는 것처럼 느껴요. 이 단계에 있는 사

람들의 자존감이라는 것은 언제 사라질지 모르는 물질에 기본 바탕을 두고 있기 때문에 다른 단계에 있는 사람들보다 더 불완전한 존재감을 가지고 있다고 볼 수 있어요. 이것이 있으면 커지고 또 없으면 작아지기 때문에 더욱 많은 소유에 집착을 하게 되는 것이죠. 하지만 소유라는 것은 결국 내 곁에 영원히 있어주는 것이 아닌 한시적인 것이기 때문에 그들의 행복은 위태롭고 불완전할 수밖에 없어요.

있는 그대로도 충분히 소중하고 아름다운 자신의 본연을 깨닫지 못했기에 자꾸만 곁에서 그러한 존재감을 찾으려고 해요. 나 자신은 외적인 그 무엇에도 불구하고 그저 나라는 존재만으로도 그 가치와 아름다움을 지니고 있다는 것을 모르는 삶은 얼마나 위태롭고 불안정한 삶일까요! 그 자존감이 없기 때문에, 또 자존감이라는 것은 물질로 채울 수 있는 것이 아니기 때문에 내면은 늘 공허하고, 하여 그 공허를 달래기 위해서 자꾸만 바깥의 것을 추구하고, 그렇게 잠시 내면이 채워진 듯 느껴지지만 또다시 찾아오는 공허에 또다시 물질을 추구하고. 그 악순환이 계속해서 반복되는 거예요. 이 불행이 계속되다 보면 문득은 진정한 행복을 생각하게 되는 시기가 찾아오는데, 그때의 위기를 바깥이 아닌 마음에서 찾은 사람들은 다음 단계인 행위(Doing)의 단계로 나아가게 돼요.

행위의 단계에서는 내가 하고 있는 일이 삶에 있어 가장 중요한 척도가 되기에, 비록 내가 가난하더라도 이 일을 할 수 있다면 나는 행복하다, 라는 말을 할 수 있게 돼요. 사람들에게 관심을 가지는 점도 저 사람이 무엇을 가졌냐 하는 것에서 저 사람이 하고 있는 일이 무엇인가로 옮겨가게 돼요. 낮은 단계에서 볼 수 없었던 용기와 일에 대한 열정이 있기에 소유의 단계에서는 넘기 힘들었던 삶의 시련들을 조금 더 수월하게 이겨내고 지나갈 수 있는 내면의 탄탄함도 갖추게 되고, 오히려 소유의 영역에 있는 사람들보다 자연스레 더 많은 부를 축적하게 되는, 사회적으로 성공한 사람들도 많이 찾아볼 수 있어요. 자신이 하고 있는 일에서 가치와 의미를 발견하고 또 그곳에서부터 성취감을 느끼고 있기 때문에 보다 더 건전하고 행복한 삶을 누리며 나아가는 거예요.

행위의 단계는 소유의 단계보다는 더 건전하고 행복하다고 말할 수 있지만 그렇다고 완전하다고 할 수는 없어요. 왜냐면 우리는 무엇을 가지고 있는지, 무엇을 하고 있는지를 넘어서 그 어떤 조건도 없이 행복을 누릴 수 있는 존재라는 사실을 자각하고 있지 못해서에요. 만약 행복의 근원이 자신의 내면에 있다는 것을 스스로 안다면 우리는 어떤 일을 하든 행복한 사람일 테니까요. 이 일을 해서 기쁘고 행복한 것이 아니라, 내 내면에서 솟아오르는 행복과 기쁨을 일에 불어넣을 수 있게 되는 것이고, 하여 내가 무엇을 가지고 있든, 무엇을 하고 있든 나는 그저 존재하는 매순간에 행복한 사람으로 존재할 테니까요. 그래서 이 행위의 단계에서는 치열하게 살아오느라 쉬지 못했던 마음에 대해 문득 모든 것을 내려놓고 여행을 가고 싶다든가, 여태까지 살아왔던 삶이 제대로 된 삶이었을까, 라는 후회가 생기는 순간이 찾아와요. 진정한 행복과 존재의 근원에 대한 의문이 생기는 거예요. 여전히 완전하지는 않은 자신의 상태를 느끼고 마음을 바라보게 되는 거예요. 그때, 자신의 진정한 근원을 찾아나서겠다고 마음을 먹은 사람들은 마지막 단계인 존재(Being)의 단계로 넘어가게 돼요.

존재의 단계에 있는 사람들은, 외적인 그 무엇에도 흔들리지 않는 내면의 탄탄함이 있기에 겉으로는 수동적으로 보이지만, 살아가는 방식에 있어 가장 능동적인 사람들이에요. 삶의 많은 점들을 받아들였고, 세상에 빼앗겼던 자신의 자유를 되찾았고, 무의식중에 행하던 많은 오류들을 바로잡아 보다 더 의식적인 사람이 되었기 때문이에요. 이 단계에 있는 사람들에게 있어 가장 중요한 삶의 화두는, '자신이 어떤 사람인가' 하는 것이에요. 따라서 자신이 무엇을 가지지 못했다는 것에 미련을 가지기보다, 자신이 무엇을 하지 못했다는 것을 후회를 하기보다, 자신이 누군가에게 어떤 사람이 되어주지 못했다는 것을 후회해요.

어제 타인에게 불친절했다면 오늘은 조금 더 친절해야지, 내가 누군가를 미워하고 있다는 것을 발견하게 되면 앞으로는 용서하도록 노력해봐야지, 직장에서 후배의 실수를 조금 더 너그럽게 토닥여 그가 주눅 들지 않고 자신의 기량을 펼칠 수 있도록 도와줘야지, 함께 일하며 고생하는 사람들에게 기쁨이 되기 위해 오늘은 어떤 말과 행동으로 그들을 기쁘게 해줄까, 늘 감사하는 마음을 가지기 위해 노력해야지, 다른 것들을 바라기보다 있는 그대로의 현재에 감사하고 지금을 살아가기 위해 노력해야지, 이런 마음으로 세상을 살아가게 되는 거예요. 삶을 살아가는 이유가, 성공이 아닌 나의 성장에 있고, 다른 무엇보다도 나의 온전함을 완성하는데 있는 거예요. 그래서 무조건 행복할 수 있는 거예요. 무엇을 가지고 있든 없든, 성장을 하며 나아가는 일에는 장애가 되지 않으니까요. 자신이 무슨 일을 하고 있든 그 일을 통해 성장하고 있다는 기쁨이 내면에 존재하기에 어떤 시련 앞에서도 감사할 수 있는 거니까요. 그래서 그저 행복할 수 있는 거예요. 존재하는 것만으로도, 태어나 이 삶을 살아가고 그저 숨쉬고 있는 것만으로도 감사하는 마음으로 살아가기 때문에.

이 세 가지 단계에 대해 알고 있는 것만으로도 우리의 삶이 조금은 달라질 수 있다고 생각해서 길지만 써봤어요. 지금 당신이 하고 있는 고민은 행위의 단계에 있는 고민이니, 저는 소유의 단계에서 행위의 단계로 넘어온 스스로에 대해 뿌듯해하고 또 잘했다고 토닥여줘도 충분할 것 같다는 생각이 들어요 :) 그러니까 오늘은 맛있는 거 먹으러 가요. 그러고는 정말 내가 하고 싶은 일이 무엇인지에 대해 차분히 생각해 봐요. 한 학기 정도 휴학을 한 뒤에 나에 대해 알아가고, 내가 하고 싶은 일은 무엇일까 생각해보는 시간을 가지는 것도 좋을 것 같아요. 그러면서 동시에 존재의 단계에 있는 마음들도 함께 연습하는 거예요. 조금 더 친절한 사람이 되기 위해 노력하고, 조금 더 감사하고 사랑하기 위해 노력해봐요. 그 연습이 내 자존감을 높여 삶의 시련에 쉽사리 흔들리지 않는 건강한 나를 완성해줄 거라 믿어요. 어쩌면 지금의 고민들도 쉽게 해결해나갈 힘을 받을 수도 있고요.

당신이 명심해야할 것은, 성공이 아닌 성장을 목표로 삶을 대하자, 라는 마음을 잃지 않는 거예요. 지금 당신의 고민 또한 결국 당신의 성장을 위해 찾아온 선물이기에 기쁜 마음으로 힘들어하고 아파하고 고민해줘요. 지금의 이 걱정으로 한 단계 더 성장해, 더욱 아름답고 행복한 당신과 당신의 삶이 되어있기를 진심으로 응원하고 바라요 : D

Q 안녕하세요. 이제 막 이십대 중반에 들어선 학생입니다. 공무원이 되기 위해 특채가 있는 학교에 입학했지만 공무원을 꼭 하고 싶다는 마음이 간절하지 않은 거 같아요. 하지만 그렇다고 해서 제게 다른 꿈이 있는 것도 아니에요. 이제 곧 학교도 졸업할 텐데 부모님께서 원하시는 공무원을 해야 할까요? 지금 꿈을 찾아 나서자니 너무 두렵고 무거운 마음이 앞서는 거 같아요. 어떡하죠?

A 내가 원하는 일을 찾아갈 것인지, 세상이 내게 원하는 일을 할 것인지가 고민이 되어 너무나도 무겁고 갑갑한 당신의 그 마음을 저또한 느낀 적이 있어서 공감도 많이 되고 또 지금 당신이 얼마나 많은 고민을 하고 있을까 걱정이 되기도 해요. 지금 당신이 하는 선택

이 앞으로 당신이 마주할 삶의 풍경을 180도 바꾸어놓을 수도 있을 만큼, 중요한 시기의 중요한 선택이니 얼마나 무겁고 또 머리가 복잡할까요 : (그런 지금의 당신을 위해 제가 해주고 싶은 말은, 지금 당신 앞에 펼쳐진 모든 삶의 순간과 경험들은 오직 당신의 것. 이라는 거예요. 그 누구도 당신의 삶을 대신 살아가줄 수 없으며, 당신이 한 선택에 대한 결과를 그 누구도 대신 책임져줄 수 없으니까요. 당신이 어떠한 삶을 살아가면서 느낀 후회 또한 누군가가 대신해서 느껴줄 수 없는 것이니까요. 그래서 선택은 온전히 당신의 것이어야 한다고 저는 생각해요.

당신이 생각하기에 부모님께서 원하시는 길이 당신에게 옳다는 생각이 들면 그 길을 갈 수도 있겠지만, 당신이 원하는 길도, 그 길이 당신을 행복하게 해줄 것 같은 길도, 또 당신이 생각하기에 옳은 길도 아닌데 그 길을 억지로 걸어가게 된다면 그 길에 대해 느껴지는 모든 감정에 대한 책임은 누가 짊어져야 하나요. 그러니 선택은 당신이 해야하는 거예요. 비록 너무나도 무겁고 또 당신의 미래를 그 누구도 알지 못하기에 어떤 길을 가야할지 쉽사리 선택할 수 없겠지만 그럼에도 그 무게를 짊어질 줄 아는 것이 어른이니까요. 그러니 지금 당신이 느끼고 있는 이 어른의 책임감 앞에서, 그 무게 앞에서 도망가지 말아요. 이제는 당신의 삶, 오롯이 당신이 선택하고 당신이 그 책임을 다하는 거예요. 그래야만 진정 행복할 수 있을 테니까요.

세상 사람들 모두가 옳다고 하는 길이 중요한 게 아니에요. 당신이 생각하기에 당신에게 의미가 있고 가치가 있는 길이 중요한 거예요. 적어도 당신에게만큼은 그런 거예요. 그리고 당신이 당신이 옳다고 믿는 그 길 위에서 정말로 행복한 미소를 지을 수 있다면 다른 사람들 또한 당신의 길을 부러워하게 되는 거예요. 그렇게 당신이 걷고자 하는 길에 대한 반대와 편견을 이겨낼 수 있는 거예요. 많은 사람들이 자신을 행복하게 해주는 길이 아니라 세상이 생각하기에 옳다고 믿는 길을 걷고 있기에 누군가 그 모든 두려움과 편견을 딛고 다른 길을 걸어가면서 행복해 보인다면 사람들은 그 누군가를 부러워하게 될 거예요. 그러니 너무 걱정하지 말아요. 오직 당신의 행복과 당신이 느끼게 될 의미와 가치만을 두고 선택하면 되는 거예요.

저 또한 제가 선택한 길이 많은 이들이 걷는 길이 아니라서 많이 힘들었었어요. 사람들이 모두 반대했었으니까요. 그리고 다른 길을 걸어가라고 제게 말했었으니까요. 제가 가장 힘들었던 것은, 단 한 사람조차 저를 믿어주지 않았다는 거였어요. 잘 해낼 거라고, 나는 너의 꿈과 그 꿈의 가치를 응원한다고, 그 말을 그 누구에게도 듣지 못했다는 거였어요. 저 혼자서도 두렵고 외로운 길이었는데, 주변에서 응원 또한 받지 못하니 얼마나 고독하고 또 무거웠을까요. 하지만 그래도 제 삶이니까, 또 이 길이 저에게 행복이니까 저는 꿋꿋이 이 길을 걸어왔어요. 지금은 그때 반대했던 사람들이 오히려 저를 대견하게 생각하고 또 부러워하기까지 하고 있어요. 왜냐면 자신이 하고 싶은 일을 한다는 것은 당연하면서도 쉽게 선택할 수 없는 길이니까요. 하지만 그 길을 저는 선택했고, 또 그 길 위에서 행복하니까요.

그러니 저는 당신이 당신의 의지로 선택해야 한다고 믿어요. 그 길이 공무원이든 아니든, 그건 당신의 선택이어야 하는 거예요. 당신이 생각하는 가치와 당신이 가고자 하는 길이 일치할 때 비로소 행복할 수 있는 당신이 될 테니. 그러니 충분히 고민해봐요. 그리고 그 모든 무게를 기꺼이 짊어져야 해요. 당신의 삶에 대한 당신 스스로의 책임감으로. 그렇게 이제는 당신의 삶, 당신의 물감으로 칠하며 당신만의 그림을 그려나가는 거예요. 그 과정 안에서 당신이 행복할 수 있다면, 그리고 새로운 의미와 가치를 느끼며 성장할 수 있다면 적어도 그 길은 당신에게만큼은 무조건 옳은 길이 되어줄 거예요. 마음의 소리에 귀를 기울여봐요. 언제나 답은 그 안에 있는 거니까요 :)

그리고 저는 당신이 어떤 선택을 하든, 당신을 믿고 응원할 거예요. 당신, 잘 해낼 거라고, 당신이 생각하고 있는 그 길, 무조건 옳은 길이라고. 모든 사람이 아니라고 말하는 순간에도 저 한 사람은 당신을 믿고 응원할 거예요. 당신이 외로움에, 두려움에 지쳐 무너질 것 같은 순간에 제 응원이 당신에게 힘을 주기를 바라면서요. 진심을 다해 당신의 선택과 당신의 행복을, 당신의 삶을 응원해요. 다른 누구도 아니라 당신이라서, 당신이라면, 꼭 잘 해낼 거예요. 당신은 충분히 그런 사람이니까요.

Q 저는 대학교에 가지 않고 바로 사회생활을 시작했는데 지금 하고 있는 일이 너무 안 맞는 거 같아요. 일을 하면서도 이건 아닌 것 같다는 생각이 들어서 그만두고 제가 하고 싶은 공부를 시작하고 싶은데 이미 늦었나 싶기도 하고, 마음이 너무 힘들어요. ㅠㅠ

A 이궁, 많이 힘드실 것 같아요. 저는 세상에 늦은 시작이라는 것은 없다고 생각해요. 늦었다고 생각할 때가 가장 빠르다는 말 많이 들어보셨죠? 이미 늦었는데 어떻게 가장 빨라, 라는 생각이 들 수도 있지만 잘 생각해보면 정말 맞는 말이에요. 내가 처음으로 다른 길에 대해 고민하기 시작할 때 늦었다는 생각이 들기 시작하는 거니까요. 사실 전에는 고민조차 하지 않았기에 늦었다는 생각조차 할 수가 없었던 거예요. 그러니 적어도 내 인생에서는 이 길에 대한 첫 고민이 생긴 지금이니, 지금 시작한다면 내 인생에서만큼은 가장

빠른 시작이 되는 거예요. 그러니 지금 시작한다면 절대 늦지 않아요. 늦었다는 생각에 고민하고 미루어두었다가 또다시 미련이 생겨서 시작한다고 생각해봐요. 그러니 적어도 당신에게 지금의 시작은, 가장 빠른 시작인 거예요. 그리고 언제나 삶의 기준은 나에게 있는 것인데, 남들과 비교해서 늦은 시작, 빠른 시작, 이런 것이 뭐가 중요할까요. 내가 살아가고 싶은 내 인생을, 내가 선택하고 결정하는데 늦고 빠르고라는 것이 어디 있을까요.

그러니 늦은 시작이란 없는 거예요. 저는 당신이 마음이 아깝지 않은 삶을 살아갔으면 좋겠어요. 내가 하는 일을 좋아하든지, 아니면 내가 좋아하는 일을 하든지 선택하는 거예요. 아무리 노력해도 내가 좋아할 수 없는 일이라면 그 일을 꾹꾹 참으며 하기에, 내 남은 인생이 너무 아까운 것 아닐까요? 그 시간 동안 행복하지 못해 시들어지고 바래져 갈 내 마음은 또 얼마나 속상하고 아파하게 될까요. 그러니 마음이 아깝지 않은 삶을 살아갔으면 좋겠어요. 당신의 마음이 원하고, 당신의 마음이 행복하고 당신의 마음이 채워지는 삶 말이에요. 당신의 마음이 원하는 길과 당신이 걷고 있는 길이 다른 삶이 아니라요. 한 번 뿐인, 너무나 소중한 당신의 지금이고 당신의 삶이니까요.

하고 싶은 일을 하지 않고 꾹꾹 참으며 살아가는 삶 속엔 두근거림도, 생기 넘치는 활력도 없는 거잖아요. 눈빛은 시들어있고 나라는 존재의 에너지는 축 처져서 생기를 잃어버리게 되는 거예요. 그러니 무엇보다 당신의 행복을 위해서 선택하는 거예요. 많은 사람들이 꿈을 꾸는 것이 비현실적이라고 말하지만, 제 생각을 달라요. 모든 사람이 안전한 삶을 살아가라고 말할 때 저는 도전과 함께 성장하는 삶을 살아가라고 말하고 싶어요. 모든 사람이 눈에 보이는 가치를 좇아 살아가라고 말할 때, 저는 진정 아름다운 것은 눈에 보이지 않는 가치들의 소중함이니 그 아름다움을 좇아 살아가라고 말하고 싶어요. 평범하지 않은 위대한 사람들은 모두 이렇게 말해요. 나는 꿈을 꿨고, 그 꿈을 믿었기에 이 자리에 올 수 있었다고. 그러니 꿈꾸는 것, 그것이 사실은 가장 현실적인 것이 아닐까요?

정말 자신의 꿈을 사랑하는 사람들을 봐요. 자신이 하고 싶은 일을 하고 있다는 그 사실 하나에 가슴 벅찬 설렘을 느끼며 행복해하잖아요. 자신의 꿈을 이야기할 때 빛나는 눈동자와 그 언어에 가득 찬 열정들. 그게 진짜 살아있는 거잖아요. 진짜 살아가는 거잖아요. 그게 마음이 아깝지 않은 삶이잖아요. 그러니까 저는 이렇게 말해주고 싶어요. 당신이 원하는 삶을 살아가라고. 그 삶 속에서 마주할 험난한 시련과 도전을 두려워하지 말라고. 정말 당신이 그 길에 간절하다면, 당신은 그 모든 시련들을 기꺼이 감당하며 나아갈 수 있을 테니까. 또 기꺼이 이겨낼 수 있을 테니까. 그리고 그 안에서 무엇보다, 성장해나갈 테니까요. 꿈의 길을 걸어가며 우리의 눈 앞에 펼쳐질 모든 경험들이 우리의 삶에 새로운 의미와 가치를 전해줄 것이기에, 그렇게 우리를 성장시켜줄 것이기에, 그 자체로 이미 우리는 멋지고 아름다운 사람인 거니까요. 하고 싶은 일에 도전한다는 것 자체가 이미 우리라는 존재의 삶을 찬란히 빛나게 해줄 테니까요.

그러니까 세상에 빼앗겼던 나의 빛을 이제는 되찾는 거예요. 마음의 소리에 귀를 잘 기울여 봐요. 언제나 거기에 답이 있으니까. 그 소리를 들으며 사는 사람과 외면하고 사는 사람의 삶은, 누릴 수 있는 삶이 깊이와 행복이, 경험할 수 있는 가치와 의미가 다르다는 것을 알아둬요. 어떤 선택을 하든 저는 당신의 선택을 응원할 거예요. 하지만 저에게는 모든 사람들이 평소에 당신에게 전하는 이야기와 같은 이야기는 들을 수 없을 거예요. 당신 또한 다른 이야기를 듣고 싶어서 제게 찾아온 것일 테니까요. 당신의 선택과, 그 선택이 가져다줄 당신의 성장과, 그 성장으로 인한 당신의 행복을 진심 다해 응원합니다 : D

Q 진로 때문에 고민이었는데 이렇게 질문할 수 있게 해주셔서 정말 감사드려요! ㅜㅜ 일단 저는 중학교 3학년인데 외국어에 정말 관심이 있고 배우는 거 좋아하고 그래요. 근데 성적이 낮아서 너무 걱정 돼요. 친구들과 비교하면 열등감만 생기고. 잘 되어서 부모님께 꼭 효도하고 싶은데 과연 잘할 수 있을까요?

A 잘하실 수 있어요 :) 늦지 않았어요. 지금부터 착실히 꿈을 향해 최선을 다해 봐요. 간절하다면, 정말 간절하다면 신이 감동할 만큼의 최선을 다해 봐요. 고민하고 남들과 비교하느라 뒤처지는 거예요. 그러니 오롯이 스스로의 도전에만 집중해요. 그런 삶엔 나아감 외에는 존재하지 않으니까요. 어제의 나보다 오늘, 오늘보다 내일 더 잘하게 될 나잖아요. 중요한 건 이 도전의 끝에 내가 어디에 있느냐하는 것이지 지금 당신이 서 있는 위치가 아니잖아요. 그러니 목표를 세우고 착실히 해나가기 위해 노력해봐요. 어제 조금 못 미쳤다면 오늘은 조금 더 목표에 닿기 위해 노력하는 거예요. 최선을 다했지만 오늘 하루의 목표를 성취하지 못했다고 해서 절대 자신을 괴롭히지 말아요. 그 자체로 완벽한 성취를 향해 나아가고 있는 거니까요. 하루하루 발전하고 성장하고 있는 당신이니까요. 그 나아감 자체에 감사하는 마음을 늘 가지도록 해요. 그래야 즐길 수 있고 또 그 기쁨이 당신의 마음속으로 흘러와 지치지 않는 열정을 뿜어낼 수 있을 테니까요.

주말이든 언제든 하루쯤은 일주일간 노력한 당신의 도전에 보상을 주는 시간을 갖도록 해요. 맛있는 것을 먹는다든지, 재미있는 영화를 본다든지, 그렇게 나 자신에게 선물을 주는 거예요. 최선을 다한다면 후회는 없을 거예요. 그저 자신이 최선을 다했다는 그 자체가 당신의 하루하루를 보람차게 해주어 풍성하고 꽉 찬 마음이 되게 해줄 거예요. 그로 인해 행복도 함께 성취할 수 있을 거예요.

당신의 노력에 대한 보상이 당신의 성장과 나아감에서 오는 기쁨에 있다면, 그건 얼마나 큰 행복일까요. 그래서 지치는 일 없이 나아갈 수 있을 거예요. 남들과 비교하지 않고 묵묵히 자기 자리에서 최선을 다하는 사람을 보면 뭐라도 도와주고 싶잖아요. 세상도 똑같아요. 당신이 있는 그 자리에서 최선을 다해 노력한다면 그 열정과 정성에 감동한 우주가 움직여 당신의 성취를 도울 거예요. 그러니까 무조건 잘하실 수 있어요. 걱정하지 말아요. 고민하고 비교하기보다 오롯이 당신의 하루하루에만 온전히 집중하도록 해요.

너무 예쁘다 :) 부모님께 꼭 효도하고 싶다니. 그런 예쁜 마음 이라면 뭐든 못하겠어요. 꼭 1등이 되려고 하지 말고 나 자신의 목표를 완성하기 위해 도전하는 그 노력 자체가 이미 고귀하다는 것을, 그게 진짜 1등이라는 것을 명심해요. 여유를 가지셨으면 좋겠어요. 하루하루 나아간다면 결국 지금에 와서 꿈만 같았던 어떤 위치에 꼭 도달해있을 당신이니까요. 온전히 당신에게 주어진 하루의 삶과 도전에 집중해서 하루하루 성장하고 있음에 기쁨을 느끼며 감사할 수 있는 당신이기를, 그로 인해 하루하루 설레고 행복한 마음으로 나아갈 수 있기를 진심으로 응원합니다. 화이팅이에요 : D

인간관계로 지칠 때

Q 나의 힘듦을 사람들에게 표현하는 게 너무 어려워요. 작가님 글 읽고 그나마 위안 삼으면서 제 마음과 생각을 고쳐보려고 하는데, 뭐가 문제일까요?

A 고쳐야겠다는 마음이 들었다면, 마음은 자신이 문제라 생각하는 점들을 고쳐나갈 거예요. 마음은 자신의 행복 앞에 한없이 이기적이거든요. 그것이 나를 불행하게 만든다는 생각이 드는 순간부터 행복해지기 위해 그 문제를 고쳐나갈 거예요. 그러니 마음이 하는 소리와 마음이 하고 싶어 하는 일을 외면하지 말고 잘 들어주고 따라가 줘요. 너무 조급하게 생각하지 마시고요. 알아서 서서히 해결될 테니까요.

사람들에게 자신의 힘듦을 표현하지 못하는 것이 왜 힘든지, 우선은 정직하게 마음을 관찰해봐요. 누군가에게 짐이 될까 힘든 건지, 누군가 나의 어두운 면을 보고 떠나갈까, 그게 두려운 건지를요. 그리고 마음을 편하게 먹는 거예요. 내가 나의 힘든 것을 말했을 때 그것을 짐이라 느끼는 상대라면 그 사람은 적어도 나를 진정 소중히 여기는 사람은 아니라고, 그런 관계는 내게 중요하지 않다고, 그러니 걱정할 필요 없다고, 그렇게 생각하고 편하게 말해봐요. 좋은 인연이라면 너의 힘든 일, 내게 용기 내어 말해줘서 고맙다고, 그렇게 내가 너에게 조금이라도 힘이 되어줄 수 있어서 고맙다고 느낄 테니까요.

그리고 나의 어두운 점을 보고 떠나갈까, 그것이 두려운 것이라면, 지금이라도 밝은 점만을 보여주고자 했던 나의 마음을 내려놓으셨으면 좋겠어요. 그건 너무 슬프고 고독한 일이니까요. 가면을 쓴 채로 맺은 관계라면 타인이 좋아하고 존중하는 나는, 내가 아니라 나의 가면일 테고, 그렇게 진짜 나를 아는 사람이 없어 나는 언제나 외로운 존재일 테고, 나조차도 나를 사랑하지 않아 어떤 모습을 연기해야 한다는 것은 정말로 가슴 아픈 비극이 될 테니까요. 그러니 이제는 나의 행복을 위해 그동안 써왔던 가면을 벗어던지는 거예요. 있는 그대로의 나라는 그 따스한 진심이 타인에게 더 사랑받고 존중 받는 태도라는 것을 느끼게 되실 거예요.

상대방의 호감을 얻기 위해 가면을 쓸 만큼 나는 매력 없는 존재인가요? 그렇지 않잖아요. 진솔함이라는 태도만큼 세상에 멋진 매력은 없으니까요. 그러니 마음을 편하게 가져요. 떠나갈 사람은 어차피 떠나가게 되어있어요. 그렇게 모두가 떠나가더라도 솔직한 나라는 든든한 친구가 나의 내면에서 웃고 있을 테니, 아주 많은 친구들에게 둘러싸인 가식의 존재보다 정말 진솔한 소수의 존재가 더 소중한 것이니, 지금부터는 가면을 벗고 나인 채로 살아가는 거예요. 그렇게 진짜가 되어 관계를 맺는다면 분명 지금보다 훨씬 행복해질 것이고, 또 좋은 친구들도 많이 사귀고 있는 나를 발견하게 될 거예요. 응원할게요 :)

Q 성격 때문인지, 제 의견보다는 타인의 의견에 자꾸 맞추게 되고 눈치 보게 돼요. 기가 센 친구들과 지내기가 너무 힘들어요. 소심해서 그런 건지…

A 속앓이를 많이 하셨을 것 같아요 : (일단 제 생각에는 눈치를 보는 그 마음을 극복하기 위해 노력하고 또 연습해보면 어떨까 싶어요. 서로의 성격을 알기 전까지 마냥 친절했던 사람도 시간이 지나 서로에 대한 파악이 끝나고 상대방이 눈치를 보는 우유부단한 사람이라는, 소위 자존감이 낮은 사람이라는 것을 알게 되면 자신도 모르게 함부로 대하거나 얕잡아 볼 수도 있는 것이거든요. 눈치를 본다는 건, 내가 나의 감정보다 상대방의 기분과 감정을 먼저 생각하고 또 거기에 주눅이 들어서 맞추기 위해 신경을 쓴다는 것이니 자연스럽게 관계의 감정선이 수평이 아니라 위아래로 놓이게 되는 거예요.

상대방을 배려해서 그 사람의 분위기나 감정을 맞춰준다기보다는 상대방이 나를 어떻게 생각할까가 두려워서 그 사람의 기분에 맞추는 것은 상대방을 위한 진실한 배려라기보다는 맞추지 않는 것이 두려워서 어쩔 수 없이 그렇게 하는 것이 아닐까요? 내가 자존감이 높은 사람일 때, 배려는 눈치가 보여서 하는 것이 아니라 정말로 그 사람을 기쁘게 해주기 위해서 하는 것이 되고, 하여 그것이 상대방에게 닿을 때 감정선의 위아래가 생기지 않고 그저 기쁨으로 닿게 돼요. 그러니 진정한 배려를 위해서도, 또 나의 자존감을 위해서도 눈치를 보던 나에서 나의 주관과 잣대를 오롯이 지킬 수 있는 나로 옮겨가야 하는 거예요. 우선 No를 외치는 방법을, 그러니까 거절하는 법을 배워봐요. 내 마음속에서 이게 아니다, 라는 생각이 올라오는데 타인의 의견에 맞추기 위해 나의 소신을 저버리지 않도록이요. 그렇게 조금 단호해지는 것에도 익숙해져봐요.

나의 의견을 타인을 위해 양보하는 것이 진정한 배려가 되기 전까지 나의 주관을 지키는 연습을 꾸준히 해보는 거예요. 처음에는 익숙하지가 않아서 어색하고 또 눈치가 보여서 쉽지 않겠지만 그럼에도 그 모든 것보다 나를 위하는 마음으로 용기를 내보는 거예요.

그렇게 꾸준히 연습을 해서 자존감이 높은 내가 된다면 상대방이 기가 세든 약하든 나에게는 아무런 영향을 미치지 못하는 시점이 찾아올 거예요. 내가 눈치를 보지 않고 스스로 떳떳할 때, 그 관계는 내가 노력하지 않아도 자연스럽게 수평이 맞춰지는 것이니까요.

그러니 타인들이 나를 어떻게 생각할까 너무 두려워하지 않았으면 좋겠어요. 조금 편하게 생각해보는 거예요. 내가 나의 의견을 내세울 때 생기는 소수의 적은 그만큼 내가 소신을 가지고 살아왔다는 것을 증명하는 증거라고, 인생을 살아가며 단 한 사람의 적조차 없는 삶은, 그만큼 나의 소신을 많이 저버린 삶이라고 말이에요. 그러니 나의 주관과 소신을 지켰을 때 사람들이 나를 어떻게 생각할까 너무 두려워하지 말아요. 그 두려움이 오히려 관계의 균형을 깨트리고 있는 거니까요. 그 두려움이 없을 때 나는 훨씬 더 존경받는 사람이 될 테니까요. 그러니 진짜가 되는 연습을 먼저 하는 거예요. 속과 겉이 같은 Yes와 No의 태도를 연습해요. 속으로는 No인데, 겉으로는 Yes를 외치는 것은 결국 배려가 아니라, 낮은 자존감에 상대의 눈치를 보는 가식일 뿐이니까요.

당신의 배려가, 겉과 속이 일치한 진심이 되기 전까지 당신의 의견을 내세우는데 있어 주저하지 말아요. 이제부터는 진심의 삶을 살아가는 거예요. 그렇게 내면이 튼튼해져 자존감이 높아지면 우리라는 존재의 에너지엔 보호막 같은 것이 형성돼요. 대게 사람들은 눈치를 보는 이들이 처음에는 친절하고 좋은 사람이라고 생각해서 함께 배려하고 존중하지만, 시간이 지나며 서서히 그 친절이 낮은 자존감에서 오는, 눈치에서 비롯된 가짜 배려라는 것을 알게 되면 점점 그들을 답답하게 여기고 또 짜증스럽게 대하게 돼요. 하지만 내가 스스로 완전할 때, 그 높은 자존감이 그러한 태도들로부터 나를 지켜주는 거예요. 그저 내가 나를 더 아끼고 존중해줬을 뿐인데, 사람들이, 세상이 나를 더욱 아껴주고 존중해주기 시작하는 거예요.

그러니 나를 위해서 용기를 내봐요. 거절하고, 그 거절의 침묵을 기꺼이 감내할 용기를. 그리고 그것에 익숙해지고 나면, 그러니까 두려워서 거절을 못하는 내가 아니라 거절과 선택에 있어 보다 자유로운 내가 되고 나면 그때는 눈치가 보여서가 아니라 진실로 따뜻한 맘으로 상대방을 배려하고 있는 나를 발견하게 될 거예요. 당신이 원하고 꿈꾸는 당신의 모습은 어떤 것인가요?

저는 지금 있는 그대로도 이토록 아름답고 멋진 당신이 많은 사람들로부터 더욱 존중 받고 사랑받는 사람이 되기를 바라요. 당신이 타인들로부터 함부로인 대우를 받기를 원하지 않아요. 그래서 당신이 거절할 때는 자유롭게 거절할 수 있는 사람이 되기를, 자존감 높은 당신이 되어 더욱 건강한 관계를 맺어나가기를, 그렇게 당신을 스스로 더욱 아끼고 사랑할 줄 아는 당신이 되기를 소원할게요. 함께 성장할 수 있는 좋은 인연들을 많이 만들며, 무엇보다 그 안에서 그들을 마주하고 있는 당신은 겉과 속이 같은 진짜 당신이기를, 그렇게 당신인 채 사랑하고 사랑받아 꼭 행복하기를 진심으로 바라고 응원합니다 :)

Q 고민이 있어요. 저는 인간관계에 있어 실패한 것 같아요. 제가 한 번 큰 실수를 저질러서 그런지 불안함에 휩싸여 있다 보니 항상 소심해져 있고. 친구들은 아무렇지 않게 하는 행동인 것 같은데, 저는 너무 깊게 생각하고 신경 쓰는 것 같아요. 어떡하죠? ㅠㅠ

A 나의 본연을 존중하고 아껴주세요 :) 있는 그대로의 나를 사랑하고 그 마음을 지키며 살아가신다면 자연히 타인들도 당신을 존중하고 사랑할 거예요. 타인의 시선이나 말에 골몰한 나머지 내가 아

닌, 타인들의 눈에 들기 위한 나로 행동한다면 나의 내면은 시들어 지고 공허해질 거예요. 나조차 진짜 나를 사랑해주지 못해 다른 모습을 연기하고 있다는, 타인들은 나의 모습이 아닌 내 가면을 바라보고 있기에 그 누구도 진짜 나를 바라봐줄 수 없다는 그 진심의 부재 때문에.

그러니 있는 그대로의 나를 지켜줘요. 그저 나의 본연을 존중하고 아끼는 마음으로 내 진짜 모습을 드러내는 것을 두려워하기보다는 당당하게 행동하신다면 시간이 지나 모든 것이 알아서 제자리를 찾아갈 것이고, 그때는 비로소, 나는 행복한 사람이 되어있을 거예요. 타인들과의 만남 또한 진정 행복해져 있을 거예요. 나를 있는 그대로 아껴주고 사랑한다는 그 자존감이 인간관계에서 비롯된 모든 문제를 해결할 유일한 열쇠라고 저는 믿어요. 꼭 그 열쇠를 쥐고 어렵다 여겼던 인간관계의 문을 잘 열어주세요. 너무 걱정하지 말고, 내가 먼저 나를 용서하고 또 사랑해줘요. 진심으로 많은 관계 속의 당신의 행복과 평화를 응원해요. 잘 해내실 거예요 :)

Q 중학교부터 대학교까지 오래된 친한 친구가 있는데 그 친구는 저를 필요할 때만 찾고 저를 소중하게 생각하지 않아요. 제가 불만 같은 건 다 참는 성격이라 어색해지기 싫어서 서운한 걸 말하거나 화내지 않는 편이거든요. 굳이 말하고 싶지도 않고요. 이젠 정말 겉친구 같은 느낌이 드는데 관계회복을 위해 노력할지, 아니면 그냥 저도 신경 쓰지 않을지 고민됩니다.

A 속에 있었던 감정들을 표현해봤다면 어땠을까 싶어요. 오히려 꾹 참았기 때문에 그 친구는 당신이 속상했다는 것을 몰랐을 수도 있

는 거니까요. 저는 결국 어색해지기가 싫어서 서운한 걸 말하지 않았기에 이런 문제가 생긴 건 아닐까 하는 생각이 들어요. 어쩌면 그 친구는 그런 스타일이지만, 사실은 당신을 소중히 여기고 있었던 것일 수도 있잖아요. 그런 문제점에 대해서 적어도 한 번 대화를 해보셨으면 좋겠어요. 소중한 친구였던 거잖아요. 그러니까 그 정도는 해볼 수 있는 거잖아요. 그리고 앞으로의 당신을 위해서도, 꼭 대화를 해봐요. 나의 감정을 표현하는 연습을 꾸준히 해보는 거예요. 속으로 원망을 쌓아두는 성격이 불만을 다 표현하고 화를 내는 성격보다 오히려 관계를 오래 지속하지 못할 때가 많거든요. 나는 그것을 배려라 생각했을지 몰라도, 사실은 배려가 아니라 표현을 할 용기가 부족해서 속으로는 싫지만 겉으로는 참아왔던 것이니까요. 그렇게 시간이 지나, 내가 말하지 않아서, 그래서 나에 대해서 제대로 알지 못한, 알 수조차 없었던 상대방이 나를 배려하지 않는다며, 나는 이렇게나 그들을 배려하고 있는데 그들은 그것을 당연히 여긴다며 홀로 밀어내게 되는 경우가 많으니까요.

그러니 한 번 표현하는 연습을 해보면 어떨까요? 나는 이러한 점에서 불편함을 느끼는 사람이다, 그러니까 이런 부분에 있어서는 배려를 해달라고요. 당신이 꾹 참아왔던 당신의 내면에 있는 이야기를 당신이 하지 않는다면 결국 그 사람이 바라보는 당신은 진짜 당신이 아니고, 그 사람을 마주하고 있는 당신도 진짜 당신이 아니기에 그 관계 안에 당신은 없는 거잖아요. 하여 그 어떤 관계 안에서도 사랑받는 당신은 진짜 당신이 아니기 때문에 당신의 마음은 외로울 거예요. 그래서 저는 당신이 표현을 하는 연습을 하고, 마음에 있는 것을 표현할 줄 아는 사람이 되었으면 좋겠어요. 그렇게 당신인 채 사랑하고 사랑받는 사람이 되었으면 좋겠어요. 그 행복을, 당신이 포기하지 않았으면 좋겠어요. 관계 안에 상대방의 색만이 있는 관계가 아니라 당신과 상대방의 색이 함께 섞인 새로운 하나의 예쁜 색을 띄는 관계를 만들어가는 거예요. 서로 다른 둘이 만나 때로는 삐걱거리기도, 싸우기도 하지만 그럼에도 결국에는 새로운 하나의 예쁜 색을 만들어가는 것이 관계잖아요. 하지만 당신이 나는 이런 사람이라고 상대방에게 알리지 않을 때, 그 관계 안에 당신의 색은 존재하지 않게 되는 거예요. 그 관계 안에서 당신의 색은 상대방의 색에 가려졌기에 오직 상대방의 색만이 존재할 수 있을 뿐인 거예요. 그 아픈 일을 당신이 짊어지지 않을 수 있게 이제는 표현하고 당신 스스로를 알려가요. 그렇게 당신의 색을 지켜내는 거예요.

그러니 저와 약속해요. 이 친구에게 한 번 꼭 당신의 마음을 표현하고 이런 일 때문에 서운했다고 말해보기로. 그리고 이번 일을 계기로 앞으로 더욱 당신 스스로를 타인에게 알려나가며 스스로를 지켜내는 당신이 되도록 노력하겠다고요. 그렇게 당신인 채 사랑하고 사랑받는 사람이 되겠다고, 하여 꼭 행복하고 건강한 관계를 맺어가겠다고요. 당신이 당신 스스로를 지켜냈을 때 훨씬 더 많은 관계를 더욱 오래도록 유지하며, 그 안에서 또한 더욱 사랑받을 수 있다는 것을 잊지 말아요. 꼭 이 친구와의 서운함도 잘 풀고, 이 일을 계기로 더욱 예쁜 관계를 맺어가는 당신이 되기를 진심으로 소원하고 바라요. 응원합니다 :)

Q 친한 오빠가 있는데, 얼마 전 저에게 고백했어요. 저는 딱 잘라서 거절했고요. 그러니 그 오빠가 오빠 동생으로라도 남고 싶다고 해서 그러기로 했어요. 그런데도 자꾸 자신의 감정을 표현해요. 저는 감정이 생길 것 같지가 않아서 계속 거절했고요. 친했던 오빠라 답장을 안 할 수도 없고, 제가 일이 있어 연락이 안 되면 집으로 찾아오기도 해요. 걱정돼서 그러는 건데 뭐라 할 수도 없고 저 어떡하죠?

A 나를 위해서도, 그 오빠를 위해서도 단호해지세요. 그 오빠에게 지금 오빠는 당신의 감정을 존중해주지도, 배려해주지도 않는 다는 걸 명확하게 인지시켜주는 거예요. 당신이 걱정이 돼서 왔다지만, 결국 그건 본인의 감정대로 행동한 거잖아요. 그게 당신을 불편하게 했다면, 또 난감하게 했다면 그건 배려가 아니라 자신의 감정을 자제하지 않는 이기심이었던 게 아닐까요. 온전한 배려는 타인을 기쁘게 하는 것이니까요. 그러니까 그 점을 명확하게 말해줘요. "오빠가 나를 위해서라고 하는 행동들 때문에 나는 불편하다. 그런 행동들이 내게 기쁨이 되지 않는다면, 그건 나를 위한 행동이 아니라 오직 오빠 자신을 위한 행동이지 않느냐. 그건 이기적인 거다. 오빠가 정말 나를 좋아하고 소중하게 생각한다면, 내 감정을 진심으로 배려하고 존중해줬으면 좋겠다." 이런 식으로 당신의 의사를 표현하는 거예요. 당신이 표현하지 않으면, 그 오빠는 당신이 불편해한다는 것을 몰라서, 또 그러한 행동들이 당신에게 기쁨이 되어줄 거라고 믿어서, 이런 불편한 행동들을 계속해서 할 수도 있는 거니까요.

결국 당신이 표현하기 전까지 그 오빠의 그러한 행동들을 탓할 수 없는 것은, 아직까지 그 오빠는 당신의 이러한 기분과 감정을 모르고 있기 때문이에요. 하지만 만약 당신이 표현을 했는데도 그 오빠의 그런 행동들이 지속된다면, 그때에 가서는 그 오빠가 당신의 감정과 기분을 배려하지 않는 사람이 되는 거죠. 당신이 표현을 하고 그 오빠가 당신의 기분을 알 수 있도록 조금 배려를 해주면 어떨까 싶어요. 그러지 못해서 끙끙 앓다보면, 결국 그 오빠의 그런 행동은 계속될 거고, 그렇게 그 행동들이 당신에게 큰 스트레스가 되면 당신은 그 오빠를 미워하게 될 지도 모르는 거니까요. 미워하기 전에, 그 오빠에게 기회를 주면 어떨까요? 적어도 계속해서 관계를 이어나갈 순 없더라도 내가 그 오빠를 미워하지 않을 수 있는 기회를요. 그럼에도 그 오빠의 행동이 계속된다면, 그때는 더 이상 그 오빠와의 인연을 계속하면 안 되는 것이고, 답장도 하면 안 되는 것이겠지만 마지막으로 한 번 마음을 알려보는 것은 좋을 것 같아요. 앞으로 또 이런 상황이 생길 수도 있으니 지금 용기를 내어 말하면, 또 다른 비슷한 상황에서 용기를 내어 대처하는 것이 더욱 쉬워질 테니까요. 꼭 원만하게 잘 이야기가 되고 또 당신의 마음이 그 오빠에게도 잘 전해지기를 소원해요.

Q 항상 글 잘 보고 있습니다. 저는 대학교를 졸업한지 일 년이 조금 넘었는데요. 요즘 어쩌다 보니 대학교 친구들과 아예 연락이 끊기게 되었습니다. 사실 그 전에도 많은 일들로 위태로운 관계긴 했는데요. 막상 이렇게 끊겨버리니 음 뭐랄까, 그 길었던 대학 생활 동안 남는 사람 한 명 없다는 그 사실 자체가 되게 공허하게 느껴지고 그래요. 그래서 자존감도 많이 떨어지고, 또 새로운 인연을 어떻게 만들어가야 할지가 막막한 것 같아요. 저, 이대로도 괜찮을까요?

A 많이 허전하고 또 속상하실 것 같아요 :(만약 당신이 새로운 관계를 만들어간다면, 그 관계 안에서도 똑같은 문제로 소원해지지 않을까, 하는 부분이 저는 걱정이 되어요. 그러니 지금의 공허함을 달래기 위해 새로운 관계를 갖기보다는 지금의 이 시간, 혼자서도 충분히 만족스러운 삶이지만 누군가와 함께할 때도 역시 행복하다는 느낌이 드는 마음이 들 수 있게 재충전의 시간을 가져보면 어떨까요? 그러니까 혼자의 온전함을 먼저 완성해보는 거예요. 지금의 이 공허는 어쩌면 마음이 당신에게 성장해달라고, 그 성장으로 인해 비어있는 이 마음을 예쁘고 아름다운 가치들로 꽉 채워달라고 보내는 신호가 아닐까요? 그러니 지금의 이 시간을 힘겹고 아픈 시

간으로 생각하기보다, 한층 더 성장해 더욱 온전하고 행복한 내가 되는 기회로 삼아보는 것은 어떨까요? 나 자신을 돌볼 시간이 생겼다, 그러니까 지금의 이 시간들은 삶이 내게 준 선물이다, 생각하고 기쁜 마음으로 받아들이고 나아가는 거예요.

혼자 무엇을 한다는 것이 외롭거나 두려운 일이 아니라 스스로를 아끼고 사랑하기에 포근하고 따뜻한 일이 되었으면 좋겠어요. 지금의 이 외로움, 대학 친구들의 부재가 주는, 친했던 사람들과의 소원해짐에서 오는 감정이 아니라 어쩌면 나 자신과 오롯이 홀로 있는 시간이 어색해서 오는 외로움이 아닐까 스스로의 마음도 잘 살펴봐요. 그렇게 그동안 마주한 적이 없었던, 한 번도 귀를 기울여준 적이 없었던, 때문에 늘 혼자 두었던, 그래서 외로워하고 아파하고 있었던 당신의 마음을 이제는 마주한 채 귀를 기울여 들어주고 돌봐주는 거예요. 그동안 아프고 외로웠던 나를 외면하지 말고 꼭 안아주는 거예요. 혼자 영화도 보러가고, 카페에서 책도 읽고, 밤길을 걸으며 생각도 하고, 쇼핑도 하고, 맛있는 밥도 사먹어 봐요. 나 자신이 혼자서 하기에 두려운 일들을 하루에 하나씩 해봐요. 그렇게 혼자인 시간이 더 이상 외롭고 쓸쓸하지 않도록 나의 마음과 친해져 보는 거예요.

그렇게 스스로 온전해지고 나면 신기하게도 친구들에게서 먼저 연락이 올지도 몰라요. 많은 사람들이 당신의 곁에 머물고 싶어하고 또 당신과 시간을 함께하고 싶어할 거예요. 나 스스로를 아껴주고 사랑한다는 그 높은 자존감이라는 온전함으로, 당신은 타인들을 고취시켜주고, 위로해주고, 또 그들에게 따뜻한 품이 되어주고, 그들의 이야기에 진심을 다해 귀를 기울여주는 존재가 되는 거예요. 그렇게 당신은 사람들에게 너무나 간절하고 소중한 존재가 되는 거예요. 그 온전한 존재의 에너지가 사람들을 당신에게로 끌어당기는 거예요. 당신이 혼자서도 행복할 때, 당신은 타인과의 만남 안에서 당신 마음 안의 어떠한 부재를 채우려고 하기보다 당신의 행복을 그저 나눠주게 될 테니까요. 스스로 완전하기에 타인을 필요에 의해 만나기보다 당신 또한 그저 함께하는 시간이 좋아서 만나게 될 테니까요. 그 사심없는 마음이 타인들에게 위로와 편안함을 전해줄 테니까요.

그러니 스스로를 아껴주고 사랑하며 자존감을 먼저 회복해 보면 어떨까요? 지금의 이 시간, 삶이 내게 준 선물이라고 여기고 나의 비어있는 마음 안에 성장이라는 선물을 꼭꼭 담아주면 어떨까요? 그렇게 당신의 마음이 전보다 성장할 때, 새로운 관계 안에서는 전과 같은 일이 반복되지 않을 테니까요. 더욱 더 건강한 관계들을 만들어나갈 수 있을 테니까요. 그러니 지금의 이 시간, 어쩌면 당신의 성장과 행복을 위해 삶이 가져온 선물보따리가 아닐까요? 하루에도 당신을 성장시켜주기 위해 얼마나 많은 선물들이 하늘에서 쏟아지고 있는지 몰라요. 그동안 외면해왔던 그 귀한 선물들을, 이제는 하나씩 열어보는 거예요. 그렇게 성장하는 기쁨을 알게 된다면 당신의 삶, 영원히 풍족하고 행복한 길을 향해 나아나게 될 거예요. 세상에 성장하는 기쁨과 설렘만큼 마음을 채워주고 행복하게 해주는 기쁨은 없는 거니까요. 꼭 지금을 딛고 더욱 성장하여 많은 이들에게 포근함과 사랑을 전해주고, 또 많은 이들로부터 사랑받는 당신이 되기를, 꼭 오래도록 이어지는 건강한 관계를 맺어가는 당신과 당신의 인연들이기를 진심으로 바라고 소원해요. 잘 해내실 거예요 :)

Q 저를 이간질하는 친구가 있어 관계를 끊었는데 다른 친구들이 그 친구의 말만 믿고 저를 험담하기 시작했어요. 전 정말 당하고만 있는 입장인데, 어떻게 할 수가 없네요. 그 친구가 잘 지내고 있다는

거에 너무 화가 나요. 이중인격인 걸 저만 알고 있는데 거기에 속고 있는 주위 사람들이 너무 안타까워서 그 친구의 실상을 알리고 싶어요. 그 친구가 저에게 했던 말들이 아직도 주위를 맴돌아서 너무 상처가 돼요. 시간이 지나도 계속 생각나고 속이 답답하네요. 어쩌면 좋죠?

A 얼마나 답답하고 속상하실까요. 제 이야기가 지금의 당신에게 위로가 되어주었으면 좋겠어요. 이 세상에 어둠은 존재하지 않는다고 해요. 어둠이라는 것은 사실 빛의 부재일 뿐이기 때문이죠. 그래서 존재하지 않는 어둠에 실재하는 빛이 다가갔을 때, 어둠은 빛을 이기지 못한 채 곧장 사라지는 거예요. 형광등 스위치를 눌러봐요. 살아가며 한 번이라도 형광등의 빛을 어둠이 이겨 덮은 적이 있나요? 그럴 수가 없는 것은 어둠은 존재하지 않는 것이기 때문이에요. 우리가 편의상 어둠이라고 부르지만, 사실 그것은 빛의 부재일 뿐인 것이죠. 이와 마찬가지로 존재하지 않는 것은 존재하는 것을 결코 이길 수가 없어요. 당신이 지켜야할 진실도 마찬가지인 거예요. 거짓은 실재가 아니기에, 실재로 존재하는 진실을 이길 수가 없는 거예요. 잠시 사람들을 현혹할 수는 있어도, 결국은 진실에 의해 흩어지고 사라지는 것이 거짓의 운명이랍니다.

거짓으로 당신을 모함한 친구는 거짓의 편에 섰기 때문에 결국 그 본성이 탄로가 날 것이고 하여 스스로 무너질 거예요. 지금은 그 친구의 타겟이 당신이 되었지만, 거짓의 특성상 다른 사람들에게도 같은 행동과 말을 되풀이할 것이고, 그 친구의 본성 자체가 거짓이기에 스스로 무너지게 되는 거예요. 당신에게 거짓인 그 친구가 당신을 제외한 다른 모든 사람에게는 진실만을 선택할 수 있을까요? 그렇지 않아요. 사람을 늘 자신이 할 수 있는 최선의 선택을 하니까요. 그 최선이 그러한 선택이었던 것은, 그 친구가 앞으로 또한 그러한 선택을 반복하게 될 것임을 알려주는 거예요. 그러니 당신이 진실하다면, 묵묵히 지금의 시련을 감당해내셔도 좋아요. 결국 오해는 벗겨질 것이고, 진실은 알아서 제자리를 찾아나갈 테니까요. 진실은 그 자체로 진실이기에 애써 밝히거나 드러내지 않아도 빛나는 것이고, 거짓은 아무리 애를 써도 실재하지 않는 허상이기에 결국 사라지게 되어 있는 것이니까요.

오해는 결국 허물어지고 모든 거짓은 결국 탄로가 난 채 무너지고 사라지게 되어있으니 너무 걱정하지 말아요. 그저 조금의 시간이 필요할 뿐이에요. 그러니 저는 당신이 그 친구를 미워하는 마음을 당신의 마음에 담으며 당신의 아름다운 마음을 훼손하기보다 그저 아름다움인 채로 꿋꿋이 서 있었으면 좋겠어요. 그 친구가 어떤 오해를 만들어 당신을 모함하였든, 당신이라는 존재의 아름다움이 훼손되는 것은 아니니까요. 당신은 그저 당신이라는 존재 자체로 이미 빛이 나는 존재이니까요. 당신이 아름다운 사람이고 소중한 사람이라는 것에는 타인의 인정이나 납득이 필요하지 않은 것이니까요. 그러니 그 소중하고 아름다운 당신 스스로의 본연을 바라봐 줘요. 결코 상처받을 수 없는 그 견고한 당신의 마음을요. 어떤 오해 앞에서도 떳떳할 수 있고 또 소중할 수 있는 그 변하지 않는 아름다운 본연을요.

결국 이 일 또한 당신의 성장을 위해 삶이 가져다준 하나의 과제가 아닐까요? 자, 넌 어떤 선택을 할 것이니? 하며 당신이 행복할 자격이 있는지 없는지 삶이 테스트를 하고 있는 것은 아닐까요? 이 테스트를 통과한다면 당신의 삶에 있어 다시는 이번과 같은 일은 반복되지 않을 거예요. 반복되더라도, 당신의 삶에 어떠한 영향도 미치지 못할 거예요. 하지만 통과하지 못한다면 통과할 때까지 비슷한 사건과 상황에 둘러싸여 아파해야만 할 거예요. 그러니 선택해요. 성장할 것인지, 아니면 그 자리에 남아 계속해서 상처와 아픔에 골몰한 채 누군가를 원망하고 또 이와 비슷한 시련을 마주할지를 요. 지금 성장을 선택한다면, 당신이 겪어야할 이러한 사건과 그로 부터 비롯된 아픔은 지금이 마지막이 될 거예요.

그러니 저를 믿고, 당신은 당신의 진실을 지켜줘요. 묵묵히 진실을 믿고 인내할 줄 아는 온전함이라는 성장의 태도를 선택하는 거예요. 그리고 시간을 두고 지켜봐요. 거짓이 어떻게 무너지는지를. 당신이라는 이름의 진실이, 그 태양이 어떻게 떠오르는지를. 아셨죠? 당신은 그저 당신에게 주어진 삶을 살아가면 될 뿐이랍니다. 부디 당신의 진실을 거짓으로부터 잘 지켜 오롯이, 더욱 아름다이 빛나는 당신이 되기를. 실재하지 않는 거짓이라는 허상에 입은 지금의 상처들, 진실로부터, 진실로 인해 치유 받기를. 그렇게 견고하게 아름답고 행복한 당신의 내일이 되기를 진심으로 바라고 응원해요.

Q 친구들과 절연했어요. 걔네들과 함께하느라 제 몸과 마음이 상처 투성이가 되었어요. 처음에는 즐기며 사는 그 친구들이 멋있어 보였는데 막상 함께하니 매일 늦게까지 술 마시고, 남자들이랑 놀게 되고, 담배까지 피우고, 부모님에게 거짓말을 하게 되고… 그런 제가 밉고 그 친구들까지 너무 원망스러워요. 그래서 이제 연락을 안 하기로 마음먹었는데, 그 친구들에게서 자꾸 연락이 와요. 자꾸 거절하기가 너무 미안해서 결국 어제 그 친구들을 만났고, 또 넘어서는 안 될 선을 넘어버렸네요. 저 어떡해야 하나요? ㅜㅜ

A 마음고생이 많으시죠? 토닥토닥. 제가 하는 이야기를 잘 들어봐요. 어린아이들이 사파리에 가서 사나운 동물들을 구경하고 있어요. 아이들은 그 동물들을 사랑이 가득 찬 눈빛으로 바라보며 사자야,

호랑이야, 곰아, 하며 동물들에게 말을 걸고 있어요. 철장이 쳐져있는 차 안이라 아이들의 안전은 보장되어 있고요. 아이들이 그 동물들을 미워하지 않고 사랑할 수는 있지만 그렇다고 안전한 차 안에서 내려서 동물들에게 손을 내밀려고 한다면 부모님이나 혹은 주변의 어른이나, 직원들이 힘껏 말리겠죠. 사자나 호랑이가 아이의 손을 물 수도 있는 거니까요.

사람과의 관계도 마찬가지예요. 아이가 사자를 사랑하지만, 사자에게 손을 내밀지는 않는 것처럼 자신과 다른 영역에 있는 사람들을 미워하지 않고 있는 그대로 사랑할 수는 있지만 그들에게 손을 내미는 것은 위험한 일이에요. 그들이 당신을 위험에 빠트릴 지도 모르니까요. 그러니 미워하지 않고 사랑하는 것과 특별한 관계를 맺는 것을 철저히 구별하는 지혜를 배우세요. 그 친구들의 손을 내치는 것에 죄책감을 가지지 마세요. 그들에게는 그들의 삶이, 당신에게는 당신의 삶이 있는 거예요. 그러니 단호해지세요. 그들을 거절하는데 있어 머뭇거리지 마세요.

한 가지 이야기를 더 들자면 모래사장에 게장수가 있었어요. 그때 지나가던 행인이 게장수가 잡아놓은 게들을 통에 담아놓고는 뚜껑을 덮어놓지 않은 모습을 발견하게 돼요. 게들은 달아나려고 발버둥을 치고 있고, 뚜껑은 덮여있지 않고... 행인은 답답한 나머지 게장수에게 왜 뚜껑을 덮지 않느냐고 물었어요. 그 말을 들은 게장수는 대답했어요. 게들은 결국 탈출하지 못할 거라고, 결국은 아래에 있는 게들이 위에 올라가는 게들을 잡아 떨어뜨릴 테니까, 라고. 인간관계 역시 이 게들의 세계와 다르지 않아요. 당신이 성장을 하고자 한다면 아래에 함께 있던 사람들은 당신을 잡은 채 물고 늘어져 당신을 다시 떨어뜨리려 할 거예요.

그러니 당신이 성장해나가고자 한다면, 지금까지의 삶에서 벗어나고자 한다면 아래에 있던 사람들의 붙잡음과 유혹으로부터 단호해져야만 하는 거예요. 그러니 그들을 뿌리치는 것에 주저해서는 안 돼요. 당신이 이제는 매일 밤 술을 마시고, 또 남자들과 노는 생활을 하는 친구들과 함께하기보다 당신의 발전을 위해 시간을 쓰고 또 진솔한 이야기를 나눌 수 있는 친구들과 함께하고자 할 때, 이전에 함께했던 친구들은 당신이 그러지 못하도록 계속해서 자신들의 영역에 머물도록 당신을 끌어내릴 테니까요. 그 친구들의 마음 속에 당신의 존재는 얼마나 소중할까요? 테레사 수녀님이 누군가를 사랑한다고 하는 마음과 히틀러가 누군가를 사랑한다고 말하는 마음은 그 농도와 밀도가 얼마나 차이가 날까요? 사람은 결국 자신이 성장한 만큼, 자신의 존재가 온전하고 오롯한 만큼만 타인을 더욱 소중히 여길 수 있는 거예요. 성장하지 못한 채 제자리에 머문다면, 타인을 진정 사랑해서 타인과 함께하는 것이 아니라 자신의 욕망과 이기를 위해 타인을 필요로 할 뿐인 거죠. 그러니 함께 성장할 수 있는 온전한 친구와 관계를 맺도록 해요. 비록 그런 사람이 드물지라도, 한 명이라도 그런 친구를 만들도록 노력하는 거예요.

낮은 에너지를 가진 친구들과의 교류를 거절함에 있어 절대 죄책감 가지지 마세요. 순수한 것과 순진한 것을 구별하세요. 최선을 다해서 온전해지고 성장하세요. 그렇게 당신에게 주어진 성장의 과제, 최선을 다해 완성하여 더욱 온전해지고 행복한 당신이 되길 바라요. 결핍과 공허에 허덕이는 관계를 지양하고, 성장의 활력으로 서로를 밝혀주는 온전한 관계를 지향하세요. 그리고 당신 스스로를 가장 아껴주고 사랑해 주는 친구가 당신 자신이 될 수 있게 혼자 있는 시간 또한 자주 가지도록 해요. 그렇게 당신이 성장해서 더욱 온전해지면, 비슷한 생각과 가치관을 가진 친구들이 당신에게 끌려올 거예요. 당신 또한 그 친구들을 향해 끌려갈 거예요. 욕을 하며 바닥에 침을 뱉고 친구들과 시끄러운 음악을 들으며 내면에 있는 욕망과 불만을 세상을 향해 마음껏 표출하는 것을 즐기는 사람들이 있고, 또 그러한 것을 꺼리고 삶의 고귀함과 인간 내면의 아름다움에서 올라오는 품위 있는 정직함과 책임감, 그 진솔한 가치들에 감동을 받고 또 눈에 보이지 않는 가치들을 바라보기 위해 노력하며 하루하루 더욱 사랑이 되기 위해 노력하는 삶을 사는 사람들도 있는 거예요. 전자는 후자의 삶을 이해할 수 없고 후자는 전자의 삶을 이해할 수가 없는 거예요.

어떤 삶이 옳고 그르다에 대해 말하는 게 아니에요. 제가 말하는 것은 그 두 무리의 영역은 서로 다르고 그 다름으로 인해 결코 함께할 수 없다는 것을 말하는 거예요. 그러니 그 다름을 원망하고 미워하기보다는 온전히 받아들이세요. 자신과 다른 영역에 있는 사람들을 사랑하되, 함께하지는 마세요. 삶의 매 순간에 최선을 다해 진심으로 임하세요. 해서, 순간순간이 진솔함이라는 사랑, 그 궁극의 아름다움으로 물들 수 있도록, 하루하루가 찬란한 예술이 되어 피어나도록 당신의 온전함을 완성해나가는 거예요. 그럼 자연스럽게 당신에게서 멀어지는 인연과 새롭게 당신에게 다가오는 인연이 있을 거예요. 그 밀물과 썰물 같은 인연의 흐름에 당신을 내맡겨보는 거예요. 거절하는데 죄책감을 가지지 말고 단호해지시기를, 부디 서로 기쁨이 되고 행복을 주는 사랑스러운 관계를 맺어나가시기를 진심으로 응원하고 바라요. 잘 해내실 거예요 :)

Q 작가님. 저는 다른 친구들보다 조금 늦게 학교에 입학해서 공부를 하고 있는 나이 많은 학생이에요. 스무 살 친구들과 같이 공부하는 게 힘드네요. 제가 다섯 살이 더 많거든요. 제가 이미 한 번 대학을 다녔었고 사회생활도 조금 해서 그런지 이 친구들의 언행이 안좋게 보이더라고요. 욕도 막 하고 그러는 게 어린 친구들이라서 그

렇겠지 이해하자 생각을 항상 하는데 가끔씩은 정말 화가 치밀어 오르고 힘들 때가 있어요. 늘 뒤에서 서로를 험담하는 것도 보기 힘들고, 서로 탓하기 바쁘고… 어울리기가 너무 힘드네요. 그렇다고 혼자 대학생활을 하기도 좀 그렇고, 그렇다고 이 친구들이랑 어울리자니 감정소비가 너무 큰 것 같아요. 어떡하죠?

A "당신이 더 이상 다른 사람들의 부정적 생각이나 태도에 영향을 받지 않는 자기 계발의 일정 지점에 이르기까지는 무슨 일이 있어도 유독성인 사람들을 피해야만 한다. 피해자적인 사고방식과 하찮은 기준들을 가지고 당신을 망설이게 만드는 사람들과 시간을 보내는 것보다는 차라리 혼자서 시간을 보내는 것이 더 낫다."(잭 캔필드, 『성공의 원리』) 라는 말이 있어요.

저라면 맞지 않는 친구들과 애쓰며 불편함과 스트레스를 감수하느니 혼자 있겠어요. 내가 전혀 스트레스가 없고, 그 친구들의 그러한 분위기와 감정을 온전히 이해할 수 있다면 모르겠지만 그게 아니라면요. 사고의 깊이나 존재의 선택은 꼭 연륜에서 오는 것은 아니라고 생각해요. 어떤 친구는 어린데도 정말 어른스럽고 깊기까지 하고 어떤 사람은 어른이 되어서도 얕고 피상적이기도 하잖아요. 물론 많은 경험으로부터 습득한 '진짜 지혜'는 무시할 수 없겠지만 그 경험을 두고 어떤 의미를 찾아 성장한 사람들이 있는 반면, 그저 지나친 사람들도 있는 것이니까요. 분명 본인의 존재를 지켜나가면 좋은 친구가 생길 거예요. 없다면, 스스로가 스스로의 가장 좋은 친구가 되어주세요.

나의 존재를 타인의 기준에 맞추어 가치하락을 시키는 건 절대 해서는 안 되는 일이라고 저는 생각해요. 영양가가 없는 음식을 매일 먹는다고 해서, 우리가 건강해지는 것은 아닌 것처럼 내게 아무런 의미가 없는 관계를 계속해서 지켜나간다고 해서 내 안에 있는 외로움이 사라지는 건 아니잖아요. 오히려 몸이 더욱 안 좋아지고, 내 마음이 더욱 외로워질 수는 있겠지만요. 당신이 그 친구들을 멀리하기 위해서 노력을 할 필요는 없지만, 거기에 머무르느라 애쓸 필요는 더욱 없는 것이라고 말해주고 싶어요. 당신이 그저, 혼자서도 온전한 채로 당신의 삶에 진심을 다해 집중을 해나간다면 자연스럽게 좋은 인연을 만나게 될 거라고, 그 친구가 나이가 어리든 아니든, 꼭 좋은 친구가 되어줄 거라고 저는 믿어요. 그러니 너무 스트레스 받지 않으셨으면 좋겠고, 무엇보다 스스로가 스스로의 가장 좋은 친구가 되어주었으면 좋겠어요. 당신의 꿈을 향한 도전과, 또 그 과정 안에서 맺을 좋은 사람들과의 인연을 진심 다해 응원하며, 꼭 잘 해내실 거예요.

감정 추스르기

Q 마음에 항상 응어리가 져 있는 것 같아요. 그래서 사람들을 탓하고 원망하는 생각에 항상 사로잡혀 있어요. 어떡하죠?

A 우선 탓하고 원망하는 생각에 가득 차 있는 나 자신을 바라보고 있다는 것은, 그래서 스스로가 지금 불행하다고 느낄 수 있다는 것은 굉장히 좋은 신호라고 생각해요. 내가 부정적인 사고와 하나가 되어서 그 생각에 지배를 당할 때는 그 생각의 고리에서 벗어나기가 힘들 수도 있지만, 스스로 그러한 생각과 분리가 되어서 그 생각을 바라볼 수 있을 때는 부정적인 사고를 극복하기가 훨씬 쉬워지는 것이거든요. 내가 그 생각과 분리가 되지 않았을 때는 내가 그러고 있다는 사실을 스스로 자각하지 못하기에 극복해야겠다는 생각 자체가 들지 않을 테니까요. 지금 많이 무거우시겠지만, 그 무거움 자체가 성장해달라는 신호인 것이니 잘 딛고 일어선다면 보다 더 아름답고 행복한 삶을 마주하실 수 있을 거라고 믿어요. 그러니 너무 걱정하지 마시고 우리, 용기를 내어요. 희망을 잃지 말아요.

우선, 탓하고 원망하는 것 또한 내 선택이라는 것을 아셔야 해요. 내가 더 이상 탓하고 원망하는 것을 선택하지 않겠다고 마음먹을 때, 우리는 그것을 선택하지 않을 수 있으니까요. 물론 처음에는 쉽게 해내지 못할 거예요. 내 마음의 지배자가 지금은 내가 아니라 마음에 있기 때문에 그것을 컨트롤하기가 조금 어려울 수도 있거든요. 모든 일에 연습이 필요한 것처럼, 마음을 바라보고 또 마음을 변화시키는 데에도 부단한 연습과 노력이 필요한 것이니까요. 그래서 정말로 행복에 간절해야 해요. 그 간절함이, 우리가 끝내 이 수업을 끝마치고 원망을 극복할 수 있게 해줄 거예요. 지금 당신은 이 불행에서 벗어나 당신 스스로가 더욱 행복해지는 것에 얼마나 간절하신가요? 이제는 그 원망을 스스로 선택하지 않기를 각오하고 더 이상 원망하지 않겠다고 다짐하실 수 있으신가요? 준비가 되셨다면 이제 우리의 마음 안으로 깊이 들어가볼까요?

처음 우리의 행복하지 않은, 또 단련되지 않은 마음을 스스로 들여다보기 시작할 때, 우리는 경악을 금치 못해요. 얼마나 많은 부정적인 생각이 덩어리가 되어서 마음 안에 차있는지, 도무지 감당할 엄두가 나지 않아서 도망가게 되죠. 예를 들어서, 텔레비전을 본다든지, 영화를 본다든지, 친구와 수다를 떤다든지 하는 식으로 마음을 바라보는 것에서 멀리 벗어나는 거예요. 그러는 동안 아주 잠깐은 부정적인 생각에서 벗어날 수 있으니까요. 늘 부정적인 생각의 더미 앞에서 우리는 그런 식으로 도망쳐왔어요. 누군가가 나를 무시했다는 생각이 가득 차 정말 분할 때, 그 마음을 계속해서 느끼고 바라보고 정화하기 위해 노력한 적이 있나요? 아니면 그 원망과 하나가 된 채로 허우적거리다가 도무지 감당이 안 되어서 다른 일로 눈길을 돌리셨나요?

다른 일로 눈길을 돌리는 것은 절대로 근본적인 치유가 되지 못해요. 진정 그 불행으로부터 벗어나려면, 그러한 마음을 정면으로 마주하고 바라본 채 정화를 시작해야 하는 것이니까요. 그러니 무슨 수가 있어도, 원망하는 생각과 하나가 되지 않겠다고 끊임없이 다짐해야 해요. 그리고 원망하는 생각을 하고 있는 나 자신을 발견할 때마다, 스스로에게 말해줘요. 내가 누군가를 원망할 때, 가장 힘들고 아픈 것은 바로 나 자신이란다. 그러니 우리, 이제는 내려놓자. 사랑해, 사랑해, 사랑해, 라고. 내가 무슨 일을 하고 있어서 마음에게 길게 말을 해주지 못할 때에는, 사랑해, 사랑해, 사랑해, 이 말을 해주는 것만으로도 충분해요. 중요한 것은 내가 원망하는 나 자신을 발견했다는 것이고 그것을 바라볼 수 있게 되었다는 것이고, 또 사랑으로 정화하기 시작했다는 것이니까요.

계속해서 이 연습을 하다보면, 원망하는 생각이 일어나는 순간 바로 그 생각을 하고 있는 나 자신을 발견하고 또 바라볼 수 있게 될 거예요. 그때부터는 원망하는 생각에 지배를 당하기 전에 이미 원망과 분리가 되어 정화를 시작할 수 있기 때문에 보다 수월하게 원망하는 생각을 내려놓을 수 있게 될 거예요. 그러면 어느정도 마음에 여유가 생기기 시작할 거예요. 그 마음의 여유 안에 이제는 사랑을 가득 채우기 시작하는 거예요. 어떠한 내 모습조차도 사랑하겠다고 마음을 먹는 거죠. 그렇게 스스로에게 사랑해, 사랑해, 말하며 나 자신을 사랑으로 바라보기 위해 노력해요. 밥을 먹고 있는 사랑스러운 나, 양치질을 하고 있는 사랑스러운 나, 거울 안에 비친 사랑스러운 나, 이런 식으로 나를 사랑스럽게 바라보는 거예요. 마치 귀여운 강아지를 사랑스럽게 바라보듯 나 자신을, 그리고 내 마음을 그러한 시선으로 바라보는 거죠. 그렇게 사랑이 점차 내 마음에 가득 차기 시작할 때, 그 사랑이 이제는 밖으로 흘러나가기 시작할 거예요. 내가 나를 사랑했을 뿐인데, 온 세상을 사랑하게 되는 거죠. 지나가는 사람들이 사랑스럽고, 지나가는 강아지가 너무 사랑스럽고, 내 가족, 내 친구들이 너무 사랑스러워지는 거예요. 그들이 무슨 말을 하고 무슨 행동을 하고 있든, 그 모든 것 뒤에 있는 그들의 빛나고 있는 본연을 바라보게 되는 거예요. 모든 언어와 행동 뒤에서 사랑스럽게 반짝이고 있는 그들의 진짜 모습들을요.

그렇게 사랑이 내 삶의 주된 감정이 될 때, 더 이상 세상에 원망할 것은 없다는 것을 알게 될 거예요. 사람에게 가장 큰 위로가 되는 것은 그 사람을 사랑스러운 눈빛으로 그저 바라봐주는 것이라고 해요. 그 사람이 어떤 사람이든, 어떤 직업을 가지고 어떤 옷을 입고 어떤 말투를 가지고 어떤 말을 하는 사람이든, 그 사람의 있는 그대로를 바라봐주는 그 사랑의 눈빛이 그 사람을 고쳐시켜 주는 거니까요. 그렇게 위로이자 동시에 행복이 되어주는 거니까요. 그렇게, 내가 나를 더욱 사랑했을 뿐인데 모든 것에서 치유가 일어나기 시작해요. 나와 소원했던 관계가 회복되기 시작하고, 나를 괴롭혔던 직장상사가 내게 친절해지기 시작하고. 그 모든 기적을 가능하게 하는 것은 바로 내 가슴 안에 있는 사랑인 것이죠. 모든 사람이 사실 사랑의 부재함으로 인해서, 그 외로움으로 인해서 마음 한 구석이 아프고 공허했던 거니까요. 하지만 그 공허함에서 벗어나는 방법을 몰라서 자꾸만 세상의 것들을 채우려고 하고, 하지만 세상의 것들은 절대로 내 마음을 채워줄 수 없기에 더 많은 것에 탐닉하고, 그렇게 지쳐었었던 것이니까요.

그러니 먼저, 이제는 절대 스스로 원망을 선택하지 않겠다고 다짐해요. 그런 뒤에는 그 원망을 바라보는 것을 연습해 봐요. 동시에 나에게 사랑한다는 말을 해주는 것과 나를 사랑스러운 눈빛으로 바라보는 것을 잊지 마시구요. 지금의 불행이 당신에게 전에 없던 행복을 선물해줄 거라고 저는 믿어요. 결국, 모든 시련과 아픔은 삶이 내게 준 선물보따리라는 것을 알게 될 거라고, 그렇게 지난 모든 순간들로 인해서 지금의 찬란한 내가 되었다는 것을 알게 되는 순간이 올 거라고 믿어요. 그러니 포기하지 말아요. 지금의 불행과 이 불행으로 인해 아파하고 있는 내 마음을 잊지 말아요. 그리고 이제는 행복하겠다는 그 간절함으로 나아가는 거예요. 그렇게 당신의 진짜 본성인 사랑을 깨달아가는 거예요. 부디 당신의 지금 이 고민이, 당신을 진정 행복하게 해주는 선물이었기를 진심으로 바라며, 꼭 행복해주세요. 당신은 충분히 행복해야만 하고 행복할 자격이 있는 사람이니까요. 그러기 위해 태어난 당신이니까요. 응원합니다.

Q 사회생활하면서 나를 억눌러야 할 때가 있는데 저는 그러질 못해요. 특히나 이유 없이 괜스레 짜증을 내고 화내는 선임들과 일할 때 말이죠. 그럴 땐 어떻게 대응해야 하나요? 저는 선임들에게 표정을 숨기지 못하고 적개심을 드러내는 것 같아요. 이 관계를 정말 바꿔 보고 싶어요 ㅜㅜ

A 먼저 당신의 행복을 위해서 조금은 반응하지 않는 연습을 해나가면 좋을 것 같아요. 사람마다 타인의 감정에 대해 반응하는 정도는 모두가 다른데, 반응을 크게 하는 사람의 경우에는 상대방의 작은 불친절도 그냥 넘어가지 못해 하루 종일 기분이 안 좋아지기도 해요. 계속해서 그 사람이 내게 왜 그랬는지를 곱씹으며 마음 안에서 화를 더욱 키워나가는 거예요. 만약 내가 상대방이 오늘 안 좋은 일이 있었겠거니, 하고 그냥 넘어가는 사람이라면 누군가가 내게 어떻게 대했든 내 하루는 온전할 거예요. 타인의 감정에 대해 크게 반응하는 사람과 대수롭지 않게 지나가는 사람, 둘 중에 더욱 행복한 사람은 누구일까요?

당신이 타인의 감정에 대해서 태연해질수록, 크게 반응하지 않을수록 당신의 하루는 타인의 반응에 의해 크지 휩쓸리지 않게 될 거예요. 만약 누군가가 당신에게 어떻게 대하든, 당신이 그것에 대해서 스스로 자유할 수 있는 사람이라면 당신은 타인에게 절대로 휘둘리지 않는 불가침성을 가지게 될 것이고, 그때에는 안 좋은 생각을 곱씹느라 바라보지 못했던 나의 하루들에 대해 더욱 큰 정성과 집중을 담아 보낼 수 있게 될 거예요. 그렇게 일의 능률도, 삶에 대한 만족도 또한 높아지게 될 거예요. 그러니 지금 조금 불행해도 괜찮아요. 그 불행으로 인해 행복에 간절해진 당신이고, 그 불행으로 인해 당신의 지금을 성찰하게 된 당신이니까요. 언제나 불행은 이제는 행복을 향해 걸어가 달라고 외치고 있는 마음의 울림이니까요. 그러니 지금의 이 신호를 계기로 한 걸음 앞으로 나아가요.

당신이 타인의 반응에 크게 연연하지 않을수록, 타인은 그들의 감정으로 당신을 휘두를 수 없다는 것을 알게 되기 때문에 당신에게 더욱 함부로 하지 못하게 될 거예요. 타인이 당신에게 함부로 대하지 못하도록 하기 위해서 당신은 당신을 향해 찾아온 분노에 대해 더욱 큰 분노로 반응하는 것을 선택했지만, 역설적으로 당신이 그들의 감정에 하나하나 반응할수록 당신의 삶에는 반응할 일이 더욱 많아지게 되는 거예요. 왜냐면 상대방이 당신에게 보낸 감정이 당신에게 닿았고, 그것에 대해 당신이 반응을 하여 답을 해준 것이니까요. 그래서 당신이 반응을 줄여나가고 태연해질수록, 그저 스스로 온전한 사람이 될수록, 자존감이 높은 사람이 될수록 오히려 당신은 세상과 사람들을 향해 반응할 일이 점차 줄어들게 되고 반대로 사람들은 당신을 더욱 존중하게 되는 거예요. 그때는 당신이 스스로를 방어할 필요조차 없게 되는 거예요. 그때 당신은 얼마나 행복한 사람이 되어 있을까요?

그 행복을 위해 타인이 바라보는 나, 타인이 생각하는 나, 타인이 내게 전해주는 감정에 비친 나, 그 모든 것들을 떠나서 나는 그저 나라는 것을, 나라는 존재가 소중한 것에는 타인의 인정이나 납득이 필요하지 않다는 것을 먼저 인정하는데서부터 시작해요. 스스로 오롯해지는 거예요. 결국에는 타인의 반응에 깊게 골몰하고 또 휘둘리고 하여 방어적이 된다는 것은 타인의 반응에 의해 내 소중함이 훼손되었다는 생각 때문인 거니까요. 타인으로부터 존중 받지 못하고 있다는 그 생각 때문인 거니까요. 그래서 나를 소중히 여겨달라, 존중해달라는 말을 '화'라는 감정을 빌려서 전하는 것이니까요. 하지만 분노는 존중을 강요할 수는 있어도 결코 마음으로부터 존중을 우러낼 수는 없기에 그 시도는 결코 완성될 수가 없는 거예요. 그래서 계속해서 방어해야하고 화를 내야하는 거예요.

하지만 나 스스로가 그 모든 것에도 불구하고 나를 아끼고 있고 소중히 여기고 있다는 마음이 늘 앞서 자리잡고 있다면, 나의 소중함은 그 어떤 것에도 훼손될 수 없는 거예요. 그럼에도 불구하고 내가 소중한 것에는 변함이 없다는 생각이 늘 내 마음 깊숙한 곳에 자리잡혀 있으니까요. 그래서 나에 대해 근거 없는 비난을 들었을 때, 그 비난은 비난을 한 사람의 마음이 삐딱하다는 것을 상징할 뿐이라는 생각에 지나칠 수 있게 되는 거예요. 또한 그 비난이 수긍할만하다면 방어하기보다 인정하고, 그래, 그런 점은 내가 조금 더 노력을 하고 변할 필요가 있는 부분이네, 하고 받아들일 줄 알게 되는 거예요. 그러니까 지금의 불행을 딛고 나를 더욱 아끼고 사랑해줘요. 정말로 당신이 당신인 것에는 다른 누군가의 인정이나 납득이 필요로 하지 않답니다.

누군가 나를 감정적으로 공격하거나 혹은 삐딱한 태도로 나를 마주할 때 방어하고 싶고, 또 똑같은 형태의 공격으로 맞받아치고 싶은 욕구를 온전히 느껴봐요. 그리고 딱 한 번, 참아보는 거예요. 머릿속으로 곱씹지 말고 정말 진심으로 이해해보는 거예요. 저 사람이 그러거나 말거나, 그럼에도 나는 나다. 저 사람이 저렇게 행동하는 것에 내가 굳이 반응할 필요가 없는 것은, 지금 이 상황에서 저 사람이 할 수 있는 최선이 저러한 것이라면 그건 오히려 안타까운 것이기 때문이다. 그러니 안타깝게 여기자. 결국 저렇게 행동하는 것 자체가 저 사람의 내면이 얼마나 각박하고 불행한지를 보여주는 것이니까. 그렇게 생각하며 연민 어린 마음으로 그 사람을 바라봐줘요. 어쩌면 그 사람 뒤에 있는 진짜 그 사람의 모습이 희미하게나마 보일지도 몰라요. 모든 사람의 내면에 있는 그 천진난만한 자아가요.

그렇게 한 번을 참고 또 이해한다면, 두 번은 더 쉬울 거예요. 내려놓음에도 관성의 법칙이 적용되는 것이니까요. 한 번이 가장 어려운 거예요. 그러니 정말 행복에 간절하다면 그 행복을 위한 마음으로 한 번을 꼭 이겨내요. 그렇게 두 번, 세 번, 절대 반응하거나 공격하지 않고 넘어간다면 당신은 어느새 보다 더 행복한 사람이, 자유로운 사람이 되어있을 거예요. 일단 그 행복을 느끼고 나면 노력하지 않아도 마음은 자신의 행복을 위해서 저절로 그러한 상황에 대한 태도를 변화시켜나갈 거예요. 아직은 그 행복을 느끼지 못해서, 무엇이 행복인지 잘 몰라서 서툰 것이니까, 그래서 조금 부족한 것이니까, 그게 사람이라서 이 세상에 태어나 또 성장을 하며 살아가는 것이니까, 절대 스스로를 닦달하지는 마시고요. 꼭 한 번을 참아서, 그렇게 더 쉬워진 두 번을 넘겨서, 세 번, 네 번, 연습을 무사히 마치고 당신에게 주어진 이 행복의 과제를 잘 졸업하시기를 진심으로 소원해요. 잊지 말아요. 당신은 당신이 잊지만 않는다면 언제나 소중한 사람이라는 것을, 당신이 당신인 것에는 다른 누군가의 인정이나 납득이 결코 필요하지 않다는 것을, 당신은 그저 당신이라서 삶의 어떤 순간에도 참 소중하고 아름다운 존재라는 것을요. 응원합니다.

Q 오빠는 왜 그래? 왜 자꾸 그러는 거야? 이런 식으로 남자친구한테 늘 따져요. 늘 징징대고 짜증을 내요. 늘 어떤 문제를 두고 딴지를 걸어요. 현명하고 지혜로운 여자친구가 되고 싶은데 미안하네요.

A 괜찮아요. 그 마음이 이미 예쁘고 아름다운 걸요. 그 마음으로 노력하신다면 분명 더 좋은 여자친구가 되실 거예요. 지금도 물론 남자친구에게 정말 사랑스럽고 예쁜 여자친구일 거고요. 죄책감은 절

대 금물이에요. 아시겠죠? :) 먼저 짜증나는 감정에 대해서 깊이 들여다보도록 해요. 우리가 짜증이 날 때, 짜증이 날 만한 일이 있어서 짜증이 난다고 생각하지만 사실은 내 마음 안에 짜증이 있어서 짜증이 나는 거예요. 만약에 내 마음 안에 짜증이 없다면 바깥에서 어떤 일이 생겨도 나는 짜증이 나지 않을 거예요. 그러니 내 안에 담겨 있는 짜증의 양만큼 우리는 짜증이 나는 거예요. 짜증이 나는 게 아니라, 내가 짜증을 내는 사람인 것이죠. 짜증 뿐만이 아니라 화가 나는 것도, 누군가를 원망하는 것도 모두 마찬가지에요.

내 마음 안에 짜증을 쌓아두고 쌓아두다가 그 짜증이 어느 시점이 돼서 마음 안에 담아두기가 버거울 때가 되면 짜증을 표출하기 시작하는 거예요. 그렇게 짜증이든, 분노든, 원망이든, 그 무엇이든 일단 표출을 하고 나면 한동안 잠잠해질 수도 있어요. 왜, 엄청 화를 내고 나서 화를 다 내고 나니 한동안 평온해지는 사람을 본 적이 있잖아요. 하지만 또 어느 순간이 되면 화를 내고, 그 상황을 계속해서 반복하는 사람이요. 그건, 내 안에 담겨있는 부정적인 감정이 가득 차서 표출할 시기가 되면 적당한 사건을 핑계 삼아서 적당한 상대에게 표출하게 되어 있어서 그래요. 그래서 우리가 명심해야 할 것은, 짜증이 날 만한 일이 있어서 짜증이 나는 것이 아니라 내 마음 안에 짜증이 있어서 짜증이 나는 것이라는 거예요. 그것을 먼저 인정해야만, 짜증을 딛고 일어서서 성장할 수 있어요. 똑같은 일을 겪을 때 어떤 사람은 짜증을 내지만 어떤 사람은 그것을 받아들이고 즐길 수도 있는 것처럼, 결국 절대적으로 짜증이 날 만한 일이라는 것은 존재하지 않으니까요.

하지만 결국 이 부정적인 감정을 딛고 일어서기 위해서는 내가 먼저 자존감 있는 사람이 되어야 해요. 우리는 자존감이 낮을 때, 스스로 우리의 내면에 있는 빈 공간을 채우지 못해서 다른 것을 통해서 채우려고 하거든요. 그것이 물질과 같은 외부적인 것이 되기도 하지만, 그와 동시에 타인의 감정을 통해서 채우기도 하는 거예요. 어떤 사람과 함께 오랜 시간 머무를 때 이상하게 힘이 빠진 적이 있을 거예요. 자존감이 높은 사람은 내면에 있는 부재들을 스스로 채우기 때문에 타인에게 좋은 감정을 나누며 그들을 고쳐시켜주지만, 자존감이 낮은 사람은 내면에 있는 부재를 스스로 채우지 못해 타인의 감정을 빼앗아 채우게 되거든요. 그 과정이 의식적이든, 무의식적이든 간에요. 그래서 자존감이 낮은 이들과 함께할 때, 우리는 진이 빠지고 마음이 허해지는 거예요.

자기연민에 사로잡혀 있는 사람은 계속해서 힘든 소리, 우는 소리를 하며 위로와 동정을 구하고, 원망에 사로잡혀 있는 사람은 계속해서 누군가를 탓하는 소리, 누군가를 깎아내리는 소리를 하며 함께 분노해줄 것을 구하죠. 늘 화가 나있는 사람은, 별 것도 아닌 일로 화를 내며 상대방에게 반응해줄 것을 요구하고, 마음에 따뜻함이 없이 차가운 사람은 타인에게 한 번을 따뜻하게 대해주지 못해 늘 주변을 싸늘하게 얼어붙게 만들죠. 그런 식으로 부정적인 감정을 공유하고 또 평소에 아무렇지 않게 평온한 하루를 보내고 있는 누군가에게 어떠한 감정을 요구하며 그것을 빼앗아 자신의 내면을 채우는 거예요. 스스로 에너지를 채우지 못하기에 또다시 에너지가 떨어져 필요한 시점이 되면 그 일을 반복하게 되는 거예요. 계속해서 타인의 감정을 갉아먹으며 자신의 마음에 비어있는 그 공간을 채우려고 말이에요. 그 일을 매일 처음 보는 사람과 하기는 힘들기에, 우리는 매일 보는 친구에게, 연인에게, 가족에게 주로 하게 돼요.

그래서 연인과의 관계가 싸우고 화해하고 싸우고 화해하고를 반복한다거나 하는 식으로 굳어지는 것을 조심해야 하는 거예요. 사랑은 함께 성장하고 또 서로를 고쳐시켜주는 것인데, 이런 경우의 사랑이란 서로의 감정을 갉아먹고 또 헤집어놓으며 상처를 주는 관계로 변질되어버리니까요. 그렇게 서로의 내면에 있는 온전함의 부재를 늘 함께하는 서로를 통해서 잘못 채우게 될 때, 그 사랑은 절대 영원성을 띄지 못하게 되는 거니까요. 영원한 사랑이라는 것은, 온전함을 포함하고 있는 것이고 오롯함을 포함하고 있는 것이고 함께 성장해나간다는 성장성을 포함하고 있는 것이니까요. 그래서 내가 먼저 온전해지지 않으면, 자존감이 높은 존재가 되지 못하면 이 관계가 끝이 나고 나서 다음 사람을 시작해도 결국 서로의 부정적인 감정을 편하게 나누고 또 상대방을 통해서 자신의 비어있는 내면을 채우고자 하는 관계가 되어버리고 마는 거예요.

그러니 지금 남자친구와의 관계 안에서 자꾸만 짜증이 나는 마음을 잘 느끼고, 그 마음을 표출하기보다 한 번 내려놓을 수 있게 노력해봐요. 당신이 지금 당신의 그런 마음을 알고 있다는 것은 아주 중요한 거예요. 그리고 그것을 개선하고자 노력하겠다고 마음먹고 있는 것 또한 아주 기특한 일이고요. 그러니 지금의 이 사랑을 더욱 예쁜 사랑으로 완성시켜나가기 위해서 조금만 더 기특하고 예뻐질 필요가 있을 뿐이에요 :) 내가 나의 예민함 아래에 놓이기보다 내 예민함 위에 설 때 나는 서서히 예민함으로부터 벗어날 수 있을 거예요. 당신이 지금 당신의 예민함을 바라보고 있다는 것은 당신이 충분히 그 예민함 위에 설 수 있다는 것을 말하는 것이고 그래서 제가 중요하다고 말한 것인데요. 그 마음을 바라볼 수 있다는 것은 그 마음과 분리될 수 있다는 것이고 그 마음과 분리가 될 수 있다는 것은 당신의 선택 여하에 따라서 그 마음에 전복되지 않을 수 있다는 것을 의미하는 것이거든요.

그래서 한 번이 중요해요. 당신이 예민해지는 느낌이 올라오고 자꾸만 짜증스러운 기분이 들 때 딱 그 한 번을 내려놓고 잘 넘긴다면, 그리고 최선을 다해 다정함을 선택한다면 두 번은 쉬울 것이고 그렇게 서서히 그 감정을 이겨내고 극복하기 시작할 거예요. 그래서 당신의 의지가 가장 중요한 부분이에요. 하지만 이미 그 의지는 준비가 된 것 같네요 :) 꼭 이를 악 물고 한 번을 잘 이겨내서 짜증 대신에 다정함을 선택해요. 당신의 그 변화 앞에서 남자친구 또한 기분이 엄청 좋아질 것이고, 그 긍정적인 피드백이 내 보상이 되고 나면 두 번, 세 번은 더욱 자연스럽고 당연한 것이 될 거예요. 그렇게 서로 기쁨을 나눠주는 관계가 되어서 나아가는 거예요. 그와 동시에 당신이 당신 스스로를 아껴주고 사랑하는 일에도 절대 소홀해서는 안 돼요. 남자친구와 있지 않고 홀로 있는 시간에는 혼자서 영화도 보고 또 쇼핑도 하면서 나 자신을 사랑하는 마음을 가득 담아서 나와 단둘이 데이트를 해줘요. 그렇게 혼자 있는 시간에 또한 나를 사랑할 줄 알고 또 혼자 있는 시간에도 스스로 오롯한 존재가 되고 나면 내 자존감이 더욱 커져감을 느낄 수 있을 거예요.

그 자존감이, 당신의 앞으로의 사랑과 모든 관계 안에서의 당신을 지켜줄 거예요. 또한 당신의 행복을 지켜줄 거예요. 언제 어디서나, 나는 충분히 사랑스럽고 소중한 사람이라는 것을 잊지 않는 그 자존감 말이에요! 그렇게 사랑하는 관계 안에서도, 또 당신이 혼자 있는 시간 안에서도 노력해나간다면 당신의 사랑, 비로소 영원을 향해 나아가게 될 거라고 믿어요. 또한 보다 더 아름답고 행복한 삶을 살아가게 될 당신이 될 거라고 믿어요. 그러니 지금의 이 기특하고 예쁜 의지를 잊지 말고 꼭 성장을 향해 나아가요. 당신의 예쁜 사랑과 예쁜 의지와 예쁜 앞으로의 삶을 진심 다해 응원할게요. 화이팅이에요 :)

Q 하루하루 열심히 살아야하는데 맘이 안 따라줘요. 그렇다고 열심히 노는 것도 아니에요. 아무것도 열심히 하는 게 없네요. 나이는 점점 늘어만 가는데, 아직도 이러는 제가 싫네요. 어떻게 극복할 수 있을까요?

A 지금 아무것도 하고 있지 않다는 것에서 오는 죄책감 때문에 많이 힘드신 것 같아요 :(먼저 제 이야기를 한번 들어봐주세요. 우리가 스스로의 어떤 행동에 대해서 죄책감을 가지는 것은 나 자신의 기대와 이상에 미치지 못한 현재의 나를 스스로 벌 받아 마땅한 존재로 여기는 것과 같아요. 계속해서 스스로를 책하고 원망하고 또 못났다고 여기면서 그렇게 하고 있지 않은 지금의 나를, 또 그렇게 하지 못했던 과거의 나를 벌주는 거죠. 하지만 우리의 마음은 이미 알고 있어요. 스스로를 벌주며 스스로에게 혹독하게 대하는 지금의 이 시간에 내가 바라는 것을 이루기 위해 더욱 노력해나가는 것이 필요할 뿐이라는 걸요. 하지만 그러고 싶은 내 마음과는 달리 오늘 하루도 노력하지 못한 채 그냥 흘려보낸 나이기에 되돌아오는 밤이면 또다시 죄책감에 시달리기 시작해요. 어떻게 보면 죄책감에 시달리기 위해 일부러 주어진 하루하루들을 이렇게 흘려보내는 건 아닌가 싶기까지 해요.

흡연자들이 담배가 몸에 해롭다고 생각하지만 그럼에도 담배를 끊지 못하는 것처럼, 우리는 죄책감에 정말로 중독이 되어있는 걸지도 몰라요. 중독된 것이 아니라면, 스스로를 불행하게 만드는 이 감정을 스스로 끊어내지 못할 이유가 없으니까요. 말 그대로 정말로 중독이 됐거나, 아니면 이 감정이 스스로를 정말 아프게 한다는 것을 아직 모르거나, 둘 중에 하나가 되겠죠. 그렇다면, 무엇을 해야 한다, 무엇을 하지 않으면 넌 잘못된 것이다, 라는 틀 안에서 끊임없이 생겨나는 이 죄책감이라는 감정은 도대체 어떻게 해야 극복할 수 있는 것일까요?

　그건 먼저 죄책감이 나를 아주 많이 아프게 한다는 것을 스스로 알아차리는 것에서부터 시작돼요. 여태 죄책감에 대해서 한 번도 의심을 해본 적이 없었고, 또 내가 기대하는 모습에 내가 미치지 못할 때 나를 책하고 원망하는 것은 마땅한 행동이라는 생각에 당연한 듯 그렇게 해왔지만, 이제는 알아차리는 거예요. 그 감정이 나를 정말 많이 아프게 해왔다는 것을, 있는 그대로가 너무나도 소중한 나 자신을 바라보지 못하게 해왔다는 것을, 이렇게나 소중한 나를 사랑받기보다 벌 받아 마땅한 존재로 여기게 만들어왔다는 것을요. 마음이 많이 아플 때, 몸에서 열이 나고 그것이 감기로 이어진 기억이 있을 거예요. 나 자신을 사랑해줘야 하는데, 스스로 벌을 주니까 몸까지 아파오는 거예요. 나는 아파도 싸다, 나는 아파야 마땅하다, 라는 무의식적 죄책감 때문에요.

　마더 테레사 효과라고 들어보셨나요? 사람은 테레사 수녀님이 봉사를 하고 있는 사진이나 영상만을 봐도, 엔돌핀이 증가하고 면역력이 강해진다고 해요. 그만큼 외부적인 질병에까지 강해지는 것이죠. 죄책감의 반대는 사랑이니까요. 내 몸과 마음에 치명적인 죄책감과 달리 사랑은 내 몸과 마음을 치유하고 또 행복하게, 더욱 건강하게 만들어주니까요. 그런데 우리는, 스스로를 한 번이라도 더 사랑해주지는 못할망정, 스스로를 책하고 비난해왔던 거예요. 실수를 좀 했으면 어때요. 실수를 통해서 배우는 우리인데. 오늘 하루, 계획대로 보내지 못하면 좀 어때요. 그래서 우리는 기계가 아니라 감정을 가진 사람인 건데. 그러니 그런 나에게 혹독하게 대하며 자꾸만 벌을 주기보다, 괜찮다고, 그럼에도 넌 충분히 소중하고 사랑스러운 존재라고 말해주며 안아주면 어떨까요?

　몇 시에는 자야 착한 아이다, 게임보다는 공부를 해야 착한 아이다, 밤에는 배가 고파도 참는 것이 착한 아이다, 와 같은 이런저런 틀들은 결국 사람들이 정해놓은 틀인 거잖아요. 하지만 내가 너무 어려서부터 배워왔기에 한 번도 의심해보지 못했던 틀인 거잖아요. 너무 천진난만하고 순수한 나머지 고스란히 믿어버린 거예요. 하지만, 이렇게 하지 못했다고 해서 네가 나쁜 사람이라는 생각은 절대 하지 말아라, 죄책감은 절대 가져서는 안 된다, 왜냐면 그럼에도 불구하고 넌 소중하고 사랑스러운 사람이니까, 라는 말은 그 누구도 해준 적이 없었어요. 그래서 한 번의 의심조차 해보지 못한 채, 이렇듯 습관처럼 굳어져버린 거예요. 하지만 이제는, 지금 이 순간부터는 의심해보는 거예요. 이렇게 한다고, 또 이렇게 하지 않는다고 해서, 내가 소중한 사람이라는 사실이 사실이 아닌 것이 되는지를 말이에요.

그렇지 않잖아요. 태어난 순간부터 살아있고 살아가는 모든 순간들 안에서 단 한 번도 소중하지 않은 적이 없었던 우리잖아요. 모두가, 단 하나의 얼굴과 단 하나의 지문과 단 하나의 목소리와 단 하나의 지문을 가지고 태어난, 그래서 단 하나의 유일함으로 존재하는 소중한 사람이잖아요. 우리가 소중한 이유는, 그저 우리라는 이유밖에 없는 걸요. 그래서 존재 자체로 사랑받기에 충분히 소중한 우리들인 걸요. 그러니까 우리는, 우리가 스스로 잊지만 않는다면 삶의 어떤 순간에도 언제나, 영원히 소중한 사람인 걸요. 그러니 기억해줘요. 그리고 잊지 말아요. 여태 이 중요한 사실을 잊고 지냈던 나에게 미안해, 너를 그동안 아프게 해서 정말 미안해, 라고 말해주며 이제는 그 소중함, 잊지 않겠다고 다짐해줘요.

그렇게 죄책감을 원동력 삼아 하루를 열심히 보내야겠다고 마음 먹는 대신에, 이 소중한 내가 마주하고 있는 이 소중한 하루하루들이 너무나도 소중해서 이 하루를 열심히 보내야겠다고 마음 먹는 거예요. 나를 사랑해서, 내 삶을 사랑해서, 내 꿈을 사랑해서 하루하루를 최선을 다해 보내는 거예요. 그리고 죄책감으로 인해 하루라도 쉬어가는 것에 대해 스스로를 책하고 원망했던 것을 대신해서 나 자신에 대한 사랑으로 나 자신에게 휴식을 주고, 그 사랑 안에서 편히 쉬었다 가는 거예요. 그게 진정한 쉼이잖아요. 늘 쉬면서도 머릿속은 죄책감 때문에 쉬지 못했던 우리잖아요. 그러니 이제는 죄책감을 대신해서 사랑을 가득 담아주는 거예요. 우리라는 존재의 이름은 죄와 벌이 아니라 바로, 사랑이니까요. 그 사랑의 빛으로 나를 감싸 안아주는 거예요. 그렇게 내 마음을, 그동안 너무나도 아팠던 내 마음을 어루만져 주고 치유해주세요.

그렇게, 당신 내면의 자유를 되찾아주세요. 이렇게 하는 것은 옳은 것이고 이렇게 하는 것은 틀린 것이다, 라는 사슬에서 풀려나 그동안 억압받고 있던 자유를 되찾는 거예요. 당신은 벌 받아 마땅한 존재가 아니라 사랑받아 마땅한 참 소중한 존재니까요. 당신이라는 이유만으로, 이 세상에 태어나 살아 숨쉬고 있다는 그 이유만으로, 당신은 정말 소중하고 사랑스러운 존재니까요. 그래서 당신이 어떤 당신이든, 당신만큼은 당신을 아끼고 사랑해줘야 하는 거예요. 당신만큼은 당신을 용서해줘야 하는 거예요. 그러니 먼저 당신을 용서하고 아껴주고 사랑해 주는 것에서부터 시작해요. 그런 너를 잠시라도 미워해서 미안해, 정말 미안해, 하지만 이제는 알겠어, 네가 나에게 어떤 존재인지. 그러니 너를 앞으로는 정말 전심을 다해 아끼고 사랑할게. 고마워, 정말 고마워, 사랑해. 당신의 소중한 마음에게 이렇게 말해주면서 말이에요! 그렇게 이제는 사랑을 선택하는 거예요. 그 사랑의 따뜻한 품 안에서 하루하루를 살아가는 거예요.

처음에는 어색하겠지만, 생각이 날 때마다 의식적으로라도 있는 그대로의 나를 향해 마음속으로 말해줘요. 고마워요, 사랑해요, 라고. 그렇게 그것이 습관으로 굳어질 수 있게 계속해서 말해줘요. 고마워요, 사랑해요, 라고. 늘 죄책감에 시달렸던 전과는 달리 이제는 내 마음 안에 사랑을 가득 담는 거예요. 그리고 당신 주변의 사람들을 바라봐요. 천진난만하게 빛나고 있는 그들의 눈동자를요. 사랑스러운 그들의 눈 안에 비친 사랑스러운 당신이 보이시나요? 그렇게 타인을 사랑하는 것은 동시에 당신 자신을 사랑하는 것이라는 걸 알아가는 거예요. 그렇게 그들을, 동시에 스스로를 사랑을 가득 담아 바라보는 거예요. 그 말 없는 사랑의 표현이, 그들의 마음에 무의식적으로라도 전달되어 당신을 더욱 존중하고 사랑하게 만들어줄 거예요. 그렇게 타인에게도 존중 받는 사람이 되어주세요. 나에게도, 타인에게도 있는 그대로 존중 받고 또 사랑받으며 나라는 존재의 가치와 소중함을 늘 확인하고 확인 받는 거예요.

잠에 들기 전에도 스스로에게 수고했다고, 오늘도 이렇게 잘 보내주어서 고맙다고, 사랑을 가득 담아 토닥여줘요. 일어나서도 부스스한 나 자신의 모습을, 게슴츠레한 눈을 힘겹게 비비고 있는 나 자신의 모습을 귀엽게 바라보며 온 마음을 다해 사랑해줘요. 그러고는 일어나서 거울을 보며, 거울에 비친 나의 모습을 한동안 사랑스럽게 바라보며, 사랑한다, 사랑한다, 되뇌어주세요. 있는 그대로의 나를 사랑해 주는 거예요. 그렇게 사랑을 담아 하루를 보내는 동안, 오늘 하루, 당신이 어떤 하루를 보내고 있든, 어떤 하루를 보내왔든, 당신은 죄책감이라는 사슬에서 벗어나 당신 자신을 계속해서 스스로 사랑하고 있음을, 당신은 외부의 어떤 것에도 불구하고 내면으로부터 사랑스러운 존재라는 것을 느낄 수 있을 거예요. 그 사랑의 힘으로 여태 당신을 멈추게 했던 타성과 나태함을 이겨내는 거예요.

어떤 사람은 분노로, 어떤 사람은 타인과 비교되어진 열등감과 질투, 그리고 경쟁심으로, 어떤 사람은 자신의 지금이 너무나 못났고 부족하다는 죄책감으로, 또 어떤 사람은 누군가에게 이바지하겠다는 사랑으로 무언가를 해요. 가장 강력한 힘을 선택하세요. 그 힘이라면 무엇이든 해낼 수 있을 거예요. 나와, 다른 사람들과, 이 세상을, 또 나에게 주어진 하루하루들을 진심으로 아끼고 사랑하겠다는 그 힘으로 도무지 극복할 수 없을 거라 여겼던 한계를 딛고 일어서 이제는 당신이 마주한 하루하루와 당신의 꿈을 향해 걸어가는 거예요. 그리고 그 꿈을 사랑하는 열정으로 최선을 다해 주어진 하루를 보내는 거예요. 치과에 갈 때에도, 이가 상할까 두려워 가는 것과 나의 이를 아끼고 사랑해서 가는 것은 달라요. 그러니 두려움 대신 사랑을, 분노 대신 사랑을, 죄책감 대신에 사랑을 선택하는 거예요. 모든 행위의 의도 속에 사랑을 품는 거예요.

그렇게, 꼭 행복한 당신이 되어주세요. 세상에 빼앗겼던 자유와 행복을 되찾고 이제는 오롯이 빛나는 당신이 되어 꼭 행복해주세요. 지금도 너무나 소중하고 아름다운, 사랑스러운 당신이니까요. 그러니 지금의 나를 더 이상은 다그치지 말아요. 그저 아껴주고 사랑해 줘요. 그냥 단지 조금의 사랑이 더 필요했던 거뿐이에요. 그 사랑을 배우기 위해 조금 아팠던 거뿐이에요. 그러니까 지금도 괜찮아요. 무조건 괜찮아요. 지금의 나태와 그 나태로 인한 아픔, 그 모든 죄책감들, 사랑으로 치유하고 더 아름답고 멋진 빛이 되어 성장해 온전히 행복해주세요. 제가 열심히 응원하고 또 소원할게요. 부디 행복한 당신이기를. 지금도 행복한 당신이니까 :)

Q 대학 강의 시간 때 발표를 해야 하는데 너무 떨리고 걱정돼요. 아직 시작하지도 않았는데 스트레스를 받고 두려워요. 사람들 앞에 서서 이야기하는 게 너무 어려워요. 이겨낼 수 있는 방법이 있을까요?

A 저도 발표하는 게 두렵고 떨렸던 적이 있어요. 그래서 오히려 발표를 할 기회가 있으면 제가 나서서 하려고 했었어요. 기회잖아요. 제 마음 속에 있는 두려움을 극복하고 한 단계 더 성장할 수 있게 해

주는 선물이잖아요. 그런 마음으로 임해봐요. 두려움을 딛고 용기를 낼 수 있는 성장의 기회로써, 삶이 내게 준 선물로써, 꼭 지나가야할 인생의 과제로써 발표를 생각한다면 마음이 한결 더 가벼워지고 또한 아름다워질 거예요. 제 경우에 일단 발표하기 전날 거울을 보고 연습을 많이 했어요. 앞에 청중이 있다 상상하며 그 떨림을, 연습을 할 때에도 최대한 느껴보려고 노력했던 거 같아요. 그렇게 많게는 열번 정도 연습했던 거 같아요. 준비를 철저히 한 만큼 떨리는 마음을 이겨내기가 쉬울 테니까. 삶이 내게 준 과제에 최선을 다해 임하는 그 정성 어린 마음 자체가 참 예쁜 거니까. 그렇게 연습을 했음에도 떨리는 마음은 마찬가지로 제 마음 속에 남아 있었어요. 하지만 그 떨림이 두려워 도망치기보다는 정면으로 마주한 채 딛고 일어설 용기가 더 강했기에, 그 감정은 두려움의 떨림이라기보다는 도전의 설렘에 더 가까웠던 거 같아요. 발표를 하기 전에도 이미 성장하고 있는 나의 모습에 뿌듯하고 감사할 수 있었고요.

그렇게 발표를 시작하는데 너무 떨리는 나머지 준비했던 유머를 진지하게 내뱉고 말았어요. 분위기는 싸해졌고 이마에는 땀이 송골송골 맺혔지만 그런 실수가 주는 민망함에도 불구하고 그럼에도 해냈다는 성취감이 더욱 컸었어요. 많이 떨렸고 미숙했지만, 그럼에도 나는 도망가지 않고 이 자리에 서서 나의 두려움을 마주한 채 극복했다는 그 성장의 성취감 말이에요 :) 불완전하기에 완전한 우리이니까요. 그러니 발표에 임하는 목적을 무조건 잘해야지, 실수 하지 말아야지, 라고 마음먹기보다 서툴고 실수를 하더라도 용기를 냈음에, 그렇게 성장했음에 감사하자, 라는 마음으로 임해 봐요. 한 학기가 지날 즈음 발표가 두렵지 않고 어느덧 제스쳐와 유머를 자연스럽게 취하고 있는 자신을 발견할 수 있을 거예요. 저도 어느덧 학생들, 교수님과 발표 중에 교감할 수 있었고 그로 인해서 그들도 저의 이야기를 더욱 흥미를 가지고 들어줬었거든요. 저는 발표를 할 때

늘 대본을 외워서 갔어요. 대본을 들고 있는 제 손이 덜덜 떨려 제 긴장감이 사람들에게 들킬까봐, 그것 때문에 발표에 방해가 될까봐 하는 걱정 때문에요. 하지만 그 점 때문에 청중들이 제 발표에 더욱 온전히 집중할 수 있었던 거 같아요. 나중에는 준비기간도 점점 짧아졌고, 긴장감보다는 여유롭고 포근한 마음으로 발표를 할 수 있었어요. 상황과 분위기를 봐서 애드리브도 할 수 있게 되었고 청중들을 웃기는 법에 대해서도 자연스럽게 알아가게 되었고요.

처음엔 떨리는 게 당연한 거예요. 그걸 이겨내지 못해 남들에게 미루고 피하는 사람과 이겨내기 위해 도전하고 성장하는 사람이 있을 뿐이에요. 마냥 도망가고 싶어 떠밀면 처음에야 편하겠지만, 그랬다면 나는 더 이상 아름다워질 수 없었을 거예요. 성장할 수 없었을 거예요. 그 경험이 주는 배움 속에서 의미와 가치를 찾을 수 있는 기회를 놓쳤기에 저만의 멋진 추억도 만들 수 없었을 거예요. 그러니까 당신, 지금 잘하고 있는 거예요. 시작하기 전의 지금도 벌써 정말 멋지고 아름다운 당신인 걸요. 그런 당신의 예쁜 용기에 저는 감사드려요. 경력이 오래된 가수들도 무대에 서면 떨린다고 하잖아요. 그러니 너무 걱정하지 말아요. 분명 이 발표를 통해 성장할 당신이니까요. 어떤 발표가 되든 부끄러워하지 말고 도전한 나를 당당하고 아름답게 여겨줘요. 맛있는 거 꼭 사드시고요. 꼭 준비 잘해서 멋진 발표하세요. 어떤 발표가 되든, 그 도전으로 인해 무조건 멋진 발표였다는 거, 무조건 멋진 당신이었다는 거, 꼭 명심하시고요. 당신의 발표와 그로 인한 당신의 성장을 진심으로 바라고 응원합니다 : D

Q 일 욕심이 많아요. 잘 해내고 싶고 잘하고 싶은데 체력이 부족하다는 건 핑계일까요? 남에게 보여주기 위한 일이 아닌, 나 스스로가 만족할 수 있는 사람이 되고 싶어요. 요즘 따라 일은 더 많은데 내 몸은 아쉽게도 하나네요. 속상합니다. 어떤 말을 해주시든 이렇게 털어놓을 수 있는 것만으로도 힘이 되었어요. 고마워요.

A 그동안 맘고생 많이 하셨나봐요. 힘이 되었다니 기쁘고 고마워요. 너무 조급해하지 말고 또 욕심 내지 말고 그 일을 정말 사랑하도록 해봐요. 그 일을 통해 사랑과 성장을 배운다는 마음으로 임하는 거예요. 어떤 결과나 성과를 바라고 욕심내기보다 그 자체가 목적이 되도록 해보는 거예요. 조급함과 욕심은 우리를 지치게 하지만 사랑과 진심 어린 정성은 우리를 즐겁게 만들어주고 또 설레게 하니까요 :)

하루 종일 지치지 않고 일을 하는 사람들이 있어요. 그들은 입가에 항상 미소를 머금은 채 그들을 지켜보고 있는 이들에게 깊은 인상을 남겨줘요. 그들이 일을 하며 땀을 흘리는 모습은 매력적이기까지 하죠. 그들은 달인이라 불릴 만큼 손놀림이 빠르고 또한 창의적이기에 군더더기 없는 효율성을 갖고 일을 해나가요. 요리사는 자신의 일을 사랑함으로 인해 최고의 요리사가 되고, 사람들은 그 진심(요리사 자신의 일을 사랑하는 열정으로써의 진심)이라는 아름다운 향기에 이끌려 그의 가게 앞에 줄을 서서 기다려요.

어떤 일을 하든 그 자체가 목적이 된다면 그 일은 사랑이라는 궁극의 예술이 되어 당신을 고취시키고 또한 타인의 가슴에 깊은 감동을 심어줄 거예요. 삽으로 땅을 팔 때는 파야 할 구멍의 크기를 생각하며 미리 지치기보다는 한 삽 한 삽에 온전히 집중하는 태도가 필요한 거예요. 당신에게 주어진 순간들을 진심을 다해 사랑하고 느끼고 음미하며, 그렇게 전심을 다해 일해 봐요. 이를 악 무는 억지가 아닌 차분한 여유와 집중이 필요한 거예요. 당신이 살아오며 마음먹었던, 하지만 금세 사라져버렸던 수많은 각오와 맹세를 떠올려 봐요. 감정적인 태도는 매사에 금방 식어버리게 되어있어요. 감정은 우리의 습관을 바꿀 만한 힘이 부족하거든요. 감정보다는 여유로운 마음가짐과 행위로의 온전한 몰입이 더 큰 힘과 에너지를 가지고 있기에 우리를 들어올릴 수 있는 거예요.

그러니 지금 당신에게 필요한 것은 이를 악 무는 열정이 아니라, 결과를 위한 욕심이 아니라 행위로의 몰입이 아닐까요? 앞으로 어떻게 해야지, 가 아닌 지금 이 순간을 온전히 느끼는 진심의 태도가 아닐까요? 부디 차분한 여유를 되찾아 지금 당신을 옥죄어오는 스트레스로부터 해방되실 수 있기를, 일과 하나가 되는 그 마음가짐을 연습해서 몰입의 기쁨으로 매 순간이 즐거울 수 있는 당신이 되기를 진심으로 응원하고 바라요. 너무 애쓰지 말아요. 그것보다 흘러가는 삶에 당신을 내맡기는 온전한 집중이 필요했던 것뿐이니까요. 결과를 세어보고 또 누군가의 시선에 연연하기보다 그저 지금 당신이 하고 있는 일을 그 자체로 좋아하는 것이 필요했던 것뿐이니까요. 그러니 순간순간에 그저 일과 함께 존재하며, 최선을 다해 그 순간 자체에 머물러보는 거예요. 그러면 여태 몰랐던 새로운 즐거움이 함께하지 않을까, 또 지금의 지치고 피곤한 마음을 그 설렘이 치유해주지 않을까 싶어요. 너무 무리하지 마시고, 지금도 충분히 잘하고 있다는 것과 또 앞으로 잘 해낼 당신이라는 것을 잊지 말아요. 화이팅 :)

Q 전 백수생활 중이에요. 고등학교를 졸업하기도 전에 취업해서 돈 벌며 잘산다고 생각했는데, 전혀 행복하지 않았고 기계 같다고 느껴져서 일을 그만두게 되었어요. 그 후 나름 여유롭게 저를 위해 시간을 보내고 있어요. 음 솔직히 말하자면 한 것 없이 보낸 날들이 많긴 했지만 전 좋아요. 나를 알아가고 삶에 대해 고민해보는 시간이라 생각하고 있거든요. 그런데 한편으론 이게 바보 같은 건가, 게으름을 합리화하는 건가 하는 생각에 맘도 안 편하고 중심을 잡질 못하겠어요. 하는 것들도 희미해져만 가고요. 지금의 제 마음, 어떻게 해야 중심을 잡을 수 있을까요?

A 마음고생이 많으셨을 것 같아요. 제가 답장이 조금 늦었죠? : (혼자 진지하게 있을 수 있는 시간이 지금에야 왔네요. 우선 고민이 많으셨을 텐데, 그럼에도 자신의 행복을 위해 용기 있는 선택을 해줘서 기특하고 고마워요. 중요한 건, 내가 살아있음을 느끼게 해주는 일을 하는 것이고 또 그 일에 담긴 의미와 가치가 내게 보람과 행복을 전해주는 일을 하는 것이니까요. 그러니까 잘하셨고 또 수고 많았어요. 지금 여기서 마음이 아프신 이유는 자신이 원하는 것이 무엇인지가 명확하지 않은 상태에서 쉼을 결정했기 때문이 아닐까 싶어요. 무엇이 하고 싶어서 퇴사를 한 것이 아니라, 이 일을 하기 싫어서 퇴사를 한 것이죠. 그래서 지금 이 시간을 잘 보내기 위해 가장 중요한 것은 첫 번째는 쉼이고, 두 번째는 내가 정말 원하는 일을 찾아 나가는 일인 것 같아요. 우선 첫 번째는 잘하셨으니까 두 번째를 어떻게 잘 맞이하고 보낼지를 함께 고민해보면 좋을 것 같아요.

내가 퇴사를 하고 쉬는 이 시간 동안 쉼은 똑같이 유지하면서 그 쉼을 다른 형태로 바꾸어 보면 어떨까요? 예를 들어서, 집에서 하루 종일 텔레비전을 본다든지, 아니면 컴퓨터를 한다든지 하는 쉼에서 그림 학원에 가서 그림을 배운다든지 배낭여행을 가본다든지, 또

가죽공예를 배워본다든지 하는 쉼으로 변화를 시켜보는 거죠. 내가 평소에 한 번은 정말 꼭 해보고 싶었지만, 용기가 나지 않아 망설였던 일에 도전해보는 것이 가장 좋아요. 그래야 억지가 아니기 때문에 배움의 보람과 거기서 높아지는 자존감이 지금의 무료함을 대체할 수 있을 테니까요. 동시에 지금 휴식을 하고 있다는 느낌도 그대로 유지할 수 있을 것이고요. 이와 같은 도전 속에서 마음의 여유가 함께할 때, 내가 정말 원하고 하고 싶은 일이 무엇인지 더욱 잘 떠오를 수가 있고 또 그 도전을 향해 한걸음을 내딛는 것에 설렘과 행복이 함께해줄 거예요.

매일 반복되는 기계적인 회사생활에 지쳐서 일을 그만두었지만, 또다시 매일 반복되는 기계적인 쉼을 한다면 쉬면서도 제대로 쉬지 못해서 마음은 더욱 지치고 공허함에 아파하게 될 거예요. 그러니 어느정도 육체적인 피로함이 풀릴 만큼 쉬었다면, 내가 무엇을 할 때 가장 행복해 하는지를 느끼고 찾아가 봐요. 그 마음으로 하루하루를 보낸다면 그 하루하루, 점차 의미로 가득 차 더욱 풍성한 휴식을 하실 수 있을 거라고 믿어요. 나 자신과 단 둘이 머무르는 시간이 끊임없이 누군가를 만나 수다를 떤다든지, 전화를 한다든지, 문자를 한다든지, 텔레비전을 본다든지 하는 식으로 혼자있음이 주는 침묵과 고요가 두려워 마음을 외면하는 시간이 된다면 우리는 결국 공허해지게 되어있어요. 마음이 공허함이라는 신호로 나를 바라봐줘, 하고 외칠 테니까요. 그러니 지금의 이 공허함, 이제는 당신 스스로를 바라봐주고 또 잘 돌봐달라는 마음의 외침일 지도 몰라요. 그 소리에 언제나 귀를 기울여주세요.

진정 나를 알아가는 시간은, 내 마음과 단둘이 있는 시간이니까요. 그렇게 나를 알아갈 때, 나 자신을 바라보고 마주할 때 내가 진정 원하는 것이 무엇인지가 드러날 테니까요. 그러니 마음의 소리를 잘 들어봐요. 언제나 그 안에 답이 있으니까요. 그동안 외면해왔던 당신의 마음, 그로 인해 자욱이 드리워진 공허함과 무료함의 안개 때문에 앞을 향해 걸어갈 수 없었던 당신, 이제는 그 안개들을 거두어내고 스스로를 마주해줘요. 지금을 게으르게 보내고 있다는 죄책감에 아파하고 있는 당신과 당신의 마음을 잘 돌봐주며 당신이 진정 원하는 것이 무엇인지를 알아가는 시간을 보내는 거예요. 그 모든 일 안에 그동안 돌보지 못했던 마음을 토닥여주는 느낌을 가득 담아서요. 그로 인해 당신의 마음, 풍성함과 포근함으로 가득 차 빛나길 바라요. 삶의 의미를 찾아가기 위한 당신의 여행이 부디 성장의 기쁨과 자신을 마주하는 온전함으로 인해 꼭 행복하기를 진심으로 소원해요 : D

Q 매사에 모든 일에 최선을 다하려고 하지만, 걱정이 많아서 매일 체하고 잠을 설치고 스트레스를 심하게 받아요. 해외에서 혼자 살면서 느끼는 외로움이나 걱정, 불안함 등등을 어떻게 하면 잘 컨트롤 할 수 있을까요? ㅠㅠ

A 우선 오늘 하루 내게 주어진 경험을 마주하는 '시선'을 변화시켜보면 어떨까요? 이러한 것이 두렵다면, 두렵기 때문에 이 걱정과 두려움을 극복해서 더욱 성장해내겠다는 각오로 도전하는 거예요. 그런 마음이라면, 하루하루 내가 마주할 무수히 많은 일들이 두려움이 아니라 설렘으로 바뀔 수 있을 거라고 믿어요. 그렇게 서서히 두려움을 극복해나가고 있는 나를 바라보며 하루를 죄책감이 아닌 보람으로 마무리하는 거예요. 그렇게 자존감을 키워나가는 거예요. 조금 실수하면 어때요, 조금 서툴면 어때요. 그렇게 하나하나 경험하고 배우며 나라는 책의 페이지를 더욱 풍성하게 만들어가고 있는

걸요. 그 이야기, 더욱 다채롭고 예뻐지고 있는 걸요. 그러니 걱정 앞에서 너무 걱정하지 말아요. 아시겠죠? :)

그리고 내가 살아가고 있는 세상의 주변을 관찰하는 마음으로 한 번 둘러봐요. 세상에 얼마나 많은 사람들이 당신이 지금 걱정하고 있는 일들을 해내고 있나요! 그 사람들이 해냈다면 당신도 해낼 수 있는 거예요. 그러니 용기를 잃지 말아요. 당신보다 훨씬 부끄럼도 많고 걱정도 많은 소심한 사람들도 이 세상을 살아가고 있는 걸요. 또한 내가 지금 하고 있는 걱정들을 노트에 한 번 적어보는 것도 도움이 될 거예요. 그리고 그 노트를 시간이 지나 한 번 펼쳐봐요. 생각보다 심각하지 않은 문제들에 엄청 심각해져 있었던 그때의 내가 떠올라서 문득은 웃음이 나올지도 몰라요. 당신이 지금까지 살아온 모든 날들, 수많은 걱정들로 가득 찼었지만 그럼에도 지금까지 잘 살아왔잖아요. 그리고 내일을 맞이하고 마주할 당신이잖아요. 당신이 잘 못해냈었다면 당신의 오늘은 있지도 않았을 거예요. 그러니 조금은 태연해져 봐요. 당신이 걱정을 하든 안 하든, 당신의 오늘은 지나갈 것이고 당신의 내일은 찾아올 테니까요. 그리고 당신은 그 하루하루들을 무사히 잘 보낼 테니까요.

그러니 너무 걱정하지 말아요. 당신, 충분히 잘하고 있고 또 잘 해낼 거예요. 지금 걱정하고 있는 일들, 막상 마주하게 되면 또 잘 헤쳐나가고 있을 당신인 걸요. 그러니 충분히 잘하고 있는 당신의 하루하루들에 걱정의 아픔을 더하기보다 격려의 기쁨을 더해주는 것이 맞지 않을까요? 그러니 걱정이 들 때마다 당신 스스로에게 말해줘요. 나는 충분히 잘 해낼 수 있어. 왜냐면 여태까지도 이 모든 걱정에도 불구하고 난 잘해왔으니까. 그렇기에 지금의 내가 있고 나의 오늘이 있는 거니까. 라고요. 그리고 나서는 주어진 하루하루들, 최선을 다해 진심으로 마주하는 거예요. 그 하루하루들을 느끼고 바라보며 그 안에서 성장해나가는 거예요. 조금 서툴러서 시작하기가 두려운 일이 있다면, 서툴기 때문에 도전해봐요. 아직 채워야 할 것이 있고 배워야 할 것이 있다는 것에 기뻐하는 마음으로요. 그렇게 하루하루를 살아가는 목적이 성장 그 자체에 있을 때, 나는 무조건 행복한 사람이 될 수 있을 거예요. 그 행복을 포기하지 말아요. 당신, 잘하고 있고 앞으로도 꼭 잘 해낼 거예요. 다른 누구도 아니라 당신이라서. 그런 당신의 오늘과 내일이 더욱 찬란하기를 진심 다해 소원하며, 꼭 지금을 통해 더욱 성장해서 더욱 행복한 순간순간들을 마주하는 당신이기를 바라요. 응원할게요.

Q 저는 공부욕심이 많아서 3년째 수험생활을 하고 있는 삼수생이에요. ㅠㅠ 공부를 못하는 건 아니지만 제가 원하는 목표 대학의 원하는 과를 가기 위해 공부하다 보니 이렇게 됐네요. 내년에 대학교에 가면 친구들은 다 3학년일 텐데 2살이나 어린 친구들이랑 잘 못 친해지거나 그 친구들이 절 불편해하진 않을지가 걱정이 돼요. 재수 때까진 괜찮았는데 삼수부턴 흔치 않으니까 너무 불안하고 뒤처지는 것 같은 기분이 들어서 늘 우울하네요. 순간순간 웃기거나 기쁜 감정은 있지만 제 성격 자체가 자기 비관적으로 변해가는 것 같아 속상하기도 하고⋯ 저 어떡하면 좋을까요?

A 걱정되시겠어요. 충분히 이해해요, 그 마음 :) 하지만 이 부분에 대해서는 너무 걱정하지 않으셔도 될 것 같아요. 나이 때문에 어울리지 못하거나 하는 일은 없을 거예요. 저도 남들보다 1년 늦게 대학에 갔었는데, 저보다 나이 많은 동기도 있었고 또래 친구도 많았지만 동생들, 형 누나, 친구들 모두 함께 잘 어울렸거든요! O.T에 가면 다들 어색해서 서로 친해지고 싶은 마음을 갖고 있기 때문에 금

방 친해지고 또 적응하실 거예요. 그러니 미리 걱정하지 말기! 막상 가게 되면 걱정했던 것과는 달리 잘 어울리고 금방 친해져 있을 당신이니까요. 도리어 너무 많은 동생들이 당신을 귀찮게 할 것이 걱정된다면 그게 걱정이겠죠 :)

그리고 스스로를 절대 비관하지 말아요. 지금도 너무 멋지고 아름다운 당신이니까요. 있는 그대로 너무나 소중한 당신이니까요. 당신이 선택한 그 삶에 긍지를 가져요. 충분히 그래도 돼요. 다른 사람의 시선에 아랑곳 않고 선택한 일이잖아요. 그게 얼마나 용기 있고 대단한 일인데요! 그러니 용기를 냈었던 처음의 그 마음을 잊지 말아요. 오히려 충분히 멋진 당신의 선택이었고, 그 선택의 결과인 걸요. 목표한 바를 이루기 위해 최선을 다해왔고, 또 최선을 다할 것이고, 남들이 가지 않은 길을 선택함에 있어서도 주저함에 없었고, 그렇게 하루하루 나아가고 있는 멋진 당신이니까요.

그리고 저랑 약속 하나만 해요. 미리 걱정하지 않기! 막상 그날이 되면 걱정했던 일들은 잊고 잘 적응하고 있을 당신일 거예요. 당신이 걱정했던 모든 지난 시간들, 모두 과거가 되었고 당신은 여태 잘 해왔잖아요. 그렇기에 지금의 당신이 있는 거잖아요. 그러니 걱정하기보다 주어진 지금 이 순간을 조금 더 즐겼으면 좋겠어요. 걱정하기에는 지금 이 순간순간들이 너무나 소중하고 찬란한 것이니까요. 꼭 남은 시간 동안 준비 잘하셔서 원하시는 바 이루시고, 또 멋지고 찬란한 대학 생활 해나가실 거라 믿고 응원할게요 :) 화이팅.

Q 저는 분노조절 장애가 있어요. 어떤 일로 화가 나면 참지를 못하고 물건을 던지고 욕하며 화내게 돼요. 누군가를 탓하고 그 사람들을 나쁘게 판단하려고 하고요. 정말 고치고 싶은데 늘 실패해요. 어떻게 해야 하나요? ㅜㅜ

A 내가 내 마음을 점검하기 시작했다는 것이 중요한 거예요. 그러니 우리, 지금의 마음을 잘 딛고 성장해보도록 해요 :) 우선, 화를 내는 것 또한 내 선택임을 아셔야 해요. 화가 나는 일이 있어서 화가 나는 것이 아니라, 누군가 나를 화나게 해서 화가 나는 것이 아니라, 그저 내가 화를 내는 거예요. 그러니 비슷한 상황에 처한 다른 사람들은 똑같은 상황 속에서도 용서를, 다정함을, 이해를 선택했다는 것을 화가 나는 순간마다 기억해요. 그리고 어떤 일이든 넘치지 않고 담아낼 수 있게 마음의 그릇을 넓혀보는 거예요. 마음이 좁으면 작은 일에도 감정이 넘쳐 폭발할 수 있으니까요. 그러니 어떤 상황이라도 담을 수 있을 만큼 넓은 마음을 가지는 것을 목표로 해요. 또한 변해야 할 것은 세상이 아니라 세상을 바라보는 우리의 시선일 뿐이라는 것을 명심해요. 많은 문제들이 우리가 살아오면서 가져온 편견으로부터 시작할 때가 많다는 것을요. 색안경을 벗고 판단의 늪에서 벗어날 때야 비로소 행복의 빛이 우리의 마음을 가리고 있던 판단의 먹구름들을 거두어낼 것이고, 우리는 진정 행복할 수 있을 테니까요.

진실은, 우리가 하는 모든 판단은, 무조건 오해라는 것이에요. 타인이 살아온 삶과 그 삶 마다의 깊이와 그 사람만의 사연을 우리는 결코, 온전히 이해할 수 없어요. 때문에 모든 판단은 오해예요. 그래서 모든 판단은 오만이에요. 그것을 알고 이제는 겸손해지는 거예요. 우리는 그 무엇도 온전히 이해할 수 없다는 것을 아는 겸손함으로 세상을 마주할 때, 우리는 세상과 사람들을 보다 더 이해하고자 노력하게 될 거예요. 어떠한 상황 앞에서 전에는 화를 내었지만 이제는 이해를 선택하게 되는 순간은 내가 내 눈 앞에 놓인 단편만을 바라보던 태도에서 벗어나 무수히 많은 장편들의 결합을 바라보기 시작할 때 비로소 가능해지는 것이니까요.

선택적 분노와 무의식적 분노라는 게 있어요. 때로, 꼭 화를 내야만 하는 상황이라 판단이 될 때 넓은 마음을 가진 사람들도 스스로 선택해서 화를 내기도 해요. 물론 마음속에 분노나 적개심이라는 감정은 존재하지 않은 채로요. 테레사 수녀님께서 인도에서 한참 봉사를 하고 있을 때, 힌두교인 사람들이 천주교를 몰아내기 위해 돌과 각목 등의 무기를 들고 씩씩거리며 찾아온 적이 있어요. 그때 테레사 수녀님은 지금 바쁘니까 들고 있는 거 내려놓고 의자 나르는 거나 도와달라며 화를 내었어요. 보통의 경우, 그 상황에서 테레사 수녀님의 말을 듣지 않거나 더 크게 분노했을 사람들이지만 그들은 그 상황을 이해하지 못한 채 어리둥절한 표정으로 짐을 나르는 것을 도와주게 돼요. 두려움을 심어주러 왔는데, 두려워하기는 커녕, 도리어 화를 내고, 무기를 들고 있는 자신들에게 다짜고짜 일을 시키니 당황한 거예요. 결국 마음이 좁은 사람은, 마음이 넓은 사람 아래에 포용되게 되어있는 거예요. 의식적으로든 무의식적으로든, 사람은 자기보다 넓은 사람, 그릇이 큰 사람을 존경하고 따르게 되어있으니까요. 그릇이 큰 사람은 두려움을 정복했기에, 누군가 무기를 들고 자신을 위협해도 겁을 내기보다는 그런 선택을 할 수밖에 없는 그 누군가를 연민 어린 시선으로 바라볼 수 있는 거예요.

무의식적 분노와 선택적 분노는 달라요. 화에 지배당하지 않은 채 화를 이용할 수 있을 만큼 넓고 성장한 존재가 된다면, 그때 의식적으로 선택하여 표현하는 분노는 사랑의 다그침이기에 사람들을 변화시킬 수 있을 만한 힘을 갖추게 돼요. 하지만 그 영역에 다다르지 못한 무의식적 분노는 마음속의 원망과 적개심에 지배되어 스스로의 통제를 벗어난 분노이기에 타인들과 자신에게 상처를 주고, 더 큰 원망과 적개심을 남기게 돼요. 분노를 통해 두려움을 심어주고 누군가를 통제하고자 하지만, 그 통제가 늘 실패할 수 밖에 없는 것은 사람들이 마음속으로 그를 진심으로 사랑하지 않기 때문이에요. 우리는 우리가 싫어하는 사람에게는 우리 마음의 아주 작은 것조차도 주는 것을 아까워하지만 우리가 사랑하는 사람을 위해서는 모든 것을 주는 것에도 아까움이 없는 것과 같아요. 분노는 상대방에게 적개심을 남겨주기에 복수심을 키우지만, 이해와 사랑은 그러한 분노를 고스란히 용해시키니까요.

그러니 선택적 분노를 할 수 있을 때까지, 진정한 이해와 사랑을 할 수 있을 때까지 우리, 성장해요. 세상에 내주었던 힘과 마음의 자유를 다시 되찾는 거예요. 더 이상 감정의 노예가 되지 말고 내 감정의 주인이 되는 거예요. 그러기 위해서 일단 화가 나는 상황이 찾아오면, 그 마음을 지켜보려고 노력해봐요. 당신의 머릿속에서 일어나는 수많은 생각의 움직임을 그저 바라보는 거예요. 감정과 하나되지 않은 채로 감정의 관찰자가 되어서 그 감정을 느끼고 지켜보는 거예요. 그렇게 당신의 습관화된 생각의 고리를 바라보며 연민을 가지도록 해봐요. 생각과 분리된 채로 당신의 부정적인 생각과 잠시 떨어져 그 생각들을 안타깝게 바라보고 또 안쓰럽게 바라보는 거예요.

그때, 당신은 더 이상 그 감정과 하나가 되지 않을 수 있을 거예요. 그렇게 점차 감정을 지배할 수 있을 거예요. 그리고 그러지 않을 수 있었는데 늘 그래왔던 당신과, 그로 인해 상처받은, 또한 타인에게 상처를 주었던 당신 자신에게 그동안 너를 아프게 해서 미안해, 라고 말하며 따뜻이 어루만져줘요. 그리고 이제는 이해하겠다고, 이제는 용서하겠다고 마음을 먹어요. 똑같은 상황에서 분명 다른 이들은 다른 것을 선택했다는 것을 명심해요. 그리고 당신 또한 다른 것을 선택할 수 있다는 것을 가슴에 새겨요. 다른 이들이 했다면 당신도 할 수 있는 거예요. 그렇게 분노가 아닌 이해를, 내려놓음을, 받아들임을 향해 한 걸음을 내딛는 거예요. 그 한 걸음이 당신의 인생을 바꾸어 놓기에 충분할 거예요.

결국, 성장은 한 걸음을 내딛느냐, 평생 내딛지 않느냐로 결정되는 것이니까요. 한 걸음을 내딛으면 진정한 행복이 뭔지, 자유가 뭔지 조금은 알게 될 것이고, 그것이 가져다주는 마음의 평화와 가벼운 기분에 의해, 평생 느껴보지 못한 그 행복에 의해 당신은 성장의 태도에 중독될 테니까요. 사람은 늘 자신이 할 수 있는 최선의 선택을 한다고 해요. 돌이켜봐요. 당신 또한 늘 최선을 다했던 거예요. 만약 다른 것이 최선임을 알았더라면 당신은 그것을 선택하지 않았을 거예요. 그러니 다른 선택지가 있음을 모르는 무지함으로 인해 우리는 성장하지 못해왔던 거예요. 그러니까 이제는 그 무지로부터 벗어나는 거예요. 당신을 진정 행복하게 해주는 것은, 자신의 마음대로 세상이 굴러가지 않을 때 물건을 던지고 화를 내는 유아기적 태도가 아니라, 넓은 마음으로 이해하고 포용하는 용서와 사랑의 태도라는 것을 이제는 마음 속 깊숙이 받아들이는 거예요.

문제를 극복하는 방법은 아주 간단해요. 다른 마음의 태도를 선택하는 것, 그게 다예요. 변화가 간절하다면 선택할 것이고, 간절하지 않다면 머물러 있게 될 거예요. 선택하느냐, 선택하지 않느냐, 그것 또한 당신의 선택일 테니까요. 그러니까 간절하다면, 지금과 다른 것을 선택해요. 진화와 창조, 퇴화와 멸망은 매 순간 이루어지고 있는 거예요. 우리를 둘러싼 관념을 고수할 것인가, 벗어던질 것인가. 감정의 쇠고랑을 찬 마음의 노예가 될 것인가, 그 무거운 사슬을 풀고 진정 자유로운 존재가 될 것인가. 그 모든 것은 지금 당신이 어떤 선택을 하느냐에 달려있는 거예요. 내일은 없어요. 변화는 오직 지금 이 순간에만 가능한 거예요. 내일부터 변하고자 선택을 미룬다면 짠, 하고 내일도 그 선택을 내일로 미루고 있는 당신이 창조될 것이니까요.

그러니 간절하다면, 지금 이 순간 당신이 마음먹은 것을, 더욱 간절한 것을 선택해요. 생각에 전복되어 당신의 선택을 내어주지 말고, 이제는 그 생각을 바라보고 타일러 다른 것을 선택하는 당신이 되는 거예요. 해서, 당신의 주인이 당신이 되기를, 그 자유를 되찾기를 진심으로 응원할게요. 잘 해낼 거예요. 그동안 화를 내왔던 당신 자신을 먼저 용서하는 것에서부터 시작해요. 절대, 당신 스스로를 미워해서는 안돼요. 그럼에도 사랑받기에 충분한 당신이니까요. 그저 조금 서툴렀고, 아직 잘 몰랐을 뿐이니까요. 그러니 미안하다고 사과해줘요. 그리고 사랑으로 그 상처를 치유해줘요. 부디, 넓어진 마음으로 감정의 주인이 되어 진정한 자유와 당신 스스로의 행복을, 당신 자신의 삶을 되찾기를 진심 다해 바라고 소원할게요 :)

삶과 사랑과 위로

Q 작가님, 힘들 때 위로가 필요할 때, 두고두고 읽을 수 있는 말 한 마디만 해주세요!

A 지금도 잘하고 있고 앞으로도 잘 해낼 거예요 :) 성장하기 위해 태어난 이 삶 속에서 지금 내가 무엇을 하고 있고 또 어떤 것을 느끼고 있든 나는 그것으로 인해 성장할 것이기에 지금, 무조건 괜찮아요. 때로 처절한 실패에 주저하고 있더라도 그 일을 마주하며 온 마음을 다해 배우고 느끼며 성장할 나잖아요. 그렇게 끝내는 행복할 나잖아요. 그러니 감사한 마음으로 나아가요. 감사하지 않을 이유가 하나도 없는 지금이니까요. 마주하고 있는 하나의 불행에 골몰하느라 내 삶을 둘러싼 차고 넘치는 행복들을 놓치지 말아요. 주어진 소중함, 사소한 불행 하나에 놓치기보다 늘 바라봐주고 가슴에 새겨줘요.

또한 스스로를 믿어줘요. 그것만큼 큰 힘이 되는 것도 없잖아요. 때로 감당하기가 너무나 버거운 시련이 나를 짓눌러와 두 다리가 부들부들 떨려올 때에도, 그 모든 것이 우리를 성장시키기 위해 삶이 우리에게 건네어준 선물이라는 것을 잊지 말아요. 또한 삶은 우리가 무조건 그 시련을 딛고 일어 서서 성장하기를 바라기에, 그렇게 꼭 행복한 사람이 되기를 바라기에 절대로 우리가 감당할 수 없는 시련을 가져다주지 않는다는 것을요. 그러니까 지금의 아픔이라는 삶의 선물, 기쁜 마음으로, 감사한 마음으로 받아줘요. 나를 찾아온 이 보석 같은 선물에 감사하며 걸어가는 거예요.

성공이 아닌 성장을 목적으로 해요. 성장에 목적을 둔 사람은 성공에 집착하지 않지만 성공이 알아서 찾아와 그들을 일으켜 세운답니다. 성장을 목적으로 한 사람은 내게 찾아온 모든 삶의 경험 속에서 숨은 의미를 발견하고 또 이 시련을 통해 자신이 성장하고 있음을 알기에 언제나 꿋꿋하답니다. 그 삶 속에 결코 실패는 없는 법이니까요. 우리는 무조건 성장해나갈 테니까요. 그로 인해 가질 수 있는 마음의 여유와 포근함으로 사람들을 위로하며, 또한 그 따뜻한 다정함에 많은 사람들의 존경과 사랑을 받아 관계 면에서도 더욱 풍족함을 누리게 될 나니까요.

그러니까 아파도 괜찮아요. 그 아픔으로 성장해 더욱 멋지고 아름답게 피어날 나라는 것을 믿고 기쁜 마음으로 이 삶, 헤쳐나가요. 지금까지도 충분히 잘해온 당신이 앞으로도 잘 해낼 거라는 걸 저는 믿고 응원합니다. 정말 잘하고 있고 또 잘 해낼 거예요 :)

Q 작가님이 생각하시는 자유는 무엇인가요?

A 제가 생각하기에 진짜 자유란 내면의 온전함이라 생각해요. 나 스스로가 온전히 행복한 사람이어서 삶으로부터도 인간 관계로부터도 흔들리지 않는 튼튼함이 있는 거요. 타인의 잣대나 평가로부터 벗어나 자기 스스로가 매기는 삶의 가치를 따라갈 줄 아는 중심이 있는 거요. 해서, 세상의 그 무엇에도 흔들리지 않는 강한 자존감에서 비롯된 온전함으로 주어진 삶을 마주하는 거요. 그 튼튼함이라면 세상의 그 어떤 것도 나를 흔들지 못할 테니 나는 그만큼 자유로운 것이 아닐까요?

따라서, 제가 생각하는 자유란, 넘치는 물질로 인해 세상의 많은 것들을 마음껏 소유할 수 있는 자유와 같은 외적인 것이 아니에요.

그 어떤 환경 속에서도 나는 꿋꿋이 행복할 수 있는, 내면의 온전함이에요. 나는 내가 가진 무엇(Having)이 아니라, 내가 하고 있는 무엇(Doing)이 아니라, 그저 내가 된 것(Being)으로 인해 행복한 사람이다, 라는 것을 아는, 그 어떤 것에도 불구하고 행복할 줄 아는 마음가짐인 거죠. 그렇게 행복하다면, 삶의 그 무엇 앞에서도 미소를 지을 줄 안다면 그런 나야 말로 진정 자유로운 나니까요 :)

Q 언젠가 남자친구가 저한테 물었어요, 너는 너 자신을 사랑하느냐고. 근데 저는 대답할 수가 없었어요. 저는 항상 열심히 살았으니 후회도 미련도 없고 저 자신이 대견하긴 한데요, 저는 절 사랑하지 않는 것 같아요. 저는 언제쯤 저를 사랑할 수 있을까요? ㅠㅠ

A 괜찮아요. 그런 고민이 있기에 스스로를 돌아보게 된 거잖아요. 그러니까 괜찮아요. 너무 걱정하지 말아요. 지금부터 나를 조금 더 사랑하기 위해 노력하면 되는 거예요 :) 먼저 타인에게 의존하기보다 스스로 온전해지는 연습을 해요. 그래야만 나도, 타인도 진정 사랑할 수 있고, 그로 인해서 더욱 사랑받는 내가 될 수 있으니까요. 스스로를 아껴주기 위해 노력하는 거예요. 자신의 마음속에 있는 이야기들을 사랑으로 들어주세요. 일어나자마자 사랑하는 마음으로 스스로를 바라보고 어딜 가든 그 마음이 유지되도록 꾸준히 되짚고 새겨주는 거예요. 밥을 먹고 있는 나의 모습, 양치질을 하는 나의 모습, 길을 걷고 있는 나의 모습, 공부를 하고 있는 나의 모습, 그 어떤 모습이든 사랑으로 바라보기 위해 노력해 봐요. 끊임없이 나에게 말해주세요. "넌 사랑스러운 존재야, 너무나도 소중하고 고마운 존재야, 고마워, 사랑해, 고마워, 사랑해…" 그렇게 나를 사랑으

로 바라보게 될 때, 심장에서 느껴지는 짜릿한 전율과 환상적인 감각에 의해 당신은 더욱 자신을 사랑하고자 노력하게 될 거예요. 그 어떤 감정도, 그 어떤 감각도 사랑의 황홀함만큼 우리를 짜릿하게 만들지는 못할 테니까요.

　첫걸음이 힘들 뿐이에요. 막상 첫걸음을 내딛고 나면, 당신은 당신의 행복을 위해 알아서 모든 것을 해나갈 거예요. 세상에서 가장 짜릿하고 행복한 감정이 무엇인지 느꼈으니 사랑 이외에 다른 것들은 더 이상 당신에게는 매력이 없을 테니까요. 그리고 나와 친해지는 시간을 많이 가지셨으면 좋겠어요. 혼자 있는 시간이 외롭고 공허하다면 그 텅 빈 마음속에 나를 아끼고 사랑해 주는 자존감이 깃들 수 있게 혼자 카페에 가서 책도 읽고, 영화도 보고, 길거리에 나가 사람 구경도 하고 맛있는 것도 먹어보는 거예요. 그렇게 혼자임이 온전해지는 순간, 친구들, 그리고 연인과의 관계 속에서도 더욱 사랑받고 있는 사랑스러운 나를 발견할 수 있을 거예요. 나를 아끼고 사랑해 주는 자존감이야말로 이 세상에서 가장 매혹적인 향수니까요. 그 향수는 꾸미지 않고도 사람들을 끌어당겨 그 자체의 아름다움에 흠뻑 빠지게 만드니까요. 그러니 진정 나를 아름답게 가꾸기 위한 노력으로, 나를 아껴주고 사랑해줘요. 나의 온전함과 세상을 향해 빼앗겼던 자존감을 다시 되찾아 부디 행복한 당신이 되기를 진심으로 응원하고 바라요.

Q N수생인데 너무 힘들어요. 다 놓아버리고 도망가고 싶은데 다 괜찮다고 응원 한 번만 해주세요. ㅠㅠ

A 괜찮아요. 그냥 하는 말도, 해달라고 부탁해서 하는 말도 아니에요. 정말 괜찮아요. 지나고 보면 없어서는 안 되었던 경험이 되어있을 거고 지금의 이 시간들로 인해 언젠가의 나는 더욱 찬란한 내가 되어있을 거예요. 그러니까 무조건 괜찮아요. 너무 옥죄거나 골몰하지 말아요. 주어진 삶의 과제, 최선을 다해 느끼고 사랑하고 즐겨보는 거예요. 지금 당신을 옥죄어오는 그 압박감에 부디 꺾이지 말아요. 무너지지 말아요. 성공하든 성공하지 못하든, 그건 정말 중요한 게 아니에요. 당신이 포기했느냐 포기 하지 않았느냐, 마지막까지 최선을 다했느냐, 하지 않았느냐, 그게 중요한 거예요. 당신이 삶에 임하는 태도와 열정이 중요한 거예요. 당신이 얻게 될 결과가 아니라, 주어진 지금을 마주하는 당신의 자세와 과정이 중요한 거예요.

진실로 삶에서는 그 마음가짐이 가장 중요한 것이고, 그 마음가짐이 나를 아름답게도, 또 행복하게도 해주는 것이니까요. 그러니 꿋꿋이 감당해내요. 당신이라면 분명 잘 해낼 수 있어요. 삶은 절대 당신을 무너뜨리기 위한 일을 당신 앞에 가져다 놓지 않아요. 당신이 딱 감당할 수 있는 시련을 당신 앞에 놓고 가는 거예요. 그러고는 지켜보는 거예요. 당신이 행복할 자격이 있는지 없는지를. 지금도 너무나 소중하고 아름다운 당신이 왜 행복할 자격이 없나요? 지금도 충분히 행복을 누릴 수 있는 당신인 걸요. 그러니 결과에 대한 부담감을 내려놓아요. 당신이 삶으로부터 받을 평가는, 당신이 이룬 결과가 아니라, 당신이 당신에게 주어진 과정을 얼마나 아름답게 만들어왔냐 하는 그 태도니까요.

그러니 성장을 목표로 해요. 결과에 대한 집착은 내려놓는 거예요. 해서, 오늘 너무 힘들면 조금 쉬어가는 거예요. 도망가고 피하는 거라 생각하기보다, 나 자신이 나에게 주는 휴식이라고 생각하고 조금 쉬어가는 거예요. 마음이 하는 이야기를 잘 들어줘요. 너무 힘들어하고 있다면, 조금 토닥여줄 필요가 있는 거예요. 끝까지 걸어간다는 생각으로 지금을 여유롭게 바라보는 법을 배워갈 필요가 있는 거예요. 걸어가는 과정 속에서 그늘에 앉아 잠시 쉬기도 하고, 그렇게 힘들었던 나를 토닥여주며 격려도 해주고, 또 힘을 내서 또다시 걷기도 하는 거죠. 중요한 건 당신이 포기하지 않고 걸어가고 있다는 거니까요. 그 걸음걸음 속에 있는 저마다의 경험이 우리를 아름답게 해주는 거니까요. 우리라는 존재를 완성하는 하나의 조각이 되어주는 거니까요.

만약 당신이 지금 이 순간 당신의 삶을 사랑할 수 있고 당신의 삶을 충분히 음미할 수 있고 또 당신이라는 존재의 지금에 감사할 수 있다면, 그걸로 당신은 이미 성공한 사람이며 그 누구보다 아름다운 사람이고 또 행복한 사람임을 아셨으면 좋겠어요. 그 마음을 배우기 위해 지금을 걸어가고 있다는 것을 아셨으면 좋겠어요. 그러니 조급할 게 어딨나요! 지금을 통해 배우고 성장해나가면 그뿐인 것을요! 그렇게 어제보다 오늘 더 성장한 내가, 더 행복한 내가 된다면 그걸로 이미 존재의 목적과 이유를 완성해나가고 있는 것을요! 당신에게 없어서는 안 될 지금 이 시간들을 통해 당신이 더욱 성장하여 언젠가의 보다 더 아름답고 행복한 당신이 되어있을 거라고 믿기에, 괜찮다고, 당신, 무조건 잘 해낼 거라고 말하고 응원해주고 싶어요. 진심으로 응원합니다.

Q 저는 너무 자존감이 낮아요. 인정하기 싫을 만큼 낮아서, 저만 힘들면 괜찮은데 주변 사람까지 힘들게 만드는 거 같아요. 그리고 항상 남들과 비교하며 저를 깎아내리고 남을 탓해요. 늘 남들을 뒤에서 험담하고 비난하고요. 다 생각해보면 내 탓인데 말이죠. 저를 좋아해주는 남자친구도 저 같은 걸 좋아하는 게 어이없어 헤어지자 했어요. 너무 스트레스 받아요. 아무 생각 없이 살고 싶은데 그것도 잘 안 되네요. 저 어떡하나요? ㅜㅜ

A 그러는 동안 많이 아프고 속상하셨을 거 같아요. 토닥토닥. 우선 타인을 비난하는 태도에 대해서 먼저 살펴봐요. 타인에게서 무엇인가를 발견하고 또 판단하는 것은 결국 내 안에 있는 무언가를 투영하는 행위예요. 만약 그 점을 내가 가지고 있지 않았다면 타인에게서도 그런 점을 발견하지 못했을 테니까요. 일반인은 별을 그저 예쁘다, 아름답다, 하고 바라보겠지만 천문학자들은 은하계의 구조와 원리를 두고 바라볼 거예요. 즉, 자신이 알지 못하는 것을 우리는 결코 투영할 수 없는 거예요. 그러니까 앞으로 그런 마음이 들 때는 항상 나의 내면에 있는 문제를 발견할 수 있는 좋은 기회로 여겨보도록 해요.

누군가를 비난하고 싶은 마음이 드는 순간을 내가 나를 돌아보고 성장할 기회로 삼는 거예요. 타인을 통해서 내 마음의 삐딱한 점을 찾아내는 거예요. 누군가를 비난하는 생각이 드는 순간마다, 내 마음을 바라보고 정화할 수 있는 기회를 얻는 거죠. 그렇게 비난보다는 용서라는 고귀한 가치를 선택하며 나아가는 거예요. 용서하면서 용서를 받는 것은 나 자신이기도 하니까요. 왜냐면 타인에게서 보는 나쁜 점은 내 안에 있는 나쁜 점이니까, 하여 그 점을 용서할 때 내 안에 있는 나쁜 점을 용서하는 것이니까요. 그렇게 정화 작업을 계속해서 하다 보면 더 이상은 타인에게서 비난할 이유를 찾지 못하게 될 거예요. 내 안에 삐딱한 점을 모두 바로잡았고 또한 용서했으니까요. 이제는 나의 내면 안에 그러한 점을 모두 내려놓았기에, 모두 정화했기에 내가 지니고 있지 않은 것들을 더 이상은 타인에게서도 발견하지 못하게 되는 거예요. 그래서 용서하는 것에 최대 수혜자는 용서를 받는 사람이 아니라 바로 용서를 하는 사람인 거예요. 그로 인해 내가 행복해지는 거니까요. 더욱 세상을 아름답게 살아가게 되는 것이니까요.

그러니 먼저 나를 용서하고 사랑해요. 그렇게 내 안의 것들을 용서하기 시작할 때, 당신의 자존감 또한 높아지기 시작할 거예요. 자존감이 낮을 때는 누가 나에게 사랑한다는 말을 했을 때, 왜 나 같은 것을 사랑하지? 라는 의문이 들지만 자존감이 높을 때는 그 사실을 받아들이게 돼요. 왜냐면 스스로 나는 사랑받기에 충분한 사람이라고 생각하기 때문이에요. 그렇게 타인이 나에게 준 사랑을 받아들이고 또한 내 마음에 가득찬 사랑을 타인에게 나눠주는 거예요. 자존감이 낮은, 그래서 이기적이고 자기애착에 빠진 사람은 사랑을 받더라도 주는 법을 몰라요. 자존감이 높은 것과 자기애착, 즉, 자만은 달라요. 진정 자존감이 높은 사람은 사랑을 받는 법도, 주는 법도 아니까요. 상대방이 내게 준 사랑을 받아들이지만 그것을 함부로 당연히 생각하거나 이용하지 않으니까요.

그렇게 자존감이 높아질 때, 당신은 당신 스스로를 충분히 존중하고 사랑하기 때문에 타인의 삶에서 나쁜 것을 찾아내는 것에 더 이상 시간을 쓰고 에너지를 쓰지 않게 될 거예요. 그 시간에 할 수 있는 소중한 일들이, 바라볼 수 있는 아름다운 풍경이 훨씬 더 많으니까요. 그러니 당신 스스로를 먼저 용서하고 사랑해요. 그렇게 타인의 마음 안에 담긴 당신 스스로를 용서하고 사랑하는 거예요. 그리고 더 이상 타인과 당신 자신을 비교하지 말아요. 당신이 비교해야 할 사람은 타인이 아니라 바로 어제의 당신이니까요. 어제의 당신과 오늘의 당신을 비교해요. 어제 내가 누군가를 이만큼 비난했다면 오늘은 조금 더 내려놓을 수 있도록 노력해보는 거예요. 그 노력이 당신을 행복하게 만들어줄 거예요. 그리고 그 행복한 감정이 끊임없이 당신에게 긍정적인 피드백을 줘서 이제는 애쓰지 않아도 알아서 그렇게 하고 있는 당신이 될 거예요. 그때, 당신의 삶은 얼마나 행복해질까요? 상상해보세요. 끊임없이 부정적인 감정에 짓눌리고 있는 지금의 내가 아니라 앞으로 계속해서 행복과 사랑을 나누고 받게 될 내일의 나를요.

그 행복을 누군가에게 배운 적이 없었을 뿐이에요. 그래서 잘 몰랐고, 조금 서툴렀던 것뿐이에요. 하지만 이제는 알았으니까 그 행복을 향해 나아가면 되는 거예요. 그러기 위해서 지금 조금 아파야만 했던 거예요. 지금의 이 아픔을 통해서 불행을 느꼈고, 이제는 더 이상 불행하고 싶지는 않다는 생각에 행복에 간절해진 것이니까요. 당신이 있는 그대로 얼마나 예쁘고 사랑스러운 사람인지 꼭 아셨으면 좋겠어요. 당신은 당신이 생각하는 것보다 훨씬 더 소중하고 사랑스럽고 예쁜 사람이에요. 그저 당신이라는 존재, 그 이유 하나만으로 당신은 눈부시게 빛나는 사람이니까요. 잠시 잊고 지내왔던 거뿐이에요. 눈에 보이는 세상을 좇아 사느라 우리의 본성과 존재의 이유를 잠시 잊었던 거뿐이에요. 그러니 이제는 눈을 감고 당신의 마음을 통해서 세상을 바라봐줘요. 마음이 하는 이야기들을 잘 들어줘요. 나 자신에게조차 사랑받지 못해 끙끙 앓아왔던 마음을 이제는 돌봐주고 사랑해줘요. 그렇게 꼭 행복해줘요. 부탁드릴게요 :)

Q 아무리, 아무리 생각해도 삶의 목적을 찾을 수가 없어요. 그래서 하루하루가 너무 공허해 미칠 것 같아요. 목적 없는 삶, 어떻게 생각하세요?

A 사람이 왜 공허한지 아세요? 그건 자신이 태어난 본연의 목적과 이유를 살아가며 까마득히 잊어버렸기 때문이에요. 해서, 마음은 공허함이라는 아픔으로 우리에게 신호로 주어 이제는 그 목적을 기억해달라고, 제발 기억해서 이 텅 빈 마음을 가득 채워 다시 행복해달라고 부탁하고 있는 거예요. 바로, 성장의 완성이라는 유일한 목적 말이에요.

그러니 삶의 목적을 찾으려고 하지 말고 기억하려고 해봐요. 눈에 보이는 세상에 현혹되어 우리가 잊고 살았던, 세상에 빼앗겼던 그 목적을요. 그 목적을 잊었기에 아파하고 있는 나잖아요. 그러니까 이제는 기억해주세요. 목적이 없는 삶은 존재할 수가 없어요. 모든 사람이 하나같이 똑같은 목적을 가지고 태어났으니까요. 다만, 이런 저런 많은 이유의 구름에 그 유일한 목적이라는 태양이 잠시 가려져 있었던 거뿐이에요.

그러니까 잃었던 빛을 다시 되찾아 찬란하게 빛나주세요. 하루하루, 조금씩 더 빛나고 온전해질 수 있도록 노력하는 거예요. 매 순간, 어제보다 오늘 조금 더 친절한 사람이 되기 위해 노력하세요. 어제보다 오늘 더 진솔한 사람이 되기 위해, 정직한 사람이 되기 위해 노력하는 거예요. 미워하고 원망했던 사람을 이해하고 용서하기 위해 노력하세요. 어제 두려워 머뭇거렸던 일이 있다면 오늘은 용기 내어 도전해보는 거예요. 그 하루하루의 경험 속에서 최선을 다해 숨은 의미와 가치를 발견하고 그것에 감사해주세요. 시련이 찾아와 좌절한 채 쓰러질 것만 같은 순간에도, 그 시련이 내게 가져다줄 의미를 바라보고 감사할 줄 안다면 그 어둠속에서도 나의 존재는 빛을 잃지 않을 수 있을 거예요. 어떤 아픔도, 시련도 나를 쓰러뜨리기 위해 찾아온 게 아니니까요. 그 모든 것, 내가 조금 더 오롯이 행복한 존재가 되길 바라는 맘으로 삶이 내게 건네어준 선물이니까요. 그 선물을 바라보고 감사할 수 있도록 노력하세요.

공허에 사무쳐 아파하고 있는 당신에게 삶은 무엇을 선물하려고 했던 걸까요? 성장이라는, 네가 잊고 지내왔던 목적을 이제는 기억해 내어 시들고 바래진 너의 활력을 되찾고 그렇게 다시 행복해달라고 이야기 하고 있는 것은 아닐까요? 그러니 어제보다 오늘 더 당신에게 주어진 삶에 감사하세요. 삶의 매 순간을 최선을 다해 진심으로 느끼고 그 속에서 무언가를 배워나가세요. 그런 삶이라면, 당신의 목적을 기억해 나아가고 있는 그런 삶이라면, 더 이상 공허가 당신의 심장 속에 자욱이 드리워지는 일은 없을 거예요. 그 무엇도 당신의 온전함과 행복을 흔들 수 없을 거예요.

그렇게 하루하루, 의미로 가득 차 빛나는 눈을, 두근거리는 심장을 되찾아 행복한 당신이 되는 거예요. 부디, 당신의 목적을 기억해 성장이라는 삶의 목적을 완성해나가는 하루하루를 살아가기를. 해서, 오롯이 행복한 당신이 되어 잃었던 빛과 아름다움을 되찾기를. 하여 당신을 삼킨 공허의 구름들을 이제는 거두어내기를 진심으로 바라요. 잊지 말아요. 우리가 태어나 살아가는 이유는 우리의 바깥에 있는 것이 아니라 바로 우리의 마음 안에 있다는 것을요. 우리가 내면을 바라보지 않을 때, 우리는 공허해진다는 것을요. 그 공허라는 아픔이 바로, 우리의 마음이 이제는 우리의 내면을 바라보고 성장을 위해 살아가달라는 신호라는 것을요. 그렇게 꼭 행복해주세요. 꼭 :)

Q 평생 옆에 있을 줄 알았던 친구랑 멀어졌고, 하던 일도 잘 안 돼요. 너무 우울한데 어떡해야 할까요?

A 삶에 오르막이 있듯 내리막 또한 있음을 받아들이세요. 항상 좋은 일만 있을 수 없듯 늘 나쁘리란 법도 없어요. 그러니 좋은 일만 있길 바라는 기대를 내려놓고 나쁜 일 앞에서는 조금 더 여유를 가질 수 있도록 연습해봐요. 그 태도가 우리의 여정을 조금 더 온전하게 지켜줄 테니까요 :)

영원히 내 곁을 지켜줄 것 같던 사람이 어느 순간부터 소원해질 수도 있고 너무나 미웠던 사람이 언제부턴가 좋아질 수도 있음을 받아들이세요. 관계에 너무 골몰하기보다는 떠나감 또한 있을 수 있음을 받아들이고 수긍하는 용기를 가지세요. 그 용기가 주는 여유가 타인에게 당신이라는 존재를 더욱 편안하게 느껴지게 해줄 거예요. 그러니 모든 것을 움켜잡으려고 하지 말아요. 그 움켜잡으려는 시도가 당신과 당신의 곁을 지치게 하고 말 거예요. 혹시나 떠나갈까 하는 걱정과 두려움으로부터 비롯된 속박과 억압이 아닌 오직 머물러있는 동안의 집중과 온전한 이해로 더욱 편안하고 완전한 관계를 맺어가는 거예요. 상황이나 사람은 변하기 마련이에요. 그러니 언제 사라질지 모르는 외적인 것에 의존하지 마세요. 나의 성장함과 그것이 주는 오롯한 행복만을 믿으세요. 진짜 행복은 어떤 상황이나 어떤 사람으로부터 오는 것이 아닌 내 내면의 온전함으로부터 비롯되는 것이니까요.

그러니까 항상 온전해지기 위한 연습을 하세요. 나를, 그리고 나의 삶을 전심으로 살아가고 사랑해주세요. 해서, 세상에 빼앗겼던 나의 행복을 다시 되찾으세요. 그리고 다신 잃지 마세요. 시련 앞에서 하염없이 흔들리던 지난 날, 그리고 지금, 괜찮아요. 이 아픔을 통해 조금 더 성장해 달라고, 그렇게 조금 더 온전히 행복해달라고 삶이 당신에게 준 선물이니까요. 그러니까 괜찮아요. 무조건 괜찮아요. 아셨죠? 기쁜 마음으로 삶의 포옹을 끌어안고 성장하면 그만인 거예요 :) 그걸 위해 지금 꼭 아파야만 했던 거예요. 그래서 괜찮은 거예요. 이를 악 물고 감당해주세요. 잘 이겨내실 거고 그만큼 넓고 깊어진 당신이 되어 있을 거예요. 당신에게 찾아온 이 아픔이라는 선물을 부디 기쁜 마음으로 받아 성장한 당신이 되기를. 해서, 흔들리지 않는 내면의 온전함으로 진정 행복한 당신이기를 진심으로 바라고 응원합니다. 잘해내실 거예요.

Q 답글이 빨리 달렸으면 좋겠다. 나 아파요. 어디가 크게 아픈 건 아닌데, 그냥 이곳저곳 아프고 슬프고 그래요. 위로 좀 해주세요. 힘들 때마다 꺼내보게.

A 괜찮아 죽을 만큼, 숨을 쉬지 못할 만큼 옥죄어오는 아픔이어도 다 괜찮아. 그 아픔으로 인해 행복해지기 위한 노력을 하게 될 우리니까. 그렇게 꼭 행복할 우리니까. 그러니까 무조건 괜찮아. 나는 그저 네가 조금 더 행복했으면 좋겠어. 넌 이미 행복하니까 :)

이미 네 안에 있는 그 행복을 바라보지 못하고 다른 것들을 좇고 있는 너에게 이제는 나를 좀 바라봐달라고 너의 마음이 너에게 말하고 있는 거야. 그래서 아픈 거야. 그러니까 괜찮아. 무조건 괜찮아. 세상은 너에게 네가 감당하지 못할 아픔과 슬픔을 절대 가져다주지 않아. 네가 감당할 수 있는 딱 그만큼의 아픔만을 가져다주는 거야. 그러니까 너를 성장시켜주기 위해 찾아온 지금의 아픔이라는 선물, 부디 기쁜 마음으로 받아줘. 아픔의 의미는 딱 그만큼이었던 거니까.

지금도 너무나 사랑스럽고 아름다운 당신, 있는 그대로 참 소중한 당신이잖아. 그런 당신이라는 존재 자체에 나는 고마워. 너라는 존재는 그 자체로 내게 선물이니까. 너에게도 너의 존재가 선물이었으면 좋겠다. 그리고 너, 지금까지 잘해왔어. 충분히 잘해왔어. 지금껏 힘들기도 아프기도 한 이 삶, 견디고 잘 살아줘서 고마워. 너 스스로도 너에게 이 말을 꼭 전해줬으면 좋겠어. 그리고 앞으로도 지금처럼 무조건 잘 해낼 너야. 넌 충분히 잘 해낼 수 있어. 난 너를 믿어. 너도 그런 너를 믿어줘. 우리 같이 믿고 응원하며 나아가자. 힘들 때 이렇게 서로 위로하고 토닥여주며 나아갈 수 있다면 든든한 거잖아. 그러니까 잘 살아보자.

내가 널 진심으로 응원할게. 부디 네가 웃는 일이 많아졌으면 좋겠어. 어제보다 오늘 더, 오늘보다 내일 더 많이 웃었으면 좋겠어. 네가 행복하다면 그건 나에게 또한 기쁨과 행복을 가져다줄 테니까. 그러니까 너를 위해서도, 나를 위해서도 꼭 행복해줘. 부탁할게. 지금도 행복하기에 충분한 네가, 사랑받기에 충분한 네가, 있는 그대로 정말 소중하고 아름다운 네가 꼭 행복했으면 좋겠어. 무엇보다 웃는 모습이 가장 예쁜 네가 어제보다 오늘 더, 오늘보다 내일 더 많이 웃기를 소원해. 그렇게 내내 어여쁘기를 소원해. 그러니까 좀 웃어주라. 있는 그대로 참 소중한 너에게.

있는 그대로 참 소중한 너에게.

나를 있는 그대로 아껴주고 사랑하는 자존감을 잃어버려서 나의 삶과 나의 존재를 소중히 여길 수 없다면, 우린 결코 행복할 수 없어요. 그래서 우리는 삶의 어느 순간에도 우리의 진솔함을 지켜내야 하는 거예요.

거짓된 욕망과 화려한 세계를 좇아 나의 진심을 저버린다면, 해서 가면을 쓴 채 연극을 시작한다면 진심의 부재에 더욱 아파할 우리니까요. 나 자신에게조차 사랑받지 못해 버려진 우리의 마음은 저 구석에서 상처받은 채 끙끙 앓고 있을 테니까요.

성장하기 위해 살아가는 이 삶 속에서 내가 세상으로부터 나의 진솔함을, 나만의 색과 매력을, 그 본연의 아름다움이 주는 소중함을 끝끝내 지켜낸다면 우리는 우리가 무엇을 가졌든, 무엇을 하든, 그런 것과 관계없이 무조건 행복할 수 있는 거예요. 성장해나가는 그 과정 자체에 감사할 수 있는 거예요.

우리를 성장시켜주기 위해 하루에도 수없이 찾아오는 삶의 경험과 과제들을 느끼고 음미하며 또한 딛고 나아갈 우리이기에, 그 배움 속에서 우리만의 의미와 가치를 발견하여 성장할 우리이기에 우리의 심장은 항상 두근두근 설레고 있는 거예요. 그래서 밝아오는 아침이 더 이상 두렵지 않은 거예요. 새로운 하루가 기대되고 반가운 거예요. 눈을 뜨자마자 그 설레는 생각들로 개운한 거예요.

그러니까 이 세상으로부터 우리의 진심을, 우리가 살아가는 목적을 잃지 말고 잊지도 말고 지켜내자고, 그렇지 못하면 돌아오는 것은 살아있는 죽음이라는 시들어진 허망일 뿐일 테니까, 그러니 최선을 다해 살아가자고, 더 이상 찬란한 우리의 아름다움을 시들어지게도, 바래지게도 내버려두지 말자고 그대들에게 부탁해요.

어쩌면 그대들도 너무나도 잘 알고 있었던 이 이야기를, 하지만 까마득히 잊고 지내왔던 이 이야기를 그대들의 가슴에 더 진하게 새기고 싶어서, 그로 인해 그대들이 진정 행복했으면 싶어서, 텅 빈 마음에서 벗어나 꽉 차고 풍성한 삶을 살아갔으면 싶어서 그대들의 행복을 바라는 제 진심과 정성을 다해 이 책의 한 구절 한 구절을 써 내려 왔어요.

제 진심에 이끌려 여기까지 제 책을 읽어주신 그대들이 세상에 빼앗겼던 그대들의 자유와 온전함과 자존감과 진솔함을 되찾기를 간절히 바라며, 그대들을 응원합니다.

때로 감당하기가 버겁다 느껴지는 이 삶의 무게를 부들부들 떨리는 두 다리로 짊어진 채 흔들리는 나라서, 그런 나라서 그런 그대들을 위로하고 응원합니다.

그대들의 아픈 지금을 위로할 수 있는 것은 다른 무엇도 아닌, 지금, 함께 아픈 자의 가슴 절절한 공감인 것을 알기에.

지금의 아픔이 없었다면 우리는 제자리에 머무른 채 성장해야겠다는, 진심을 되찾아야겠다는, 행복을 찾아가야겠다는 마음을 가지지도 못했을 것이기에 꼭 아파야만 했던 거라고. 그러니까 아파도 무조건 괜찮다고. 이 아픔으로 인해 더 잘 자라날 우리니까 정말 괜찮다고. 라고 말하는 저의 이야기.

이 책을 덮은 후에는 믿을 수 있기를.

그럼에도 아플 너지만,
이제는 기쁜 마음으로 아파할 너이기를.
해서,
정말로 아파도 무조건 괜찮은 너이기를.

있는 그대로

참 소중한 너라서

있 는 그 대 로   참

소

중

한

너

라

서

초 판 발 행 일 | 2015년 10월 08일

1판 01쇄 발행 | 2018년 12월 05일
1판 17쇄 발행 | 2022년 08월 22일

지은이 | 김지훈

발행인 | 김지훈
기획편집 | 김지훈
책임디자인 | 김진영
그림 | 김진영

발행처 | (주)진심의꽃한송이
주소 | (04074) 서울특별시 마포구 상수동 333-28번지 에프하우스 3층
대표전화 | 02-337-8235 | 팩스 | 02-336-8235
등록 | 2018년 8월 30일 제 2018-000066호

ⓒ 2018 by 김지훈
ISBN 979-11-964842-2-4 (03810)